Dos espías en Caracas

LA TRAMA

Dos espías en Caracas

Una historia casi ficticia de amores
y conspiraciones en los tiempos
de Hugo Chávez

Moisés Naím

Primera edición: febrero de 2019
Primera impresión en Estados Unidos: mayo de 2019

© 2019, Moisés Naím
© 2019, Penguin Random House Grupo Editorial, S. A. U.
Travessera de Gràcia, 47-49. 08021 Barcelona

Diseño: Penguin Random House Grupo Editorial / Samuel Gómez
Fotografía: Thinkstock

Impreso en Estados Unidos – *Printed in USA*

ISBN: 978-84-666-6551-3
Depósito legal: B-302-2019

BS 6 5 5 1 3

Penguin
Random House
Grupo Editorial

A Emma, Lily y Sami

1

Dos llamadas en la noche

Ningún ruido es más irritante que el del teléfono cuando interrumpe a una pareja que hace el amor.

La mujer se molesta, aprieta a su hombre aún con más fuerza y entre jadeos le exige:

—¡No se te ocurra contestar!

Él la ignora y hace exactamente lo contrario; se aleja de sus labios y con fuerza se libera de la maraña de manos, piernas y sensaciones con la que ella lo tiene atrapado. La aparta, se sienta en la cama, se lleva el dedo a la boca pidiéndole silencio y contesta el arcaico teléfono negro. Consigue hablar ocultando el hecho de que segundos antes estaba a punto de tener un orgasmo.

—¿Aló?

—Iván, ¿tú me puedes decir qué carajo está pasando en Venezuela?

Inmediatamente reconoce esa voz. Es Gálvez, su jefe.

La mujer no se rinde. Le salta encima, lo toca de todas las maneras, en todos los lugares que sabe irresistibles. Pone labios, lengua, pezones y manos al servicio de su reconquista. Quiere revivir el momento que el teléfono destruyó.

Para Chloe esta conducta de su amante es incomprensible. ¿Qué puede ser más importante que hacer el amor con alguien a quien se ama con pasión? La joven activista holandesa ha venido a «estudiar» cómo se hace una revolución y cómo se pueden exportar esas técnicas al resto del mundo. Su idealismo es sólo superado por su pasión. Y su ingenuidad.

La pasión por la política también la manifiesta en la cama con su nuevo amor, un hombre que podría ser el amor de su vida.

Pero Iván Rincón tiene obligaciones que ella desconoce. Y que son mucho más importantes que el sexo. Impaciente, se pone de pie y se aleja de la cama.

Finalmente cede. Se levanta y sale al balcón desnuda para tratar de calmar su furia. Respira profundamente la brisa que viene del mar. La Habana, silenciosa en la madrugada, sólo está iluminada por una luna que revela el perfil de la ciudad y hace resplandecer el mar Caribe.

—No sé... Ya te dije que allá nunca pasa nada —le dice Iván, cauteloso, sorprendido.

—Qué equivocado estás... Hay jodienda en Venezuela —le responde Gálvez.

—¿Cómo? ¿Qué quieres decir?

—Quiero decir que en estos precisos instantes, en este puto 4 de febrero de 1992, mientras tú duermes, hay un golpe militar en marcha; están atacando con tanques el Palacio de Gobierno y al otro lado de la ciudad también están bombardeando con morteros la residencia del presidente. No sabemos quiénes son esos soldados ni quiénes los comandan. Pero yo estoy seguro de que los americanos están detrás de esto.

—¿Quéee?

—Me sorprende tu sorpresa... Y me defraudas. Yo pensé que me podía desentender de Venezuela porque tú estabas a cargo de eso. ¡Ven para acá inmediatamente! —le grita Gálvez y cuelga.

Iván, molesto, tira el teléfono y se viste, presuroso. Chloe, regresando del balcón, se acuesta provocadoramente en la cama y lo invita con la mirada.

—Te veo más tarde —le dice Iván con voz gélida ignorando su desnudez, le da un casto y apurado beso y camina hacia la puerta.

Iván acelera al máximo su destartalado coche. Éstos son los momentos en que lamenta no haberle dado más atención al motor. Se está cayendo a pedazos. Por donde pasa, el vehículo llena de humo y destruye el silencio de las calles en la ciudad desierta. Transita una ruta que ha hecho mil veces de su casa al G2, su oficina, conocida como la Dirección de Inteligencia de Cuba.

«No, Gálvez está equivocado... —piensa Iván, mientras maneja tan rápido como puede—. Él ve yanquis por todas partes. No entiendo cómo un golpe militar puede ayudar a Washington. ¿Qué más influencia necesitan ellos sobre el gobierno de Venezuela? ¡Son aliados! Pero si no son ellos, ¿quién diablos está detrás de este golpe? No sé. ¿Será que Gálvez tiene razón y éste es otro truco de la CIA? Si es verdad...

esta vez me agarraron con los pantalones abajo. No sé qué me pasó. ¿Cómo no lo pude ver...?»

Iván pisa aún con más fuerza el acelerador. Pero no pasa nada. El motor no da más.

Finalmente llega al edificio de la Dirección de Inteligencia y, para evitar el lento ascensor, sube corriendo por las escaleras. Al llegar a su oficina ve que en la sala de reuniones está Gálvez con otras personas, incluidos algunos militares. Varios hablan por teléfono. Iván los conoce a todos. Y sabe que no todos son sus amigos. Entra a la sala de reuniones y saluda a Gálvez tímidamente, tratando de que no se crucen sus miradas. Su jefe está furioso.

—Al fin apareces... Bienvenido a tu trabajo. Mejor tarde que nunca... ¿no? —dice Gálvez. Se dirige al grupo y con gran ironía continúa—: Les presento al superagente Iván Rincón. Ustedes lo conocen... Es el legendario colega que tantos éxitos nos ha dado en las operaciones más peligrosas. El que no pierde una... El agente cuya arrogancia es más grande que el océano... —dice, exagerando el sarcasmo—. Lo que no nos había dicho es que se había retirado. Que ahora se dedica exclusivamente al oficio de galán, a no perdonarle la cama a ninguna de las ninfas que se le cruzan por la vida. Lástima que por estar tan ocupado se le olvidó informarnos que ya no se ocupa de Venezuela... Y que allí les dejó la puerta abierta a nuestros enemigos.

Iván siente que está oyendo el regaño de Gálvez a través del estómago, no de los oídos. Sus ácidos gástricos están en plena ebullición y tiene un volcán explotándole en el pecho. Con cada palabra de Gálvez el fuego aumenta. Iván está acostumbrado a ser celebrado, admirado por sus jefes. Nunca antes lo habían humillado, y menos frente a sus colegas. El incendio en su torso se hace feroz. Por fin logra tragar y habla.

—Es verdad, jefe. Fallamos. Ninguno de mis agentes en Venezuela había alertado que podía darse algo así. Yo acabo de pasar casi un mes allá. Estuve en todos lados, pero no detecté nada diferente ni sospechoso. Lo de siempre. Mucha política, mucho bla bla, mucho dinero, mucho robo y mucha pobreza, pero nada nuevo. Todos nos convencimos de que, mientras haya petróleo, en Venezuela nunca va a pasar nada.

Gálvez lo interrumpe:

—Te felicito, Rincón. Gran análisis. Brillante. Lástima que estés completamente equivocado. Mientras tú llegabas a esas sabias conclusiones los americanos te hacían la cama. Te equivocaste, galán. —Los colegas se sonríen en una actitud doblemente humillante para Iván. Gálvez continúa—: Te vas para Caracas mañana mismo y me preparas una explicación detallada de qué es lo que está pasando. Sabes de sobra que para nosotros Venezuela ha sido siempre un objetivo fundamental. ¿Me oíste? Vete y no regreses hasta que tengas un plan para montarnos en esa situación y darle la vuelta en nuestro favor.

Dos mil kilómetros al norte

Casi al mismo tiempo en que la llamada de teléfono en La Habana le roba el orgasmo a Iván, en Washington otra llamada interrumpe la meditación de Cristina Garza.

Este teléfono no se parece a aquel aparato negro y vetusto. Es más moderno, inalámbrico y, además de sonar, vibra. No hay forma de ignorarlo, especialmente si la llamada viene de ciertos números de emergencia preprogramados en el aparato, como ésta, que sale de una oficina a dos mil kilómetros al norte de La Habana.

Cristina, contrariada, abre los ojos y observa a través del enorme ventanal de la sala de su pequeño pero elegante apartamento los últimos copos de nieve de la tormenta que ha paralizado a Washington por estos días.

Le cuesta mucho acostumbrarse al invierno. De hecho, sabe que jamás se acostumbrará.

Está convencida de que, al menos para ella, el frío y la felicidad no son compatibles. Lleva media hora tratando de derrotar otra noche de insomnio. Sigue la recomendación de su psiquiatra, quien le ha dicho que la meditación puede ayudarla a dormir cuando la noche se le pone difícil. A ella, muchas noches se le ponen difíciles. Las mismas imágenes aparecen noche tras noche y la aterrorizan, la hacen sudar frío y le sacan lágrimas de donde ya no debería haber más. ¿Quién puede dormir así? Bombas estallan. Una mujer da gritos desgarradores mientras abraza un pequeño cuerpo inerme. Hombres y mujeres ensangrentados y aturdidos que caminan sin rumbo y sin nadie. Muertos tirados en la calle. Y ella ahí, en el centro de todo. Con su uniforme ensangrentado y su fusil M1 al hombro.

Cristina lo ha intentado todo para liberarse de esos recuerdos: pastillas, psicoterapia, hipnosis, reiki, ejercicios de pranayama, movimientos de Qi Gong y mucho más. Pero las escenas siguen regresando como fantasmas obsesionados con echarle a perder su vida.

—Es el estrés postraumático —le dice su psiquiatra—. Con el tiempo se te irá pasando...

—Pero lo único que ha pasado es el tiempo. La pesadilla sigue allí, inamovible.

Más que una pesadilla, lo que Cristina ve son imágenes de su vida real, de su participación como teniente de los marines en *Just Cause*, Causa Justa, el nombre código que le asignó el Pentágono a la invasión de Panamá. La misión era sacar del poder al general Manuel Noriega, el dictador que había convertido a su país en un narcoestado y que había pactado una lucrativa alianza con Pablo Escobar, el jefe del cártel de Medellín. Aunque su participación en las acciones de ese día le dejó a Cristina cicatrices imborrables, como el impacto de una esquirla de granada en la pierna o esas recurrentes imágenes en su mente, ella no se arrepiente de nada. Enrolarse en los marines la llevó a encontrar su lugar en el mundo, a asumir retos y a vencer sus miedos. Perfeccionó sus tácticas de pasar desapercibida, de no destacarse ni llamar la atención, tácticas que le serían vitales en adelante. Ya desde niña había adquirido ese hábito de hacerse invisible.

A esa hora de la noche, Cristina quisiera usar ese poder para seguir con su intento de meditación, pero el insistente timbre del teléfono la obliga a volver a la realidad, y de inmediato. El tono particular del timbre informa que quien está llamando es Oliver Watson, su superior. Ni siquiera le da tiempo de saludarlo, porque de entrada pregunta:

—¿Cris...? ¿Qué está pasando en Venezuela?

Cristina responde con los ojos más abiertos que nunca y con una contrapregunta:

—¿Cómo?

—Los militares están dando un golpe —dice Watson.

—¿Cuáles militares? —pregunta Cristina, para mayor malestar de su superior.

—Eso te pregunto yo a ti. ¿Cuáles militares, Cristina? Te pagamos un buen sueldo para que sepas todo lo que pasa en Venezuela, aun antes de que pase. Y resulta que no tienes idea de nada. Ni siquiera después de que pasa. Esto es peor de lo que yo creía. Dime, ¿crees que puedan ser los cubanos?

Cristina responde que su red de agentes en Venezuela monitorea de cerca a los cubanos y a los militares venezolanos, pero que hasta la fecha no han visto nada sospechoso.

Watson se queda en silencio por interminables segundos.

—Ven para acá inmediatamente —le dice con sequedad, y corta la comunicación.

Cristina se paraliza. Lo que está pasando atenta contra uno de los dos pilares de su vida: su profesión. No tiene pareja fija, ni hijos, ni aficiones, ni religión. Su familia, antes mexicana y ahora estadounidense, vive en Arizona, lejos de Washington. Con el tiempo se ha convertido en la madre de sus padres y de sus hermanos, a quienes cuida, sostiene y protege desde la distancia. Su familia y su profesión son sus dos anclas, su identidad, lo único seguro que tiene en la vida.

Se cambia de ropa con velocidad militar. Se pone unos pantalones que resaltan su atlética y atractiva figura, una gabardina italiana y botas de invierno. Para esconder las ojeras de una noche más de insomnio, en vez de sus lentes de contacto de siempre se pone unas gafas de marco grueso. Entra al ascensor y se ve en el enorme espejo. Los lentes no bastan; el insomnio y las pesadillas se notan en su rostro. En el tiempo que tarda el ascensor en bajar al estacionamiento, se aplica algo de maquillaje, un tenue brillo rosado en los labios y, para sentirse mejor consigo misma, un toque de su perfume de siempre, Ma Liberté de Jean Patou.

Aun en momentos de alta tensión como éste, Cristina es perfeccionista, una forma de ser muy suya y muy antigua que se acentuó apenas entró en los marines.

Antes de eso, su vida en Estados Unidos como inmigrante ilegal era siempre incierta y tan riesgosa que no dejaba margen para cometer errores. Había cosas que siempre debían hacerse a la perfección. Por ejemplo, no caer en manos de la *migra* y ser extraditada. Junto con sus padres, Cristina sobrellevaba el vértigo constante de caer en una redada y volver a México a la fuerza, una familia más en la larga lista de deportados.

Fue hace ya muchos años, cuando siendo aún una niña vivió con sus padres, su hermana menor y su hermanito, que para entonces era aún un bebé, la traumática experiencia de cruzar a pie la frontera. Sufrieron juntos ese calor del desierto que seca las entrañas, la sed que convierte la saliva en arena y el constante miedo a las culebras, a los guardias americanos y, sobre todo, a los coyotes, esos malhechores a quienes su papá pagó para que les ayudaran a llegar al otro lado de esa línea imaginaria que separa la miseria de la esperanza. «Nunca más, nunca más voy a pasar por esto», se repetía la pequeña Cristina. Muy pronto entendió que, para que ese «más nunca» fuese realidad, era necesario aprender a hacerse invisible. Estar presente sin que los demás notasen tu presencia. Ésa fue una de las lecciones más tempranas y más permanentes que le dio la vida. Y que la hizo ser quien hoy es como persona. Un ser que lo ve todo, pero a quien nadie ve.

Cuando terminó la secundaria, Cristina Garza descubrió un posible alivio a ese pánico que siempre la acompañaba: una ley recién aprobada les daba a los inmigrantes ilegales en Estados Unidos una vía para normalizar su situación migratoria y eventualmente la de su familia. La condición era comprometerse a servir en las fuerzas armadas norteamericanas al menos durante cinco años.

Cristina no se dejó amilanar por la angustia de su madre, quien ponía en la misma mesa los riesgos de una vida «sin papeles» y una vida militar. Para ella, ambos eran terrenos minados. Enrolarse en los marines era, quizá, estar aún más cerca de la muerte.

Cristina no lo veía así. Con apariencia retraída, la jovencita terminó sorprendiendo a sus superiores y a sus compañeros. Durante los primeros meses de difíciles pruebas académicas y fuerte entrenamiento físico no sólo reveló una gran inteligencia, sino que mostró una infatigable capacidad para sobrellevar los más duros esfuerzos.

Los cineastas y fotógrafos que a finales de 1989 acompañaban a los marines en la invasión a Panamá grabaron para la historia los momentos en los que Cristina arriesgó su vida por salvar a un compañero. En un barrio de la ciudad, donde estaban atrincheradas las milicias leales a Noriega, se estaba desangrando en una pequeña plaza un joven marine herido en el combate. Eludiendo las balas, Cristina avanzó corriendo en zigzag y ayudó al herido a arrastrarse hacia un árbol para protegerse de los disparos de los milicianos.

De pronto todo se paralizó. Cesó el fuego y ni los marines ni los milicianos hacían ruido alguno. Tras largos minutos de silencio, Cristina oyó los alaridos de una mujer desde el otro lado de la plaza. La buscó con la mirada y logró verla en la distancia, inmóvil en el suelo, con un niño a su lado, llorando sin cesar. Sin pensarlo, Cristina corrió hacia la mujer. El fuego empezó de nuevo. Los milicianos descargaron sus armas en dirección a Cristina, pero no lograron acertar porque rápidamente se tuvieron que refugiar cuando todo el contingente de marines disparó a discreción para darle cobertura a su compañera.

Al llegar adonde yacía la mujer, Cristina observó con desasosiego que el niño ya no lloraba. Ni respiraba. En medio del fuego cerrado, el niño había sido acribillado. A partir de ese momento, sus recuerdos son a la vez muy vívidos y muy confusos.

Recuerda claramente que mientras intentaba mover a la madre, herida pero aún con vida, oyó una fuerte explosión y sintió una potente onda expansiva que la empujó a metros de donde estaba. También sintió que la pierna derecha se le desgarraba. Después supo que le había estallado una granada muy cerca y una esquirla la había herido en la pierna. A pesar de su herida logró arrastrarse hasta donde yacía la mujer moribunda que aún abrazaba a su pequeño, el mismo niño que se quedaría a vivir por siempre en su alma y en su mente, quitándole el sueño. El niño se convirtió en el protagonista cotidiano de su insoportable y permanente sentimiento de culpa. «Debí haberlo salvado», se repetía una y otra vez.

Un tiempo después, cuando Watson, su jefe en los marines, se dio de baja para ocupar un alto cargo en la CIA, le pidió a Cristina que lo acompañara. Watson confía en ella a ciegas. «Cristina lo puede hacer todo y todo lo hace bien», les decía a sus compañeros. Y así fue. Cristina aceptó la invitación de Watson y, una vez en la CIA, su perfecto dominio del español y el respeto que produce su muy condecorada experiencia militar, pero sobre todo su competencia y total dedicación al trabajo, garantizaron una carrera fulgurante y llena de frecuentes ascensos.

Así llegó rápidamente a su cargo actual, uno que parece hecho a su medida: principal responsable de un importante país latinoamericano, Venezuela, la nación con las más grandes reservas de petróleo del planeta, situada a solo dos horas y media de vuelo de las costas de Estados Unidos, su aliado histórico.

Pero ahora nada de eso importa. Mientras enciende su nuevo y reluciente jeep rojo siente que está a punto de perderlo todo. Obligada a encarar la situación y la tormenta de nieve, abandona el edificio a velocidad irresponsable. Deja atrás los monumentos de la capital estadounidense, cruza el puente sobre el río Potomac y en menos de media hora está entrando a la sede de la CIA en Langley, Virginia. Sube a la sala situacional y, apenas entra, ve que está en marcha una reunión presidida por Watson. Se une al grupo y todas las miradas se centran en ella. Nadie dice nada.

Ella tampoco.

Hugo por fin se decide. Después de semanas de preparativos, espera y tensión, reúne a cinco oficiales en un baño de la Academia Militar y les dice con tono de caudillo:

—¡Operación Zamora este lunes a medianoche!

Sus palabras alcanzan la velocidad de una orden de guerra, van de Caracas a Zulia, de Maracay a Valencia y más allá.

Llevan más de diez años planeándolo. Cientos de encuentros clandestinos, largas conversaciones sobre Bolívar, Marx, Mao, el Che Guevara, la situación de Venezuela y de Latinoamérica. Con creciente frecuencia discuten también sobre planes estratégicos, mapas de operaciones, coordenadas, códigos, logística, redes de apoyo y todo lo que hace falta para dar un golpe de Estado.

Cuatro jóvenes militares recién graduados de la academia se reúnen bajo la sombra de un árbol de samán, parodian las palabras de Simón Bolívar, el Libertador, y juran por Dios, por la Patria, por el honor y la tranquilidad del alma romper las cadenas de la opresión para sentar las bases de lo que llaman Movimiento Bolivariano Revolucionario.

Creen que, impulsada por soldados patriotas, Venezuela nacerá de nuevo. Es uno de esos proyectos tan necesarios en los jóvenes, en los que la ambición, la búsqueda de identidad y la necesidad de «pertenecer a algo más grande que uno mismo» se ocultan disfrazadas de sincero y sentido altruismo.

La diferencia es que estos jóvenes no están en una universidad debatiendo ideas y soñando con un mundo mejor. Son militares entrenados para usar sus armas con la máxima letalidad. Y además comandan a otros jóvenes, aún más jóvenes, que manejan pelotones, tanquetas, piezas de artillería y aviones de combate. Y que también están armados y han sido entrenados para matar.

Ahora que Hugo se ha decidido, tienen menos de treinta y seis horas para prepararse. Desde tenientes coroneles hasta sargentos de tropa, cadetes y grupos de civiles reclutados para la insurrección. Tanques, fusiles y municiones. Ha llegado la hora de liberar la patria.

—¡Bolívar...!

—¡Siempre!

Los golpistas saben que el presidente Carlos Andrés Pérez regresa esta noche al país. Saben que salió hace una semana a Davos, en Suiza, la pequeña ciudad de los Alpes donde cada año su famoso foro económico atrae a dignatarios y jefes de las más grandes empresas del mundo.

Saben —y se ríen burlonamente— que fue a infundir confianza en los inversionistas extranjeros, a hablar de la riqueza petrolera y de la seguridad política de una de las democracias más longevas y estables de América Latina. Saben que el primer objetivo de lo que Hugo ha llamado Operación Zamora es capturar al presidente en el aeropuerto. Y, de ser necesario, «neutralizarlo». Lo que no saben es que el presidente también sabe de ellos. Pero no les teme.

Antes de salir de viaje, su ministro de Defensa y el jefe de Inteligencia Militar le pidieron una reunión urgente. Lo alertaron. Habían detectado una conspiración de los Comacate, es decir, de los coroneles, mayores, capitanes y tenientes, una logia de oficiales que obra en secreto y que con cautela ha ido reclutando adeptos entre militares de todos los rangos. Quieren derrocar al gobierno. Aprovechando la mala situación económica y la correspondiente caída de la popularidad del presidente en las encuestas, intentarán sacarlo por la fuerza. No les importa que él haya sido democráticamente electo. Ellos no creen en ninguna de las triquiñuelas con las cuales la élite de siempre oprime al pueblo.

—Esas elecciones son siempre un truco —les repite Hugo constantemente.

Reunido con su ministro de Defensa y su jefe de espionaje militar, el presidente les dice con sorna:

—Ésos son sólo rumores. Esta supuesta logia de la que ustedes me hablan no es más que un grupo de oficiales que se reúne para leer encuestas electorales y hablar de política. ¿En cuál ejército del mundo no ocurre eso? No se preocupen tanto. Aquí no va a pasar nada.

Pérez está convencido de que estos militares rebeldes están confundidos, que no tienen ninguna posibilidad de hacer mucho daño y, menos aún, de derrocarlo por la fuerza.

—Los cuarenta años de democracia que este país ha tenido desde la última dictadura militar no se derrumban de la noche a la mañana por unos muchachones militares que hablan duro y amedrentan a incautos —les dice a los dos generales—. Yo conozco bien este país.

»Los venezolanos aman su libertad y, aunque haya descontento, prefieren la democracia.

La reunión termina con una orden decorada con risa:

—Ustedes, los militares, tienen demasiado tiempo libre, general. ¡Manténgalos lejos y ocupados! Es todo.

Poco después sale para Suiza.

«Con maña todo se puede»

Mientras el presidente Pérez inicia su regreso al país, satisfecho con los aplausos, felicitaciones y promesas de inversión que recibió en Suiza, en Venezuela los golpistas aceleran su plan de ataque. Haciendo los máximos esfuerzos para no llamar la atención y tratando de que sus movimientos parezcan maniobras rutinarias, logran desplegar varias unidades en Caracas y otras cerca del aeropuerto internacional. Sus objetivos son detener al presidente a su llegada y tomar el control de varios lugares estratégicos; muy especialmente, el símbolo máximo del poder, el palacio presidencial de Miraflores.

Secretamente, los organizadores del levantamiento planean cómo, quién y en qué secuencia van a tomar puentes, vías principales, comandancias, bases aéreas, estaciones de radio y televisión, guarniciones militares, oficinas públicas y todo lo que pueda amenazar el poder que esperan conquistar.

La noche anterior, después de haber repasado por enésima vez todos los detalles de su plan, dos de los líderes conversan. Toman ron en pequeños vasos de plástico opaco. Ambos están ansiosos y muy emocionados.

—Llevamos diez años en esto, compadre —le dice Hugo a Manuel Sánchez, quien también es coronel—. Esta conspiración ha sido peligrosa, pero la hicimos bien, como debe ser: con paciencia, constancia, y sobre todo en silencio... ¡y al fin nos llega el momento que tanto hemos esperado! El día en que cese esta farsa democrática y los políticos ladrones y mentirosos salgan para siempre de la escena.

—Ojalá. Ojalá. Ojalá, Hugo, que nos vaya bien —contesta Sánchez, meditativo.

A Hugo lo irritan las dudas de su compañero y lo arenga:

—Deja el pesimismo. Tendremos éxito y el pueblo verdadero, nuestra gente, por fin tendrá la posibilidad de beneficiarse de las riquezas de este país. Pueblo y ejército. Juntos. Sin intermediarios —afirma con emoción.

—El pueblo... ¡Quiera Dios que el pueblo comprenda y valore nuestro sacrificio, se levante y nos ayude a barrer con los enemigos! —dice su escéptico cómplice.

—Así es, ojalá. Pero siento que nos irá bien. El pueblo está cansado de mentiras... ¡nos seguirá! —asegura Hugo dándose fuerza a sí mismo.

Toman otro trago. Y otros más. Sienten cómo la sangre se les calienta y el corazón se les acelera estimulado por el alcohol, la ansiedad y, sobre todo, la emoción. También por el miedo.

—Pero si fracasamos... vendrán tiempos duros, ¡muy duros! —dice Hugo en voz baja y tono reflexivo—. La muerte es siempre una posibilidad. Si muero sin ver cumplidos nuestros sueños, quiero pedirte que seas tú, mi querido Manuel, quien levante las banderas y persevere en la lucha. Y que cuides a mis hijos.

Es obvio que el coronel Hugo Chávez —un consumado manipulador de emociones— está tratando de crear lazos humanos aún más fuertes con Sánchez, pero éste lo conoce desde que era un adolescente y estuvieron juntos en la Academia Militar; sus trucos le son conocidos. Sabe, por ejemplo, que Hugo les ha dicho exactamente lo mismo a varios de sus otros compañeros, en especial a Ángel Montes.

Por eso decide ignorarlo, hacer como quien no lo ha oído y trata de cambiar de tema. Y es que, además, él no quiere pensar en la muerte, ni en la de su amigo ni en la suya.

Hugo cambia de tono.

—No me hagas caso, Sánchez; no importa, era tan sólo un decir. Aquí nadie va a morir, todo saldrá bien. Tú y yo vamos a mandar en este país. Y vamos a darle a la gente lo que necesita.

Pero, sin decirlo, ambos saben que hay razones para no estar tan seguros del éxito de la insurrección. El enemigo es poderoso y tiene muchos recursos, mientras que los insurrectos ni son tan numerosos ni están tan bien organizados como les han hecho creer a los demás involucrados. También saben de la posibilidad de que su movimiento insurgente haya sido infiltrado por oficiales leales al gobierno y, por supuesto, temen que algunos de sus compañeros no sigan adelante cuando comiencen a volar las balas. Pero es mejor no hablar de eso. Ya es muy tarde para preocuparse.

En cuarteles de otras ciudades, decenas de soldados se forman en pelotones y éstos, a su vez, se agrupan en brigadas. A voz en cuello juran por Dios y por Bolívar, por la Patria y por el honor. Muy pocos saben para qué están siendo preparados. Pero es evidente que algo inusual está pasando o va a pasar.

Los cómplices de lucha se sirven dos tragos más y Hugo brinda con optimismo y emoción:

—Ya lo dijo Bolívar una vez: «Con maña todo se puede».

«Bienvenido, señor presidente»

Una lluvia inofensiva cobija las calles de la capital. Las oficinas y los comercios empiezan a cerrar sus puertas y la gente va camino a casa. Coches y autobuses se mueven a la lentísima velocidad que les permite la congestión. Los noticieros no reportan nada extraordinario. Es un lunes cualquiera que bien podría ser irrelevante en la historia del país.

Muy pocos saben que esa tarde un equipo de ciento cincuenta beisbolistas está entrando al Museo Militar de Caracas. Parece que vienen a un simple y rutinario encuentro deportivo. Pero no. Apenas se bajan de los autobuses sorprenden a los guardias del museo, los detienen y les quitan las armas. De los tres autobuses empiezan a descargarse armas largas, cajas de municiones, pasamontañas y brazaletes con los colores patrios. Los uniformes de béisbol se cambian por uniformes militares y el gran patio frente al museo se transforma en un enclave de artillería ligera. A menos de dos kilómetros de allí, se ve el Palacio de Miraflores, histórico e imponente. Allí está el centro del poder.

Afuera del museo, desde un camuflado vehículo de operaciones que hace las veces de torre de mando, Manuel Sánchez, el coronel que comanda al grupo más cercano al palacio, anuncia a sus efectivos en tono solemne:

—¡Atención, compañeros! Hoy va a ser un día muy largo. Un día de paciente espera y de acciones decisivas. Doscientos oficiales y más de dos mil elementos de tropa, actuando al mismo tiempo en todo el país, dependen de nosotros. A partir de ahora todos somos uno. Y juntos correremos la misma suerte. ¡La patria cuenta con ustedes!

Y grita la sagrada consigna: «¡Bolívar...!».

—¡Siempre! —responden los soldados, sorprendidos pero con la moral en el cielo.

Muchos se enteran en ese momento del verdadero propósito de su viaje a Caracas. Para la gran mayoría de ellos, gente humilde de zonas rurales, ésta es la primera vez que visitan la capital de su país.

Dispersos en la ciudad, pequeños grupos de civiles simpatizantes reciben armas de los militares: fusiles, metralletas, algunas granadas de mano. No mucho.

Mientras se oyen por radioteléfono mensajes de todos los mandos comprometidos reportando estar ya en sus posiciones, Hugo se refugia en el museo. Solo y perturbado por lo que sabe que está por suceder, se habla a sí mismo dándose fuerza. Está frente al espejo del baño. Se ajusta y reajusta la bufanda de paracaidista, su boina roja, sonríe con pose de vencedor, siente de manera profunda cómo el espíritu de Bolívar se fusiona con su propia alma libertaria.

A veinte kilómetros de distancia está el aeropuerto internacional donde aterrizará el avión que trae al presidente. Desde una colina cercana, el coronel Ángel Montes, otro de los oficiales rebeldes, observa la pista con binoculares de visión nocturna. También tiene una radio con la cual oye las conversaciones entre la torre de control y los aviones que despegan y aterrizan. Por un micrófono informa a sus compañeros:

—La aeronave del presidente acaba de pedir autorización para aterrizar. Todo normal por ahora. Prepárense y estén atentos a mi orden para avanzar hacia el aeropuerto.

Minutos antes de aterrizar, Carlos Andrés Pérez, con rostro grave aunque voz serena, se dirige a toda su comitiva.

—Amigos, no había querido decírselo antes para no arruinarles el viaje. Me han informado que hay un golpe militar en marcha. Nos esperan horas críticas.

El avión toca tierra sin contratiempos, pero apenas abren la puerta entra con mirada nerviosa el ministro de Defensa acompañado de otros tres generales. Informa al presidente que los golpistas lograron sacar tropa, armamento y equipo rodante de varios cuarteles. Y que están tomando también un par de ciudades en el interior. Pero no es una victoria declarada, dice.

—Felizmente, pocas unidades se han desplegado en apoyo al golpe. Un grupo de élite está asegurando el aeropuerto. En unos minutos tendremos este lugar rodeado con soldados leales y controlaremos todas las entradas. La aviación y la guardia de palacio están con nosotros. —Hace una pausa y termina con irónica entereza—: Bienvenido a Venezuela, señor presidente.

Minutos antes, el coronel Montes había dado la orden a sus tropas de avanzar hacia el aeropuerto, arrestar a Pérez, sacarlo del avión e inmediatamente llevarlo al lugar de detención secreto que habían preparado. La orden es aniquilar a quien se interponga en este plan. Pero algo ocurre allá abajo que lo detiene en seco.

—¿Qué está pasando? —Montes contempla lo inesperado: diez vehículos de asalto se despliegan en la pista. Los efectivos leales al gobierno toman posiciones—. ¡Maldición...! —grita el oficial, furioso, frustrado—. ¡La orden es detenerlo y apresarlo, cueste lo que cueste!

Al pie de la escalerilla del avión, limusinas y todoterrenos se llenan de funcionarios oficiales y de escoltas. Centenares de soldados rodean el aeropuerto y crean un perímetro de seguridad alrededor del avión. El presidente baja por la escalerilla y se monta en un coche negro sin mayores identificaciones. Arranca a toda velocidad seguido por camionetas llenas de escoltas y soldados. Toman la autopista a Caracas. Pero ¿adónde van?

—Compañeros, se nos escapó el objetivo —anuncia secamente Montes por la radio a los demás oficiales que lideran grupos de combate—. Abandono la posición y voy en camino a reforzarlos, compañeros. Espero instrucciones. ¿Adónde quieren que lleve a mis soldados? —No recibe respuesta—. ¡Compañeros, compañeros!

Entretanto, en el patio del Museo Militar, nota alarmado que la guarnición de palacio está sobre aviso. Hugo vigila Miraflores con un equipo telescópico de visión nocturna. Se advierten movimientos, tanquetas que cambian de lugar, siluetas de oficiales y tropa. Escuadrones de soldados se aprestan a repeler un asalto.

—Malas noticias, compañeros —insiste el coronel Ángel Montes desde el aeropuerto—, ¡se nos escapó el objetivo! —informa.

Enojado con Dios y con el mundo, Hugo ordena:

—Lo detendremos en la casa presidencial. ¡Procedan a cercar la residencia!

Los soldados obedecen sin reparo y muy pronto una tropa rebelde con brazaletes tricolor se traslada al otro lado de la ciudad y rodea la mansión. Esperan la orden de atacar. En un parque cercano, una escuadra de ocho fusileros se camufla entre árboles y banquetas. Desde su garita elevada en la residencia, un centinela advierte el movimiento y detecta a los rebeldes. Alza un walkie-talkie.

La caravana presidencial corre por las desiertas calles de Caracas. En una de las limusinas el ministro le dice al presidente:

—Lo llevaremos directamente a su residencia. Con su señora y su familia. La guardia de honor está con nosotros.

Pero el presidente se niega.

—¡No, señor! Vamos al palacio. Ahí reside el poder, ahí es donde debo estar —ordena.

¿Quién es el jefe de esto?

La casa y sus alrededores se han transformado en un sangriento campo de batalla. La guardia militar presidencial, reforzada con policías y otros funcionarios de seguridad, está enfrentando el ataque de los insurrectos. Parecen tener todas las armas. Se oyen explosiones de morteros y lanzagranadas, así como incesantes ráfagas de ametralladoras de todos los calibres.

Los vecinos cuyas casas bordean la Casona Presidencial se refugian como pueden. Varios llaman a programas de radio y televisión que inmediatamente ponen al aire el escalofriante ruido del tiroteo. «Grupos militares están atacando la Casona y otros lugares, pero no sabemos quiénes atacan ni quiénes son sus líderes. Tampoco tenemos información de dónde está el presidente de la República», repiten nerviosos los presentadores de los noticieros.

Dentro de la residencia, la primera dama, las hijas y los nietos del presidente y el personal que allí trabaja se protegen de cualquier modo. A muchos sólo les queda tirarse al suelo. Hay soldados, policías y empleados de la casa gravemente heridos. También empiezan a contarse muertos. Todos están aterrorizados.

De haber llegado a la residencia, como sugirió el ministro, el presidente no hubiese sobrevivido. En cambio, su caravana llega sin contratiempos al Palacio de Miraflores. Por los patios y pasillos, el presidente y sus ayudantes y escoltas avanzan a paso vivo hacia el despacho. Se cruzan con oficiales, soldados y civiles armados, prestos a la defensa. Se movilizan tanquetas. La adrenalina del momento estimula y rejuvenece al presidente. Su talante es decidido y enérgico.

El coronel Manuel Sánchez, que ha tomado con su tropa posiciones en las calles adyacentes al palacio, ha visto la llegada del presidente y su comitiva. Se comunica por radio con sus compañeros anunciando que el presidente está en el palacio y que procederá al ataque. Pero, segundos antes de dar la orden a sus soldados, Sánchez se detiene. Siente que deben atacar con todo lo que tienen. Y con muchos más efectivos que los que él tiene bajo su mando. Recuerda que quien tiene la tropa más numerosa, con los soldados mejor entrenados y mejor armados, es Hugo. Además, está muy cerca, en el Museo Militar. Así podrán atacar a la vez desde dos flancos diferentes y eventualmente rodear el palacio. Le pide al soldado a cargo de la radio que lo comunique urgentemente con el coronel Chávez.

Pero Hugo no responde. Mientras sus colegas y subalternos se preparan para atacar, él ha decidido rendirle honores a «su» general Simón Bolívar. Armado y con todo el equipo de combate encima, se escabulle de su tropa y entra a una de las salas del Museo Militar. Cierra la puerta y enciende las luces. La sala está llena de grandes pinturas que ilustran las heroicas batallas de la guerra de Independencia contra el Imperio español. La combinación de ver esas antiguas batallas con la imaginación de la que está por comenzar lo sobrecogen. Literalmente tiembla de emoción. Es una experiencia espiritual como no ha tenido otra. Se ve inmerso en el fragor de esas batallas de hace dos siglos. Él y Bolívar son los principales protagonistas. Camina con la barbilla y el pecho en alto. Se siente muy cerca del más grande de todos. Ellos dos son en realidad uno. De tantas maneras.

De pronto, una babel de disparos, explosiones, gritos, fragor de combate, órdenes y alaridos se oye a lo lejos. A pocas cuadras, fuerzas rebeldes y leales combaten en las puertas del palacio. Caen y mueren militantes de los dos bandos.

El coronel Sánchez, ubicado en las cercanías del palacio, ha decidido no esperar más y ataca en el límite del paroxismo, parapetado tras un vehículo todoterreno. Pero de inmediato se le hace obvio lo que sabía y temía: que sus muchachos, sus soldados, ni son suficientes ni tienen la experiencia necesaria para vencer en una difícil operación como ésta. Los están aniquilando. Ve a varios temblando con ataques de pánico que los inmovilizan. Ordena a sus rebeldes que retrocedan, alejándose del palacio. La situación se hace más crítica cuando aparece una tanqueta del gobierno. Se ve acorralado. Se acerca a rastras al radiooperador y vuelve a preguntar con vehemencia:

—¿Dónde carajo está Hugo? ¡Necesitamos a sus soldados aquí, ahora!

El estruendo del combate a las puertas del palacio estremece el despacho del presidente.

—Vamos al búnker. Soy responsable de su seguridad, presidente —dice el ministro.

—De ninguna manera —responde él—. Vienen por mí, pero no voy a darles el gusto de apresarme. Tengo otro plan, general: salir de aquí y derrotarlos.

Afuera, el coronel Sánchez vuelve a gritar:

—¿Dónde carajo está Hugo? ¿Por qué no ataca el palacio? ¡Eso fue lo que acordamos!

Hugo Chávez no puede atacar el palacio porque sigue inmerso en una comunión divina con el retrato de Simón Bolívar. Le hace una venia, un saludo militar:

—Juro delante de usted. Juro por el Dios de mis padres...

Los ojos de Bolívar lucen inexpresivos, insensibles a las palabras del idólatra.

El radiooperador insiste en comunicarse, y nada. El coronel Chávez no está disponible. A pocas cuadras de allí, Sánchez ve cómo la torreta de la tanqueta gira y toma puntería. Los rebeldes se apiñan detrás del todoterreno y disparan desesperadamente. Las balas de los soldados leales al gobierno siguen diezmando a los rebeldes.

Dentro del palacio, el presidente abre la marcha de su comitiva de ministros y guardias.

—Conozco este palacio como la palma de mi mano —dice, y señala en una dirección. El grupo recorre un laberinto de pasillos, puertas de seguridad, escaleras, trechos mal iluminados—. ¡Por aquí! ¡Rápido!

Todos lo siguen, obedientes, deprisa. Nadie sabe adónde van. Hasta que llegan a un pasaje secreto que termina en un garaje en desuso donde hay varios automóviles esperándolos con los motores encendidos. El jefe de la escolta civil del presidente, quien trabaja para él desde que era un joven policía, ya está allí y parece tener todo organizado.

A poca distancia del palacio, en el museo, Hugo sigue ensimismado, hablando solo o, para ser preciso, hablándole a Bolívar.

—Romper las cadenas del poder español... Bueno, no del poder español; las del poder, simplemente.

Su trance es interrumpido por un grupo de personas armadas avanzando hacia él. Son sus subalternos, sorprendidos.

—Con el debido respeto, mi comandante Chávez, pero no es momento para... —dice un oficial.

—¡Nuestros compañeros están cercados; nos necesitan! —lo alarma otro.

—¿Cer... cercados? —Hugo parece reaccionar.

—¡Debimos atacar hace rato! —insiste el oficial con la quijada temblorosa.

Una explosión hace volar una pared. Las tropas leales han rodeado el museo. El coronel se ve a sí mismo como Bolívar en la batalla de Carabobo. Sin atreverse a disparar, se pone a cubierto. El tiroteo persiste. Los oficiales a su lado entran en combate.

—¡Rodilla en tierra y fuego a discreción, mis patriotas! —grita Hugo, delirante, anacrónico. Sin dejar de disparar, los rebeldes intercambian miradas de asombro ante la lunática conducta de su líder.

—¡Bolívar nos mira...! ¡Bolívar nos ilumina y nos guía...! —dice enfebrecido. Hace amagos por ponerse de pie, exponiéndose a las balas. Un soldado lo obliga a cubrirse—. Ésta es una canción de guerra —dice Hugo, extasiado.

Una aparente derrota

El presidente y su comitiva abordan los vehículos. Los rebeldes han sufrido muchas bajas, pero un grupo de ellos, algunos armados con lanzacohetes y morteros, ha logrado acercarse mucho al palacio y está tomando posiciones para bombardearlo. De repente, a poca distancia detrás de ellos, se abre una rampa cuya existencia desconocían y ven una caravana de coches que sale a toda velocidad. No saben qué es ni tienen tiempo de reaccionar.

Cuando ya es muy tarde para hacerlo, ven que el presidente de la República está sentado al lado del conductor del primer vehículo.

La peculiar caravana presidencial deja atrás el palacio, envuelto en explosiones, ráfagas de fuego y gritos de los heridos.

Sorprendentemente, nadie persigue a la caravana presidencial. A los insurgentes se les ha perdido su principal objetivo. Pérez ordena que se dirijan a la sede de un canal de televisión y hace un par de llamadas para que allí se apresten a recibirlo y preparen la defensa ante un posible ataque de los militares insurgentes. Los vehículos de la caravana llegan al garaje de la estación de televisión, donde ya hay apostados varios grupos de hombres armados.

Pérez está a salvo. Hugo y los demás golpistas, no.

El presidente se dirige al país, denunciando el golpe militar, anunciado su derrota y exhortando a los rebeldes que aún están combatiendo a que se rindan y eviten más fatalidades.

Poco antes, en el Museo Militar, el fuego de las tropas leales al gobierno se impone. Los rebeldes están casi liquidados. Y, aun así, siguen combatiendo, disparando sin cesar.

Sólo hay uno que se resiste a responder con balas: el coronel Hugo Chávez, el líder de los rebeldes. Anegado en su muy íntima reedición de las batallas de Bolívar, Hugo camina, asustado y desorientado. Sus movimientos piden un cese al fuego.

—¡Alto al fuego...! ¡Alto al fuego...! —grita un oficial. Y el fuego del gobierno cesa.

Hugo sale del parapeto y camina erguido entre los dos bandos.

Luce poseído, ido, con la mirada perdida. Avanza hacia el enemigo. Se presiente la rendición. Los heridos emiten gemidos largos y agudos, como de gatos con hambre. La Operación Zamora ha fracasado.

Y esto es sólo el comienzo.

En unos años Hugo dirá que el fracaso se debió a la traición de uno de los suyos. Pero los suyos saben —aunque sólo se lo dicen entre sí— que el fracaso se debió a que el jefe del golpe no golpeó. Hugo los dejó solos, nunca atacó.

2

Las tres potencias

Una luz naranja le va abriendo paso al amanecer en Caracas, un amanecer que pasará a la historia, quizá no a la del mundo, pero seguramente a la del país. Las cámaras de televisión recogen reveladoras imágenes de una noche de infierno: cadáveres de civiles y militares, heridos en espera de evacuación, destrozos, restos del combate, casas destruidas, carros volcados, soldados rendidos acostados boca abajo en la calle.

Custodiados por decenas de militares leales, Hugo, Ángel Montes y otros líderes son llevados a un cuartel. Chávez, hasta hace poco el comandante de hombres fuertemente armados, es ahora la viva imagen de la derrota. Sus captores lo miran con desprecio. Cabizbajo, con las manos enlazadas entre las rodillas, oye sin reaccionar al general que dirige la Inteligencia Militar. Le informa que hace unas horas el presidente anunció en una alocución al país que el gobierno enfrentó con éxito su cobarde intentona militar contra una democracia legítimamente elegida por el pueblo. Sólo quedan unos pocos focos de resistencia sin ninguna posibilidad de éxito, pero se niegan a rendirse. Y ahora le darán a él, jefe de los insurgentes, la palabra.

—Mira, Chávez —le dice—, tú eres el oficial al mando de una insensatez que ya fracasó. Es tu responsabilidad evitar que haya más derramamiento de sangre. ¡Toma, lee esto! —Le entrega una hoja de papel y continúa, imperioso—: Vas a aparecer ante las cámaras en una emisión conjunta de todas las estaciones de radio y televisión, en vivo. Leerás esta declaración admitiendo la derrota y exhortando a quienes aún están combatiendo a que depongan las armas y se rindan. ¿Entiendes esta orden?

—Sí, mi general —asiente Hugo, sumiso.

—¡No escucho! —le grita el general muy cerca de la cara.

—¡Sí, mi general! —grita el derrotado.

—Y oye bien esto —lo tutea el general, amenazante—, vas a hacer lo que te ordeno... tal como te lo ordeno. Lo vas a leer exactamente como está allí, en esa hoja de papel. No te vayas a equivocar conmigo, porque, si te equivocas, la bala que te tocaba esta madrugada te tocará ahora. ¿Entiendes lo que te estoy diciendo?

—Sí, mi general, entiendo.

Abatido y entregado, Hugo lee en silencio el papel, sin entusiasmo. Minutos después es conducido a un pasillo convertido en improvisado estudio de televisión, lleno de periodistas, micrófonos y cámaras. Lo rodean oficiales leales al gobierno, todos agotados por la larga noche de combate. El ministro toma el micrófono, saluda al país y recapitula los sucesos de las últimas horas. «... Y traemos a esta transmisión en vivo al cabecilla de esta frustrada intentona golpista, el coronel...»

Del fondo emerge un personaje vestido de militar con una boina roja ajustada a la frente. A su lado, generales y oficiales superiores. Para ellos es un insurgente derrotado. Pero, apenas Hugo habla, se dan cuenta de que es más que eso: es un carismático oficial que sabe cómo aprovechar los micrófonos para hablarles a sus hombres. Y al país.

—Buenas tardes, queridos compatriotas. Soy el responsable de esta acción regeneradora de la moral pública que oficiales y soldados de nuestra fuerza armada hemos acometido esta noche. —Los captores se miran entre sí con sorpresa y alarma. Su prisionero no está leyendo el texto que le prepararon. Pero nadie se atreve a interrumpirlo. Están trasmitiendo la escena en vivo a millones de personas—. Pido excusas a mis compañeros de armas pues fallé en la ejecución de la misión que me fue asignada. —Hace una pausa—. A los héroes que aún siguen luchando les pido que depongan las armas. No hace falta derramar más sangre de patriotas.

»Ustedes no fracasaron. Yo fracasé y sabré afrontar las consecuencias. —Respira profundo—. Si la muerte de este humilde hijo contribuye a que el sufrido pueblo de Venezuela decida reclamar sus derechos ante un sistema corrupto e inepto, nuestro sacrificio no habrá sido en vano. ¡No habrá futuro sino al lado del pueblo!

»Ustedes vivirán para siempre en nuestra historia aunque yo muera, porque yo vengo de ustedes... yo soy ustedes. Hoy podremos ser derrotados, pero no hemos sido vencidos porque esta lucha no ha terminado. Lamentablemente, los objetivos que nos trazamos no han sido alcanzados... Por ahora.

Millones de expectantes venezolanos, desde el presidente hasta su esposa, sus hijas y ministros, pasando por los militares golpistas rendidos en todos los cuarteles, oyen ese categórico «por ahora» que cambiará la historia de su país.

También lo oye Clara, la abuela de Hugo, quien está en su muy humilde casa en Barinas. Se le salen las lágrimas. No sabe si es por el miedo que siente por las malas cosas que seguramente ahora le van a pasar a su Huguito o por el orgullo de tener un nieto como ése. También lo ven entre conmovidos y asustados sus padres y sus hermanos. Las muchas mujeres a las que algún día besó. Su ex esposa Flora. Sus tres hijos pequeños. Sus profesores de escuela. Sus compañeros en la Academia Militar. Los amigos de béisbol de su pueblo. Todo el país oye absorto y sorprendido el mensaje del comandante Chávez. Los que lo conocieron antes del golpe y los millones de compatriotas que no tenían idea de su existencia, pero que ahora saben quién es, comparten un inmenso interés por este carismático personaje y su claro mensaje.

Pero lo más notable para quienes lo ven por televisión es la sorpresa de ver a un líder público haciéndose responsable de su fracaso. Esto no ocurre con los políticos que, con voz engolada y frases hechas, diariamente saturan las pantallas de televisión compitiendo con personajes de telenovelas, personajes de ficción que, para el público, son más sinceros que los verdaderos líderes de su país.

—¡Este tipo sí habla claro! —dice un joven que ve el discurso junto a una docena de personas que se han concentrado frente a un televisor en una tienda de electrodomésticos.

—¡Y es un valiente! ¡Así es como me gustan los hombres a mí! —dice una señora octogenaria, provocando las risas de todos.

Pero nadie examina a Hugo con más interés que los líderes de tres poderosas organizaciones que moldearán el futuro del militar rebelde y de su nación. Desde sus oficinas en La Habana, Iván Rincón y Raimundo Gálvez oyen con perplejidad y entusiasmo el discurso y ven la sinceridad emocionada del joven oficial exigiendo más justicia social.

—Este tipo es la mejor noticia que nos ha llegado desde Venezuela en décadas —le dice Gálvez—. Piensa como nosotros. Es de los nuestros.

—Así mismo es, jefe —asiente Iván, convencido de lo mismo.

Aún más perplejos están Cristina Garza y Oliver Watson, quienes con un equipo de analistas, espías, militares y diplomáticos también siguen todos los acontecimientos desde su sala situacional en la sede de la CIA. El ambiente es de confusión, nadie entiende lo que sucede en Venezuela. Watson siente que el discurso es casi una confirmación de su sospecha: los cubanos están detrás de la intentona militar. Pero no hay evidencia de esto. Nadie sabe nada.

—Esto no lo vamos a descifrar ni desde aquí, en Langley, ni con escuchas electrónicos. Necesitamos mucha más *Humint*. Sin *Humint* confiable nunca sabremos lo que realmente está pasando ni podremos tomar decisiones sensatas —dice Watson usando el argot de la CIA para referirse a *Human Intelligence*, la información adquirida no a través de aparatos electrónicos sino de seres humanos. Espías.

En una celda de lujo en la cárcel de La Cueva, el Primer Pran, a quien todos llaman simplemente Pran, es el primero en profetizar que el militar derrotado que aparece en la pantalla será el próximo presidente de Venezuela. El Pran, un «interno» que maneja desde la cárcel un inmenso imperio criminal «afuera», ha llegado lejos gracias a sus instintos, y éstos le dicen que la persona a quien está viendo por televisión no es sólo el próximo presidente, sino la pieza que le falta para que su organización alcance el ambicioso destino con el que ha soñado.

—A ese alzao lo quiero un tiempito aquí pa dale el tratamiento —dice en voz alta, esbozando una sonrisa.

Combustible para la revolución

Por varias semanas, un incómodo sentimiento de derrota ha estado anidando en el alma de Iván Rincón. Y él sabe bien de dónde viene. No acaba de comprender por qué, después de haber liderado por años las más exitosas operaciones de espionaje de la Revolución cubana en varios continentes, ahora está confinado en su pequeña oficina en el comando general del G2. Algo raro está pasando.

La noche del golpe, Gálvez le dijo que quería verlo operando desde Venezuela lo más pronto posible. Pero luego ha ido retardando la decisión. Cuando Iván lo confronta, Gálvez le contesta con ambigüedades y promesas vagas. Es obvio que cambió de idea, pero Iván no entiende por qué. Sabe, además, que Gálvez está llevando a cabo reuniones acerca de la situación en Venezuela y no lo incluye, algo que lo enfurece. Nadie sabe más que él sobre ese país, su gobierno, los políticos y la gente que allí mueve el poder.

Pero Iván es un profesional y decide hacer su trabajo de todas maneras y sin importar las circunstancias. «Ya se aclararán las cosas», se dice a sí mismo. Y, cuando se aclaren, él sabe que será el elegido para liderar la ofensiva de inteligencia que sin duda su gobierno deberá desplegar en Venezuela. Por ello dedica todo su tiempo a manejar y ampliar la red de espías e informantes que tiene en Venezuela. Estudia los eventos que condujeron al golpe, analiza mapas e identidades. ¿Quién es Hugo Chávez? Especula sobre los protagonistas y posibles aliados secretos dentro y fuera del país. Pero hacer esto desde La Habana tiene límites. Necesita actuar desde Caracas.

Como suele hacer cada vez que vive momentos difíciles, Iván busca consejo y consuelo en su padre, el General, un legendario miembro de la élite militar cubana. Siendo aún un niño, la madre de Iván abandonó Cuba para irse con un comerciante español, dejando a su esposo e hijo en la isla. Entre el padre y su hijo se creó un fuerte lazo basado en el respeto, una admiración mutua y un enorme afecto. Y en la desconfianza hacia las mujeres. Iván, atractivo y seductor, nunca se permitió enamorarse de alguna de las muchas y muy atractivas mujeres que tuvo y tiene. Disfruta mucho el proceso de seducir a su presa y luego hacerla suya. Pero muy pronto se obliga a buscar otra. El amor no es lo suyo. Su mamá le dejó ese legado.

Aunque cargando por siempre con el dolor y la humillación de haber sido engañado, el General intentó esconder su congoja y enfocó toda su vida en un objetivo: ir preparando a Iván para que fuese un eficaz heredero del negocio familiar, la defensa de la revolución. El General nunca ha ocultado su deseo de que Iván llegue a ser uno de los líderes del pequeño grupo que gobierna la isla. Por eso influyó, primero, sobre los estudios y, luego, sobre la carrera profesional de su hijo como si se tratara de un atleta destinado a ganar campeonatos mundiales. Iván no lo desilusionó. Por el contrario, sus éxitos le hacen sentir al General un orgullo que atenúa las molestias de su achacosa y muy solitaria vejez.

Cuarenta años atrás, cuando era un joven e idealista teniente, formó parte de un grupo de guerrilleros voluntarios que recorrió las montañas de Venezuela, luchando a la vez contra cuarenta y dos variedades de culebras ponzoñosas, el Ejército Nacional Venezolano y una burocracia cubana que no cumplía sus promesas. Los refuerzos, las municiones, las medicinas y los demás guerrilleros de refuerzo que necesitaban desesperadamente nunca llegaron.

Su misión era derrocar al gobierno venezolano para luego refundar la nación con bases similares a las que se instauraron en Cuba. El ahora General coordinó el inolvidable incidente de la playa de Machurucuto en 1967, cuando una decena de soldados cubanos desembarcaron en la costa venezolana y fueron emboscados y capturados por tropas leales al gobierno. Después de varios años intentando incitar en Venezuela una insurrección popular y fomentar una guerra de guerrillas que eventualmente llevase a la caída del gobierno y su reemplazo por un régimen similar al de Cuba, los jefes en La Habana tuvieron que reconocer su fracaso. «En Venezuela aún no están dadas las condiciones para que arda la llama socialista», concluyó el cursi informe interno que analizó la situación e intentó justificar el fracaso.

Al padre de Iván la experiencia le sirvió, por lo menos, para comprender muy bien la enorme importancia que podría tener el país sudamericano en el futuro de su isla: el petróleo.

Días antes del reciente golpe militar, cuando aún todo parecía estar en calma en Venezuela, Iván fue una tarde a conversar con su padre y repetirle, una vez más, que su carrera estaba estancada y que seguiría estándolo mientras los jefes del G2 lo tuviesen a cargo de ese país.

—Allí no va a pasar nada, papá. Venezuela no es una operación de espionaje como las que yo sé hacer. Tampoco es una misión internacionalista como las que hiciste en tu época en África. Venezuela es sólo un trabajo de oficina. Me tienen «en conserva» quién sabe hasta cuándo.

—No todo puede ser riesgo y adrenalina —le dijo el padre—. Se sirve a la Revolución donde la Revolución mande.

—Pues, te lo repito, Venezuela me parece sin futuro. Creo que jamás caerá en la órbita socialista —dijo Iván.

—Te tienen para algo importante, hijo —insistió el padre—. ¡Piénsalo bien, carajo! El petróleo venezolano es el combustible para la revolución continental latinoamericana. ¿Te parece poco?

Y de pronto llegó el golpe y lo cambió todo. En el país donde no pasaba nada estaba pasando todo. Pero a Iván lo tienen sentado fuera de juego. No sabe qué pensar. No sabe si su exclusión se debe a sus errores o a los de su padre. ¿Será que alguien le está pasando factura al General tratando de descarrilar la carrera de su hijo? Está convencido de que a sus jefes no les gustan su audacia y la independencia con la que actúa cuando lleva a cabo operaciones en el exterior. Su propensión a correr graves riesgos le ha acarreado muchas críticas y reprimendas. Sus superiores saben que darle una misión a Iván tiene altos costos en dinero y en angustias, pero sus logros, aunque secretos para la mayoría, son indiscutibles. Iván ha sido el artífice de algunos de los más importantes éxitos del G2 en América Latina, Europa, África y hasta en Estados Unidos. Su reputación está bien ganada.

Pero el espía también está muy consciente de que su estilo de vida puede jugar en su contra. La austeridad de un buen revolucionario no es lo suyo. Su adicción a las mujeres y al lujo le hace blanco fácil de críticas, pero, aun así, es algo a lo que no está dispuesto a renunciar. Quizá al lujo sí, pero a las mujeres nunca.

Más graves aún son las dudas que puede haber con respecto a su lealtad hacia la familia Castro. Su padre no mantiene las mismas buenas relaciones que siempre tuvo con los jefes supremos de la isla. Algo pasó entre Fidel y el General que Iván desconoce. El distanciamiento entre los dos es evidente. Quizá esta distancia es lo que está afectando a la manera en que Iván es visto por los jerarcas del régimen y sus jefes en el G2, especialmente Gálvez. Pero esto parece insuficiente para explicar por qué han decidido no usar a su mejor agente, quien además está a cargo de Venezuela, para aprovechar la oportunidad que se les ha presentado.

La situación da un giro repentino cuando una tarde aparece por sorpresa el General en la oficina de Iván. Se ve muy afectado. Lo mira fijamente y casi en un susurro le dice:

—Hijo, ve preparando las maletas. Ya hice lo que hasta ahora me había rehusado a hacer: delaté a uno de mis mejores amigos. No me preguntes nada. Lo importante es que tengas éxito en traernos el petróleo venezolano. Cuídate mucho, por favor. —Sin decir más, el General se voltea y se aleja a paso de anciano. Iván lo sigue, pero el General, sin girar, hace un gesto con la mano—. Ahora no, hijo. Déjalo así. Sé por dónde salir. Tú anda a trabajar.

Pocas horas más tarde Iván recibe una orden que le cambiará la vida.

—Si a este Chávez no lo matan —dice Gálvez—, y si no resulta ser un agente de los yanquis, es tu responsabilidad penetrar su círculo y garantizar que se convierta en nuestro amigo. O más que eso. Además, debes neutralizar a la CIA. En especial a quien dirige sus operaciones en Venezuela.

Iván queda impactado. Le acaban de dar el reto profesional más grande en sus cuarenta años: mudarse a Caracas, descubrir al principal agente de la CIA en Venezuela y liquidarlo. Al mismo tiempo, tiene que extender su red e infiltrarse a fondo en todas las esferas sociales, políticas y económicas del país. Sobre todo, en el estamento militar.

—Así lo haré —responde decidido.

Antes de su partida debe atender algunas cosas. A su familia no le da mayores explicaciones. El General sabe exactamente de qué se trata este repentino viaje de su hijo. A sus amantes les dice que la empresa de fertilizantes donde trabaja lo acaba de mandar a un intercambio profesional con una empresa similar de Vietnam. Ellas lloran y él las consuela a todas como mejor sabe: haciendo el amor.

En el vuelo a Caracas desde la República Dominicana, adonde ha ido a «pulir» su leyenda, es decir, a adquirir su nueva identidad falsa, Iván mira por la ventanilla del avión. Están llegando. Ve cómo se va dibujando la pista del aeropuerto frente a la costa, delante de la imponente cordillera.

«Prepárate, Venezuela, que aquí viene Cuba», se dice a sí mismo, emocionado.

Cristina ya no es Cristina

En las oficinas de la CIA en Langley, Cristina se concentra en preparar un rápido informe que revele, por lo menos en parte, quién es quién en la fracasada insurrección, comenzando por el coronel Hugo Chávez.

Hasta ese día, tener a Venezuela bajo su responsabilidad no la había entusiasmado. No era un cargo ni tan retador ni tan propulsor de su carrera como otros que le habían tocado en su vida profesional, antes como militar y ahora como agente de la CIA. Agradece, sin embargo, estar cerca del coronel Oliver Watson, su jefe y mentor. Fue él quien la formó, le enseñó las más valiosas artimañas de la guerra y el espionaje, la llamó primero a su unidad de élite en los marines y luego la llevó con él a la CIA, siempre cuidándola como si fuese su hija.

Pero, más allá de ese afecto, el trabajo que le dio Watson carecía de retos y no ofrecía vértigo alguno. El sentimiento de estar estancada no era nuevo para Cristina. Venía macerándose desde meses atrás. Se conocía bien a sí misma y sabía que se aburría fácilmente y que su ambición no le permitía esperar con calma y paciencia a que algo importante sucediese; algo que le pudiese dar la oportunidad de destacarse y ser reconocida por colegas y superiores como una líder en su campo. Cristina sabía que su propensión a pasar desapercibida coexistía con una fuerte ambición. En el fondo, tanto la invisibilidad como el éxito la protegían de las amenazas con las cuales había vivido desde niña. Los peligros que antes la asustaban ya no existían, pero los miedos que aún la sobresaltaban seguían siendo muy reales. El éxito era su antídoto a esos miedos.

Nada de esto era evidente para sus colegas y amigos. La gente la veía fuerte, inteligente y valerosa. Nada la detenía. Y esa indetenible ambición era la causa de su impaciencia con su actual trabajo. Su problema no era la CIA, una organización que le fascinaba, sino Venezuela, un país que la aburría. Estaba haciendo todo lo posible para que la asignasen a otro destino, a otro puesto más retador. No quería volver a participar en una guerra abierta ni a estar en medio de un campo de batalla como el que vivió en Panamá. Pero seguramente debía haber algo mejor, más interesante, más útil para su carrera, que permanecer atrás de un escritorio, monitoreando un país en el que «nunca pasa nada». Además, en esos tiempos, los agentes que ambicionaban llegar alto en la jerarquía de la CIA sabían que, para tener la atención, la visibilidad y el reconocimiento de los superiores, había que especializarse en Oriente Próximo o en Asia, no en América Latina. «A mí que me pongan a operar en Jordania, en Pakistán o en China, pero no en Venezuela», le ha dicho ya varias veces a Watson, pero sus palabras no han tenido ningún efecto. Con los meses el desencanto de estar a cargo de una misión que a ella le parecía intrascendente la fue deprimiendo. A esa depresión también la nutren los altibajos y frustraciones de su secreta relación con el senador Brendan Hatch, a quien siente que ama y quien dice que la ama, aunque sigue negándose a dejar a su esposa y a hacer público su romance.

—Ten confianza, hija. Las cosas cambiarán para bien. Habla otra vez con tu jefe e insístele en que necesitas darle un vuelco a tu carrera —fue todo lo que le aconsejó su madre cuando hablaron por teléfono la última vez. Ella cree que su hija trabaja en el Departamento de Agricultura en Washington. Sólo sus colegas más cercanos saben que trabaja en una agencia de espionaje. La mamá de Cristina cree que la depresión de su hija es sólo un efecto del invierno, del desencanto laboral y la soledad.

Siguiendo en parte el consejo de su madre, pocos días antes del golpe militar en Venezuela, mientras almorzaba con Watson en la cafetería, Cristina aprovechó para volver a traer su malestar a la mesa.

—Y entonces... ¿Cuándo me sacas de Venezuela? Ya te he dicho que ya no me interesa ese país.

Watson la miró con simpatía, entendiendo su frustración. Pero no tenía a nadie mejor que ella para ese cargo. No la quería sacar de Venezuela. Siempre disfrutaba de hablar con ella, encantado por su dominio del tema, de los datos de la historia, y por su capacidad de utilizar todo ese conocimiento en apoyo de sus ideas.

—Pero tú también me has dicho que allí la situación política se está complicando. ¿Qué crees que puede pasar? —le preguntó Watson. Cristina respondió sin demora:

—Todos creen desde niños que son ricos, porque el país tiene mucho petróleo. Y como el petróleo es propiedad del Estado, entonces es de todos. Pero, en realidad, la gran mayoría de la gente es pobre. Hay mucha corrupción, aunque ésa no es la principal razón de la pobreza, sino las malas políticas económicas. Pero nadie quiere oír hablar de eso. Lo que la gente quiere es que le den su parte de la riqueza. Y mira esta contradicción: «El país es rico y, por lo tanto, yo debería ser rico. Pero en realidad soy pobre». Eso es porque alguien se está robando «lo mío». Esa idea generalizada termina siendo una tóxica bomba política —concluyó Cristina.

Watson, escéptico, le recordó que Venezuela gozaba de una de las más largas democracias de América Latina y que no vivió horribles dictaduras militares como las de Argentina, Brasil, Chile y otros países del continente. Pero Cristina no estuvo del todo segura de que ese solo hecho pudiera proteger al país de una repentina desestabilización institucional. Habló de los bajos precios del petróleo, de la necesidad del gobierno de hacer aún más recortes en el presupuesto y de lo impopulares que resultan esas medidas.

—La gente, «el pueblo», no la está pasando bien, y por eso mismo hay mucho malestar. Y todo podría empeorar con los nuevos ajustes económicos. ¿Quién sabe lo que puede suceder?

—¿Y qué hay de los militares? —preguntó Watson—. Sé que no ha habido un solo golpe militar en cuarenta años.

—Es verdad —respondió Cristina—. La democracia parece estar

muy arraigada. Hay descontento popular, pero los políticos y analistas con los que hablamos insisten en que la democracia es sólida y que a los venezolanos no les gustan los militares en el poder. Les gusta su democracia y no se la van a dejar quitar. El consenso de los expertos, tanto los de nuestro gobierno como el de académicos y otros especialistas independientes, es que allí no va a pasar nada. Pero yo no quiero esperar más a ver si pasa algo o no. Yo me quiero transferir a un país donde haya más movimiento y que sea una prioridad para la Casa Blanca.

Watson fija la mirada en ella por largos segundos.

—Estoy tarde para una reunión —le dice levantándose de la mesa—, nos vemos más tarde.

El almuerzo le dejó a Cristina la misma sensación del principio: que la misión de Venezuela carecía de encanto, de vértigo, y que, en esa posición, sus capacidades como espía eran subestimadas.

Se equivocó. En Venezuela sí estaban pasando cosas. Cosas que ella debería haber sabido pero no supo.

De haberlo sabido no estaría en este momento, después del fracasado intento militar, con un rompecabezas a medio armar, tratando de reunir información confiable sobre los golpistas, sus razones y los efectos de todo esto en el país y más allá de él.

Le duele tener que aceptar que Watson tiene razón al estar furioso con ella: prever el golpe militar antes de que ocurriera era su trabajo. Y no lo hizo. Falló. Reaccionando al impacto y buscando cómo remediarlo, la espía contacta a sus varios agentes en Venezuela, quienes comienzan a enviarle información parcial, escueta y aún poco confiable, pero es la única que tiene. Lee el primero de varios artículos en los que se relata el origen del coronel Hugo Chávez:

Fue el segundo de seis hijos que tuvieron un par de maestros de escuela en Barinas, un estado de la región de Los Llanos de Venezuela. Los años cincuenta fueron muy difíciles para la familia Chávez-Frías. Tenían muchos hijos y poco dinero. Un día, la mamá de Hugo, desbordada por la situación, le imploró a la abuela paterna de sus hijos que cuidara por un tiempo a Hugo, algo que aceptó a regañadientes ya que ella misma vivía sumida en una gran pobreza. Sin embargo, se encariñan. Así, los años en que lo tuvo en su casa se fueron alargando hasta ocupar toda la infancia del niño. Fue casi natural que Huguito terminase llamando «mamá» a su abuela.

El lento pero tangible progreso económico de los Chávez-Frías fue parte de una importante transformación social que vivió la Venezuela de esos tiempos. Derrocado el dictador Marcos Pérez Jiménez en 1958, la democracia legitimó los partidos políticos que en adelante gobernarían el país y que cada cinco años competían ferozmente por la presidencia en elecciones. Los primeros beneficiarios de las políticas de desarrollo social que se establecieron de ahí en adelante fueron los militantes de los dos principales partidos. Los padres de Hugo rápidamente entendieron esto y se afiliaron al Partido Socialcristiano. En su militancia política ocuparon cargos mejor remunerados en el Ministerio de Educación. Estaban aún lejos de ser una familia con una base económica sólida; pero la pobreza en la que habían vivido ya había quedado atrás.

Pero esa creciente prosperidad no les llegó a todos por igual. Nunca le llegó a la abuela Clara. Ella y su nieto vivían con muy poco y hacían de todo para sobrevivir. Clara cocinaba unos dulces tradicionales llamados «arañitas» y se los daba a Huguito, quien los vendía en las calles de Sabaneta, su pueblo. De ahí que al niño lo conocieran como el Arañero. Los sentimientos de Huguito por su abuela eran inmensos. Hugo nunca quiso a nadie como a ella.

Mientras tanto, desde Venezuela le siguen llegando datos sueltos sobre Hugo. Ya sabe que sus grandes pasiones han sido el béisbol, las mujeres y la política. Que cuando era niño fue sacristán en la parroquia de Sabaneta y desde entonces tiene un intenso pero indisciplinado fervor cristiano. Todo indica, además, que tiene un carácter volátil. Quienes lo conocen desde la infancia y la adolescencia reportan que Hugo experimentaba constantes cambios de humor que lo llevaban de episodios de gran generosidad y humanidad a escenas de ira incontrolable y crueldad extrema. Cristina se pregunta si quizá ésa fue una de las razones por las cuales su madre decidió alejarlo de la familia. También se sabe que se inscribió en la Academia Militar, en la que hizo una carrera con méritos, se casó con una amiga de su pueblo, tuvo tres hijos y se divorció cuando él decidió que necesitaba más libertad y era poco lo que lo unía a ella.

La espía comparte los datos con su jefe, confiando en que pudieran servirle para descubrir algo interesante que a ella se le estuviera escapando.

Pero Watson sólo quiere saber una cosa: ¿son títeres de los cubanos?

—Hay muchas cosas que no puedes averiguar desde aquí. Deberías mudarte a Caracas. —A Cristina le brillan los ojos mientras oye a Watson describir su nueva misión—. Te construiremos una identidad falsa, perfecta y a toda prueba. Nadie sabrá quién eres realmente o qué haces. Te doy unas horas para que lo pienses.

En menos de una hora, Cristina acepta la propuesta. El estatus de su misión ha sido elevado a prioridad. Debe hacer todo lo posible, y de cualquier manera, para que el gobierno estadounidense tenga la máxima influencia en Venezuela, el país con las mayores reservas petroleras del planeta. En principio, su tarea más urgente es averiguar quién es el principal agente del G2 cubano en Venezuela.

—Cuando estés segura de su identidad, ya sabes lo que debes hacer —le dice Watson.

Los dos derrotados

Las horas que siguen a la aparición de Hugo Chávez en televisión son para el presidente venezolano el principio de una pesadilla política que, con los meses, terminará por costarle el cargo. Si al menos hubiese podido dormir algo en el vuelo de regreso de Suiza, o descansar un poco después de anunciar al país el fracaso del golpe en su contra, o cuando al fin detuvieron a todos los golpistas. Pero dormir fue un derecho al que renunció el mismo día en que se hizo presidente.

—Para dormir tendremos la eternidad —solía decirles a sus siempre agotados ministros.

Haber sobrevivido al ataque en contra no lo hace vencedor. Al contrario, la repentina figura pública del avezado teniente coronel Chávez ha despertado los ánimos de toda una nación cansada de fraudes, impopulares medidas económicas y escándalos de corrupción.

—No se le puede pedir al pueblo que defienda la democracia cuando tiene hambre —dice ese mismo día el anciano pero aún muy ambicioso fundador del partido de oposición en un discurso en el Congreso.

Después de todo, el presidente tiene algo en común con el militar que lo intentó derrocar: los dos han fracasado, uno como golpista y el otro como presidente.

Pero Hugo tampoco la tendrá fácil. «Si fracasamos vendrán tiempos muy duros», recuerda que le dijo a Sánchez, su compañero muerto en combate. Qué duro es estar en prisión, aceptar que sus hermanos de lucha no volverán a darle la mano ni a entonar con él canciones revolucionarias. Qué duro es estar recluido en un sótano donde no entran la luz ni las noticias de sus compañeros. ¿Cuántos murieron? ¿Cuántos heridos? ¿A cuántos apresaron? ¿Dónde los tienen? ¿Qué hay de mis hijos? ¿Dónde está mi abogado? ¿Cuándo comenzará mi juicio?

Pero entonces aparece, por un momento, la esperanza. A las puertas de la prisión comienzan a llegar visitantes espontáneos, como peregrinos a un lugar sagrado. También le llega una carta de su amante, tarjetas de ánimo de cientos de nuevos militantes, sacerdotes, familiares, periodistas y muchos políticos que le ofrecen su apoyo y le invitan a unirse a su partido. Una muchedumbre de simpatizantes solidarios que marcha al cuartel día y noche hasta que alguien, misteriosamente, dice: «¡Basta!».

Una mañana, los vigilantes reciben la orden de trasladar a Hugo a La Cueva, la cárcel más grande y temida del país. Al llegar allá, con las manos todavía esposadas, lo pasean con violencia por un laberinto de patios, pabellones y celdas hacinadas de presos. Sin terminar de comprender la verdadera dimensión de lo inhumano, se ve depositado como basura en un patio saturado de reclusos, charcos de orina y excrementos, moscas, ratas, restos de hombres aspirando drogas, zombis armados, guardias ciegos. Contemplando lo inconcebible, no tiene tiempo de improvisar un saludo revolucionario para estos pobres presos desprotegidos, porque más tarda en respirar que en perder sus zapatos, su poca ropa, su autoridad militar, su simpatía y su fe. En instantes, el comandante de hombres armados pasa a ser mucho menos que nadie: un preso sin nombre, sin historia, sin cama, sin alguien que le cubra la espalda cuando vienen los locos a golpearlo, a humillarlo, a echarle vómitos y mierda encima, comida podrida, ratas agonizando.

—A ti ni el Primer Pran te salva, ¡maricón! —le gritan unos.

—Vida eterna a nuestro Pran —corean otros.

—Oh, Pran de los Cielos, deposita tu poder salvador sobre esta pobre y descarrilada alma maldita —entona sermones paganos un aplaudido reo que juega el papel de pastor de almas en ese lugar sin alma.

Por interminables días y semanas, Hugo es alumno de primera

fila en un salón de clases dantesco. Presencia violaciones, torturas, degollamientos y asesinatos sin derecho ni posibilidad de auxiliar o protestar. Olvida las palabras moralizantes de Bolívar. Se esfuma la fe en su revolución. Sepulta su pasión por los bates de béisbol y por los muslos de las mil mujeres que ha deseado. Deja de pensar. Sólo una palabra le retumba como el golpe de tambor en la cabeza: «Pran... Pran... Pran...». Y el Pran, como el dios que es, lo ve y lo sabe todo.

Derrotado, deprimido y adolorido en su pequeña y calurosa celda, Hugo está muy lejos de saber que su futuro será distinto de este maloliente e infernal presente.

El coronel no sabe que la agencia de espionaje de la superpotencia, la dictadura cubana y la organización criminal más poderosa de su país no descansarán hasta conquistarlo.

Como sea.

3

En La Cueva

Un nuevo mejor amigo

¿Cómo evitar los horrores y penurias que para la inmensa mayoría de la humanidad constituyen lo normal, lo de todos los días? Algunos, muy pocos, lo logran. Para ellos, la soledad, la pobreza, el hambre, la carestía o la incomodidad son experiencias ajenas a su vida. Son la gente más rica y poderosa del mundo. Tienen lo que quieren. Viven en paraísos fabricados a la medida de sus deseos.

Yusnabi Valentín es uno de ellos. Y no es que, bendecido por los dioses, haya nacido en una familia rica de la cual heredó la fortuna que hoy lo hace rey. Nada de eso. Pobre niño, decían. A su padre nunca lo conoció, y la última vez que vio a su madre fue tendida sobre un charco de sangre en un callejón de Caracas; una bala se la había llevado con toda su miseria. Él tenía entonces once años y a nadie más en el mundo.

Dueño de su propio destino, Yusnabi creció con otros huérfanos en las barriadas más humildes de la ciudad. Como gatos de basurero que eligen la noche para estudiar la vida, los niños de la calle aprendieron a oler pegamento, a defenderse a navajazos, a asaltar ancianas, vender droga, secuestrar niñas y robar bancos. Aunque era, en apariencia, el más débil y pequeño de la pandilla, demostró un coraje tan grande como su ansia de poseerlo todo. Los policías y vigilantes supieron de él muy pronto: los que se negaron a aceptar su plata, recibieron una propina de plomo.

Con el tiempo hasta él mismo perdió la cuenta de sus muertos. Un dato menor ése, porque ya había dejado de ser hombre para convertirse en leyenda: un ser con huesos de contorsionista y cerebro de genio.

Quienes lo han visto saben que es bajo, delgado y demacrado. Pero su flacura no es la de un insípido esqueleto, sino lo opuesto. Su cabeza calva, siempre brillante, hace resaltar un par de ojos verdes. Habla recio, con los labios muy juntos. No hay manera de saber cómo son sus dientes. Su mirada penetrante intimida a hombres mucho más grandes y fornidos que él. Tiene un cerebro prodigioso y truculento. Es un líder innato, genio con los números, atento a los detalles, capaz de tomar decisiones difíciles. «El miedo es un grillo que se aplasta con el pie», suele decir.

A los treinta años, después de llegar al máximo escalón de su carrera criminal, Yusnabi Valentín se jubila de asesino. Le deja esa tarea al gran contingente de sicarios que ya lo tenían por dios y están dispuestos a hacer lo que él les pida. Y el Pran pide.

Yusnabi permanece en la cárcel por voluntad propia. Un día, estando preso, decide que lo más conveniente y seguro es establecer el cuartel general de su imperio empresarial en una celda. O, mejor dicho, en una suite de celdas. Escoge La Cueva, la cárcel más terrorífica de todas; terrorífica para los otros, claro, porque para él no es sino uno más de sus negocios. Desde la cárcel compra a políticos, abogados, policías, obreros y guardias. Se sentencia a sí mismo a más de cuarenta años «tras las rejas». Construye su mansión-oficina, con todo y «cuartos para huéspedes». Desde allí se dedica de lleno a dirigir una de las más diversificadas y lucrativas empresas de Venezuela. Se especializa en tráfico de drogas y de mujeres, secuestros, robos a bancos, contrabando y, por supuesto, la red de «clubes de caballeros» de lujo, la más frecuentada por los poderosos del país. El Pran controla una importante cuota del mercado ilícito del país. Su crimen está muy bien organizado.

Yusnabi Valentín sabe que un buen gerente es uno que se sabe rodear de buenos gerentes. Así, con el tiempo ha ido acumulando un eficaz equipo de lugartenientes, gerentes y servidumbre. Arma un ejército de más de quinientos hombres encargados de mantener el orden. Afuera, el número se multiplica por diez. Dota a sus mercenarios con fusiles, escopetas, pistolas, ametralladoras, granadas y todo lo que sirva para matar del susto, en serio y en serie.

La Cueva es, pues, su fortaleza, su base de operaciones, su banco central y su sala de fiestas. Nadie puede entrar o salir de esa cárcel sin el consentimiento de su organización, incluidas las autoridades a las que él mismo nombra. O elimina. Con cada nuevo movimiento dentro y fuera de prisión, ha dejado claro que el poder se escribe con mayúscula y que tiene un solo nombre: Pran.

Paga sumas exorbitantes a sus funcionarios públicos y escuderos, mientras que cada semana cobra a los presos una especie de impuesto de renta. Ha modernizado los métodos de tortura y desaparición selectiva. De La Cueva manda sacar cada día a dos o tres muertos para ir depurando la plaga.

Pero no es del todo malo: ofrece a los reclusos servicios de seguridad privada, venta a domicilio de cualquier licor o droga, alquiler de cuartos, teléfonos, armas y prostitutas. Es religioso, además. Sigue con devoción las enseñanzas de Juan Cash, un magnético pastor teleevangelista texano que combina cristianismo con autoayuda de la Nueva Era y ritos africanos. El Pran lo venera como a un santo. Le ha edificado un altar en su oficina y dona elevadísimas cuotas mensuales como una especie de prepago por la santificación de su alma. Está convencido de que las palabras de Cash son filosofía divina: «¡Dios quiere que seas rico! ¡En esta vida!».

Mostrar la riqueza tampoco es pecado. El día que cumplió cuarenta años ofreció una fiesta inolvidable en su mansión. Contrató a un grupo de merengue que trajo desde la República Dominicana. Repartió dinero, whisky, caviar y cocaína. Se extasió al ver a tantos políticos juntos bebiendo champán con reinas de belleza, a altos militares brindando con agentes financieros, a periodistas con proxenetas. Era su manera de celebrar el milagro de seguir vivo, el don de ser un ejecutivo extraordinario. Porque eso está muy claro. Es secundario el hecho de que sus iniciativas empresariales se inclinen hacia lo ilícito. La verdad es que es un genio de la organización, la logística compleja, las estructuras financieras opacas y la manipulación de personajes de todo tipo.

Como a todos los hombres de negocios exitosos, al Pran le es fácil establecer relaciones con otros poderosos, especialmente con políticos. Los sabe leer bien. Además, muy temprano en su carrera como hombre de negocios comprendió que toda empresa grande debe tener acceso e influencia con el gobierno, independientemente de quién esté a cargo del mismo. «Los gobernantes son temporales; nosotros, los empresarios, somos permanentes», solía decir mientras sonreía para hacer ver que él entendía mejor que nadie la ironía de lo que estaba afirmando.

En las nóminas de sus empresas siempre tenía a funcionarios del gobierno de turno, políticos, ministros, jueces y generales. Pero sentía que no era suficiente. Quería más. ¿Qué tal un presidente?

El Pran es un empresario ambicioso. Y sabe aprovechar las oportunidades que se le presentan. Y Hugo podría ser una oportunidad muy interesante. ¿Puede ser este coronel derrotado el vehículo para que su conglomerado empresarial eventualmente llegue a contar con un presidente de la República?

Hace unas semanas ordenó el traslado de Hugo a La Cueva. Fue él quien decidió que lo depositaran como basura en el pabellón más deprimente y violento, que lo maltrataran y humillaran hasta que se sintiera totalmente consumido por la derrota. Fue él quien hizo repetir su nombre una y mil veces. Era importante que este militar golpista supiera que más abajo del submundo vive un gigante y poderoso pulpo, cuyos tentáculos son su única esperanza de salvación.

El Pran, siempre molusco precavido, decide esperar hasta que su presa haya tocado fondo. Primero se manifiesta como la abeja reina: manda a una cuadrilla de abejitas armadas —y semidesnudas— a cambiar la escenografía del teatro del infierno. En un tránsito sin escalas hacia el Jardín de las Delicias, Hugo es escoltado por tres fornidos guardianes de civil. No sabe si se trata de guardianes o presidiarios. Lo conducen a través de puertas secretas, atajos y madrigueras hasta llegar al «club privado» del Pran. Allí lo están esperando dos bellas mujeres. Primero lo duchan y lo llevan a una sauna, y luego a una tina donde lo bañan y masajean de pies a cabeza. Le dan por primera vez en semanas un plato de comida digna, agua pura y un menú de vinos, licores y cócteles del que no es fácil elegir. Le ponen a su servicio una habitación limpia con todas las comodidades: música, televisión, DVD, todo. Le presentan su nueva cama doble, sus toallas, su cepillo de dientes y una docena de libros para leer en las noches, si alguna razón lo desvela. Es así como, en un ambiente tan providencial, Hugo resucita de la agonía y vuelve a ser el carismático líder de voz seductora que hace sonreír a los desamparados.

Un par de días después, el molusco sale a la superficie. Manda a uno de sus conserjes a la habitación del nuevo huésped y hace que le entreguen una nota escrita a mano con letra impecable:

Bienvenido a La Cueva, coronel Chávez. Estoy muy interesado en conocerlo. Tenemos mucho de que hablar. Lo invito a cenar esta noche a las ocho. Lo espero.

Su admirador,
YUSNABI VALENTÍN (Pran)

Una cena entre amigos

La suite del Pran queda en el techo de la prisión. Cuatro pisos más arriba de la celda inmunda donde ha estado Hugo, aunque eso es imposible saberlo. El recinto del Pran está aislado del resto de la cárcel y muy bien protegido. Es inexpugnable.

Un mastodonte tatuado hasta el mentón abre la puerta. Le da entrada al invitado, quien se sorprende aún más al percibir un exquisito y muy familiar olor a guisado que está flotando en el aire.

«¿Cómo puede ser eso? ¡La comida es chigüire!» El invitado no se lo cree. Como un relámpago se le aparece su abuela en la mente. ¿Qué pensaría ella de todo esto? Tan sabroso le quedaba este cocido. ¡Años aquellos en Los Llanos, cuando vivían juntos!

El mastodonte cierra la puerta. La nariz de Hugo entra conversando.

—¿Alguien cocinó chigüire aquí? —pregunta sin saludar.

—Tu abuela —le contesta el Pran y se ríe de su chiste, que no es un chiste.

Los ojos de los dos se encuentran y se hacen honores.

—Tu abuela lo cocinó ayer allá en su casa, pero nos falló el piloto y apenas aterrizó hoy. Es una de las sorpresitas que te tengo.

Hugo se ríe, más hambriento que complacido. Tiene la lengua afuera. No ve un plato de capibara desde hace como seis años. Pero se contiene. Recuerda lo que tanto repetía la abuela, sobre todo en esos frecuentes días en los que no había nada para poner en la mesa: «El que muestra hambre no come».

Se sienta a la mesa donde está el anfitrión y extiende la mano. Los ojos verdes, enormes, del Pran se fijan en los ojos amistosos, pero siempre en estado de alerta, del coronel. El silencio del reconocimiento mutuo da paso a una conversación superficial en torno al menú, el postre y las copas. Y la velada comienza, cada uno con un pedazo de roedor guisado en el plato.

Además del olor, flotan en el ambiente las casualidades. Tienen muy pocos años de diferencia. Comparten el hecho de haber vivido la infancia sin la presencia de sus padres. Son valientes, arriesgados, inteligentes e inescrupulosos. Les encantan las mujeres, pero no para quererlas. Están acostumbrados a dirigir pelotones de jóvenes armados listos para matar. Fueron educados para liderar batallas, enseñar las uñas y los dientes, no morderse la lengua, nunca mostrar sus debilidades y *siempre* mostrar el poder que tienen, aunque, a veces, su poder sea sólo ilusorio.

Satisfechos de comida, empiezan con los tragos. Hugo toma ron y el Pran, cerveza. El túnel de sus respectivas historias —tanto las verdaderas como las que inventan— se va haciendo más profundo a medida que hablan. Ahora el tema es el golpe militar. El invitado se para en un estrado imaginario. Frente a él no está el más peligroso de los criminales, sino el pueblo. Dice en tono emocionado y altisonante:

—No podíamos tolerar más tanta traición a la patria, tanto deshonor, tanta vileza, tanta bajeza para conducir los destinos de nuestro pueblo. No hablo a título personal. Somos un movimiento revolucionario de miles de militares unidos, con los corazones galopando hacia el mismo sueño de libertad.

—¡Y la mayoría encarcelados, o exiliados! —El Pran se ríe, sarcástico, pero Hugo no se deja intimidar, y continúa:

—En este país todos somos víctimas de una dictadura, de un pequeño grupo que esquilmó el tesoro nacional. Pero la cárcel no es derrota. Tenemos un compromiso existencial. Hemos visto con profundo dolor cómo nuestra Venezuela se fragmentó; hoy no tiene un rumbo, ni un mapa, ni una brújula para navegar. El reto actual es recoger del piso esos mil fragmentos y rehacer el mapa, definir el rumbo hacia horizontes azules de esperanza.

Hugo toma aliento y luego otro trago de ron. El Pran aprovecha el interludio para quitarle la palabra:

—Y aquí, entre nos, coronel, dime... tú qué prefieres, ¿singarte una hembra o tumbar presidentes? —Entonces coinciden en la risa, cada uno pensando en sus conquistas y aventuras sexuales. El Pran continúa—: Yo no he podido dar con mi *pior es na*, pero lo que me sobran son *machuques*. ¡Aquí hacemos unas fiestas del carajo! Vamos a invitarte a todas, pa que de vez en cuando dejes de dar discursos y te eches un buen polvo.

Los nuevos amigos brindan y conversan, hacen chanzas y celebran la vida.

Cuando están en lo que pareciera el mejor momento de la noche, el Pran corta la felicidad con una orden disfrazada de pregunta:

—¿Te pido un taxi?

Ébano

El golpe militar, aunque fallido, ha revolucionado a los directivos de los medios de comunicación... Como es natural, los directores de periódicos y noticiarios han hecho sonar la alarma de lo urgente y tienen a fotógrafos y periodistas corriendo de aquí para allá, acopiando información del Palacio de Gobierno, del Congreso, de las comandancias y hasta de Barinas y Sabaneta, el pueblo y la ciudad llaneros donde nació y se crio el ahora famoso líder militar.

Mónica Parker es la glamurosa e influyente presentadora del noticiero de televisión más visto del país. Hugo Chávez y su historia la tienen fascinada. Está dedicando todos sus recursos, contactos e intuición periodística a entender y explicar quién es este inusitado personaje. Desde que lo vio en televisión en su famoso discurso del «por ahora no hemos conseguido los objetivos que nos propusimos...» ha estado tratando de conseguir las piezas necesarias para completar el rompecabezas que representa el joven oficial. Siente que Hugo puede terminar siendo el protagonista de un cambio histórico para Venezuela. Mónica está decidida a ser la periodista que mejor lo conoce, mejor lo entiende y mejor reporta sus hallazgos al resto del mundo.

Como buena periodista que es, sabe que debe hacer lo imposible para ser totalmente imparcial y objetiva en la cobertura de este militar golpista, pero como ciudadana, como mujer, simpatiza con él y con los cambios que desea para su país.

Así, Mónica logra reconstruir un fidedigno perfil de Hugo que empieza con sus primeros años en el pequeño pueblo de Los Llanos, la vida con su abuela, sus estudios en la Academia Militar y su trayectoria en las fuerzas armadas, y termina con la detallada cronología de las acciones del día del golpe. Le llama la atención que este gregario, mujeriego y simpático oficial sólo haya sido conocido antes como el animador de las fiestas de las fuerzas armadas. ¿Cómo llegó a ser el cabecilla de este ambicioso plan para tomar el poder por la fuerza?

Tanto escarbar, preguntar, componer y suponer la tienen agotada. Para ventilar un poco el cerebro, lee la última edición de la revista *Diva* en un descanso a media tarde. Entre artículos de moda, decoración, gastronomía, eventos y celebridades, algo le llama la atención. Lee el titular en un parpadeo: ÉBANO. ABRE EN CARACAS NUEVO CENTRO DE BELLEZA INTEGRAL. «No es un salón de estética ni un gimnasio. Es un espacio para conectar cuerpo, mente y espíritu. Un centro de belleza integral», dice en la entrevista la dueña, la yogui mexicana Eva López, una mujer de treinta y cinco años, digna de un concurso de belleza, a juzgar por la foto que acompaña el artículo.

Mónica se engancha. Siente que necesita despejar la mente, relajarse y explorar otros caminos. Este artículo le llega en el momento preciso.

«En Ébano te ayudamos a encontrar balance, paz mental, conciencia corporal y bienestar espiritual a través de diferentes prácticas y disciplinas holísticas.» En la esquina inferior izquierda de la página, una lista de palabras baila ante sus ojos. Se le antoja todo: yoga, pilates, spa, meditación, aromaterapia, reflexología, prácticas de sanación holística japonesa, medicina tradicional china, terapia ayurvédica, carta astral, constelaciones familiares. Lee y se resuelve a ir, pero no logra decidir cuál de los servicios y clases va a tomar. Los quiere todos.

Llama y concierta una cita para el sábado en la mañana.

Ébano ha abierto hace apenas unas semanas y ya se ha vuelto un éxito entre las mujeres de la élite capitalina: esposas de empresarios, políticos, jerarcas militares y banqueros, todas con tiempo y dinero disponibles. También acuden ejecutivas que buscan un respiro después de largas y estresantes jornadas, actrices de teatro y televisión, periodistas famosas. Para muchas es la primera vez que visitan un lugar así. Cuando las nuevas clientas van a conocerlo quedan hechizadas por el estilo, el buen gusto, la limpieza. Es diferente y muy atractivo. Eva López, la propietaria, sabe que es muy importante dar una primera gran impresión. Por eso, aunque con ella trabajen atractivas recepcionistas, encantadores masajistas y muy profesionales instructores, se toma el tiempo necesario para saludar y pasear a cada nuevo cliente por esta conservada casona de finales del siglo pasado, recién transformada en palacio holístico. Así recibe a Mónica Parker, a quien obviamente ya ha visto antes en televisión. Se estrechan la mano en un amable saludo.

—Leí el reportaje en la revista. Me llamó la atención, ¿sabes? —dice Mónica—. Hace días estaba pensando que necesito algo así, hacer ejercicio, un masaje, meditar. No sé... Algo.

—Todas lo necesitamos, pero nos damos tantas excusas... —dice Eva—. Déjame mostrarte el estudio, a ver qué te apetece más hacer.

Juntas comienzan a recorrer la casa. Primero entran en un amplio salón vacío con piso de madera.

—Tenemos clases de yoga toda la semana, en diferentes niveles y horarios. Yo soy una de las instructoras de hatha yoga; tal vez te animes a tomar una clase conmigo algún día.

Luego llegan a una amplia sala llena de aparatos, trapecios, cuerdas y pesas. En las paredes hay ilustraciones de la anatomía humana.

—Éste es nuestro estudio de pilates. —Mónica está fascinada—.

Aquí, en el segundo piso, están los consultorios de servicios holísticos. Tres para masajes y terapias, uno para meditación dirigida y otro para lectura de la carta astral.

Más adelante pasean por el jardín japonés, una terraza amplia con cafetería, donde además está la oficina de Eva López.

—¡Qué lugar tan bello! —dice Mónica, sorprendida—. Es como un milagro que exista un espacio así en Caracas. Te lo digo yo, que creo que me conozco muy bien esta ciudad. Tengo que pasarles el dato a algunos amigos que sé que van a venir. ¡Les va a encantar!

Conversan unos minutos más. A Mónica le llama la atención el acento extranjero de Eva.

—¿Y cómo es que una mexicana decide venirse a Caracas?, si no te molesta la pregunta.

—¡Para nada! —responde Eva—. Allá en el DF tuve un novio venezolano. Vinimos juntos un par de veces. Pensábamos casarnos y soñábamos con vivir aquí, pero lamentablemente murió de un cáncer fulminante. Dos años después de su fallecimiento, me entró una «idea loca». Quería abrir un lugar como éste. Y ya ves... Yo practico yoga desde hace más de diez años. Me gustó el proyecto, es una aventura personal y profesional. Vivir en otro país. Soy desprendida y... bueno... Venezuela y los venezolanos me encantan.

La periodista agenda clases de yoga dos veces por semana y una serie de masajes relajantes y tratamientos faciales. Eva termina el día satisfecha. Con Mónica, hoy suma seis nuevas clientas regulares, dieciocho en dos semanas.

Antes de irse a su casa, cuando ya sus siete empleados se han ido, Eva se encierra en su armoniosa oficina, enciende una vela blanca y respira profundo por largos minutos. Enseguida prende su computador, se toma un vaso de agua y empieza a teclear un nuevo informe encriptado para su jefe, Oliver Watson.

«Ébano is OK.»

Élite

Iván Rincón ha visitado Venezuela con frecuencia, y ha viajado a sus más apartados lugares y a sus principales ciudades. A veces siente que conoce el país mejor que muchos venezolanos. Después de tanto leer, hurgar y hablar con todo tipo de gente, se siente muy cómodo operando en el país y haciéndose pasar por quien no es.

Esta vez llega desde Santo Domingo al Aeropuerto Internacional de Maiquetía, cerca de Caracas, con un pasaporte dominicano a nombre de Mauricio Bosco. Ya no es ni Iván Rincón ni el químico industrial que recorría el mundo vendiendo fertilizantes. Es Mauricio Bosco, comerciante dominicano.

Lo recibe «su primo», Adalberto Santamaría, quien monta sus maletas en el automóvil que lo llevará a su nueva casa.

Mauricio es un hombre atractivo y a su paso atrae las miradas de muchas mujeres, incluidas las que van acompañadas de sus padres, novios o maridos. Él, siempre atento, les dedica algún gesto, una mirada, una sonrisa. En sus cuarenta años ha sabido utilizar con éxito el don de convertir a las mujeres en chocolate, derretirlas... y comérselas.

Lleva la misión de expandir la tienda Élite, una cadena que vende reconocidas marcas de ropa, bolsos, zapatos y accesorios de alta moda a buenos precios. No le será difícil vender a precios de ganga y en ese proceso hechizar, ojalá, a todas las clientas.

Su «primo» está muy bien conectado. Es uno de los agentes venezolanos que ha trabajado en secreto para el régimen de Cuba durante muchos años. Con él utiliza la fachada de sus tiendas para viajar y sembrar el país de espías, informantes y amigos. Durante los primeros meses visita las principales ciudades del país, y aquellas donde se encuentran las mayores bases militares. El número de locales de Élite aumenta rápidamente. El concepto tiene un éxito instantáneo y atrae a todo tipo de clientas, incluyendo a muchas esposas e hijas de altos oficiales militares. En cada local hay una gerente, una «vendedora» muy simpática que se hace amiga de las clientas y sabe qué preguntar acerca de las actividades de sus maridos. Profesoras universitarias y esposas de capitanes del ejército adquieren las mismas blusas de Armani a los mismos irresistibles precios.

«Aquí somos policlasistas —repiten con alegría—. Todas son bienvenidas.» Y, en efecto, es así; las esposas de los hacendados y empresarios se topan en las tiendas con las secretarias de sus maridos. «No es para mí, es para un regalo», mienten algunas cuando coinciden en la caja pagando su compra.

Las clientas, por supuesto, no se imaginan que las tiendas Élite que ofrecen semejantes descuentos producen pérdidas. Es imposible no perder si lo que venden les cuesta más de lo que cobran. ¿Y quién osaría creer que las pérdidas las absorbe el G2, siendo uno de los costos que asume el régimen cubano por operar en Venezuela? Esta cadena de tiendas es una eficaz y sofisticada red de captación de información y reclutamiento de personas que puedan ser de gran interés para «la causa». Y no sólo esperan recuperar su inversión, sino ver cómo se multiplican sus ganancias. Se trata de vender prendas baratas para, algún día, comprarle al gobierno venezolano el petróleo que necesita la isla, a precios tan atractivos como los que Élite les ofrece a sus felices clientas. O quizá hasta gratis...

Mientras la cadena de tiendas crece, Mauricio se reúne constantemente con profesores universitarios, oficiales militares, periodistas, funcionarios del gobierno, señoras de sociedad y mujeres de los más diversos orígenes y ocupaciones. Nunca detiene su ritmo. Está siempre yendo de una ciudad a otra, de una reunión a otra. Nunca se sabe en dónde está o cuándo aparecerá.

Jamás imaginarían sus clientas que aquella *ricura de hombre* es, además, un talentoso estratega, un virtuoso de la improvisación y hasta un despiadado asesino para quien cualquier medio es válido si se trata de ayudar a su Revolución.

Mauricio Bosco es, ahora, la principal ficha cubana en un letal juego por el poder.

Arañas tejiendo redes

La cárcel termina siendo más un premio que un castigo para Hugo. Gracias al inesperado padrinazgo del Pran, los días «tras las rejas» se hacen más llevaderos y hasta agradables. Muy pronto comienza a afirmar que no hay tedio en prisión. Su celda, que en realidad es una especie de cuarto de huéspedes del Pran, es limpia y decente. Hugo pasa horas estudiando, leyendo, escribiendo. Algunos días pinta; otros, compone poemas y canciones. Hace ejercicio con frecuencia y está en muy buena forma física.

Se ha convencido de que no fue una derrota el haberse rendido sin ofrecer resistencia el día del golpe. Lo importante no fue que se rindiese, sino lo que pasó después. Su discurso televisado ha tenido más consecuencias que el golpe mismo.

El golpe fracasó, pero Hugo triunfó. Y ese triunfo se lo debe al discurso con el que conquistó la simpatía de millones de sus compatriotas.

Muchos de ellos, quizá demasiados, se acercan a la cárcel con la esperanza de que los dejen visitarlo. Y muchos lo logran. Hugo recibe toda clase de visitas además de a sus hijos, su amante, sus padres y otros familiares. Llegan políticos, viejos amigos, profesores universitarios, sindicalistas, admiradores, periodistas, estudiantes y mujeres, muchas mujeres. Le llevan libros, comida y todo tipo de regalos. Toma whisky, disfruta la música, asiste a las fiestas del Pran y duerme hasta tarde.

Esto último es, por supuesto, un secreto bien guardado que Hugo se cuida de revelar a los periodistas. Más bien se muestra como el ocupado líder angustiado por lo que pasa en su país. En una entrevista radial se «sincera»: «Estar en el ojo del huracán nos obliga a pasar el tiempo reflexionando sobre el proceso revolucionario. Las tareas no cesan: mantener contacto con diversos sectores de la sociedad, intercambiar ideas, atender a los militares que nos buscan, a los periodistas, satisfacer las expectativas internacionales sobre nuestra idea de un nuevo país...».

No hay, pues, mejor escenario que la cárcel para concentrarse en sí mismo y para definir las bases de esa revolución bolivariana que la opinión pública todavía no entiende bien qué es, pero que ya ha comprado gracias a su carismático promotor.

Afuera el mundo sigue su curso. Las pandillas en los barrios pobres de Caracas se siguen matando y los problemas del país se siguen agravando. No hay dinero ni el suficiente poder político para enfrentarlos. El presidente Pérez, a pesar de seguir en el cargo, está caído. No puede hacer mucho. Su popularidad y la de los demás políticos «de siempre» están en el suelo mientras que la de Hugo está en ascenso.

Mientras tanto, las arañas del espionaje siguen tejiendo sus redes. Cada una, a su manera, ordena a sus agentes penetrar la prisión y obtener información de todo lo que allí sucede.

Amparada por su imagen de gerente de Ébano, la mujer de la CIA ha ido consolidando una eficaz red de informantes y agentes encubiertos, desplegada en el seno de toda la élite del país: económica, política y militar. Tiene espías pagados en barrios, universidades, gremios, medios de comunicación y oficinas públicas. Ha contratado una vasta red de modelos, terapistas y bellas mujeres dispuestas a todo por dinero, algunas de las cuales logran ser invitadas a las fiestas del Pran, en las que, además de seducir a Hugo, deben tratar de obtener información sobre sus planes y sus cómplices.

Al mismo tiempo, Mauricio, moviliza a sus colaboradores. Cuenta con una igualmente densa red de información e influencias ya que sus agentes han ido penetrando el mundo burocrático de los ministerios, las agencias de seguridad y de la oficialidad militar acantonada en todo el país. Para acercarse más a su objetivo, a través de sus infiltrados en el entorno que rodea a Hugo, Mauricio manda reclutar a un destacado profesor de sociología para que le imparta clases privadas de marxismo, largas e iluminadoras sesiones que le ayuden a convertir su ideología bolivariana en una propuesta práctica que sirva para gobernar. Utiliza también a activistas políticos y voluntarios que abogan por los derechos humanos de los prisioneros.

Mientras Eva intenta llegar a Hugo a través de la carne, Mauricio trata de hacerlo a través del cerebro. La principal estrategia del cubano es la de infiltrarse en la mente del militar.

Ante el ritmo vertiginoso que toman los acontecimientos, tanto Mauricio como Eva tienen que moverse con cuidado y tomar precauciones extremas para proteger sus auténticas identidades y ocultar la verdadera razón por la cual se mudaron a Venezuela. Evitan cualquier situación comprometedora o peligrosa. Saben que la red de espionaje rival está dirigida por un líder despiadado y eficaz al que temen y respetan, aun sin saber quién es. Vigilan de cerca, y a menudo con admiración, los movimientos del enemigo. Es una prioridad para ambos descubrir la identidad superprotegida del jefe de espías del bando contrario. Y, hasta ahora, no lo han logrado. Esto es una frustración que tiene muy molestos a sus respectivos jefes en La Habana y Washington.

El Pran, entretanto, también sigue adelante con su plan de lanzar la carrera política de Hugo. Lo ha llegado a conocer bien y ha confirmado que su instinto original era acertado: Hugo es el vehículo perfecto para lograr sus ambiciosos objetivos empresariales.

Para ejecutar la delicada tarea de manejar la carrera política de Hugo, el Pran utiliza a su principal y más secreto lugarteniente, Carlos «Willy» García. Willy es un miembro de la burguesía venezolana graduado de la Escuela de Negocios de Harvard, quien maneja las empresas «legales» que forman parte del conglomerado del Pran.

En una de las secretas reuniones en lo que él llama «la suite presidencial de La Cueva», el Pran le ordena a Willy utilizar su dinero e influencia para poner en marcha un movimiento ciudadano y político en apoyo a su futuro candidato. De inmediato, una vasta y bien financiada organización comienza a patrocinar con gran éxito marchas y manifestaciones que exigen la liberación del coronel Chávez.

El Pran se vale también de sus contactos con los medios de comunicación. Sabe que es determinante poner al golpista de nuevo ante las cámaras. Como le tiene gran fe a la capacidad oratoria de Hugo, a través de uno de sus agentes autoriza y negocia los términos y condiciones de una entrevista en vivo y en exclusiva con la reconocida periodista Mónica Parker, quien lo ha buscado insistentemente desde el primer día que llegó a prisión.

Mónica va a La Cueva con sus cámaras y durante una hora lo deja hablar, pues Hugo ignora la primera pregunta y empieza saludando a sus compatriotas. Exalta los inminentes valores de un pueblo que jamás se dejará doblegar por los dirigentes de turno y sus campañas de engaño y alienación. Dice que a él y a su movimiento revolucionario les duelen la patria, el hambre y el grado de descomposición en el que ha caído el país. Habla del fuego revolucionario encendido en el alma y la conciencia de los venezolanos, que acaba de avivarse y que ya nadie podrá apagar. Invita a dar la cara a la tormenta, aun a riesgo de que la imagen de carne y hueso pueda caerse a pedazos. Repite las palabras del asesor de mercadeo político que acaba de contratarle el Pran: «El objetivo fundamental es sacar la nave de la tormenta y enrumbarla hacia un horizonte azul de esperanza».

Mónica intenta interrumpirlo varias veces para hacerle las preguntas que lleva días preparando y que Hugo responde con breves banalidades para inmediatamente cambiar de tema y continuar un discurso que obviamente lleva semanas practicando.

La entrevista termina sin que conteste ninguna de las preguntas de Mónica, quien se despide furiosa diciéndole:

—Bueno, comandante, espero que pronto me dé otra entrevista, no para darnos un discurso sino para contestar a mis peguntas, que son las que se hacen todos los venezolanos acerca de usted.

Hugo se le queda viendo con la simpática sonrisa que lo caracteriza y le dice:

—Caramba, Mónica, no sabía que además de bella e inteligente eras así de furiosa. Pero eso te hace aún más bella. Y estoy seguro de que esto mismo están pensando quienes nos están viendo. ¿Verdad, Venezuela?

Mónica se sonroja y le hace una seña a su productor para que apague las cámaras.

«¡Liberen a Hugo!»

La entrevista de Mónica Parker a Hugo tuvo un enorme impacto. La popularidad de Hugo aumentó tanto como las ambiciones del Pran.

Sus mensajes enfrentando a la élite, la lucha contra la corrupción y el compromiso de representar a los pobres se convierten en el sello de su «marca» política. Más que ideología, él mismo siente que lo que lo diferencia de otros políticos es su sincera relación con los más pobres y desposeídos. Habla con el corazón porque en su niñez supo lo que es el hambre, el abandono, la pobreza. Además, Hugo no sólo le dice al pueblo «yo soy ustedes» sino que habla como el pueblo, y su apariencia física es la del pueblo.

Todos los lunes y jueves —los días de visita— decenas de partidarios y admiradores hacen largas filas para entrar a verlo en la cárcel. Una abogada penalista se ofrece voluntariamente y sin cobrar nada a llevar su defensa y la de los demás militares golpistas, ahora presos políticos. Mientras las manifestaciones populares de apoyo se extienden por todo el país, algunas espontáneas y muchas otras financiadas por el Pran, la abogada y nueva militante revolucionaria lidera la creación de un grupo bolivariano de derechos humanos conformado por abogados, académicos, universitarios y artistas que apoyan a los militares presos.

Alrededor del mundo también comienza a resonar el nombre de Hugo Chávez. Unos cien intelectuales europeos de izquierda publican una carta abierta en los periódicos de mayor circulación criticando al gobierno venezolano y solidarizándose con el golpista. Periodistas de renombre internacional viajan para conocer al héroe encarcelado, el nuevo Mandela, según algunos.

Ante tanta aclamación, Hugo, quien se autodefine como zambomestizo, orgulloso de su «pelo tieso», alimenta de mil maneras su imagen de libertador posmoderno. Sus ideas socialistas se nutren con las enseñanzas de los tutores enviados por Mauricio Bosco y su conciencia bolivariana se estimula cada vez que uno de sus mentores lo induce a pensar que él es el heredero del gran hombre.

—Necesitamos a un Simón Bolívar en el siglo XXI. Alguien que libere a los pobres. Piénsalo. —Pero Hugo no tiene que pensarlo, ya está seguro.

Todo parece indicar que los deseos del Pran se están realizando. Aunque, analizando el devenir de los hechos, a veces duda y se pregunta si le será posible controlar al monstruo que está creando.

Decide arriesgarse y sigue adelante con la próxima etapa: dirigir sus esfuerzos a la excarcelación del ídolo popular para luego lanzarlo al estrellato político. Para ello, se vale de sofisticadas campañas mediáticas, secretos sobornos y amenazas. Se asegura de controlar todas las noticias relacionadas con el evento e insiste en catapultarlo como el nuevo adalid de los pobres. El mundo lo cree a pie juntillas. Y Hugo juega su nuevo papel a la perfección porque, muy sinceramente, él mismo se lo cree.

Su persuasiva elocuencia, su apariencia física, su indiscutible simpatía criolla y su natural astucia llevan a los pobres a amarlo ciegamente. Se reconocen en él. Habla de la lucha contra la pobreza, la inequidad, la corrupción, la exclusión y la injusticia social. Y su mensaje les llega a los muchos venezolanos para quienes la riqueza petrolera del país ha sido tan poco palpable como el aroma del café.

Gran parte de la clase media y hasta gente de la más alta alcurnia también simpatizan con el discurso regenerador de la moral pública que el líder disemina por todos los medios de comunicación. Ciudadanos que han sido víctimas de los desfalcos de los bancos e inesperadas quiebras en las que han perdido sus ahorros, se sienten resentidos y cansados de la ineptitud y las corruptelas de los partidos políticos tradicionales. Con los meses, su carisma, potenciado por una sostenida exposición mediática, da lugar a un amplio —y bien financiado— movimiento popular a favor de su libertad. Al mismo coronel le sorprende que *los de arriba* también desfilen buscándolo y prometiéndole ayudas. Poderosos empresarios piden audiencia y lo visitan. Buscan acercarse al amigo de los pobres no sólo para conocer a la celebridad política del momento, sino para atraerlo y seducirlo. Piensan que una vez neutralizado lo pondrán a su servicio. Tienen experiencia en esas faenas.

Su ex esposa es historia del pasado. Están separados desde hace varios años y en común sólo tienen tres hijos. Su amante durante los ocho años anteriores al golpe entra en la categoría de compañera clandestina, pero ahora no tolera el descarado interés de Hugo en sus muchas admiradoras. Para bien de ambos deciden terminar la relación; de ahí que las revistas de entretenimiento no tarden en llamarlo «el soltero del año».

Todo ayuda para que se dispare más la presión social por la liberación de Hugo. Ya se habla de una suspensión de los cargos en su contra y de un posible indulto presidencial. La abogada penalista y un equipo de juristas llevan su caso a las más altas esferas. Millones de venezolanos encienden velas y rezan rosarios y novenas en su nombre. Creen que con su libertad se liberará también el país de la pesadilla que lo agobia.

El presidente está por terminar su periodo de gobierno y ya enfrenta un juicio por desviación de fondos públicos. Su destino político está escrito. Por si esto fuera poco, otro grupo de militares se ha rebelado y ha intentado derrocarlo con un segundo golpe, también fallido.

Se avecinan nuevas elecciones presidenciales. Es tiempo de campaña, de ganar las elecciones, todos los candidatos prometen liberar a todos los golpistas. El pueblo no sólo quiere libre a su idolatrado coronel. Lo quiere de presidente.

El Pran tiene, además, una sorpresa para Hugo. Le muestra algunas encuestas de intención de voto en las que él está en el tope de las preferencias del electorado. Por primera vez le insinúa la vía electoral para llegar al poder.

—Los votos también son armas —le dice. Pero su protegido se muestra inescrutable.

Su mente es un enigma. Ni el Pran, ni sus mentores, ni su abogada, ni Mónica Parker, ni el dominicano Mauricio Bosco, ni la mexicana Eva López tienen idea de lo que hará Hugo cuando recupere la libertad.

4

Rojo, rojito... como el gallito de roca

«Juro sobre tus huesos, padre»

La orden llega a La Cueva el mediodía de un Domingo de Ramos. Después de dos años en prisión, Hugo y su grupo de militares golpistas acaban de recibir el perdón presidencial. La gente congregada en las puertas de la cárcel se abraza y celebra la noticia con enorme alegría. En su noticiero de la noche, Mónica Parker amplía la noticia: «Los insurrectos perdonados han sido liberados, bajo la condición de renunciar a su carrera militar y bajo promesa de no volver a insurgir por la vía armada contra el régimen democrático».

La noticia no toma por sorpresa a Hugo, quien durante semanas ha venido preparándose para enfrentar el vértigo de la libertad. Ha planeado sus primeras horas de regreso al mundo. Ha garabateado discursos en su mente. Ha conversado por horas sobre el futuro con Pran, su ahora fraternal amigo y mecenas. Sabe que le debe mucho y que su deuda seguirá creciendo, pero por ahora Hugo se siente inmensamente agradecido por haberle hecho grandiosos sus dos años, un mes y veintidós días en prisión. Va a sentir nostalgia de su celda; quién lo hubiese imaginado.

Cuando se abren «las rejas de la dignidad», como las llamará en adelante, Hugo respira el olor de Venezuela y siente que tiene dos almas: la suya y la de su patria. Antes de lanzarse a lo que él denomina «las catacumbas del pueblo», pide que le permitan visitar por última vez la Academia Militar, vestido con su traje de coronel y su boina roja de paracaidista. Escenas de veinte años marciales se mezclan en su memoria mientras desanda sus pasos de cadete, subteniente, teniente, capitán y teniente coronel. A cada paso sufre el duelo de su muerte como militar. No había imaginado lo doloroso que resultaría perder esa condición, la única vida que conoció, el camino que lo llevó a ser quien es hoy, que lo convirtió en hombre y en patriota.

Luego, en unos segundos de soledad, Hugo se quita el glorioso uniforme y se abotona el liliquiqui, una especie de chaqueta muy ligera y un pantalón de la misma tela que usan los llaneros venezolanos en días de fiesta, algo parecido al traje que Mao Zedong impuso a los chinos. Pero su liliquiqui no es blanco, como suele ser, sino verde oliva. Ya que no puede usar el uniforme, usará el traje de gala de los llaneros. Y esta vez se viste de gala porque tiene una cita con los huesos del Libertador, y con el pueblo.

Afuera del Panteón Nacional, la antigua iglesia donde yacen los restos de Simón Bolívar, una multitud emocionada espera al coronel. Cuando lo ven llegar en un jeep blanco, la multitud estalla en aplausos y gritos, lanzando besos y agitando las manos. Cientos de afiches muestran el retrato del nuevo salvador.

—¡La esperanza en la calle!

—¡Venezuela es bolivariana!

—¡Un sentimiento nacional!

Apenas lo dejan bajar del jeep. Un alud de seguidores se lanza a su encuentro llevándose por delante cualquier asomo de cordura. Embisten al comandante, lo atropellan en una lucha codo a codo por tocarlo, le rompen las mangas del liliquiqui.

—¡Chávez! ¡Chávez! ¡Chávez!

La compostura se impone con una orden en grito:

—¡Calma y silencio! —dice Ángel Montes, y le pasa el megáfono a Hugo, quien saluda emocionado y agradece al pueblo:

—Salí de la cárcel, de la dura cárcel de La Cueva, y la primera misión que me impuse como ciudadano libre es venir sin temor alguno a cumplir con mi conciencia y visitar este sagrado lugar. Vengo a recordar, y a recordarle al país, el mandato del padre de la Patria, el mandato de dignidad, de libertad y de justicia, la orden de luchar sin cuartel contra quienes oprimen a nuestro sufrido y glorioso pueblo.

Aprovecha al máximo su don de inventar frases grandilocuentes y atribuírselas al héroe. Sonríe con coquetería a las cámaras del noticiero de Mónica Parker y los demás periodistas. Ahora les asegura que Bolívar, desde el cielo, está velando a su pueblo de Caracas, y enseguida afirma que el Libertador está allí, con ellos, confundido entre la multitud. Entre vítores, entra al Panteón Nacional con Montes y otro de sus compañeros golpistas.

—Hemos venido hasta ti, padre, para luchar por la patria que nació de tu mente luminosa y de tu espada forjadora. —Caminan al altar del hombre que liberó cinco naciones como peregrinos al Monte Sacro. Le ponen una corona de flores a la tumba—. Hemos venido, padre, a dejar nuestro juramento bolivariano. —Un minuto de silencio. Y ante los ojos del país, el mundo y el inframundo, Hugo jura otra vez por el Dios de sus padres, por la patria, por el honor y la tranquilidad del alma, no darles descanso a sus brazos hasta ver rotas las cadenas de la opresión—. ¡Elección popular y pulverizar a la oligarquía! —grita, y se deja abrazar por los estruendosos aplausos.

Mezclados dentro de la multitud y protegidos cada uno por su propio e invisible anillo de guardaespaldas, dos personas diluyen su presencia en la turba: Eva y Mauricio. Cada uno, con un disfraz que lo hace irreconocible, observa con enorme atención los más mínimos detalles y evalúa el evento, a Hugo, a la multitud y a la relación entre Hugo y la gente que lo adora y lo aplaude a rabiar.

¿Hugo candidato?

Apenas sale de prisión, Hugo recibe una gran oferta laboral: media Venezuela le pide ser su presidente.

Ahora que está libre, empieza a recorrer el país llevando bajo el brazo su arma literaria de batalla, *Cómo salir del laberinto*, un confuso manifiesto político-bolivariano-revolucionario-socialista escrito en La Cueva, con la ayuda de un profesor universitario enviado por Mauricio Bosco. Adonde sea que vaya, lleva un mensaje libertario de inclusión a los excluidos y atención a los necesitados. Habla sin freno de recuperar la dignidad y da cientos de discursos y abrazos. Por un tiempo mantiene en vilo a toda la nación, hasta que un día sueña que Bolívar le susurra al oído el desafío de intentar llegar al poder, ya no a caballo entre pastizales y balas, sino con los votos de la gente. Su grupo de conspiradores militares y partidarios civiles se une para formar un movimiento político que se lanza al ruedo democrático, a la primera de muchas batallas electorales.

La noticia sacude como un terremoto a los dos partidos políticos tradicionales que han venido turnándose la presidencia hasta ese momento. Están desacreditados, sin ideas, sin líderes atractivos ni capacidad de reacción. Para detener el posible éxito del golpista, se unen para apoyar como candidata a una rubia ex Miss Universo, y admirada ex alcaldesa, que rápidamente cae en picada en todas las encuestas, a pesar del esfuerzo que hace Mónica Parker por darle el mismo espacio y protagonismo a ambos candidatos en sus apariciones en vivo en su noticiero.

Nadie en el mundo de los ricos se preocupa demasiado por el discurso incendiario y radical del joven oficial rebelde. Los empresarios que suponen que terminará por ganar las elecciones reconocen su carisma y su cercanía al pueblo, pero lo subestiman. Además, están seguros de que una vez que sea presidente, la dura realidad lo obligará a entrar por «el carril y hacer lo correcto». «Tendrá que gobernar con nosotros y con nuestra gente», dicen. Los grandes empresarios de la construcción de obras públicas se preparan para corromperlo. Así, los más curtidos y cínicos miembros de la élite económica no dudan en tomar partido y de inmediato le ofrecen su apoyo. Quieren asegurarse un puesto junto al favorito y que sigan los lucrativos contratos para construir autopistas, aeropuertos y viviendas para el pueblo...

Utilizando sus respectivas redes de agentes e informantes, y siguiendo cada paso del famoso ex militar, Eva López y Mauricio Bosco han recopilado datos muy similares y llegado a conclusiones parecidas. A ambos les sorprende la astucia política que Hugo ha sacado a relucir. «Éste no es un militar común. ¡Es un político!», murmura Mauricio para sí mismo al leer uno de los reportes que le llegan de sus agentes.

El informe cuenta que Hugo ha entrado en un torbellino de actividades, marchas y discursos públicos, entrevistas diarias en radio y televisión y reuniones privadas con los más diversos grupos. Acepta casi todas las invitaciones que le llegan y logra asistir a muchas, pero aprovecha cada una de ellas para mandar mensajes acerca de quién es él, de dónde viene y cuál es su principal interés.

Cuando llega, por ejemplo, a las mansiones de los empresarios que le ofrecen elegantes cenas para halagarlo y crear lazos con él, en vez de entrar por la puerta principal Hugo siempre insiste en hacerlo por la de servicio, se detiene en la cocina y saluda y abraza con mucho afecto a cada uno de los mesoneros y cocineras. Deliberadamente, dedica más tiempo de lo necesario a conversar con la servidumbre, sacándose fotos con ellos, les pregunta por su familia y los encanta con su simpatía y calor humano. Mientras eso sucede los anfitriones intercambian nerviosas miradas de perplejidad. El candidato presidencial revela un extraordinario talento para «leer» a su audiencia y dar un discurso a la medida de las esperanzas y los miedos de quienes le escuchan. Su simpatía, aun con los ricos, a quienes resiente y desprecia, es magnética.

Hugo sabe que sólo el pueblo le manifiesta sincero, cálido y desinteresado fervor, y nunca pierde la oportunidad de enfatizar con emoción que ese entusiasmo popular es «la reacción de un pueblo explotado y cansado de sufrir; un pueblo que sabe que cuenta conmigo porque yo vengo del pueblo y nunca los abandonaré». Todas las encuestas indican que este mensaje tiene amplia resonancia y que la popularidad de Hugo sube día a día.

La actitud del ex coronel tiene muy satisfechos a los cubanos. Mauricio está dedicado en cuerpo y alma a que «los suyos» se acerquen a Hugo, se ganen su confianza y logren ocupar cargos clave en la campaña electoral. El empeño de más de dos años ya ha dado algunos éxitos. Muchos de los profesores universitarios que visitaron a Hugo en la cárcel para discutir textos sobre política, economía y relaciones internacionales eran agentes o militantes muy cercanos al régimen cubano. En estos «seminarios en la cárcel» Hugo no sólo obtuvo, sin saberlo, una muy cubana educación sobre teoría económica y filosofía política, sino que desarrolló cercanas amistades con esos «profesores» que tan generosamente le donaban su tiempo y compartían sus conocimientos. Esa llamada «red intelectual» alrededor del preso le empieza a ser muy útil ahora que el hombre está acercándose al poder.

Mauricio también ha estado preparando el terreno y esperando el mejor momento para recurrir a su más potente arma secreta: Fidel. Su plan, desde que llegó a Caracas, es lograr que Hugo visite La Habana y mantenga un encuentro personal con Castro. Esos encuentros son largos y nunca fallan: el visitante, quienquiera que sea, siempre sucumbe a los encantos del barbudo comandante cubano y regresa a su país totalmente convertido a la causa. Ya llegará el momento, es cuestión de tiempo. Lo importante es que cuando suceda resulte tan natural que Chávez no sospeche que existen motivos ulteriores. Y su especialidad es, a fin de cuentas, que nunca se le noten sus «motivos ulteriores».

Gallito de roca en conquista

Está claro que a esta cruzada por la presidencia no le falta ni dinero ni popularidad. Para sorpresa de Hugo, la campaña también genera un flujo continuo de bellas mujeres que lo admiran mucho y desean «conocerlo mejor». Pero los asesores advierten que el éxito está en peligro; este donjuán que aparece en las revistas de la farándula coqueteando con una y otra, abrazando y besando aquí y allá, sale muy mal parado en los sondeos de opinión entre las mujeres. Es necesario —¡y urgente!— conseguirle una esposa. El matrimonio es la táctica para pulir su imagen; es una decisión política sin reversa.

En una de sus programadas visitas al interior del país, Eloísa Márquez, una atractiva periodista, le pide una entrevista para su programa de radio. El candidato gallito de roca expone sus mejores poses y se da a la conquista. ¡Ah, qué delicia lo que ve! Una ex reina de belleza preciosa, rubia, ojiazul. Gallito de roca le canta, le baila, quiere electrizar a la dama, ya de por sí electrizada. Ella hace como que lo entrevista, pero su corazón ya se ha entregado. Lo mira fijamente, apasionada, admirada.

Gallito de roca macho guiña un ojo, roza una mano, le pide su número de teléfono y la hace esperar varios días. Prepara un sublime cortejo antes de contactarla.

Unas semanas después la llama para recitarle párrafos de la correspondencia de amor entre Manuelita Sáez, la amante de Bolívar, y el Libertador. Ella, sin respiro, se despide con las mismas palabras que Manuelita: «Patriota y Amiga de Usted». Siente que protagoniza una novela. Admite que ha caído a los pies de un estratega del amor, un poeta, un romántico de otro mundo. En pocos días comienzan a aparecer juntos en público, en revistas y programas de televisión, incluido el noticiero de Mónica, por supuesto.

—Y cuéntame, Eloísa, ¿qué se siente ser la pareja del hombre más codiciado de Venezuela? —pregunta la periodista.

Ella lo mira con dulzura y picardía, le aprieta la mano y responde con señorío:

—Soy la mujer más afortunada del mundo, pero también tengo una enorme responsabilidad. Estar al lado de este hombre maravilloso significa que yo también estoy comprometida con la construcción de un nuevo país.

Hugo se muestra tiernamente complacido, pero pronto deja de

mirarla, sonríe a las cámaras y fija sus ojos en Mónica. Al terminar la entrevista, aprovechando un momento en el que Eloísa está ausente, Hugo se acerca a Mónica lo suficiente para susurrarle al oído:

—No te creas que por estar yo con ella estás fuera de mi mente. Te pienso todo el tiempo. Me tienes loco. Llámame a la hora que quieras y lo dejo todo por ti.

Mónica, sorprendida, no sabe cómo reaccionar. Se sonroja y se pone visiblemente nerviosa, lo cual Hugo interpreta como interés. Pero, en esta ocasión, el talentoso detector de los sentimientos de otros se equivoca. Lo que siente Mónica es una profunda indignación que se transforma en furia cuando ve a Hugo, sonriendo, complacido consigo mismo. Es obvio que celebra su audacia. Y se celebra.

Mónica lo mira fijamente y le dice:

—Hugo, te debería dar vergüenza. Allí está tu esposa, la mujer en la que te debes concentrar. Yo soy una profesional haciendo su trabajo. ¡Por favor, respétame!

Hugo se la queda mirando en silencio. Severamente. No se esperaba este repudio. A él nadie le habla así.

Tal como pronosticaron los asesores, el hecho de estar «seriamente emparejado» le sube puntos a la popularidad del candidato. LA BELLA Y LA BESTIA, titulan los cronistas de espectáculos. Alguien nota que, más que la Bestia, el coronel Chávez es la versión humana del *Rupicola peruviana*, el pájaro oficial de Barinas, su estado natal. Es el hábitat natural del gallito de roca, pájaro libre, rojo, coqueto y seductor.

En las semanas siguientes los acontecimientos se suceden a gran velocidad. Se filtra la información de que Eloísa está embarazada. Pocas semanas después la prensa informa que la pareja del año contrajo matrimonio en una discreta pero muy romántica ceremonia. Mostrando su incipiente barriguita, la recién casada se lanza al torbellino de la política y comienza a hacer campaña pidiendo votos para «su» gallito de roca. Su voz se eleva con ternura en nombre del coronel candidato y le da un brillante toque de romanticismo y coraje a la campaña:

—Yo, como mujer y madre, tengo miedo. A la inseguridad, a los hospitales y escuelas desmantelados, a la especulación, al desempleo. No permitas que tanto miedo te arranque la esperanza. —Y aconseja con una sonrisa primorosa—: «Vota por Hugo Chávez, la solución a tus problemas».

Mientras el futuro político del país está aún por decidirse, en medio de las elecciones nace la hija del coronel candidato y su nueva esposa. Para gusto del Pran, Willy García y sus asesores de campaña, a la vista de los votantes Hugo es ahora un admirable padre y amante marido muy dedicado a su nueva y bella familia.

Todos se muestran felices. Eloísa sobre todo. Hasta este momento no sabe que los gallitos de roca no son del todo confiables. Cantan y encantan, pero también suelen abandonar en el nido a su hembra y sus polluelos. La gallito de roca hembra, inocente, ilusionada, ignora que a los gallitos de roca machos les gusta volar libres, siempre en busca de otros paisajes, revoloteos y conquistas, siempre insaciables, siempre atrás de otras gallitos de roca hembras. Está en su biología. Un incontrolable impulso inscrito en su código genético.

Descubriendo a Fidel

—¿Cuba? ¿Quieren que vaya a dar un discurso a Cuba?

La Universidad de La Habana ha invitado a Hugo a dictar una charla. Sobre el futuro de América Latina. Ni más ni menos. De los ojos del candidato salen centellas rojas, las manos aplauden solas, el corazón tamborilea sones revolucionarios. ¡Cuba! ¡La isla de Fidel! Todavía no se lo cree. Pero, siempre negociador, esconde sus cartas y su emoción y dice que va a conversarlo primero con su equipo. Manda llamar a Ángel Montes. Y le cuenta de la invitación. Hugo está entusiasmado y por supuesto que va a aceptarla.

—Imagínate, Ángel, es hasta posible que Fidel me reciba. ¡El mismísimo Fidel Castro!

Ángel no está tan seguro de que este viaje sea una buena idea. Puede ser contraproducente en campaña. Los militares no quieren a Castro. Los americanos, menos.

—Las cosas nos están yendo bien, Hugo. ¿Para qué alborotar este avispero? Déjalo así. Y sería peor aún si Fidel te recibe y sale la foto de ustedes dos abrazándose. Imagínate. Tenemos todo que perder y nada que ganar, Hugo. No lo hagas.

Ángel conoce bien a su amigo y sabe que está luchando por una causa perdida. Hugo va a ir a La Habana. Y a Ángel no le queda otra alternativa que ir preparado las respuestas que va a provocar esa visita.

Y minimizar los daños. Ése es su rol y lo acepta. Desde que estaban en la Academia Militar, él ha sido a la vez la conciencia de Hugo y también quien va detrás de él limpiando los desastres que deja por el camino.

Una vez que se anuncia que Hugo viajará a Cuba, Eva López se concentra en averiguar todo acerca del viaje. Y profundiza sus estudios de la historia de la relación entre Cuba y Venezuela. También dedica sus mejores agentes a espiar la situación actual de esa relación y seguir de cerca los contactos de Hugo y su gente con el régimen de La Habana. Hojeando el archivo que ha venido acumulando, encuentra y relee uno de los informes escritos meses atrás por uno de sus analistas en Caracas.

Para cuando Hugo cumplía cinco años, una noticia importante de la época era la victoria del movimiento revolucionario en Cuba. Unos jóvenes guerrilleros barbudos habían logrado derrocar la dictadura del general Fulgencio Batista. Castro, el líder de la Revolución, se hizo leyenda viviente. El latinoamericano más conocido del mundo.

El ascenso de Fidel coincidió con grandes cambios políticos en Venezuela. En 1958, cuando Fidel estaba a punto de tomar el poder en La Habana, en Caracas era derrocado el dictador Marcos Pérez Jiménez. Aunque esa revolución no fue gracias a guerrilleros de izquierda, el país estaba ilusionado con la nueva democracia y pidiendo cambios de todo tipo. Aumentó la importancia de los partidos políticos, que pasaron de la clandestinidad a dominar la conversación política y eventualmente llegaron al poder. Conseguir votos, ganar simpatizantes y transformarlos en militantes activos fue la prioridad de los políticos venezolanos y sus organizaciones.

Los padres de Hugo, ambos maestros de escuela, entendieron muy rápido que tener más comida, mejor casa y más dinero para la familia dependía de conseguir los cargos públicos que los dos partidos políticos ofrecían a sus militantes. Sólo había que escoger entre uno de los dos partidos, obtener el carnet, ir a reuniones, aplaudir en los mítines y llevar gente a votar el día de las elecciones. Cuando lo hicieron, las cosas comenzaron a mejorar.

La visita de un triunfante Fidel Castro a Caracas en 1959 conmocionó al país. Fue como si hubiese llegado una de las más famosas estrellas de cine de la época. Una de las caras más reconocibles del planeta se paseaba por las calles de la capital. El propósito del viaje era pedir ayuda financiera y apoyo político para el joven régimen de La Habana. La popularidad del líder cubano se hizo clarísima e inspiró a la anémica izquierda venezolana. Sin embargo, la visita fue un fracaso político, pues la nueva democracia venezolana no simpatizaba con regímenes dictatoriales. «Vuelvan por acá cuando hayan tenido elecciones libres en Cuba», les dijeron a los barbudos.

Fidel Castro sólo volvería de nuevo a Caracas en 1989, justamente para la toma de posesión del segundo mandato del presidente Carlos Andrés Pérez, el mismo a quien Hugo y sus golpistas intentarían derrocar pocos años después.

Por uno de sus informantes en La Cueva, Eva se entera que entre los libros que leía y releía Hugo en su celda estaba el discurso de Fidel en Caracas, aquella tarde de 1959 en la que hizo temblar y aplaudir durante horas y bajo el sol de la tarde a miles de estudiantes universitarios conmovidos por sus heroicas palabras:

Ojalá que el destino de nuestros pueblos sea un solo destino. Hasta cuándo vamos a estar en el letargo, hasta cuándo divididos, víctimas de intereses poderosos. Si la unidad de nuestros pueblos ha sido fructífera, por qué no ha de serlo más la unidad de naciones, ése es el pensamiento bolivariano. Venezuela debe ser el país líder de los pueblos de América.

Para Hugo, la sola existencia del barbudo era un espaldarazo categórico a su idea de una nueva patria. ¡Y ahora que es candidato a la presidencia, el destino lo premia con un viaje a Cuba! Hugo empaca maletas, se abotona el liquiliqui, se acomoda la boina roja y, en compañía de su inseparable Ángel, toma un vuelo comercial.

El avión aterriza en La Habana, se detiene en la pista y es abordado por dos altos oficiales militares que exigen hablar con el coronel Hugo Chávez. Él, impresionado, se levanta, saluda con formalidad y, escoltado, se deja conducir sin saber que lo llevan directamente al encuentro con el barbudo. Ángel intenta ir con Hugo, pero uno de los militares le dice amablemente, pero con firmeza, que no; el coronel Chávez bajará primero y solo.

No son las manos de dos hombres las que se saludan, es el encuentro de dos almas gemelas que se descubren; almas revolucionarias, amigas, compañeras de lucha. Ambos hombres pelean por la palabra y se cubren de elogios mutuos, citan frases poéticas de antiguos próceres, incluyen a Simón Bolívar y a José Martí en su conversación, a

él no puede hacer. Insiste con argumentos de sabio administrador que le dejen un tiempo para ir pagando, pero todos se niegan. Su infierno es la bancarrota. Willy enfrenta en pocas semanas la realidad de perder su casa en el Country Club, sus mansiones en la playa y en Miami, su yate y su avión. Está a punto de quedar en la calle con su familia.

Cuando pensaba que ya nada podía salvarlo, su siempre leal jefe de seguridad se le acerca con timidez.

—Perdone que me atreva a hablarle de esto, doctor —le dijo—. Pero es que he visto cómo todos se le han volteado y lo han dejado solo. Creo que tengo a alguien que puede ayudarlo, es un buen amigo mío que me ha ayudado mucho cuando lo he necesitado. Tal vez usted deba conocerlo.

—¿Y cómo se llama tu amigo?

—Todos le dicen el Pran.

Al principio, Willy subestimó la posibilidad de un amparo, especialmente el de un desconocido. Pero con la audacia de los que ya no tienen nada que perder le dijo que estaba dispuesto a reunirse con quien fuese. Peor ya no le podría ir. Aceptó conocer al misterioso y potencial benefactor. Y la empatía fue inmediata. Los tentáculos del molusco de La Cueva lo envuelven, y después de tragos y largas conversaciones Willy se da cuenta de que está por vivir un milagro: este extraño personaje lo va a salvar de la bancarrota. Fue sorprendente oírle decir que daría instrucciones para que uno de los principales bancos suizos le diera un crédito para pagarles a los bancos venezolanos y poder tener tiempo para recuperar sus empresas. Conmovido, Willy trata de ocultar las lágrimas. ¡Es la salvación para él y su familia! Cuando retoma el control se contiene y se prepara para lo peor. «Me va a pedir algo imposible», piensa.

—¿A cambio de qué? —le pregunta en voz baja.

Tortuosos segundos de silencio. Y el Pran, con esa mirada punzante y a la vez simpática, lo sorprende de nuevo:

—De nada. Quizá lo único que te propondría, y esto no es una condición, es que seamos socios y trabajemos juntos. Voy a construir un gran imperio empresarial, que será legal, respetado y bien llevado... Y quiero que tú seas el jefe de eso. Me reportarás a mí, por supuesto. Pero yo jamás apareceré, ¿lo ves? A ver si me entiendes mejor. Te hablo en tu lengua: lo que te propongo es que aceptes ser el ejecutivo principal y accionista de un *conglomerado diversificado de empresas de alto crecimiento*, que yo controlo. ¿Te suena?

A Willy la emoción lo levanta de la silla. Su mano derecha se extiende con entusiasmo. El Pran sonríe victorioso. En vez de darle la mano lo abraza, como el mejor amigo que ya es. Por eso, en teoría, Willy hoy dirige un banco y varias compañías de construcción, transporte y telecomunicaciones. Mientras que, en la práctica, y en el más absoluto secreto, el verdadero dueño es un empresario que nadie conoce, Yusnabi Valentín.

Una mirada

Después de más de dos años en Caracas, Eva López se ha ido ganando una merecida fama. Es inteligente, simpática, excelente profesional y siempre dispuesta a atender a sus clientes de la mejor manera posible. Muchas de ellas se han hecho amigas cercanas y la han introducido en sus vidas y en sus círculos sociales.

Pasa varias horas al día y muchas noches operando desde una oficina segura e inaccesible que se ha construido furtivamente en las entrañas de Ébano. Desde allí la espía ve cómo crece y se expande el movimiento político de Hugo. Antes que nadie se convence de que el coronel candidato es indetenible. Será presidente de Venezuela.

Crea un vasto universo de redes invisibles tejidas por expertos agentes, ayudantes anónimos y muchos otros que, sabiéndolo o no, nutren sus sospechas y certezas. Siempre a través de otros, compra alianzas y crea amistades con informantes potenciales que no saben que lo son y que la llenan de noticias de políticos, militares, banqueros, periodistas. Se anota una pequeña victoria cuando una de sus agentes logra ganar la confianza de una de las muchas amantes del candidato del pueblo. También se alegra de confirmar una y otra vez que su verdadera identidad y su trabajo en Venezuela siguen siendo un gran secreto. Opera a través de dos superagentes de la CIA en Venezuela que son quienes gestionan a los demás agentes y llevan a cabo las misiones que Eva les encomienda. Pero nunca la han visto en persona, y reciben sus instrucciones y pasan la información a través de mensajes encriptados. Normalmente, reciben sus órdenes en medio de la noche.

Eva no duerme bien. De hecho, casi no duerme. Durante sus agitadas noches derrota a las pesadillas de siempre negándoles la entrada a su vida quedándose despierta. Así, en la madrugada, cuando ya no tiene más órdenes que dar, preguntas que hacer, reportes que leer o producir, Eva batalla contra el sueño leyendo novelas. Nada de espionaje o violencia. Sólo lee historias de amor.

Esas novelas no sólo la protegen del sueño y de las pesadillas, sino que la obligan a pensar en su propia historia de amor. A veces no sabe si su relación con el muy casado, muy republicano y muy atractivo senador Brendan Hatch es una gran historia de amor o es más bien una telenovela mexicana cursi de las que su mamá ve por televisión.

La relación con Hatch da para ambas cosas. Siempre que se ven, hacen el amor como si fuese la primera vez. Y, después de hacerlo, conversan largamente sobre sus intereses comunes: espionaje, inteligencia, política internacional, las maniobras de los políticos en Washington, las elecciones, quién sube y quién baja, quién llegará a la cima del poder y quién se estrellará por el camino. Y, por supuesto, quién se está acostando con quién.

Ambos reconocen al otro como el mejor amante que han tenido y con quien tienen conversaciones que no podrían tener con nadie más. Hatch es líder del Comité de Inteligencia del Senado y esa posición, además de poder, le da acceso a toda la información secreta de la superpotencia. Y Eva, que con él vuelve a ser Cristina, también tiene acceso a la información que maneja la CIA. La combinación de lo que ambos saben con su capacidad de análisis genera una visión que ambos saben que es única y privilegiada. Obviamente, ésta es una relación que va mucho más allá de sus apasionados encuentros sexuales. ¿O es ésa sólo la ilusión de una mujer enamorada? Es la pregunta que se hace Eva/Cristina. Y cuya respuesta trata de encontrar en las historias de amor que lee sin cesar.

Hatch es frecuentemente mencionado en los medios como un posible candidato presidencial con buenas posibilidades de ganar las elecciones. Eso le produce a Eva tanto enorme satisfacción como profunda tristeza. Si, como a veces le ha prometido, Hatch se divorcia para casarse con ella, su trayectoria hacia la Casa Blanca termina. Los votantes republicanos no le perdonarían haber dejado a su esposa e hijos para casarse con una agente de la CIA que antes de serlo fue una mexicana más de las tantas que han inmigrado ilegalmente al país. Ella sabe que, entre llegar a ser presidente y una vida con ella, Hatch siempre escogerá la presidencia. Eso, una parte de ella lo entiende y lo admira. Pero otra parte odia la ambición política que impide que él sea su hombre. Lo quiere para siempre, todos los días y todas las noches. Ya no le bastan los intensos y maravillosos pero muy ocasionales encuentros que con enormes precauciones logran mantener en una paradisiaca y discreta isla del Caribe no muy lejos de Venezuela.

Cada vez que regresa a Caracas después de uno de esos encuentros se descompone. Le entra una tristeza cuya intensidad nadie podría entender. Su única forma de enfrentar esa tristeza es trabajando.

Y trabajo no le falta.

Vienen las elecciones y Venezuela parece vivir una mezcla de huracán con carnaval político. Esto la llena de tareas, obligaciones y emergencias. No deja de sorprenderle el talento natural para la política que despliega Hugo.

Ha seguido su campaña analizando con cuidado hasta sus silencios. Además de estudiar todos sus discursos, declaraciones y entrevistas, también tiene reportes de cada uno de sus pasos y a veces sus agentes logran intervenir electrónicamente sus comunicaciones telefónicas y hasta sus conversaciones más privadas. Pero Eva quiere más. Quiere verlo de nuevo, aunque sea de lejos. Sabe que Hugo estará en el centro de Caracas encabezando uno de los últimos mítines populares. Cede al impulso de asistir y observar con sus propios ojos el fervor del pueblo por el magnánimo líder. Ébano cuenta con un equipo de seguridad pequeño pero muy eficiente, bien entrenado y con total devoción por la dueña del negocio, quien los trata bien y les paga aún mejor.

Cuando llega a la plaza les ordena a sus cuidadores que no llamen la atención y que se mantengan a buena distancia de ella. Ve al candidato a lo lejos parado en una tarima, rodeado por un anillo de escoltas. A su lado, su rubia esposa sonríe y levanta el puño izquierdo con devoción. Hugo preside una animada fiesta roja en la que venden boinas, camisetas y cintas tricolores con su nombre. Hay sonido de tambores, banderas y pancartas. Llueven las mujeres y los besos. Eva decide hundirse en la multitud. Pensó que sus cuidadores harían lo mismo y continuaría el contacto visual a distancia que habían mantenido. No resultó así. Los guardaespaldas la siguieron pero no con la suficiente rapidez, y la perdieron de vista.

El candidato le dice a la gente lo que habían venido a oír: dignidad, igualdad, justicia. Dice saboreando cada sílaba: «Recuerden todas las palabras del Libertador Simón Bolívar: "¡Unión o la anarquía nos devorará!"». Para preocupación del pueblo, denuncia que en Venezuela existe un plan para sabotear el proceso electoral y que, además, hay siete mercenarios con orden de asesinarlo. Responsabiliza al actual presidente si algo llega a pasarle. Eva sigue con interés su largo discurso lleno de frases incendiarias y antiimperialistas. Son las mismas que repite en todos los escenarios. Y siempre funcionan. La multitud, indignada por lo que cuenta el candidato, se enardece. El ambiente festivo se torna peligroso. Cientos de seguidores de la masa la apretujan y ahogan. Pero cuando piensa que es hora de volver a su casa, un magnético contacto visual la obliga a quedarse.

Unos cuantos pasos más allá, un hombre la mira sin ocultar su interés. Se ve embelesado. Eva, guareciéndose detrás de unas amplias gafas de sol, se hace la indiferente, con esa cierta manera con la cual una mujer interesada se hace la indiferente.

Se ve que él ha decidido acercarse a ella, pero entre ambos hay un infranqueable muro de cuerpos alebrestados, un coro de voces que grita con cada encendida frase de Hugo, un millón de manos que aplauden como trenes sin freno.

De repente un estallido de violencia interrumpe el tácito flirteo. Un grupo de fornidos hombres armados con palos irrumpe en la multitud, golpeando a todos quienes se les atraviesan. No se sabe quiénes son, pero Eva sospecha que fueron contratados por alguno de los rivales políticos de Hugo. Están muy cerca tanto de Eva como del hombre que la miraba. La violencia escala aún más cuando la masa reacciona al ataque con piedras y tubos. La policía antimotines interviene, los escoltas protegen al candidato y lo bajan de la tarima. Los seguidores se dispersan corriendo en todas las direcciones. Estallan petardos, suenan disparos, densas nubes de gases lacrimógenos enceguecen a todos. No se ve nada y Eva no conoce el laberinto de calles y callejones que rodean la plaza donde se encuentra. Busca a alguien de su equipo de seguridad, pero no ve a nadie conocido. Sigue corriendo para huir del gas lacrimógeno, y finalmente llega a una plaza que reconoce. Allí toma un taxi; pide que la lleve a Ébano.

Sentada en el taxi se sorprende a sí misma; en vez de pensar en el candidato y lo que acaba de suceder, está pensando en el hombre que la miraba.

«Yo no soy el Diablo»

Hugo es idolatrado por sus seguidores. Los más radicales entre aquellos fieles proclaman que es un ángel, un cuerpo glorioso, la reencarnación sublime del más sublime de todos: Simón Bolívar. Van con él a los mítines populares y asisten sin parpadear a sus primeros discursos, que se extienden por horas bajo el sol implacable de la tarde. Llenan salas de cine convertidas en templos evangélicos, canchas de baloncesto en barrios populares, campos de béisbol, plazas de toros, escuelas. Lo esperan a las afueras de los canales de televisión y de las estaciones de radio donde saben que va a estar. Cortan su foto del periódico, la enmarcan y la cuelgan en las salas de sus casas. Muchos rezan por él y le piden milagros.

Este tan aventajado movimiento político-religioso hace que las campañas rivales se vean y se sientan anémicas. Están muriendo de inanición política. Les falta toda la energía popular que Hugo a la vez absorbe y emana.

No hay quien supere al héroe del pueblo en su don de palabra, en su carisma.

La épica independentista, los mitos y las leyendas populares, y el culto ancestral que todo el país rinde desde hace dos siglos a la figura de Simón Bolívar son ahora armas cargadas sólo en favor de Hugo Chávez y su mesiánica ambición política. Con frecuencia en las reuniones de trabajo dispone una silla vacía para que se siente «el espíritu del padre». Y el pueblo aplaude convencido de la presencia etérea del mejor jefe que el país ha tenido en su historia.

Hugo canta e improvisa coplas frente a enardecidas multitudes provincianas, acude a los partidos del béisbol causando marejadas de entusiasmo en las gradas, bautiza Simoncitos y Huguitos recién nacidos, habla entre gritos y aplausos fervientes en foros universitarios. Dice «Gringos go home» y jura que su voz hace temblar al Pentágono.

Y promete. El candidato promete. Promete restaurar el honor perdido de la nación. Promete recuperar la seguridad ciudadana. Promete reformar la Carta Magna a través de una Asamblea Constituyente formada por el pueblo mismo. Promete transformar el sistema político para tener una democracia verdadera. Promete renunciar al poder si antes de los cinco años de gobierno no cumple lo prometido. Promete renegociar y buscar mejores condiciones de pago de la deuda externa. Promete respetar a los empresarios. Promete revitalizar la industria nacional. Promete distribuir mejor las ganancias del petróleo. Promete respetar la independencia de los medios de comunicación privados. Promete no ser autoritario. Promete. Promete. Promete.

La prensa internacional desconfía. Ha visto desfilar por Latinoamérica a tantos dictadores disfrazados de demócratas que no puede creer del todo en las proclamas del repentino militar mesiánico que tiene enloquecida a Venezuela. ¿Quién es en realidad?

Muchos periodistas lo elogian sin dudar. Otros toman distancia. Esperan. Creen que las grandes expectativas inevitablemente dan lugar a grandes frustraciones. Pero hay algunos, como Mónica Parker, que si bien al principio fueron escépticos, ahora simpatizan con las promesas de Hugo. Mónica, sin embargo, se cuida mucho de revelar sus preferencias y opiniones.

Hugo se muestra manso y amable en todo momento. En respuesta a quienes lo acusan de populista, redentorista, fascista, caudillista y socialista, dice entre sonrisas:

—Yo no soy el Diablo. Yo no soy socialista. Soy un hombre que va a trabajar con los mejores lazos de hermandad en un proyecto humanista, el bolivariano.

Celebración desde todos los frentes

—Éste ha sido un año signado por la mano de la Historia —dice Hugo en uno de los últimos mítines populares. Es la primera semana de diciembre, la última de campaña por la presidencia. El candidato ya está seguro de su futuro político—: ¡Nada ni nadie podrá evitar el triunfo del pueblo el próximo domingo! —grita.

Y así pasa. Su llamada a luchar por la dignidad y el coraje y su repetido anuncio de que el suyo es el único camino hacia la paz han producido la mayoría de los votos que necesita para llegar a Miraflores.

Hace apenas un mes, los resultados de los comicios para elegir a los gobernadores de los estados y renovar el Congreso de la República marcaron también el ascenso vertiginoso del recién creado movimiento político revolucionario que él lidera. Casi todos los senadores, diputados y gobernadores que Hugo apoya ganan. Todo apunta, pues, a que tiene las vías despejadas para gobernar sin cortapisas. ¿Qué hará ahora que está en el poder?

En su primera rueda de prensa como presidente electo, Hugo parodia las palabras de su otro héroe, Jesús de Nazaret, y hace conmover hasta las lágrimas a sus creyentes:

—Todo se ha consumado.

Los escépticos y los cautos son minoría. En almuerzos familiares y aulas de clase, en reuniones de ejecutivos bancarios y en sindicatos se discuten con pasión los cambios que traerá su mandato: una nueva Constitución para una nueva Venezuela.

La emoción dominante es la de un optimismo abrumador. El país espera todo de él aunque la economía no traiga buenas noticias; el precio del petróleo, principal producto de exportación de la nación, entró en picada mucho antes de las elecciones. Escasean los dólares y habrá que hacer impopulares recortes al gasto público.

En un raro momento en el cual Hugo logra estar a solas acompañado de su Ángel, el nuevo presidente le dice:

—A veces pienso que esto no puede ser verdad, Ángel. Aún no lo puedo creer. Lo logramos. ¡Y ahora vamos a poner este país patas pa'rriba, carajo!

Ángel se le queda mirando pensativo y en voz muy calmada lo alerta:

—Cuidado, Hugo. Tenemos que ser realistas. Como están las cosas, va a ser difícil cumplirle todas las promesas al pueblo. Tienes que reducir las expectativas de la gente, de tus votantes. Si no lo haces, se van a sentir defraudados y se te va a voltear. Podemos quedar solos si los nuestros se descorazonan contigo y con nuestro proyecto.

A Hugo no le gusta la advertencia.

—¡Eso no es así! Tú siempre tan pesimista, Ángel. No va a ser como dices. Nos va a ir muy bien. Y, además, yo nunca me he olvidado del oráculo del guerrero de Sun Tzu, el antiguo estratega chino. Fue de lo primero que nos enseñaron en la Academia Militar. Recuerdas, ¿no? Decía así: «Tú, soldado, cuando regresas de la batalla, después del triunfo, envaina tu espada. Mira al Señor, dale gracias a Dios y retírate a celebrar tu victoria con humildad, en silencio, porque mañana vendrán otras batallas».

Ángel se le queda viendo silencioso.

Detrás del festivo escenario, en los círculos del poder corren las apuestas acerca de quién tendrá más influencia en el gobierno de Chávez. ¿Cuba o Estados Unidos? El Pran también saborea su victoria y se prepara para tener más poder que nunca.

Mauricio Bosco y Eva López están, cada quien por su lado, agotados. Sus retos se han triplicado con la llegada del ex militar al poder. En La Habana hay regocijo y en Washington, preocupación. En las salas situacionales de ambas agencias de espionaje, ven por televisión el arribo teatral de cientos de senadores, gobernadores, periodistas e invitados especiales llegados de todo el mundo. Uno, muy especial, viene de La Habana. Ven a las fuerzas armadas rendir honores. Ven al nuevo presidente sonreír exultante, acompañado de su esposa. Lo ven ponerse la mano en el corazón:

—Juro delante de Dios, juro delante de la Patria, juro delante de mi pueblo que sobre esta moribunda Constitución haré cumplir, impulsaré las transformaciones democráticas necesarias para que la República nueva tenga una Carta Magna adecuada a los nuevos tiempos. Lo juro.

El juramento despierta la felicidad del molusco en La Cueva, aunque arruga la frente cuando ve a Fidel en el palco de honor sonriendo y aplaudiendo complacido. El viejo presidente saliente, Rafael Caldera, otrora paladín de la democracia, ahora devenido en enterrador, le pone temblorosamente la banda presidencial al salvador del pueblo. En el momento más solemne de la ceremonia, cuando el país estalla en aplausos, la primera dama, visiblemente emocionada, le da un largo beso a su hombre, al presidente. El Pran y Willy levantan las copas y brindan; esa presidencia también es suya.

5

Coronel en luna de miel

Los nuevos reyes

Ahora, a sus cuarenta y cinco años, Hugo vive en la Casona Presidencial, una mansión con amplios jardines y patios, capilla, salones y más salones, fuentes y más fuentes, todas de mármol. Al pasearse por los despachos, dormitorios y salones, observa extasiado muebles y cuadros que desconoce pero que, supone, deben de ser importantes.

Sabe, además, que ahora cuenta con un numeroso séquito de sirvientes, cocineros, edecanes, guardias y escoltas, preparado para asistirlo, cuidarle la espalda y obedecerle incondicionalmente. Y si por alguna razón su propia mansión lo aburre, están a su entera disposición el Palacio de Miraflores, la sede oficial del gobierno, y, realmente, cualquier casa que él quiera, y donde quiera.

Aunque la noche anuncia el comienzo de la recepción oficial, aunque los invitados ya están llegando y la primera dama está lista para acompañarlo, él decide que *por ahora*, más que en el festejo, es de suma importancia concentrarse por un rato en el Libro de los Proverbios de la Biblia, los poemas de Martí y los discursos de Castro. En todo caso, los invitados no van a irse sin verlo. Quiere sorprenderlos con algunas máximas gloriosas, quiere oírles decir: «¡Qué hombre sabio es el nuevo presidente! ¡Lúcido, arrollador, perfecto!».

A pesar de la contenida emoción que respira a cada paso, no puede quitarse de la cabeza una frase que Fidel le dijo en la madrugada. Después del largo y extenuante día previo a su juramentación como presidente, maestro y discípulo se encontraron para conversar a solas. Mientras se tomaban un trago de whisky Chivas —el preferido del presidente cubano, y ahora el preferido también del venezolano—, Fidel le dijo con tono reflexivo:

—Éstos son los momentos en los que vale la pena recordar a los grandes. Para mí uno de los grandes ha sido Lenin. Y hay una frase que dicen que es de él y que creo que capta perfectamente bien lo que está pasando aquí: «Hay décadas en las que no pasa nada y hay semanas en las que suceden décadas» —dijo Fidel enfatizando cada palabra.

—¡Qué buena frase! —respondió Hugo—. Es así. Así me siento, Fidel.

—Aprovéchalas bien, Hugo...

—Trataré. Pero necesito tu ayuda, Fidel.

—La tendrás. La tendrás —dijo el maestro mirando fijamente a su pupilo y levantando su vaso para brindar.

Esa noche, ya investido con todo el poder, Hugo medita sobre esa frase mientras el palacio se llena de personajes distinguidísimos, todos de alto relieve. Varios jefes de Estado y lo más granado del mundo diplomático, político, militar, del arte, el deporte, los medios y los negocios. Es una ocasión estelar y reúne al quién es quién de la política hemisférica. Aquí está Su Alteza Real española, príncipe de Asturias, Felipe de Borbón. Aquí están el secretario de Energía de Estados Unidos y el secretario general de la OEA. Allá se saludan con abrazos una senadora de la izquierda colombiana, con la cabeza cubierta por un turbante rojo, y una activista indígena con atuendo ceremonial de ritual amazónico. Y ese que está al lado del beisbolista dominicano es el inconfundible barbudo Fidel.

En una esquina, viendo el espectáculo muy discretamente, están amigos recientes pero ya muy cercanos de la casa: Willy García y su esposa. Ella, con los ojos muy abiertos, luce deslumbrada y es obvio que no sale de su asombro. Intenta comenzar una conversación con la tan admirada y hermosa Mónica Parker, a quien Hugo ha mandado invitar sólo por el placer de verla y por saber que, más que una invitación, su presencia en la velada es una orden a la que ella no podía negarse.

Pasan más de noventa minutos de espera. En los salones del palacio los invitados empiezan a incomodarse. Se sienten inevitablemente observados por un retrato gigante de Simón Bolívar que llena una pared y acosados por un reloj de tres metros de alto que se empeña en marcar los eternos segundos de la impaciencia y de la no llegada de su anfitrión.

Cuando al fin aparece la pareja presidencial, Hugo eleva su pecho victorioso y exclama, radiante:

—Hace seis años traté de entrar a esta casa con tanques y a plomo cerrado... ¡y no pude! —Nadie logra reprimir la risa; hasta Mónica se sonríe—. Hoy lo hago al fin, gracias a los votos de la mayoría. ¡Bienvenidos a la casa de un servidor de su pueblo!

Los invitados aplauden tan fuerte que hacen temblar al Bolívar de óleo, al Jesucristo de la capilla y a los causahabientes, los varios presidentes venezolanos del siglo XIX congelados en los lienzos del salón. El saludo se adorna con música, júbilo, abrazos históricos y retahílas de felicitación.

El presidente y la primera dama sonríen sin esfuerzo. Ella no se da cuenta del constante empeño que pone Hugo en acercarse a Mónica y seducirla. Una vez más, aprovechando que su esposa está al otro lado del enorme salón, Hugo logra apartar a Mónica del grupo en el que estaban conversando y, una vez más, la experimentada, serena y siempre lista periodista se pone visiblemente nerviosa. Y, una vez más, Hugo supone que es su ataque de galán lo que turba a la periodista.

—Mónica, en una noche como ésta la reina de este lugar eres tú. No descansaré hasta que estemos juntos y me dejes hacerte feliz de una manera que ningún hombre te ha hecho o te hará feliz.

Mónica no alcanza a decir nada y se aleja de él, regresando a la seguridad que le da el grupo de amigos con el que estaba conversando antes de que el nuevo jefe de Venezuela la abordara.

Nadie se da cuenta y la fiesta continúa. Cada uno por su parte, el presidente y la primera dama conversan y estrenan sus personalidades de reyes en un país sin monarcas. Con el tiempo ella mutará de amorosa esposa a feroz detractora. Y él, aunque ahora no lo sabe, se verá obligado a decidir entre los dos Hugos que existen en su alma. Como escribió Gabriel García Márquez después de conocer al líder venezolano en una reunión especial que a tal fin convocó Fidel Castro: «Me estremeció la inspiración de que había viajado y conversado a gusto con dos hombres opuestos. Uno, a quien la suerte empedernida le ofrecía la oportunidad de salvar a su país. Y el otro, un ilusionista que podía pasar a la historia como un déspota más».

La noche de los leones

La verdadera celebración, la fiesta posfiesta, comienza en la alta madrugada, cuando ya la excelentísima primera dama, los amadísimos familiares y los honorabilísimos invitados se han marchado. Algunos se han ido sin despedirse, respetando el protocolo de no interrumpir los diálogos cálidos y extensos del anfitrión y sus numerosos e interesados contertulios. A todos, aun a quienes acaba de conocer, el presidente les hace sentir que su conversación es única, privada, íntima y entre buenos amigos. Todos quedan fascinados con este joven líder cuyas promesas inspiran esperanza y admiración.

La servidumbre también se ha retirado y sólo quedan unos pocos meseros. Los venezolanos, ya guardados en sus casas, esperan contemplar el amanecer de un nuevo país.

Fidel ha tenido paciencia. Durante la velada no quiso demostrar la gran emoción que representa el triunfo de su nuevo amigo. Ni su cercanía. Entre los líderes invitados, fue quien menos tiempo departió con el nuevo presidente. Más de treinta años han pasado desde que pidió ayuda y le fue negada. Pero parece que la vida está a punto de premiarle esa larga espera.

Por eso, cuando en la casa no se oye más que el segundero del reloj, el patriarca le sugiere a Hugo que se retiren a su despacho a conversar sobre las tareas que le vienen.

En el despacho del presidente, Hugo enciende por primera vez una bellísima y muy antigua lámpara que tiene trescientos años de existencia. Sentados en sillones de caoba tallada, los dos leones del horóscopo empiezan a rugir. Desde la pared, un tercer león montado en un caballo los contempla en silencio. Hugo saluda con respeto al retrato ecuestre del Libertador y luego le dice a su amigo:

—Mira lo que te tengo aquí, Fidel.

Saca una botella de Chivas y dos preciosos vasos de cristal de Baccarat. Se sirven, chocan los vasos.

—Suerte, compañero —brinda Fidel.

Con cada palabra, Hugo deja ver su todavía intacto éxtasis de victoria.

—¡Absoluta popularidad! ¡Has visto que el país está a mis pies!

Fidel manosea su leonina barba y junta las cejas en señal de advertencia.

—Cuidado. No te lo creas. Desconfía del poder si no viene de las armas. Tienes demasiados enemigos y, si de verdad quieres ayudar a los pobres, necesitarás hacer cambios profundos que te crearán aún más enemigos. Enemigos muy peligrosos. A ésos no los vas a poder manejar en democracia. Necesitas neutralizarlos por completo y por todos los medios posibles. —Hegemonía total. El presidente toma nota de ése y de otros tantos sabios consejos—. Mao dice que el poder nace de la boca de un fusil, ¡y tiene razón! La democracia es una farsa burguesa —sigue Fidel, amenazante.

—El poder se ejerce a fondo o se pierde por completo.

—Un líder verdadero no consulta, *ordena*.

Mucha información para terminar un día perfecto. Hugo escucha con respeto y asiente, pero en el fondo no cree necesario llegar a los extremos. No refuta, sin embargo. Al contrario, presta detallada atención a lo que pretende ser una sabia lluvia de consignas y advertencias. Fidel le insiste en que su seguridad personal es lo más importante, que no se descuide, que debe cuidarse mucho pues, sin duda, cuando la luna de miel con el país termine, más temprano que tarde, los opositores comenzarán a mover sus piezas.

—Que no te pase como a Allende —le dice en ominosa alusión al presidente socialista chileno que llegó al poder ganando una elección y fue derrocado por un golpe militar en 1973—. Mira que yo conozco bien esa historia. Yo me mudé para Santiago de Chile por un mes a ayudar a Allende y lo vi todo. Y vi con estos mismos ojos las trampas que le montaron. Por no hablar de las que me montaron a mí en todos estos años. Pero contra mí no pudieron. Y te quiero dar toda la ayuda y los conocimientos que tenemos del tema para que no te pase lo mismo a ti. Porque, si te matan o te tumban, se acabó la revolución. Y eso tú no lo debes permitir.

Hugo graba las palabras de Fidel en la mente. Le refrescarán la memoria en muchas escenas por venir. Mientras tanto, recuerda su relectura de hace unas horas de los Proverbios de la Biblia y, con permiso del ateo, recita con entusiasmo el oráculo de Agur:

> *Hay tres cosas majestuosas en su marcha,*
> *y una cuarta de elegante caminar:*
> *el león, poderoso entre las fieras,*
> *que no retrocede ante nada;*
> *el gallo, que se yergue orgulloso,*
> *y también el macho cabrío,*
> *y el rey, cuando tiene el ejército con él.*

A Fidel Castro nada le dicen los trabalenguas bíblicos. A él no le interesa que Jesucristo haya sido también león, León de Judá. Así que retoma sus consejos e insiste:

—No todos tus enemigos jugarán limpio.

Se pone a sí mismo de ejemplo y habla del bloqueo económico a la isla y de nuevo le recuerda que ya ha sido objeto de más de seiscientos intentos de atentado. Pero su adelantado discípulo responde con otro proverbio bíblico, más simple:

—Hermano Fidel: «Lo que el impío teme, eso le vendrá. Y a los justos les será dado lo que desean».

Cuando el cielo se ha iluminado de nuevo, los leones se funden en un abrazo de despedida.

—Sabes que siempre podrás contar conmigo —dice el barbudo, y aprovecha para ponerle a su disposición uno de sus hombres de mayor confianza—. Si me permites, voy a mandarte a mi mejor tipo. Necesitas a tu lado un experto en inteligencia y yo te lo tengo; se llama Mauricio Bosco.

Hugo se lo agradece y Fidel se levanta para irse después de darle un largo y sentido abrazo.

El presidente queda solo, meditando. A pesar del respeto que le infunde el barbudo, desestima sus advertencias. «Fidel tiene razón en muchas cosas —piensa Hugo—, pero no conoce Venezuela tanto como yo y no sabe cuánto me quiere la gente. No tengo por qué llegar a los extremos que él recomienda. Su historia es diferente a la mía. Y su tiempo, distinto al mío.»

Mientras tanto, Eloísa recuerda. Se remonta a los no tan lejanos días cuando Hugo la cortejaba. Recuerda que le saltaba el corazón cuando por teléfono él le recitaba poemas inspirados por su sonrisa. Ella, alucinando de amor, le contestaba con algún fragmento de la correspondencia entre Manuelita Sáenz, la amante de Simón Bolívar, y el Libertador. «Bien sabe usted que *ninguna otra mujer* que usted haya conocido podrá deleitarlo con el fervor y la pasión que me unen a su persona. Conozca usted a una verdadera mujer, leal y sin reservas», leía Eloísa la declaración de Manuelita, como si fueran mensajes que sólo ella hubiese podido escribir.

Si todo fueran cartas de amor... ¿Escuchaba bien Hugo cuando ella leía «ninguna otra mujer»? Confundida en sus sueños patrióticos con la «Libertadora del Libertador», y confundida en la vida real por el vértigo de los acontecimientos, la periodista de provincia ha sido elevada en pocos meses al cargo de primera dama, profesión que no se puede estudiar en la universidad. Dios la tiene allí por algo, piensa. Sin mucho tiempo para oraciones o meditaciones, en un mismo respiro, la ahora mujer más importante del país debe aprender a combinar sus roles de mamá, esposa de un líder político, amiga del pueblo y servidora de la revolución. «No me voy a cansar de darles las gracias a Dios y al pueblo de Venezuela por haber respondido a ese llamado que todos teníamos por la paz, por el cambio social —dice en sus primeros días a la prensa—. Les agradezco a todos el respaldo masivo que han dado.»

Sin embargo, la luna de miel de su reinado se ha ido disolviendo. En pocos días comprende la dimensión de su alianza con el hombre que tiene enamorado al país y que es el centro de atención a toda hora y en todas partes. Al mar del amor pronto desembocarán torrentes de aguas negras.

«¡No te olvides de nosotros, Hugo!»

El presidente convoca un multitudinario mitin popular para celebrar la victoria y agradecer a sus electores. Una masa colosal de ciudadanos acude a su llamado.

—El poder está en ustedes, en el pueblo, en el colectivo, en el soberano. Yo soy una brizna de paja apenas, empujada por el huracán revolucionario.

Todos gritan eufóricos. Celebran el comienzo de una nueva historia de justicia y dignidad. Pero los ánimos se tensan cuando asegura que gobernar no será fácil, que habrá que vencer muchos monstruos juntos. Por eso, anuncia, hace pocas horas acaba de firmar el primer decreto, ordena que se lleve a cabo un referéndum sobre la conveniencia de reformar la Constitución para dar paso a una «auténtica democracia participativa». En dos meses los electores volverán a las urnas para decidir si se convoca o no una Asamblea Nacional Constituyente. Si dicen «sí», el actual Congreso será disuelto y la Constitución vigente será reemplazada por una moderna y acorde con el siglo XXI.

—Lo que está en juego, amigos, es el futuro de las generaciones futuras.

Las ovaciones no se detienen, el presidente siente que los aplausos son manifestaciones de amor puro, de confianza total.

En esta primera semana su agenda de eventos y reuniones no cabe en las veinticuatro horas del día. El tráfico se atasca cuando el presidente se desplaza por la ciudad. Por donde pasa despierta delirantes manifestaciones populares de apoyo. Todos quieren verlo, tocarlo, gritarle que lo aman.

Entretanto su esposa, Eloísa, trata de acomodarse a su vida de primera dama y organiza su propio despacho en la residencia presidencial. Hugo, por su parte, pasa largas jornadas en el palacio reunido con la comisión de asesores que redactan la nueva Constitución, y analiza con Ángel Montes extensos y alarmantes informes sobre la situación social del país. La pobreza es tan común como la violencia criminal. Las tasas de homicidio son muy altas. Circular por Caracas de noche es más peligroso que hacerlo en cualquier ciudad en guerra. Los precios del petróleo están muy bajos y los ingresos del Estado no permiten aumentar el gasto público, ni hacer todo lo que el presidente ha prometido y quiere hacer. No hay dinero. A sus largas jornadas de trabajo siguen las trasnochadas, pero siempre hay tiempo para las visitas privadas de sus admiradoras.

El presidente amanece en el despacho del palacio. Sus colaboradores notan el evidente cansancio, pero nadie puede contradecir su intención de convertir la noche en día. Hoy se preparan para acompañarlo a una reunión con activistas sociales al otro extremo de la ciudad.

Es la hora pico del tráfico matutino. La caravana presidencial se abre paso lenta y trabajosamente pese al despliegue de los motorizados y de la unidad de seguridad. Ya lo han hecho en muchas ocasiones. Esta vez tienen que atravesar un barrio popular muy poblado. A través de la ventana de su automóvil blindado, Hugo contempla las montañas cubiertas de precarios amasijos de cartón y ladrillos que pasan por viviendas, todas apretadas unas contra otras. Observa cerros enteros cubiertos de miles de ranchos, refugio de los desfavorecidos. Sigue con la mirada largas y estrechas escalinatas que se abren paso como serpientes y trepan en medio de la miseria trazando un laberinto de tierra, cemento y gente. Y en algún recodo se abre un pequeño espacio, una cancha donde unas veces juegan baloncesto los muchachos y otras veces se juegan la vida, ya no con la pelota sino con armas automáticas. Hace unos momentos un joven transeúnte recibió un disparo. Mientras la balacera aún seguía su curso, familiares y amigos llegaron a socorrerlo.

El revuelo en la ladera llama la atención del presidente. Ocho personas bajan a toda prisa, cargando el cuerpo ensangrentado del joven herido. Viene la madre, desgarrada por el pánico de perder a su hijo, y varios vecinos que intentan colaborar sin éxito. El tráfico es lento e intenso. Los pocos taxistas disponibles se niegan a atender la emergencia. Alguien propone subirlo a una moto y llevarlo «acostado» en la parte de atrás.

—¡Alto! —grita Hugo. Los escoltas, alarmados, lo ven salir corriendo del auto, acercarse al grupo y hacerse cargo de la situación. Ordena llevar cuanto antes al herido junto a su madre al hospital en uno de los vehículos que lo acompañan. Los guardias motorizados parten adelante, abriendo paso a la improvisada ambulancia.

Todo sucede tan rápido que los pasajeros de las busetas de transporte público, los vendedores ambulantes, los indigentes, los niños de la calle y los escolares apenas logran reconocer al benefactor. Como hormigas atraídas por el azúcar, de todas partes corre gente a su encuentro.

—¡Es él, es él! —gritan. ¿Qué puede hacer su comitiva para controlar tanta emoción? Él no rehúye a la multitud; al contrario, aparta a sus escoltas. La gente lo mira con adoración. No pueden creerlo—. ¡Es él, es Hugo! —Y lo rodean por completo hasta impedirle moverse. No quieren perder tiempo. ¡Tanto tienen que pedirle! Como si fuera un amigo de la casa le hacen todas las peticiones posibles:

—¡Hugo, dame una ayuda pa remendá el ranchito!

—¡Hugo, no tengo casa!

—¡Hugo, necesito una operación urgente pa la vieja y no tengo trabajo!

—¡Hugo, dame una beca pa estudiá!

—¡Hugo, los malandros nos tienen azotados!

—¡Hugo, danos agua, danos electricidá!

Y Hugo oye las súplicas de sus pobres, confraterniza con ellos, les pregunta por sus nombres y sus vidas. Los escoltas no saben qué hacer con los cientos de solicitudes escritas en papelitos que intentan llegar a las manos del presidente amigo. Se esfuerzan con dificultad por sacarlo del tumulto que lo ha acorralado.

Allí está Luz Amelia Lobo, una joven de veinte años que lucha ferozmente por hablarle y entregarle un trozo de papel. Finalmente logra tomarlo por la manga y le grita: «¡Hugo, ayúdame!». Él alcanza a mirarla, advierte su embarazo y recibe un papel doblado en cuatro. Mientras, ya en el hospital, los médicos tratan de salvar la vida del joven, en la calle los escoltas acaban por controlar la situación, Hugo vuelve al auto mientras la multitud esperanzada se disuelve, y Luz Amelia se pierde en el peligroso y olvidado laberinto de calles y laderas.

Secretos de amigas

Entre clases de yoga, largas conversaciones y salidas a comer, Eva López y Mónica Parker se han hecho buenas amigas. Eva siente un genuino afecto por Mónica, a quien además admira mucho como profesional. Por eso, la espía con frecuencia se siente muy culpable de obtener informaciones delicadas que Mónica le comparte sin remotamente sospechar que en esos momentos se ha vuelto una informante de la CIA.

Las conversaciones entre las dos mujeres también entran con frecuencia en el ámbito de sus respectivas vidas personales. Mónica le ha contado a Eva sobre su precaria vida amorosa y la dificultad que tiene una mujer como ella para encontrar un hombre a la medida de sus deseos. Entre otras cosas, a ambas las une su soledad, un prontuario de relaciones fallidas y el mutuo sueño de dar cada una con el hombre de su vida.

Mónica le ha hablado a Eva de su infancia y su familia. Le ha contado que su padre viene de una antigua familia de Boston y que recién graduado fue enviado por un banco estadounidense a Caracas cuando el país gozaba de un *boom* petrolero. El entonces joven ejecutivo se arraigó en Venezuela y se casó con una bella dama de la sociedad caraqueña con quien tuvo dos hijas. Le ha contado también que su madre murió diez años atrás, que su hermana vive en Boston y que su padre es un hombre de sesenta y siete años, ya retirado y bastante aficionado a la buena vida, especialmente al alcohol.

Lo que Mónica no ha querido contarle a Eva López es que, un par de años atrás, Charles «Chuck» Parker fue sorprendido falsificando estados financieros para ocultar un enorme desfalco. Este Madoff tropical fue el autor de un fraude continuado que hizo víctimas a todos quienes depositaron sus ahorros allí. El banco ha manejado el asunto con suma discreción y, aunque despidió a Parker, le ha dejado una salida: de no reponer los fondos en el plazo perentorio, enfrenta la posibilidad cierta de ir a la cárcel.

Mónica Parker no le ha dicho a Eva que en este momento su padre está encerrado en la casa, alcoholizado y desconsolado sin saber qué hacer. No le ha dicho que lo ama tanto que está dispuesta a hacer lo necesario para protegerlo e impedir que sea juzgado y encarcelado. No le ha dicho a Eva que toda su belleza, su inteligencia y sus contactos están al servicio de ese objetivo. No le ha mencionado nada de esto a su amiga porque, siendo una de las figuras más respetadas del país, debe moverse con cuidado. Su noticiero de la mañana domina el rating televisivo. Allí entrevista a políticos y poderosos con quienes se muestra implacable y respetuosa. Con frecuencia su programa genera titulares y artículos en los demás medios de comunicación. Aquello que Mónica presenta en la pantalla cada día define los temas que se conversan en el país.

Eva López, por su parte, sabe de Mónica todo lo que Mónica cree que no sabe, y más. Aunque le gustaría ayudar a su amiga, no sabe cómo hacerlo. Y aunque le gustaría dejar de usarla como informante tampoco lo puede hacer. La información y el acceso que tiene Mónica son invaluables.

Eva, además, sigue con una enorme presión encima. En su última comunicación con su jefe, Oliver Watson, recibe órdenes urgentes de renovar sus esfuerzos para *neutralizar* a su contraparte cubana, de quien Eva confiesa no tener ninguna pista. Pero afirma su compromiso de trabajar con más empeño en esa dirección, mientras procesa datos que le llegan de Mónica y de otras fuentes.

Desde hace varios meses sus redes han logrado conocer los profundos vínculos entre el Pran y un tal Willy García, un inquietante miembro de la élite económica y social que, dicen los mejor informados, ha estado cerca del nuevo presidente. Cámaras ocultas han capturado imágenes de ellos conversando en la lujosa cárcel del criminal. En otras fotografías, obtenidas discretamente a larga distancia, el Pran y Willy almuerzan con alguien de quien sólo se ve la espalda, que podría ser Hugo. Están en un lugar no determinado en compañía de bellas mujeres. Las fechas de las fotos coinciden justamente con el periodo de cautiverio del actual presidente. El grupo luce alegre. Toman champán y la pasan en grande. Eva analiza también un video de la fiesta inaugural en el palacio presidencial en donde Willy García sonríe satisfecho al presentar sus respetos al presidente y a la primera dama.

Eva observa también unas imágenes recientes tomadas de *Granma*, el periódico oficial cubano. Allí están Fidel Castro y Hugo Chávez durante una de sus frecuentes visitas a Cuba. Eva pega las fotos en una cartelera y trata de establecer un vínculo entre todas.

—¿Quién es usted, presidente? —murmura para sí.

La cúpula ministerial

A las nueve de la noche, el Pran saluda y aspira una bocanada de poder cuando levanta el más privado y seguro de sus muchos teléfonos que timbra con insistencia. Del otro lado, la voz de Hugo le anuncia que ahora que es presidente quiere retribuirlo de la mejor manera en gratitud por todo lo que hizo por él mientras estuvo en prisión. Tiene en sus manos el decreto de su indulto. El Pran sonríe y con solemne respeto rechaza la oferta. Tiene tantos enemigos *allá afuera*, tantas cuentas pendientes con sus rivales del crimen organizado, que tan pronto salga a la calle será hombre muerto.

—Agradezco de todo corazón tu noble gesto, presidente, pero estoy más seguro aquí dentro, ¿comprendes? —Hugo insiste en devolver de modo tangible su decisivo apoyo, de manera que el Pran siente que es el momento preciso para cobrar favores—. Está bien... Ya que insistes... La verdad es que no quiero nada para mí. Pero sí me gustaría que consideres mis humildes recomendaciones para tu equipo. Hay personas de mi absoluta confianza, gente de talento que te admira y puede serte muy útil trabajando a tu lado. —Se hace un silencio inquietante. El Pran y Willy intercambian miradas. El molusco continúa—: ¡Claro que puedo darte nombres! Por ejemplo, Guillermo García. —Hugo dice algo—. ¡Exactamente! —responde alegre el Pran—. Willy, a quien conoces. Es un tremendo economista, muy respetado, conoce bien la problemática del país. Encárgalo de la economía y nadie mejor que él para darles confianza a los inversionistas del sector privado, dentro y fuera del país. Es un tipo de Harvard, ¿sabías? ¡Bilingüe y superdotado!

El Pran le guiña un ojo a su socio. Se despide de «mi querido presidente», cuelga el teléfono y luego levanta una copa de ron.

—Ya te dije, Willy, que no soy dueño del mundo, pero ¡soy hijo del dueño! ¡Dios me quiere! —dice, y se ríe de su gran ocurrencia.

Pocos días más tarde, el Pran ve por televisión, con actitud expectante y satisfecha a la vez, una nutrida rueda de prensa televisada desde el Palacio de Gobierno. Hugo despliega su simpatía y carisma al presentar al país su primer gabinete ministerial. Mónica Parker cubre el evento para su canal de televisión, desde donde reporta en vivo:

«El presidente se ha demorado en anunciar a sus ministros. Lo acostumbrado es que se nombren el mismo día en que el presidente es juramentado. Pero nuestro nuevo presidente es un transgresor de normas establecidas y ha dejado esos ministerios vacantes hasta que él esté listo. Algunos de sus críticos han dicho que la verdadera razón de la demora en hacer estos cruciales nombramientos es impedir que nada ni nadie opaque las ceremonias de su juramentación presidencial. Él quiere ser el único protagonista, como si ya no lo fuera. La buena noticia es que hoy, por fin, está listo.»

Lo que Mónica no reporta es que entre los ministros hay consternación y mutua desconfianza. Detrás de sus disímiles vestimentas y modales, sólo ven rostros extraños que ocuparán los más variados ministerios. Al menos, cada grupo social con influencia se siente representado. En general, los personajes recién nombrados provienen de todos los sectores que han cortejado al presidente desde la misma noche del golpe. Se hace obvio que Hugo Chávez está creando una enorme burocracia. Entre los recién presentados ministros hay figuras de reputación y experiencia intachables, académicos, economistas, políticos de izquierda, activistas sociales y, sobre todo, varios antiguos militares que lo han acompañado en todas sus aventuras —como su permanente escudero Ángel Montes—, incluidos la larga insurrección que prepararon desde que eran cadetes y el golpe de Estado en el que fracasaron.

El sector público será un monstruo caro e ineficiente, anticipan los críticos entrevistados por Mónica. Pero Hugo no le tiene miedo a eso. Él cree en el Estado y, por lo tanto, bajo su gobierno, el Estado será tan grande como amerite y habrá tantos ministerios como necesidades tiene él. Eso lo repite cada vez que puede.

—Tengo una larga lista de prioridades, de cosas que debo hacer, de cambios irreversibles que quiero implantar, porque ésta es una revolución. ¿O no? —responde airado a quienes le asoman dudas sobre su decisión de crear decenas de ministerios y otros entes públicos. Todos esperan que las primeras designaciones den una idea de hacia dónde se dirige el gobierno. Pero, a los ojos de los analistas, éstas son señales contradictorias hasta la perplejidad.

En medio de un profundo cubrimiento de la noticia, Mónica resalta al nuevo ministro de Finanzas, el doctor Guillermo José García, anuncio que desborda la capacidad de asombro de quienes lo conocen desde siempre y no entienden cómo llegó allí.

¡Willy ministro de Chávez!

La primera sorprendida es justamente Mónica, quien lo conoce muy bien gracias a una larga y desafortunada experiencia sentimental en el pasado que por poco le cuesta la cordura y que, de milagro, no se filtró en los medios. Todavía no entiende cómo fue que cayó por más de un año en la trampa de una promesa de amor engañosa, según la cual él dejaría a su esposa, desde hace varios años, y con ella a sus hijos, para hacer una nueva vida juntos. Se mudarían a Estados Unidos o a algún país de Europa. Tendrían una familia. Él se dedicaría a los negocios y ella, a filmar documentales. Viajarían por el mundo. Serían felices por siempre. Aunque doloroso en el momento, Mónica agradece hoy que ese proyecto de vida se evaporase cuando, una tarde, descubrió a su prospecto de amor eterno caminando por una playa solitaria agarrado de la mano con una de las modelos más cotizadas del momento. Mónica llego allí por casualidad con su equipo de camarógrafos, ya que estaba haciendo un documental en la zona y decidieron acercarse a la bella ensenada. Willy no supo qué decir ni cómo reaccionar. Mónica sí. Rompió la relación con él y se prohibió a sí misma volver a caer en las encantadoras redes de hombres seductores para quienes la honestidad es un accesorio innecesario. Así, Mónica volvió a aferrarse a una soledad a veces incómoda, pero por lo menos real.

Ahora, piensa Mónica, las vueltas del destino los ponen de nuevo sobre el mismo suelo. ¿Cómo es que Willy llegó a estar tan cerca de Chávez? ¿Cómo llega un hombre como él, que proviene de un círculo social tan alejado del de Hugo, a ser ministro? Quienes no conocen esa faceta del nuevo ministro se alegran porque es «alguien que sabe de economía y negocios». Los empresarios que le conocen se preocupan porque recuerdan que, cuando necesitó ayuda, lo trataron de hundir en lugar de dársela.

El nombramiento dispara, por supuesto, una fiesta en la caverna del molusco. Con el nuevo presidente como número uno del discado rápido de su teléfono y varios ministros en su nómina personal, el Pran comienza a cosechar los beneficios de su plan maestro. Ahora está seguro de poder expandir sus negocios legales e ilegales más allá de lo que jamás había soñado. Abrirá nuevos mercados, comprará nuevas industrias. Claro que no todo será fiesta. Sabe que surgirán enemigos poderosos, algunos incluso dentro del propio régimen de su amigo el presidente. Pero el miedo es un grillo que se aplasta con el pie. Y el Pran sabe cómo se hace eso.

Aló, presidente

Consciente de que su fortuna política se debe en gran parte a los cuarenta segundos de audiencia total que tuvo el «por ahora» en su emotivo discurso de rendición tras el fracaso del golpe, Hugo se enfoca con determinación en crear un espacio radial. Así, todos los domingos habla de sus nuevos programas de gobierno, conversa con sus ministros y recibe llamadas de sus compatriotas, amigos y homólogos latinoamericanos. Llama a su programa *Aló, presidente*.

Como la emisora de radio que maneja el gobierno tiene un alcance limitado, la buena voluntad de los dueños de los medios privados le brinda un vasto circuito radial que expande la cobertura a casi todo el país. La oposición se sorprende por el tan audaz despliegue de activismo mediático del presidente. «Se va a quemar. Eso no es sostenible. Ya verás que lo abandona», pronostican mal sus críticos y algunos de los expertos en comunicación. Durante las primeras emisiones, el programa no tiene guion preconcebido, salvo las efemérides y el anuncio de un viaje próximo a alguna provincia o al exterior. Dos locutores lo acompañan en el estudio y se encargan de adularlo entre un tema y otro, y el presidente aprovecha su protagonismo para demostrar sus dotes de cantante y compartir piezas del repertorio popular y de la música de protesta. Para alegrarles el día a los oyentes, se extiende en evocaciones de su infancia, de su carrera militar, de sus aspiraciones de beisbolista y hasta de sus épocas de muchacho de éxito con las muchachas. Pero el centro de todo, en principio, son las prolongadas conversaciones con los radioescuchas que llaman al programa para comunicarle sus quejas y solicitudes. Muchos insisten en hablar personalmente con él, lo invitan a sus casas para contarle detalles de sus problemas. El presidente les pide sus números de teléfono y solicita a sus funcionarios contactarlos al final del programa. Pero ellos insisten en que quieren verlo a él, al presidente, sentado en el trono de salvador de la humanidad.

—¿Cómo está, presidente? —pregunta Pedro Marrero, uno de los oyentes.

—Bien, chico, aquí con los amigos patriotas —responde el presidente.

—Mire, presidente, yo vivo aquí detrás, donde termina la acera de la radio, y quería pedirle un favor, pero quería que usted *ocularmente* lo presenciara y lo invito a tomarse un buen cafecito criollo conmigo y con mi familia.

—Yo te voy a pedir que por favor me esperes a la salida —se excusa el presidente—, a ver si puedo, porque tú sabes que a la salida de la estación, de aquí de la radio, siempre hay centenares de personas planteando problemas y casi siempre me quedo ahí por lo menos una hora atendiéndolos, recibiendo sus quejas, tomando nota.

—Sí, yo vivo aquí al lado —dice Marrero.

—Tú vives al lado, Pedro, eres vecino nuestro. Yo voy a tratar de tomarme el cafecito contigo. ¡Ojalá que el público nos permita!, pero en todo caso te lo agradezco muchísimo a ti y a tu familia, aunque tú sabes que yo estoy entregado al colectivo. ¡Ojalá que yo pueda hacerlo!, si nuestro pueblo, que está allá afuera, nos lo permite...

Durante varias semanas al aire, con notorio estilo llano y campechano, Hugo induce a su gente a comprenderlo mientras busca zafarse sin comprometerse. En promedio recibe veinte llamadas cada vez que sale al aire, y siempre se muestra decidido a devolverlas y a resolver las dolencias de cada uno. Sin embargo, con los días, su afán protagónico no tolera esta modalidad pues, para gran irritación suya, algunos seguidores expresan en vivo críticas a las nuevas políticas de gobierno. *Aló, presidente* se convierte entonces en un maratónico monólogo, producido bajo total control pero simulando espontaneidad e improvisación. Esta nueva versión puede llegar a durar hasta nueve horas y, aunque sigue incluyendo llamadas del pueblo, éstas sólo permiten elogiar al presidente, agradecerle algún favor o dádiva y atacar a los «enemigos de la revolución».

Ahora, *Aló, presidente* se transmite también por televisión. Es una especie de *Don Francisco* político, un show de variedades, invitados, música, llamadas del público y todo tipo de sorpresas que le dan una sólida sintonía. Se apoya en innumerables pases a transmisiones remotas y, periódicamente, escoge un lugar diferente del país para transmitir desde lejanos escenarios, logrando la sensación de que el presidente está en todas partes. Un jefe omnipresente. El tumulto que se produce ante cada emisora local, más que preocupar al presidente, le afianza la idea de que Venezuela es un pobre y descarriado rebaño en busca de un buen pastor. «Venezuela estaba perdida, nadie la quería... y yo me la encontré», dijo una vez.

Chávez gobierna desde la pantalla. Su programa se convierte en el medio perfecto para anunciarle al país sus próximas acciones, o intenciones, ya sean políticas, sociales, económicas, militares, electorales, nacionales o internacionales. Una tarde, por ejemplo, antes de abordar el avión rumbo a Brasil, Hugo aprovecha para explicarles a los venezolanos la importancia de su viaje:

—Voy a la primera cumbre entre los jefes de Estado de América Latina y el Caribe y de la Unión Europea. Anoche en la madrugada estuve leyendo un libro viejo que tengo... Ando procesando hace mucho tiempo la idea que tenía Simón Bolívar de formar en Iberoamérica una confederación de estados en la América que antes fue española. Ése es y será mi mensaje central en esta cumbre. América Latina puede y debe ser una potencia mundial. Debemos unirnos Venezuela, Brasil, Colombia, Ecuador, Perú, Bolivia, Argentina, Chile, toda Centroamérica, Panamá, Cuba, Dominicana, Jamaica, Haití, todo este mundo bolivariano. No tenemos otro camino.

El pueblo se siente, emisión a emisión, parte viva del gobierno. El efecto mediático del programa es irrefrenable.

«¿Bailamos?»

Por primera vez en la historia de la gala anual que se hace para recaudar fondos para un conocido centro para niños abandonados, este año asiste nada menos que el presidente de la República. El acto, organizado por la Asociación de Mujeres pro Infancia de Venezuela, es ya un evento social imperdible para la élite del país, ya que reúne en un mismo recinto y con un mismo fin a lo más granado del *jet set* criollo. Las organizadoras, en su mayoría esposas e hijas de banqueros, empresarios y políticos, se enorgullecen de donar todo su tiempo y energía a esta digna causa.

Este año el presidente Chávez ha aceptado la invitación a la gala. Y, como parte de su permanente estrategia publicitaria, asistir a esta gala lo pone de nuevo en el centro del ruedo, expandiendo su figura de hombre bueno y ejemplar, siendo que él mismo es un vivo testimonio de superación a pesar de las barreras sociales que crea la pobreza.

Por tratarse de la vigésima gala y por la irrefrenable presión de las organizadoras, entre las cuales están algunas de sus amigas más cercanas, Mónica Parker, siempre apetecida por los organizadores pero esquiva a este tipo de eventos, acepta ser la maestra de ceremonias. Llega tarde y oculta con gran habilidad la angustia de haber dejado solo a su padre, ahogándose en la tercera botella de licor. Paradójicamente, para darse fuerza, ella misma se toma dos copas de ron y se apropia de su rol protocolario.

Apoyándose en un guion escrito y revisado por las organizadoras, Mónica comienza por agradecerles al presidente de la República y la primera dama el honor de su presencia y a los más de seiscientos asistentes que, gracias a sus donaciones, «están escribiendo un capítulo de esperanza en la vida de millones de niños necesitados». Enseguida, anuncia la entrega de una placa de reconocimiento y agradecimiento al más generoso donante del año, la cadena de tiendas Élite. Los asistentes, muchos de los cuales llevan prendas de lujo adquiridas en alguna de las tiendas en Caracas, rompen en aplausos cuando el más alto ejecutivo de la compañía, Mauricio Bosco, se levanta de la mesa que comparte con el presidente y se acerca al estrado para recibir la placa y el abrazo de Mónica. Basta un rápido y sonoro saludo caribeño para que todas las mujeres ansíen bailar aunque sea una pieza con él, y ojalá una con el presidente, cuando se anuncia que, después de la cena, la orquesta Tropicalísima tocará salsa hasta la madrugada.

Terminado el protocolo, Mónica se deja conducir a la mesa de honor, que comparte nada menos que con el presidente, la primera dama y el distinguido empresario Mauricio Bosco. Un mesero le corre la silla asignada, justo en medio de los dos caballeros, quienes se levantan al mismo tiempo a saludarla. Ante la aguda mirada de su esposa, que persigue cada movimiento suyo, Hugo le guiña el ojo a Mónica, comunicándole con sus gestos lo que ya tantas otras veces le ha dicho. Mauricio le estira la mano y se presenta con sobria diligencia.

A pesar del ambiente festivo, Mónica lamenta haber aceptado la invitación y quiere levantarse con alguna excusa prefabricada, pero resulta imposible romper el extendido monólogo del presidente, animado, como de costumbre, por la atención de todos alrededor y por las eventuales preguntas del empresario, a quien trata como un amigo cercano. Además, entre tema y tema, decenas de invitados se van acercando para darle un apretón de manos, un abrazo, un espaldarazo a su llegada a Miraflores, y para ponerse a sus órdenes en lo que sea que necesite. Eloísa, la esposa, siente que le hierve la sangre cada vez que Hugo aprovecha los saludos para abrazar y besar a todas las mujeres, y, aunque sostiene una sonrisa por cortesía durante gran parte de la velada, Mónica nota que varias veces ella le secretea que se retiren, peticiones que se evaporan tan rápido con las copas de whisky.

Mauricio, por su parte, sabe respetar el protagonismo sagrado del presidente y guarda un completo bajo perfil en la mesa, que sólo abandona cuando Hugo le habla directamente a él. Mónica, y sobre todo Eloísa, sienten que sobran y cuentan los minutos, ojalá muy próximos, en que puedan levantarse de la silla y alcanzar la puerta.

Después de varias copas, abrazos y besos, el presidente parece estar satisfecho de su encanto y se empieza a abotonar la chaqueta en señal de salida. Se excusa con una pareja de ejecutivos petroleros que quieren saludarlo: «Debo madrugar mucho para cumplir los deberes de la patria». La fiesta se paraliza unos minutos, mientras Hugo y su esposa abandonan el recinto, y es entonces cuando, a punto de emprender también la retirada, el apuesto empresario de Élite detiene a Mónica con una irresistible invitación:

—¿Bailamos?

6

Clinton, Putin, Saddam Hussein
y la madre naturaleza

El coronel se lanza al mundo

El globo terráqueo de su despacho se ha ido llenando de pequeños círculos rojos. Sentado frente a lo que pareciera una mágica bola de cristal, el presidente va marcando uno a uno cientos de lugares a los que quiere ir; en «misión geopolítica», por supuesto, como la llama él.

Ha dejado muy claro en sus programas de televisión, en entrevistas y discursos populares que no viaja para descansar o divertirse: lo hace para llevar el mensaje revolucionario a todos los rincones del planeta. No lo dice en voz alta, pero en el fondo de su corazón sueña con cambiar el mundo. Fidel lo ha exhortado a pensar en grande y eso está haciendo. Y parece que funciona. Le llueven invitaciones de los más diversos y apartados rincones del planeta. Sus giras internacionales comenzaron meses antes de su juramentación como nuevo presidente. Primero por Latinoamérica. Lula da Silva, el entonces presidente de Brasil, lo invitó a su casa y ofreció un almuerzo en su honor. Juntos soñaron con grandes proyectos que sumaban la grandeza geográfica de Brasil con la bonanza petrolera venezolana.

En otros países del mundo se reunió con mandatarios, políticos, grandes empresarios y famosos periodistas. Intentó explicar su visión del mundo, no siempre con éxito.

—No hay nada más confuso que un engreído autodidacta con poder que no sabe lo que no sabe —dijo en voz baja un viejo líder latinoamericano a su compañero de mesa luego de escuchar el interminable discurso de «un coronel devenido en analista internacional».

Ahora, como presidente, recorre los cinco continentes y ante las más variadas audiencias reparte inflamados discursos.

«La petulancia con la que exhibe la vastedad de su ignorancia es compensada por su simpatía y calor humano, y hacen fácil ignorar su intento poco exitoso de emular a Fidel Castro y Henry Kissinger», escribe con fina crueldad un muy leído columnista francés. Los dignatarios se burlan de sus pretenciosos discursos, pero luego esperan pacientemente la oportunidad de sacarse una foto con él. Intuyen que están frente a un personaje inusual, alguien que puede hacer historia.

También es evidente que éste no es un analista cualquiera de la política mundial. Es Hugo Chávez. Tiene un gran avión que cuesta cien millones de dólares y que lo puede llevar adonde y cuando quiera. Para asegurarse de que se haga su voluntad tanto en la tierra como en el cielo, el novato experto en política internacional cuenta con ciento cuarenta servidores, entre pilotos, ingenieros de vuelo, mecánicos, aeromozas y hombres de seguridad que se encargan de tener el avión presidencial siempre listo a su llamado. Este moderno Bolívar ya no recorre caminos a caballo o atraviesa los mares en bergantines. Viaja en un moderno Airbus ACJ-319 de fabricación europea con compartimentos de lujo. En este palacio celestial, Hugo viajará más de trescientos mil kilómetros, casi una ida a la Luna.

Mónica Parker, Eva López y Mauricio Bosco están siempre informados de las idas y venidas de Hugo, de sus reuniones y su agenda de trabajo, y siguen minuciosamente las incidencias de cada jornada. Juzgan lo que hay de cierto en la repetida afirmación del presidente: que éstos no son viajes para divertirse sino para trabajar por los venezolanos y por una revolución que les devuelva la dignidad. Ha estado, por ejemplo, conversando en privado con el presidente Bill Clinton en su Despacho Oval en la Casa Blanca. Dos veces le negaron su visa de ingreso a Estados Unidos por culpa de su intento golpista, y tantas veces arengó contra los yanquis y se declaró antiimperialista, pero... Ya que está en el país con el que soñaba de niño, aprovecha su visita oficial para conocer Nueva York.

No camina como cualquier turista en la capital del mundo. No. A escasos cuatro meses de presidencia, él es ya una figura pública que atiende honorables invitaciones, como la de sonar la campana de cierre en la Bolsa de Valores de Nueva York o hacer el primer lanzamiento en un partido de béisbol en el Shea Stadium. Sólo él comprende la trascendencia de esta ocasión. Jugadores y espectadores se sorprenden al ver la seriedad con la que el presidente de Venezuela asume su rol de pelotero: sale a la cancha vestido para la ocasión, con la chaqueta de la selección venezolana de béisbol, pantalón de rayas, guante, gorra, tacos. Lanza con la mano izquierda. La derecha se prepara para saludar y corresponder las ovaciones del público. No lo dice en voz alta, pero en el fondo de su corazón sueña con ser uno de los Gigantes de San Francisco, sueño que ahora de alguna manera se le cumplió.

Un par de meses después, mientras le da los retoques finales al proyecto de reescritura de la Constitución Nacional que lo ha venido trasnochando, marca círculos rojos sobre Bonn, Hamburgo, Hannover, Berlín y Roma, su primera gira por Europa. En pocos días, con una comitiva de ocho ministros aborda la aeronave presidencial. Primer destino: Berlín. En uno de sus múltiples discursos se apoya en la historia alemana reciente para hacerse comprender:

—Así como aquí levantaron hace cincuenta años el Muro de Berlín que separó a Alemania en dos, hace cuarenta años en Venezuela fueron levantando muros invisibles que nos dividieron: el muro del hambre, de la miseria, de la desigualdad. Así como ustedes, hoy nosotros estamos comenzando a derribar esos muros para reunificar nuestro país.

¡Cuánta dicha con cada aplauso!

Semanas más tarde Hugo viaja al encuentro más sublime de su gira, al despacho privado del papa Juan Pablo II en el Vaticano. Le lleva regalos y como católico devoto, seguidor de las enseñanzas de Jesucristo, le pide a Su Santidad que bendiga su causa revolucionaria. El Papa, que, según dice Hugo, lo vio «con mirada juvenil, pícara y vivaracha», le da la bendición suprema que él multiplicará con su pueblo a través de *Aló, presidente*.

En Caracas se queda pocos días. Llega para anunciar su agenda de la próxima semana:

—En la tarde del viernes estaremos preparando maletas y documentos, revisando cosas con el canciller y algunos embajadores porque el sábado saldremos hacia China, Japón, Malasia, Corea, India y Singapur. Estaremos semana y media en Asia y luego iremos a España, donde tenemos una visita de Estado...

Pero insiste en que no se le debe olvidar a su querida Venezuela que él no va de paseo ni de fiesta. Va a seguir promocionando su país, a llamar a la inversión, a explicar el proceso revolucionario en Europa, en Asia, en Norteamérica. Ya llegará el día de ir a África. Confirma, entusiasta, que su país se abre camino «en el nuevo orden mundial *pluripolar*».

En su primer año de viajes, Hugo se declara optimista por haber recibido el apoyo y afecto de reyes, soberanos, emires, jeques, presidentes, jefes de gobierno, grandes empresarios. Cita lo que dijeron los presidentes francés y español, el rey de España, el rey de Malasia y el emir de Qatar. Resume la sensación colectiva:

—Tenemos un apoyo político enorme. Están de acuerdo y celebran nuestra revolución.

Además de las fotos con todos ellos, a Hugo le quedan recuerdos de sus visitas a las casitas de los humildes y a las plazas Bolívar regadas por el mundo, adonde va siempre a llevar coronas de flores y a saludar las estatuas del Libertador, cantar el himno nacional e improvisar discursos en la vía pública sobre el esperanzador futuro de su amada Venezuela, según él, la nación más próspera del planeta.

Después de la velada

Un par de meses después de la famosa velada de beneficencia, Mónica y Eva se encuentran para cenar, una cita que ambas han ido aplazando debido a sus múltiples ocupaciones. Como es de esperar, dos mujeres solas y hermosas atraen todas las miradas a su paso, sobre todo la, por todos reconocida, periodista. Pero en el exclusivo restaurante donde se citan les ofrecen el más íntimo de los espacios, en una terraza con vista completa a la inmensidad de las montañas que rodean Caracas. Ordenan sus platos y una botella de vino.

—Al fin coincidimos —comienza Mónica—, llevo semanas muriéndome de ganas de contarte algo.

Eva intuye que su amiga se trae alguna bomba romántica y la interroga con picardía:

—¿Quién es? ¿Qué hace? ¿Cómo lo conociste?

Mónica se ríe, impresionada por la suspicacia de Eva, y entonces le resume lo que pasó después de que Hugo y su esposa salieron de la gala de beneficencia, aquella noche de hace dos meses. Eva sigue la historia, expectante.

—El tipo se llama Mauricio, Mauricio Bosco. Es dominicano, el gerente de Élite, ¿conoces?, la cadena de tiendas. En realidad no sé mucho más, sólo que actúa como todo un galán de telenovela.

—¿Actúa? —pregunta Eva, inquieta.

—Bueno, no —se corrige Mónica—. Es un galán, un tipo como salido de otro mundo. —Entonces pasa a contarle que aquella noche

Mauricio guardó un incómodo silencio durante toda la velada, dejando al presidente monologar como siempre y haciéndole pensar a ella que él era... ¿mudo?—. Pero apenas se fueron Hugo y Eloísa me extendió la mano y me pidió que bailáramos. Y bailamos, Eva, como nunca he bailado con nadie. ¡El tipo es un maestro! Es verdad que los dominicanos son de fuego. No hubo necesidad de decirnos ni una sola palabra. Yo pensé que ya me había inoculado contra estos hombres seductores cuyo principal talento es el de mentir sin ser descubiertos. Yo tuve uno que me hizo mucho daño y desde esa vez tengo mi radar antigalán en estado de alerta roja. No me dejo atrapar. Pero este tipo es diferente. No sé por qué... pero es diferente.

Mónica le sigue contando; habla con excitación y a gran velocidad. Eva nunca la había visto así.

—Después de seis canciones seguidas, me excusé para ir al baño. Estaba agotada, pero pensé que un corto descanso sería suficiente para recargarme y bailar otras seis piezas más. Pero cuando volví a la mesa él ya no estaba ahí, se había marchado y dejó al lado de mi copa una nota escrita en una servilleta: «Lo repetiremos, ¿verdad?» y sus iniciales, MB.

Pero pasaron semanas sin ninguna noticia suya, semanas en las que Mónica intentó desentrañar, sin mucho éxito, toda la información posible sobre el gerente de las tiendas Élite.

—Sólo supe que es dominicano y que viaja constantemente por el Caribe, en donde está pensando abrir las mismas tiendas.

Eva sigue los detalles de la historia con emoción contenida. Ella también es una romántica en esencia, aunque su oficio parezca haberla endurecido. Así que se sorprende a sí misma queriendo saber más, queriendo saber si han vuelto a verse, si la noche de baile se ha repetido.

—Todavía no —le dice Mónica—. En estas semanas me ha dejado flores, discos y ropa en la productora. Y esta nota, que he leído un millón de veces.

Eva lee al mismo tiempo que su amiga: «Ninguna mujer del Caribe baila salsa mejor que tú. Ansioso por verte muy pronto, MB».

Pero ese «muy pronto» se ha alargado tres semanas más, y Mónica admite que no piensa en otra cosa, que todas las mañanas llega a la oficina deseando tan sólo que este tipo tan raro aparezca de pronto, que suceda algo, lo que sea, pero que la historia no concluya así.

Las amigas terminan la botella de vino sin darse cuenta, pero Mónica no quiere irse aún.

—¿Y tú? —le pregunta a Eva—. ¿Alguna novedad «sentimental»?

Eva se ríe empujada por el efecto del vino, y miente con la misma evasiva de siempre:

—Ninguna, ninguna novedad, pero estoy bien así.

En el fondo, sin embargo, a Eva le encantaría saber qué piensa Mónica de su relación con Brendan Hatch, le gustaría saber qué opina de lo que ella en realidad es: la amante de un senador de Estados Unidos, con quien justamente se encontró dos semanas atrás en Puerto Rico, con quien se encuentra cada vez que siente la insoportable urgencia de volver a ser Cristina, de un abrazo, de un hombre.

«Sí, quiero»

El primer «sí, quiero» que el país le dio al coronel Chávez en las elecciones del año pasado no lo ha hecho tan feliz como él esperaba. Sus inseguridades de siempre son ahora aún más profundas.

Entre desveladas meditaciones, conversaciones con mentores, profesores y amigos, lecturas de todo tipo, «informes confidenciales» y los consejos de Fidel, Hugo comienza a imaginar un mundo a su imagen y semejanza. Sueña con más ceremonias, votos y alianzas. La revolución exige más que unas primeras nupcias. Como el presidente piensa en grande, vuelve a citar a su amada Venezuela al altar de las urnas. Le pide que permita la tarea de escribir un nuevo manual de convivencia, es decir, reconstruir los cimientos en los que está apoyada la República.

El nuevo llamado a elecciones intensifica la agenda informativa. Desde una posición siempre crítica, el noticiero de Mónica revela los resultados de un sondeo de opinión que deja inquietos al presidente y su equipo. Las cifras muestran que en Venezuela reina el desinterés y la apatía entre los votantes.

—A quienes votan con emoción y pasión en las elecciones presidenciales no los mueve esto de una nueva Constitución... —dice Mónica frente a las cámaras, y continúa—: La gente no espera del presidente Chávez un texto legal, sino más puestos de trabajo, mejores salarios, becas, casas, pensiones, mejores escuelas y, en fin, una mejor vida.

En respuesta, el presidente aprovecha sus visitas oficiales a lo largo y ancho del país para exponer, con jovial poder de convencimiento, la necesidad de una nueva Constitución para una nueva Venezuela. Repite por todos los medios, y tanto como puede, lo trascendental que resulta que la población entera responda que sí a una pregunta que pocos entienden: «¿Convoca usted una Asamblea Nacional Constituyente con el propósito de transformar el Estado y crear un nuevo ordenamiento jurídico que permita el funcionamiento efectivo de una Democracia Social y Participativa?».

En unas semanas, la consulta electoral demuestra que Mónica tenía razón, pero sólo en parte; ese día, menos de la mitad de los electores va a votar —la mayoría lo ignora—. Pero el huracán desbordado del amor al presidente hace responder en un coro de millones de votos: «sí, quiero». Y con eso basta. Los votos resultan suficientes para que se inicie el proceso de redacción de una nueva Carta Magna hecha a la medida de Hugo.

El presidente celebra el nuevo «sí» con gran orgullo; él sabe que votan por él. Que lo quieren a él.

Esta íntima satisfacción de Hugo es frecuentemente sacudida por Mónica, quien desde su noticiero sigue en pie de guerra.

—Para lograr una votación aplastante, el presidente está de nuevo en campaña electoral, recorriendo el país, pero no para cumplir sus tareas ejecutivas, sino sólo para movilizar el nuevo voto a favor de las personas que él ha escogido a dedo para que sean miembros de la Asamblea que redactará nuestra nueva Constitución. La democracia sufre con estas triquiñuelas electorales —remata Mónica con una pasión que enardece a Hugo, quien nunca se pierde su noticiero.

Pero el presidente tiene recursos y capacidades para neutralizar a sus críticos. Cuenta, secretamente, con Mauricio Bosco, quien le trae del extranjero los mejores expertos en movilizar la opinión pública a favor del gobierno. Y también tiene *Aló, presidente*, su más potente arma para moldear la opinión de los millones que ven el programa cada semana. Cada domingo durante dos, tres, cuatro y, a veces, hasta cinco horas que dura su programa, el presidente se explaya en razones y más razones para ir a votar:

—Dentro de quinientos años los venezolanos que vivan aquí recordarán lo que ocurrió en estos tiempos, en mis tiempos, ¡que son vuestro tiempo, mi amado pueblo! Dentro de nuestra visión democrática y revolucionaria, vayamos toditos con el lápiz a marcar, no a los candidatos, sino las nuevas páginas de la historia.

La amada Venezuela, o parte de ella, la más enamorada de su héroe, vuelve por tercera vez a las urnas y escoge, de entre los más de mil candidatos, a ciento veinticinco seguidores de la revolución, incluida la primera dama. Los opositores apenas consiguen seis asientos en la histórica Asamblea que se reunirá durante seis meses en la sede del Congreso de la República, cuyo rol y funciones han quedado en el limbo. Sigue existiendo, pero no tanto. Mientras la inmensa mayoría de la gente ni se entera, o se entera y bosteza indiferente, un sentimiento de superioridad patriótica invade los corazones de los *soberanísimos* constituyentes, los elegidos para redactar las nuevas reglas de juego del país.

—Lo que está pasando aquí es inadmisible —le dice Mónica a Eva en otro de sus encuentros de amigas—. Estos *soberanísimos* se creen dueños de la voluntad nacional. No les parece suficiente trabajo redactar una nueva Constitución, sino que parece que quieren destruirlo todo para volver a empezar de cero, y se están metiendo en todo.

Mónica se refiere a que, tan pronto toman sus asientos en la Asamblea, los constituyentes usan sus facultades para suprimir algunas instituciones gubernamentales, aprobar el presupuesto nacional, disminuir las funciones del Congreso, tomarse sus instalaciones y despedir a cientos de funcionarios y jueces que «no son revolucionarios», que no se adhieren aún al milagro de la tierra prometida por Hugo.

Eva, disimulando siempre cualquier conocimiento del tema, observa desde su secreta oficina en Ébano cómo, en menos de seis meses, los representantes terminan de escribir un borrador de Constitución que, en efecto, lo cambia casi todo, desde el nombre del país hasta la manera en que se reparte el poder. Y mucho más. Eva entiende muy bien que los cambios son profundos y que concentran aún más poder en el presidente. Lo transforman en un autócrata disfrazado de demócrata. También se da cuenta de que ni el mundo ni los propios venezolanos se están dando plena cuenta de lo que significarán estos cambios para el país.

También sigue con atención cómo se mueve Hugo en medio de todo esto. A pesar de sus continuos viajes por el mundo, el presidente controla en detalle la redacción del documento. Si no está de acuerdo con algo, llama directamente a los redactores y los persuade de cambiarlo.

No es raro que él mismo redacte, de madrugada, el texto de algún artículo que luego envía a sus representantes, quienes se aseguran de que ése, y no otro, aparecerá sin ser tocado en el documento final. Nadie se le resiste.

El documento final es la Constitución de Hugo, por Hugo y para Hugo.

Así, al regreso de una de sus largas giras, el presidente llama por cuarta vez en menos de un año a su amada Venezuela a las urnas. Tampoco es suficiente que la Constitución haya sido redactada y aprobada por los constituyentes elegidos para tal fin.

—El pueblo soberano debe ahora darle un visto bueno masivo —insiste.

—¿Por qué crees que lo hace, Mónica? —pregunta Eva después de una sesión de yoga, mientras toman un té en el jardín japonés de Ébano.

—En realidad —dice Mónica—, lo que busca Hugo con esta nueva consulta popular es darles una lección a sus adversarios, mostrarles el gran apoyo popular que tiene y el espíritu democrático de sus decisiones. Él ha entendido que en estos tiempos es necesario para los gobernantes parecer democráticos aunque en la práctica no lo sean. Pero guardar las apariencias democráticas es algo que a Hugo le interesa... y lo hace muy bien.

—¿Quieren democracia? —le dice Hugo a Fidel en una de sus frecuentes conversaciones telefónicas de medianoche—. Pues les voy a dar más democracia de lo que jamás han visto antes. Aunque eso no quiere decir que unos cuantos vayan a decirme lo que debo hacer. A mí me respalda la mayoría de la gente, soy la voz de la mayoría, y en este país se hace lo que quiere la mayoría.

Esta íntima y confidencial conversación llega muy pronto a oídos de Eva, tras ser interceptada por sus escuchas electrónicos en Washington. Mauricio también se entera, aunque de una manera menos moderna pero mucho más eficaz: Fidel se lo contó a Raimundo Gálvez y éste se lo comentó a Mauricio en una de sus reuniones.

En la víspera de la votación, la amada Venezuela no consigue dormir, no por los nervios de las próximas elecciones, sino porque las lluvias huracanadas de los últimos tres días no dan tregua y amenazan con arrasarlo todo.

—Buenos días, Venezuela —saluda Mónica en su noticiero—. Tormentas tropicales sin precedente tienen en alarma creciente a toda la población. Hoy, el esperado día del referendo constitucional, llueve sin pausa en todo el litoral y existe un inminente riesgo de aludes de barro y piedras arrasadas por las aguas.

El equipo del noticiero logra una entrevista con el presidente, quien elude las preguntes referentes al temporal, sólo se interesa por las elecciones y urge a sus seguidores a que desafíen los elementos y vayan a las urnas.

—Si la naturaleza se nos opone, lucharemos contra ella y haremos que nos obedezca —dice para sorpresa de Mónica y de muchos televidentes. Éstas son las palabras de Simón Bolívar en 1812, cuando la ciudad de Caracas fue destruida por un terrible terremoto.

Pero hoy no sólo llueve en Caracas. El fenómeno climático se apodera de todo el país y llena de pánico a la mayoría de los electores, que deciden permanecer en sus casas ante lo que parece ser un desastre descomunal.

Hugo espera los resultados en el palacio en compañía de Ángel Montes, quien intenta convencerlo de lo urgente que resulta tomar medidas de precaución. Pero él le responde con una evasiva y luego le pide que se retire. Se encierra solo y ansioso en su despacho, no habla con nadie y relee el Libro de los Proverbios de la Biblia y algunos fragmentos de la vida de Simón Bolívar. Reza para que, por encima de terremotos, tormentas o deslaves, su amada Venezuela le diga otra vez «sí, quiero». Y apruebe la Constitución que le dará todo el poder.

«Si la naturaleza se opone...»

En algún momento deja de llover agua y comienza a llover lodo. De las cumbres de la cordillera caen colosales torrentes de barro, ruedan piedras tan grandes y veloces como el terror de quienes las ven precipitarse. Pareciera que la tierra está enfurecida y arrasa con poblaciones enteras, las sepulta bajo el lodo o las arroja al mar, incluyendo en la mortal marea a miles de sus habitantes. El país intenta despertar de este apocalipsis meteorológico.

De un día para otro cambia la línea costera de todo un estado vecino a Caracas. La madre naturaleza ha redibujado la configuración física de toda una región. Familias que han vivido allí por generaciones ya no saben en dónde están. La calle y el barrio que han habitado desde siempre, sus casas, sus familiares, sus vecinos, sus perros y gatos han desaparecido arrastrados por una cascada de lodo y piedras.

Luz Amelia pugnó por salvar a su mamá y a su bebé de la avalancha marrón. Todo el barrio parecía correr de un lado a otro, cada quien tratando de esquivar el deslave a su manera. La joven madre reza con más intensidad que nunca y ruega que su presidente mande su gente a salvar a su querido pueblo.

Pero eso no sucede. Ni Dios, ni Chávez ni su gente aparecieron por el pueblo de Luz Amelia. Ni por ningún otro de los centenares de pueblos desperdigados por la costa y que desaparecieron sepultados o empujados a un mar Caribe que ha dejado de ser azul. Venciendo el pánico que la paraliza y espoleada por la absoluta determinación de salvar a su pequeño hijo y, de ser posible, a su querida mamá, Luz Amelia logra, finalmente, salvar a su pequeña y vulnerable familia. Consiguen llegar al piso más alto de un edificio público. Y desde allí ven cómo, en lo que era una calle, ahora hay un ancho y caudaloso río de barro que arrastra inmisericorde animales, coches, muebles, motocicletas, cunas, colchones y gente. Mucha gente.

Cada hora aumenta el número de desaparecidos y damnificados. Y aunque a primeras horas de la tarde las cifras oficiales reportan que han muerto más de treinta mil personas, en una alocución al país emitida en cadena nacional el presidente se refiere breve y superficialmente a la tragedia, mientras que dedica la mayor parte del tiempo a exhortar a la población a salir a votar.

Para alivio de los miles de damnificados, el trágico día llega a su fin. Es fácil creer que con el cese de las lluvias termina el sufrimiento. No saben que es ahora cuando comienza el prolongado calvario de cientos de miles de damnificados que lo han perdido todo y que la reconstrucción tardará décadas. Para muchos nunca llegará.

Pero no todo son malas noticias. La importante votación ha concluido y le informan al presidente que otra vez el pueblo le ha mostrado su desmedido amor y le ha dado el «sí, quiero». En breves semanas Venezuela estrenará nuevo nombre y nueva Constitución. El inesperado evento climático, sin embargo, le impide a Hugo celebrar la gran noticia que ha pasado meses preparando y que siente que es la piedra angular de su presidencia. Con evidente angustia, Ángel Montes lo va enterando de la dimensión de la tragedia. Pero él no soporta oír más noticias de la peor catástrofe climática que ha vivido su país en tiempos modernos, sino que prefiere refugiarse en la soledad de su despacho en el Palacio de Miraflores. Se aparta durante el día entero de los micrófonos de la radio y de las cámaras de televisión, sin importarle que su silencio cause extrañeza en todos y hasta temor entre algunos de sus seguidores. ¿Qué puede estarle pasando? ¿Por qué tarda en reaccionar y no está al frente de la emergencia? Se rumora que ha sido presa de un desfallecimiento moral, de un paralizante estado depresivo.

Pero de pronto reaparece en escena; sin darles tiempo a los críticos de señalarlo, despliega todo su liderazgo y energía. Se dirige en helicóptero a la zona de desastre donde todo es caos e improvisación y él mismo se apersona en los centros de auxilio. Ordena que unidades de paracaidistas lleven a cabo las operaciones de rescate de quienes quedaron aislados por las aguas. Conduce un vehículo todoterreno para llegar a zonas remotas donde es recibido con júbilo por los afectados. Ofrece la residencia presidencial para alojar a un grupo grande de damnificados y, al fin, se dirige al país por televisión. Sin ocultar la gravedad de la situación, transmite y actualiza información sobre la emergencia, imparte recomendaciones y conforta al alarmado espíritu nacional. Los pobres, una vez más, reconocen en Hugo al patrono de los desamparados. Si Hugo está a cargo, todo estará bien.

Ante la enorme crisis, el gobierno de Estados Unidos ofrece inmediata y decisiva ayuda humanitaria. Durante los días de la tragedia, Eva López ha estado moviendo en secreto todos sus contactos en Washington, especialmente con Brendan Hatch, el senador, para poner en marcha la misión humanitaria de la armada estadounidense. Al mismo tiempo, haciendo uso de su red de agentes en la maquinaria gubernamental, ha logrado que el Ministerio de Defensa de Venezuela acepte sin dilación la ayuda que ha ofrecido el gobierno de Bill Clinton. Ángel Montes es el mensajero del pedido:

—Bien lo sabes tú, Hugo. Nuestro gobierno no cuenta con los recursos ni las maquinarias, y menos con la experiencia necesaria para hacerle frente a esta tragedia —le dice mientras extiende un documento para su firma—. No podemos rechazar la ayuda de esta misión humanitaria.

Hugo firma a regañadientes y dos días después varios buques de la armada estadounidense zarpan de su base en Norfolk, Virginia, con destino a Venezuela. Entretanto, decenas de miles de personas han quedado aisladas por completo en la zona de desastre y se teme el estallido de epidemias. El hambre reina.

Tan rápido como amerita la emergencia, el gobierno de Estados Unidos, que ya ha acumulado experiencia en episodios parecidos registrados en Centroamérica, el Caribe y otras partes del mundo, ofrece reconstruir la carretera costera que la lluvia borró del mapa. Los oficiales viajan en buques cargados con equipos mecanizados y maquinaria pesada para abrir rutas de acceso a las poblaciones que han quedado aisladas. También ponen a disposición del país efectivos del cuerpo de ingenieros del ejército, helicópteros, hospitales de campaña, carpas para las familias que perdieron sus hogares, personal de rescate, cientos de médicos, paramédicos y enfermeras.

El ministro de Defensa venezolano, con apoyo del siempre presente asesor del presidente, Ángel Montes, coordina las acciones mientras la televisión de ambos países transmite imágenes de los buques estadounidenses avanzando en alta mar.

«No» al ejército de ocupación

Durante la etapa más cruda de la emergencia, Hugo recibe la llamada de un muy alarmado Fidel Castro. Sin muchos preámbulos el líder cubano le hace ver la inconveniencia de permitir que los yanquis cultiven su buena voluntad con un gesto de solidaridad y humanidad.

—Date cuenta de que no son ingenieros ni médicos —dice Fidel—. ¡Son un ejército de ocupación! ¡Son los marines, coño! ¡Te están invadiendo y no te das cuenta!

Hugo recuerda entonces lo sucedido unas semanas atrás, cuando nadie sospechaba que se avecinaba tal tragedia. Como parte de la alianza doctrinaria entre los gobiernos, el presidente venezolano había reunido a un grupo de cercanos oficiales en un auditorio del palacio para asistir a una sesión de video auspiciada desde La Habana por el mismísimo Fidel. Se trataba de un filme producido en Cuba en el que se recogían dos discursos del fallecido presidente chileno Salvador Allende, el primer marxista que llegó al poder en América Latina por la vía de los votos, en 1970. En un primer fragmento, Allende hablaba ante los jefes de Estado reunidos en las Naciones Unidas:

—La confianza está en nosotros. Lo que incrementa nuestra fe en los grandes valores de la humanidad es la certeza de que esos valores tendrán que prevalecer, no podrán ser destruidos.

En su juventud, Hugo había seguido de cerca la figura, las palabras e ideas de Allende. Verlo de nuevo lo conmueve profundamente. En la parte final del filme el grupo de oficiales, incluido el presidente, asiste con indignación a una serie de imágenes de guerra: aviones de la fuerza aérea chilena bombardean La Moneda, el palacio presidencial de Chile. Allende tiene puesto un casco militar y empuña la ametralladora que le regaló Fidel Castro poco tiempo atrás. Una última y dolorosa escena anuncia la muerte del presidente chileno.

No hacía falta repetirla; ya Hugo tenía grabada en la mente la muerte violenta de Allende, un líder de izquierda que, como él, ganó las elecciones y trató de gobernar democráticamente, hasta que murió en el intento. Imagina a Allende acorralado por fuerzas militares superiores en número, obligado a la rendición y a la renuncia. Imagina la encrucijada en un salón del palacio presidencial, donde dicen que se suicidó.

Hoy, desde La Habana y en medio del desastre en Venezuela, Fidel insiste por teléfono en convencer a Hugo de que rechace la «ayuda humanitaria» de Estados Unidos, recordando lo que pasó en Chile:

—Eso hicieron los gringos. Tú has llegado más lejos que Allende; no puedes convertirte en otro mártir. Te aseguro que correrás la misma suerte que él si no estás alerta y no los detienes.

La instigación del líder cubano ha cumplido su propósito. Hugo llama por teléfono a Ángel Montes para darle la terminante contraorden de rechazar oficialmente la ayuda estadounidense.

—No permitiremos que sus barcos de guerra lleguen a nuestro país.

Ángel no puede ocultar su sorpresa ni su malestar. Hasta ese momento Hugo parecía haber aceptado de buen grado la ayuda norteamericana. Ángel trata de disuadirlo. Invoca la urgencia de contar con la maquinaria pesada y los ingenieros para abrir los caminos y llegar con la ayuda a quienes están muriendo por falta de asistencia, medicinas, agua y comida. La carga que viene a bordo de los barcos estadounidenses salvará vidas. Y les dará viviendas temporales a las decenas de miles de personas que perdieron sus hogares. Y atención médica.

Ángel expresa su sincera solidaridad con quienes están sufriendo. Pero esto último enfurece al presidente.

—¡Nadie puede querer al pueblo más que yo! —exclama. Con mirada glacial, cargada de rabia contenida, le grita a su amigo—: Si no puedes ejecutar esta orden, Ángel, dímelo ya. Hay muchos otros compañeros dispuestos a obedecer sin objeciones. ¡Tu negativa a acatar mi orden es insubordinación!

Todo esto ocurre ante expectantes altos oficiales presentes que toman nota mental de esta rabiosa actitud antinorteamericana. También les sorprende que Hugo haya sido tan agresivo con su más cercano compañero de lucha y fraternal amigo. Ángel, obediente, baja la mirada y, en tono que revela angustia y humillación, dice:

—Su orden será cumplida, señor presidente. Permiso para retirarme.

En pocas horas los barcos de Estados Unidos se ven obligados a cambiar de rumbo en alta mar y a regresar a su base. El presidente celebra su decisión. Fidel sonríe complacido cuando ve por CNN las escenas de los barcos devolviéndose. Mientras tanto miles de damnificados aislados en el lodazal siguen en espera de ayuda, alimentos y medicinas.

Para indignación de Mónica, Eva, Hatch y miles de venezolanos incrédulos, el presidente se dirige a la nación por televisión y anuncia que ha rechazado la ayuda de Estados Unidos. Declara enfáticamente que su gobierno tiene suficientes recursos materiales y humanos para afrontar la crisis y que no permitirá que potencias extranjeras «vengan a decirnos cómo debemos salvar a nuestra gente».

El efusivo mensaje de Hugo le llega a un grupo de damnificados a través de un radio transistor. Como suele suceder, las decisiones del líder dividen a los venezolanos. Una madre rodeada de niños enfermos estalla en llanto:

—¡Sin las medicinas de los americanos se me van a morir los muchachitos!

Pero un hombre a su lado le reprocha:

—¡No seas tonta, mujer! Hugo sabe lo que hace. Él nos ayudará a salir de ésta. Te apuesto a que nos va a dar una casa mejor que esa de tablitas que se nos cayó. ¡Ya vas a ver!

El primer amanecer del siglo XXI viene cargado de arengas de amor a Venezuela y de gritos de sufrimiento. Por un lado, Hugo aclama el hecho de que su amado pueblo ha votado a favor de la nueva Constitución y así ha echado a andar lo que él llama el proyecto de refundar la nueva República Bolivariana de Venezuela.

Pero, al mismo tiempo, Hugo sabe que parte de su amado país ha sido destruido por la tragedia natural más grave de su historia. Decenas de miles de compatriotas, sobre todo los más pobres que él siente como suyos, han fallecido. La patria y la muerte se entrelazan en el alma de Hugo. Pero no hay tiempo para lamentarse. Hugo no puede salvar a las víctimas pero sí a la patria.

Pocas semanas después, en una isla del Caribe, Mauricio se reúne de nuevo con Raimundo Gálvez. Su jefe siente la necesidad de entender mejor quién es Hugo, de tener impresiones más personales de este singular presidente venezolano en el que Fidel tanto está apostando.

Mauricio le comenta que, en sus viajes por estados y provincias, y en sus recorridos por Caracas, ha comprobado que el hombre es un extraordinario comunicador que ha sabido conectarse emocionalmente con un pueblo que lo idolatra. Pero es irreflexivo e imprudente y ha descuidado su seguridad personal, lo que lo pone en riesgo de ser víctima de un atentado.

—Chávez no tiene un verdadero aparato político. Tampoco controla realmente a los militares ni a la industria petrolera, que lo es todo en ese país. Es inexperto y, por tanto, es razonable esperar que cometa errores. Es obvio que le aburre la administración del Estado y a veces pareciera que no gobierna sino que está en una campaña electoral permanente. Y ya lo has visto tú, agrede todo el tiempo a sus enemigos reales e imaginarios. Me temo que puede haber un golpe militar en un futuro.

—¿Y qué hay de tu segunda misión? —pregunta Gálvez sin gesto alguno, refiriéndose al objetivo de neutralizar y degradar a los servicios de Inteligencia de Estados Unidos.

—Como te informé hace unas semanas —responde Mauricio—, hemos tenido algunos éxitos... Capturamos y dimos de baja a varios informantes de la CIA, pero sigo sin pistas de la cadena de mando en Venezuela. No hay duda de que los espías de Langley están actuando con enorme eficacia. Ellos también han logrado penetrar al gobierno y a las fuerzas armadas, y ya sabes que nos sacaron del juego a dos de los nuestros.

Gálvez no queda satisfecho con el informe de Mauricio.

—Evidentemente el hombre de la CIA sabe lo que hace, es muy estratégico y debe de tener larga experiencia trabajando en estas cosas. Lo más seguro es que ya te descubrió y te matará primero a ti, a menos que despiertes y hagas lo contrario.

Mauricio vuelve a Caracas irritado por el aguijón de haber sido comparado con su contraparte. Necesita mover sus fichas de otra manera. Reflexiona, extrapola, define variables, baraja certezas, dudas y acertijos. Su experiencia le ha enseñado que para sortear enigmas puede ser útil ponerlos de lado por un tiempo y hacerle caso al cuerpo. Pero también necesita disipar tanta presión, así que telefonea a su nueva conquista y la invita a cenar.

—Te traje una sorpresa de Aruba —le dice. Y Mónica cancela la cena que tenía planeada con Eva y se va al mismo restaurante de siempre, con el galán que ya, sin necesidad de más sorpresas, la ha hechizado.

El centro del mundo

La región costera y algunos estados del interior se reponen poco a poco. Muy poco a poco. La reconstrucción ocurre más en las promesas hechas por televisión que en las calles de los pueblos devastados. Los días pasan entre largas y duras operaciones de rescate de sobrevivientes, búsqueda de desaparecidos, evacuación de zonas en alto riesgo, reconstrucción de puentes y vías. Hay dolor, luto nacional. Cada vez se hace más visible la magnitud de la tragedia.

La ayuda que comienza a llegar de otros países —Cuba, China, algunos países europeos y otros— es insuficiente y a veces inadecuada. Para los damnificados el infierno no es imaginario.

Pero para Hugo la debacle climática no es lo único que opaca los primeros días del nuevo siglo. Para él, eso ya es cosa del pasado y debe pensar hacia adelante, hacia el futuro.

Hay dos amenazas que le preocupan: la oposición y la falta de dinero.

Sabe que sus opositores están todo el tiempo buscando cómo sacarlo del poder. Y, peor aún, la pronunciada caída de los precios del petróleo ha dejado al gobierno sin suficientes fondos para apoyar el proyecto político de Hugo.

Necesita dinero, mucho dinero. Y no lo tiene.

La revolución no espera. Sentado frente a su globo terráqueo en el despacho del palacio, marca más círculos rojos y decide intensificar su agenda de viaje.

—¡Ah! ¡Olé!, entre flores, fandanguillos y alegrías nació mi España —canta en *Aló, presidente* a su regreso del último viaje por el Viejo Mundo. Feliz de sus encuentros, le cuenta al país que tuvo un almuerzo muy agradable y una larga conversación con el presidente del gobierno español y que al día siguiente desayunó con Su Majestad el rey en el Palacio de La Zarzuela.

Vuelve con su comitiva a Caracas, cansado después de tan largo viaje. Y apenas tiene tiempo de lavarse la cara y cambiarse de ropa porque ya lo esperan en Uruguay, en una nueva cumbre latinoamericana, en la que hablará de uno de sus temas favoritos: la integración plena del continente.

Pero, en lo inmediato, el tema que lo obsesiona es la caída de los precios del petróleo.

—De esos precios dependen nuestra economía y nuestra vida —dice por televisión. A ese mismo tema le dedica particular atención Eva López en sus encriptados informes a Oliver Watson: «El presidente anuncia que convocará un encuentro internacional de países productores. Para oficializar la invitación, iniciará pronto una gira por Oriente Próximo para persuadir a los líderes de esos países que actúen coordinadamente para que los precios del crudo suban».

En ruta hacia Irán, el avión presidencial hace una corta escala en uno de los aeropuertos de los Emiratos Árabes Unidos para entrevistarse por unos minutos con el jeque Jalifa ben Zayed al Nahyan, máxima autoridad del país. Hablan entre traductores sobre la situación actual del mercado del crudo. El precio está muy bajo, a doce dólares el barril. Hugo necesita que ese precio suba. Mucho y rápido.

Muy pronto la comitiva continúa su viaje hacia el primer destino de la gira, Irak. La prensa internacional advierte que el venezolano es el primer jefe de Estado extranjero en entrevistarse con Saddam Hussein desde que tropas iraquíes invadieron Kuwait en 1990. Como la ONU ha impuesto un embargo aéreo al país, la llegada del mandatario venezolano es tan complicada como en los tiempos de Marco Polo. Luego de largas jornadas de viaje, varios carros y helicópteros, Hugo finalmente le da un abrazo fraternal al dictador iraquí. El propio Saddam conduce el automóvil que, a través de calles engalanadas en honor al visitante, atraviesa la ciudad hacia uno de sus muchos palacios. No hablan de derechos humanos ni de justicia. Hablan de acuerdos de cooperación y de resucitar las actividades de la Organización de Países Exportadores de Petróleo. Y de su compartido resentimiento hacia Estados Unidos. Se toman fotografías amistosas y comparten sueños de futuras alianzas.

Saliendo de Irak a Indonesia, una tormenta de arena retarda el despegue de los helicópteros que Saddam Hussein les ha prestado para llegar a la frontera. En la espera se molesta mucho por el hecho de que el aeropuerto de Bagdad esté cerrado desde hace diez años.

—¡Ésta es la antigua Mesopotamia! —les dice indignado a sus ministros—. Ahí vimos las riberas del Tigris y el Éufrates. Y ya nadie puede ni entrar, ni salir ni conocer esto. ¿Quién tiene derecho a bloquear a un pueblo?

Ni Eva López ni Estados Unidos toman muy a bien este encuentro. La reacción de Washington enardece a Hugo en vez de preocuparlo, y aprovecha para despotricar contra «el Imperio del Norte»:

—Si los estadounidenses dicen que mi visita es indigna, yo les digo que nosotros somos dignos. Venezuela se une al clamor por el respeto a la autodeterminación, a la libertad y a la soberanía de cada pueblo.

El ya polémico viaje por Oriente Próximo continúa al norte de África. De Irak pasa a Nigeria, Libia y Argelia. En Libia abraza con entusiasmo al legendario Muamar el Gadafi, su aliado petrolero y a quien ahora se refiere como «mi buen amigo Muamar».

De regreso a Caracas, su esposa lo espera llena de quejas y frustraciones. Hugo no sólo lleva viajando varias semanas sino que, al llegar, no va a verla a ella ni tampoco a su pequeña hija de poco más de un año, sino que se va directamente a su despacho en Miraflores. Y tras incesantes llamadas al fin le contesta el teléfono:

—No puedo creer, Hugo, que te importemos tan poco —le dice Eloísa, visiblemente alterada en medio de una agitada conversación. Él, simulando una candidez para ella insoportable, le jura que no hay otra cosa que quisiera más que estar al lado de ella y su hija, pero que, después de lo que ha visto en estos pocos viajes, es su deber atender las necesidades del país.

—Y escúchame esto, Eloísa, regreso convencido de que nuestra revolución bolivariana no debe ser sólo hemisférica sino mundial. Debería alegrarte que seamos el centro de todo esto —le dice.

Eloísa le cuelga el teléfono.

Estimulado por su creciente visibilidad internacional, Hugo está empeñado en su nuevo gran objetivo: convertirse en un líder antinorteamericano de fama mundial.

—No debe de ser difícil —le dice a Ángel una madrugada en su despacho—. En el mundo todos detestan a los yanquis y a ese patán de George W. Bush no lo quiere nadie. Me voy a meter con él y ya vas a ver cómo a la gente le va a encantar que yo haga eso. Aquí y en todas partes.

Ángel, como Eloísa, encuentra cada vez más difícil hablar con su viajo amigo. El narcisismo de Hugo, que antes era local, ahora es global. Por mucho que intente disuadirlo o despertar en él un mínimo sentimiento de empatía, de intento de ponerse en el lugar de los demás, Hugo no está para esas pequeñeces. Anda en otra cosa.

—Ahora los ojos del mundo están fijos en mí y en lo que hagamos en Venezuela —le dice muy animado a Ángel—. Convencí a los países productores de petróleo de hacer subir los precios del crudo.

La familia, los amigos, incluso su propio descanso, quedan en segundo plano. El mundo requiere su atención.

En los prolijos monólogos en *Aló, presidente* revela, a veces inadvertidamente, el orgullo que siente de haber hablado de tú a tú con reyes, presidentes y jefes de Estado que otros, pero no él, llaman «tiranos». La reina de Inglaterra y los líderes de China, Saddam Hussein y el emperador de Japón, Vladímir Putin, Angela Merkel y Muamar el Gadafi son sólo algunos en la larga lista de los dignatarios internacionales que, según Hugo, simpatizan con él y apoyan su revolución.

Para alegría y comprensión de los más humildes, el presidente les describe cómo su estilo personal funciona muy bien en el extranjero. Su mensaje de igualdad, lucha contra la corrupción y por la inclusión es admirado adondequiera que vaya.

—El mundo anda en eso. Ya no se toleran la injusticia y la desigualdad. Y aquí, en Venezuela, estamos haciendo más progresos que nadie y la gente lo sabe, y por eso nos admira; los admira a ustedes, mi amado pueblo.

Lo que más le gana simpatías son sus cuentos televisados sobre los encuentros con emperadores, reyes y presidentes, en los cuales a él le ha dado por romper el protocolo; cómo se ha convertido en una pesadilla para los funcionarios diplomáticos y los agentes del Servicio Secreto. Hugo hace reír al país con sus relatos: cuando intentó darle un amistoso y caribeño abrazo al emperador de Japón, una entidad sagrada a quien nadie toca, o cuando le dejó saber al protocolo de la Casa Real británica que planeaba saludar a la reina de Inglaterra con un besito en el cachete, «así como lo hacemos en nuestro país».

Eloísa ve el programa de su esposo, más por obligación que por interés. Con los meses ha ido sintiendo cómo se descomponen sus sentimientos con sólo oírlo.

—A las damas nosotros aquí las saludamos con un besito en la mejilla, y a todas les decimos «mi amor», ¿no es así? ¡Bueno...! ¡Ustedes no se imaginan cómo se me pusieron esos ingleses del Palacio de Buckingham! Ellos, que son rosados, se pusieron más rosados todavía. Cuchicheaban entre sí y no hallaban cómo decirme que yo no podía hacer eso. Por fin vino el jefe de protocolo, el tipo más largo, flaco y estirado que he visto en mi vida, y, muy formalmente, me dijo que iban a cancelar el encuentro. ¡Y yo muerto de la risa! Les prometí que me portaría bien y no sé si me creyeron o si es que no les quedaba más remedio que dejarme porque yo ya estaba allí y eso estaba lleno de periodistas de todas partes. Pero el hecho es que por fin me reuní con la reina de Inglaterra, y en medio de la conversación se lo dije. Le dije: «Su majestad, yo quería saludarla con un besito en la mejilla como acostumbramos en mi país, pero no me dejaron». Yo pensé que eso iba a causarle gracia, pera la vieja no movió ni un solo músculo de la cara. Se hizo la que no entendió lo que le dije. Y me dejó con las ganas del besito.

Las carcajadas del presidente celebrando su desdén por el protocolo real y mofándose de la reina Isabel II contagian de risa a una sociedad que festeja que uno de los suyos pueda burlarse de los poderosos del mundo. Tal vez Hugo no sepa hacer sonreír a su esposa y a su mejor amigo, pero sabe cómo hacer reír a su pueblo.

También ha aprendido a convertir sonrisas en poder.

7

Cambio de piel

Ninguna otra mujer

Ya pasado un turbulento primer año de matrimonio, Eloísa ha entendido que está obligada a compartir su vida en pareja con una intrusa que siempre la derrota: la agenda de Hugo. Su esposo ha dejado de ser el apasionado y coqueto gallito de roca que le canta mientras ella cocina, le lee poemas revolucionarios, le hace el amor con delirio. Ahora es otra persona. Un hombre entregado de lleno a un pueblo clamoroso cuyos problemas parecen crecer, multiplicarse y hacerse más complicados cada minuto que pasa.

La joven mujer sabe que su marido está cada vez más lejos y que, aun cuando están juntos, ella siente, sabe, que realmente él está en otro lado. Con otras personas. Quizá hasta con otras mujeres que le dan lo que ella no tiene. O no sabe darle.

La primera dama a veces logra resignarse. Dios la tiene allí por algo, se dice a sí misma, repetidamente. Así que intenta acomodarse a las circunstancias y asumir su papel en la obra teatral que ya ha comenzado. En continuas entrevistas habla de rescatar a todos los niños abandonados que viven en la calle. De mejorar la educación. De renovar las políticas de adopción de menores. De ser la amiga y aliada de las madres y mujeres venezolanas.

A pesar de las críticas, decide participar en la asamblea que redacta la nueva Constitución del país y acompaña a su esposo en algunos mítines en los cuales Hugo arenga al pueblo para que vote por la Constitución que «barrerá la pobreza y la desigualdad». Al mismo tiempo, la primera dama se instala en unas pequeñas oficinas que logra que le asignen en el palacio presidencial. Desde allí planea liderar proyectos sociales y comunicarse con el país. Y tratar de que su esposo la tome más en cuenta.

Cuando Eloísa se queja con Hugo de que pasan poco tiempo juntos, él la invita a quedarse en el palacio, donde por exceso de trabajo el presidente pasa largos días y noches. Pero ella prefiere ir a dormir en la residencia de La Casona. Se queja de que en Miraflores se sienten muchas energías encontradas, pesadez, envidia, rancios efluvios de poder que son muy negativos, que le hacen daño.

A él, en cambio, no le gusta La Casona, le repugna todo lo que aquel espacio simboliza: un hogar que en realidad no lo es. Un hogar es permanente, y éste es transitorio. Cada presidente debe ceder esta residencia a su sucesor. Sabe que en eso consiste la democracia; en que no haya mandatarios permanentes. Pero, sin nunca decírselo a nadie, esa idea le molesta. Por eso mismo le irrita la galería de retratos de los anteriores presidentes de Venezuela, sus antecesores. Esos cuadros comunican demasiado claramente que el poder es transitorio, efímero. A veces demasiado efímero.

Y Hugo se quiere quedar allí para siempre.

Además, al igual que César, el emperador romano, Hugo prefiere el ambiente cuartelario y de máxima seguridad del Fuerte Tiuna, la base militar de la capital. También lo atrae el hecho que Eloísa deteste ese lugar. Que ella nunca aparezca por allá abre posibilidades que él aprovecha con fruición.

Por otro lado, la primera dama ha ido descubriendo el poder y sus posibilidades. Incapaz de competir con el carisma, el protagonismo y la agenda de su esposo, la altivez, la belleza y la ambición de Eloísa la empujan al centro del espectáculo. Celebraciones como algunas cenas oficiales o los festejos por el bautizo de su hija Margarita la hacen sentir bien; tanto que, a veces, cae en la tentación de creer que ella es casi tan importante para Hugo como lo fue Manuelita para Bolívar. Qué felicidad cuando oye decir: «Detrás de un gran hombre siempre hay una gran mujer». ¡Ella! O: «Ésta es la mujer que comanda el corazón del presidente». ¡Sólo ella! ¡Una entre un millón, una entre mil millones! Porque aquí hay algo que no es misterio: todas las mujeres se derriten por el amor del presidente; cuántas no sueñan con ocupar su posición de primera y única. Hasta el jefe de seguridad de Hugo se impresiona con lo que él llama el «furor uterino» que desata su jefe. Cada día y en todo evento público, ve con sorpresa cómo le llueven besos, piernas e insinuaciones. Desde adolescentes hasta ancianas, desde solteras hasta casadas o viudas. Todas mueren por tocarlo, acariciarlo, tener un hijo con él.

Y él, gallito de roca aventurero, fiel hombre de hogar en apariencia, no puede dejar pasar tantas oportunidades. Estratega y discreto como es, se escuda en la confianza de Óscar Rojas, su jefe de seguridad y amigo cercano desde los tiempos de la Academia Militar. Los primeros meses de su mandato le paga un buen sueldo a razón de incluir en sus deberes el papel de mediador entre sus deseos y sus fanáticas. Rojas y sus agentes tienen que servir de barrera de contención a la «avalancha femenina», detener muy discretamente y sin ofensas a las interesadas en acercarse para tocar —o más— al presidente. Sólo algunas, muy bien seleccionadas, llegan a saber cómo es hacer el amor con este seductor mutado en líder de fama mundial.

Desde las elevadas tarimas en los escenarios públicos, Hugo, hambriento e insaciable, mira alrededor y puntea con la mirada a las hembras que se le antojan. En medio de los mítines, una capitana con impecable uniforme de la Marina Nacional, pero que en efecto también actúa como reclutadora de amores pasajeros, baja del pódium y se acerca a las escogidas. «Señorita —les dice a una por una—, el presidente quiere hablarle más tarde. ¿Cómo se llama usted? Aquí tiene mi número de teléfono. Llámeme para mandarla a buscar.» Ocho de cada diez responden, y en casas de amigos discretos, recovecos del palacio, en la base militar del Fuerte Tiuna o a veces hasta en su limusina, Hugo vuelve a seducir, cortejar, comer y abandonar a sus múltiples y desechables mujeres enamoradas.

Pero la primera dama no es ciega. Pese a lo que pueda sugerir su rutilante dimensión mediática, su vida conyugal está muy lejos de ser dichosa. Con los días se ha ido dando cuenta de las continuas infidelidades de su esposo y de la discreta gestión de encuentros sexuales organizada por Rojas, el jefe de seguridad y su equipo de guardias cómplices.

Imaginarlo con otras mujeres la enloquece. Increpa sin éxito a su marido. Llora la pena inconsolable de saberse engañada. Confronta a gritos a la capitana acusándola de alcahueta y exigiéndole que pida su traslado a otro cargo muy lejos de su marido. Los celos le desordenan el alma. Todas las mujeres que se le acercan a Hugo despiertan su suspicacia y con frecuencia una ira que no puede controlar. Se suceden escenas escandalosas que se tornan en la comidilla diaria de la corte de los dos gallitos de roca.

La primera dama ya no es la versión moderna de Manuelita Sáenz, la amante de Bolívar, musitándole promesas de amor. Sus palabras ahora se parecen más a las súplicas de doña Inés a don Juan Tenorio:

¡Don Juan!, ¡don Juan!,
yo lo imploro de tu hidalga compasión
o arráncame el corazón
o ámame,
porque te adoro.

Madre desesperanza

La primera dama no es la única que anhela tener más atención del presidente.

Hace poco más de un año, por milagro del cielo, la mirada de Hugo se cruzó con la muy joven y muy pobre Luz Amelia. Eso le cambió la vida a la muchacha. La razón de ese fugaz encuentro es ahora una anécdota más en el libro de la solidaridad que escribe cada día el presidente, pero para Luz Amelia es quizá lo más trascendental que le ha pasado en la vida.

Eso pasó aquel día en que Hugo hizo detener la caravana presidencial para ayudar a un joven herido en el enfrentamiento entre dos pandillas. Luz Amelia, en medio del remolino de vecinos que rodeaba a Hugo, logró abrirse paso, tocarle un hombro y entregarle un papelito. En ese momento tenía diecinueve años y esperaba un bebé que llegaría en pocas semanas. El padre del niño era un peligroso delincuente con historial homicida, parte de una banda de vendedores de droga en un barrio pobre y peligroso de Caracas.

Pensando en ofrecerle un futuro digno al hijo que esperaba, apenas quedó embarazada, Luz Amelia abandonó a su novio, se fue a vivir a la muy precaria «casita» de su madre y encontró trabajo como dependienta en un puesto de legumbres del mercado municipal. Desde el principio, ella y sus vecinos se sintieron automáticamente atraídos por la figura de Hugo, alguien «como ellos». Luz Amelia asistió a varios de los mítines electorales y muy pronto se incorporó a uno de los «colectivos», las redes políticas de seguidores de Hugo Chávez que proliferaban en los más populosos barrios pobres del país; un «movimiento popular» diseñado y organizado por los cientos de agentes cubanos de la red de Mauricio Bosco.

Desde ese momento, en búsqueda del utópico afecto o por lo menos de la atención del presidente, sus seguidores comenzaron a hacerle llegar a Hugo «papelitos» con ruegos de ayuda: pagar tratamientos de graves enfermedades, obtener vivienda, una beca, un trabajo, un cargo en el gobierno. Tan abrumador fue el número de ruegos que el presidente ordenó abrir una oficina en el Palacio de Miraflores dedicada a leer y procesar las peticiones. Los guardias la bautizaron el «Salón de las Esperanzas». Allí quedó archivado ese papelito que Luz Amelia le dio a Hugo la primera vez que lo tuvo cerca.

Tener un hijo no fue para Luz Amelia el sueño dorado de tantas mujeres. Aunque pensó que a su novio no le importaba en absoluto la suerte del niño, apareció un par de veces drogado y armado para obligarla a entregárselo. El trauma de ambos momentos se resolvió porque, con sabiduría y heroísmo, la abuela del niño intervino y logró que el hombre se fuera, bajo promesa de entregárselo después. Pero, antes de que ese después llegara, Luz Amelia, su madre y su hijo recién nacido escaparon a Carmen de Uría, un pueblo de la costa. Allí se refugiaron en la destartalada casita de una tía, a la espera de un milagro. Con mucha fe, Luz Amelia seguía idolatrando la figura del héroe de los pobres. Esperaba obtener de él una casa para su familia, era lo que pedía en el papelito, pues «vivienda digna para todos» fue una de las promesas electorales del presidente, y ella le creía todo, con fervor.

Sin embargo, cuando apenas comenzaba a recuperar sus fuerzas lejos del maligno padre, a sentirse segura y a salvo con su bebé, algo más fuerte que ese mal hombre se le vino, literalmente, encima: la naturaleza.

El día que se preparaba para salir a votar a favor de la nueva Constitución que les proponía su presidente, en Carmen de Uría comenzaron a caerles el cielo y las montañas encima. Las fuertes e interminables lluvias arrasaron poblados enteros, Carmen de Uría entre ellos.

Días más tarde, ya al límite de sus escasos recursos, desfalleciendo de hambre y sed, Luz Amelia y otros damnificados fueron al fin rescatados por un helicóptero del ejército que los trasladó al aeropuerto internacional, ahora militarizado y convertido en campamento de refugiados. La desesperanza, que hasta ese momento había sido una marca de nacimiento, dio paso a una chispa de aliento cuando el presidente prometió que su gobierno dotaría de viviendas a los «sobrevivientes del deslave», una categoría de personas que se convirtió en adelante en bandera política y centro de frecuentes discursos.

Una casa nueva y propia. ¿Qué más podía pedir Luz Amelia? Esos milagros sólo los hace *su* Hugo.

Domingo sensacional

Hugo decide que no basta que *Aló, presidente* sea emitido solamente por el canal oficial del Estado, sino que promulga una nueva ley según la cual todos los canales de radio y televisión del país deben «entrar en cadena», es decir, interrumpir su programación y transmitir su programa o sus discursos. *Aló, presidente* sigue siendo una sensación y la nación entera se ve obligada a oír al presidente durante horas. No hay alternativa. Y, de todas maneras, hasta sus enemigos se ríen de las ocurrencias del jefe de Estado convertido en presentador de televisión. O se interesan cuando lleva al país entero en sus viajes.

Las largas giras internacionales no cesan, y es tanta la importancia que le asigna a *Aló, presidente* que Hugo aprovecha los nuevos escenarios para transmitir desde lugares tan remotos y diferentes como Bagdad, La Habana, las riberas del lago Titicaca en Bolivia, Volgogrado (antigua Stalingrado) o Londres. A veces deja esperando a sus anfitriones porque se ha entusiasmado con sus propias peroratas, y el programa se extiende más allá de lo previsto. Y cuando por fin concluye, nunca deja de tocar todas las teclas que sabe que le ganan simpatías y apoyos.

—Bueno, mi querido pueblo, hasta aquí llegó el programa de hoy. Los tengo que dejar porque me está esperando Vladímir Putin, con quien voy a discutir grandes planes de cooperación que redundarán en beneficios concretos para todas y todos ustedes y sus familias. Buenas noches y hasta la próxima. Les mando un abrazo a todos desde el histórico y maravilloso Kremlin, el palacio de los zares aquí en Moscú, Rusia.

Eva les reporta a sus superiores en la CIA:

La oratoria del presidente Chávez, solemne y mesiánica unas veces, cordial y dicharachera otras, vulgar y extravagantemente cursi siempre, se transforma en el lenguaje oficial del régimen. Para el resto del mundo resulta extraño que un jefe de Estado dedique tantas horas a hablar por televisión. Material no le falta: recibe las peticiones de los afortunados entre el público que han sido escogidos previamente y regala casas y coches, confirma becas e intervenciones quirúrgicas, hasta ordena reparaciones de las tuberías de un pequeño pueblo («¡Inmediatamente!», «¡Me arreglan eso ya!»). También repasa su pensamiento político, informa sobre sus planes y medidas, regaña a ministros, insulta a sus opositores y defiende la obra de su gobierno. O simplemente menciona lo que se le pasa por la cabeza, lo que almorzó ese día o lo que conversó con alguien o muy relevante o muy humilde. De repente hace anuncios de importantes medidas económicas o nombramientos en cargos críticos, lo que obliga a simpatizantes y opositores, interesados todos en la acción de gobierno, a seguir el show de principio a fin.

En cualquier momento de sus maratónicos monólogos comenta, por ejemplo, lo que significa que la Asamblea le haya otorgado poderes especiales para gobernar por decreto durante un año. Se emociona cuando anuncia que en los cuarteles se abrirán cientos de Escuelas Bolivarianas donde se estudiará con empeño la obra del Libertador y otros líderes revolucionarios como Ho Chi Minh, Fidel, el Che Guevara y muchos otros. Decide que miles de soldados dejarán de ser instruidos sólo en lo militar y también serán servidores comunitarios. Propone remover a los actuales dirigentes sindicales y llamar a nuevas elecciones para estos cargos. Proclama que Venezuela y Cuba, en un futuro no muy lejano, llegarán a ser una sola nación y que ahora ya navegan juntas hacia el mar de la felicidad.

Para dicha de los pobres y malestar de los ricos Hugo insiste, de nuevo, en que va a barrer del mapa a los viejos poderes oligárquicos. Pronto comenzará una cruzada de expropiación de tierras: «En Venezuela o se acaba el latifundio o yo me dejo de llamar Hugo Chávez... Y yo ni me voy a morir ni me voy a dejar de llamar Hugo Chávez». Hugo jura que con su voz no sólo tiemblan los oligarcas sino también el mundo. Su programa es una extensión de su trono y él se lo toma muy en serio. Quiere aprovechar al máximo su peculiar y atractiva combinación de líder popular, estadista y —lo que más le gusta— presentador del programa de televisión más largo y más visto de su país. Mientras sus ministros esperan días y semanas para que tome decisiones críticas para el funcionamiento del gobierno, Hugo le dedica lo mejor de su tiempo a planear y producir su show semanal.

Es obvio que, tanto como lo aburre la administración pública, le fascina la comunicación pública. También es obvio que está convencido de que para consolidar su poder es más eficaz estar frente a las cámaras y llegarles a millones de personas que estar en una reunión de gabinete donde sólo le traen problemas sin solución y sus ideas sólo les llegan a unos cuantos ministros.

Dedica un buen tiempo a escoger temas, locaciones, discutir la iluminación, las imágenes que aparecerán detrás de él, los ángulos de cámara, sonido, musicalización y, por supuesto, los temas que va a tratar; quiénes serán los invitados; las llamadas telefónicas «espontáneas» que recibirá; las decisiones que comunicará; las promesas y planes que explicará; las reprimendas y felicitaciones a sus subordinados, y cuantos detalles aparezcan. El equipo de producción tiene que enfrentar las vicisitudes que traen los antojos del protagonista. Y sus colaboradores ya lo saben: si no ejecutan sus deseos de inmediato y con precisión, los despide en el acto.

Su equipo es también el primero en celebrar sus anécdotas. Detrás de cámaras ríen con complicidad cuando, en medio de fragmentos de la vida de los héroes de la Independencia, crónicas de sus viajes, anécdotas de su infancia, decisiones de gobierno, Hugo intenta usar el humor para banalizar las críticas o, por ejemplo, reconciliarse con su esposa. En una ocasión lanza las palabras que nunca olvidarán ni los camarógrafos, ni los técnicos, ni los ministros, ni ella, ni el país entero:

—Eloísa, prepárate que esta noche te voy a dar lo tuyo. ¿Te acuerdas de aquella noche en el Volkswagen?

«Dios quiere que seas rico»

A pesar de los despliegues de amor erótico que Hugo dirige ocasionalmente a la primera dama durante su programa de los domingos, ésta no figura de manera prominente en el diagrama de influencias y relaciones de Hugo que Eva López ha elaborado con la ayuda de sus espías en Venezuela y de analistas en Washington.

Hay una conexión que Eva no entiende, pero que intuye que es muy importante. ¿Qué tiene que ver el presidente de Venezuela con el criminal que opera desde una prisión y a quien todos llaman el Pran? Y a su vez, ¿qué tiene que ver el Pran con un predicador evangélico que opera desde Texas? ¿Qué significa que el Pran sea un fiel devoto de ese predicador en particular? Eva siente que, si resuelve este rompecabezas, muchas cosas se aclararán y quizá hasta se le podrían abrir canales de influencia sobre Hugo que ahora no tiene.

Por su parte, Mónica Parker ha producido un programa sobre la problemática carcelaria en el país y, como parte del mismo, ha logrado entrevistar al Pran, quien, por supuesto, la recibió en un minúsculo e inmundo cuarto, haciéndose pasar por un preso común. El Pran lleva a la entrevista dos libros sobre religión cuyo autor es el predicador texano, cuyo nombre es Juan Cash. A Mónica le llama la atención y termina centrando gran parte de la entrevista en la devoción que siente el Pran por Juan Cash. El reo le explica cómo esos libros y la prédica del pastor texano le dan la serenidad sin la cual no hubiese podido sobrevivir en la cárcel.

Al ver el programa de Mónica, Eva se interesa aún más en investigar qué hay detrás de la devoción de éste por la iglesia dirigida por el teleevangelista texano. Mueve algunos hilos en su agencia y logra armar una corta pero muy bien datada biografía del excéntrico pastor. Se sabe que, en algún momento temprano de su carrera, Cash descubrió que contaba con muchísimos fieles hispanos en Estados Unidos y decidió aprender español. Eva consiguió algunos de sus programas y descubrió a un hombre delgado, de elegante presencia, piel muy blanca y larga cabellera negra. Además de ser atractivo, es un orador cautivante, tiene una personalidad magnética y un discurso lleno de imágenes muy persuasivas y conmovedoras, expresadas en un español suigéneris.

Resulta evidente que, gracias a su hábil uso de la radio y la televisión, su iglesia ha crecido muchísimo en toda Latinoamérica, por lo que viaja continuamente para visitar fieles y expandir su mensaje. Cash predica una teología basada en la necesidad de progresar económicamente y de poner la fe en Dios al servicio de lo que él llama «misiones personales». Cada quien debe descubrir por medio de la fe cuál es su misión personal. «Dios quiere que seas rico, en vida, ahora, aquí, en la Tierra» es una de sus máximas. Para ello hay que identificar primero la *misión personal* y acatar lo que esa misión reclama de cada uno.

Su magistral prédica enaltece el éxito material; ser rico no es pecado. A sus devotos les impresiona que el teleevangelista no se inhiba en mostrar en sus sermones el lujo en el que vive, sus mansiones, su jet privado, su yate.

En la entrevista Mónica averigua que, aunque el Pran no ha conocido a su maestro en persona, el presidiario sigue cada semana el programa a través de la televisión, programas que se transmiten en vivo, y en español, desde su megaiglesia en el sur de Texas, que puede cómodamente albergar doce mil fieles que lo adoran.

Eva también ha descubierto que, a pesar de no conocerle personalmente, el Pran es quizá el seguidor más consecuente de la singular doctrina y uno de los más generosos en sus donativos.

—Gracias a mi pastor Juan Cash, ahora entiendo por qué sigo vivo y mis enemigos no —dice el Pran a sus colegas a quienes ha convertido a su fe—. También sé por qué soy feliz habiendo venido de la miseria más absoluta.

Después de semanas de darles vueltas a los informes que tiene sobre Cash, Eva sigue un golpe de intuición y comienza a hurgar en profundidad en su personalidad y en sus actividades. Siente que la devoción del Pran por él puede ser clave para actuar contra Hugo, pues el fervor del Pran raya en el misticismo. En efecto, en un lugar muy reservado de su «celda» en La Cueva está el altar que el Pran dedica a sus deidades. Allí se destaca un afiche de Juan Cash.

Cada semana el Pran recibe de su iglesia correspondencia doctrinal y consejos espirituales. Pero, y he aquí el dato decisivo para Eva, lo importante es que, aunque el pastor y su fiel seguidor venezolano no se conocen en persona, se comunican regularmente por correo electrónico y por Skype. Estas audiencias con el pastor Cash, que son dificilísimas de conseguir para la mayoría de sus devotos, son normales para el Pran. Cash nunca deja de responder las llamadas de su acaudalado seguidor venezolano. Y el Pran nunca deja de darle jugosas donaciones a la iglesia de Cash.

Para comprender mejor quién es este personaje, Eva solicita a sus colegas del FBI, la DEA, la NSA y otras agencias federales que investiguen las andanzas de Juan Cash. Rápidamente, una imagen muy distinta del predicador cobra forma. Tras la deslumbrante fachada de su «megaiglesia» se esconde una gigantesca operación de lavado de dinero que proviene del narcotráfico. Por una buena comisión, la iglesia está dispuesta a procesar las grandes cantidades de efectivo que los narcotraficantes necesitan hacer «usable» y legítimo. Los grandes montos de dinero en efectivo que la iglesia deposita todos los lunes en diversos bancos no son, como dicen ellos, las donaciones de los fieles. Son el producto de la venta de drogas. La organización religiosa de Cash resulta ser una gigantesca lavadora de dinero.

Esto último no lo sabe el Pran, pero Eva sí, y esa información puede serle trascendental en su misión en Venezuela. Decide concentrar toda su atención en Juan Cash para, a través de él, llegar al Pran. Piensa que si llega al Pran tendrá un acceso privilegiado a Hugo, y una influencia sobre sus decisiones que los cubanos no pueden ni soñar. O, al menos, eso desea ella pensar.

Eva viaja a Estados Unidos y se aproxima a Cash con el pretexto de ser una estudiosa de su iglesia que desea entrevistarlo para el libro que está escribiendo. De entrada, deslumbra con su belleza e inteligencia al Obispo Millonario, como muchos lo llaman. En la conversación en la lujosa oficina, la agente permite que las cosas vayan tan lejos como pueden ir en un primer encuentro lleno de flirteos, halagos, insinuaciones y miradas embelesadas. El líder religioso, seducido y seductor, la invita a cenar en su casa esa misma noche y continuar allí con la entrevista.

—Prefiero hablar contigo en privado, así quizá se me suelta la lengua y te cuento cosas que jamás le he dicho a nadie. Si las cosas nos van bien, tendrás una exclusiva mundial para tu libro. Éxito garantizado... —le dice Cash con una sonrisa cómplice.

Ella acepta encantada y esa noche lo visita en su enorme mansión. Muy pronto durante la conversación, cuando el evangelista cree haberla seducido y se le acerca para besarla, ella lo aleja.

—Antes de besarme hay cosas que debes saber de mí... y sobre ti —le dice Eva—. Debes ver esto, Juan. Te interesará. Es la historia de tu vida en una versión que el mundo desconoce. La exclusiva te la voy a dar yo a ti... —le dice Eva, y saca de su cartera el resumen del largo expediente de las actividades criminales de Juan Cash, tanto las de su pasado como las muy actuales.

Él ojea los documentos e interrumpe la lectura para verla, indignado, sorprendido, furioso. No lo puede creer. Finalmente tira la carpeta al piso, se levanta y saca un revólver de una gaveta cercana. Eva, con gran calma y sin levantarse del sofá donde está sentada, lo mira fijamente y le dice muy serena:

—Mejor te calmas, Juan. Yo trabajo para el gobierno y esta casa está rodeada de agentes federales, estás parado frente a un ventanal y hay francotiradores con fusiles que te apuntan al corazón. Tira tu arma al piso y no hagas ningún gesto violento si quieres seguir viviendo. Y es mejor que te tranquilices y que te sientes con las manos arriba en ese sillón frente a mí, porque te voy a dar una buena noticia. Puedes salir de esto mejor de lo que crees. Lo único que tienes que hacer es comenzar a colaborar con nosotros. No te puedo prometer que consiga evitar que vayas a la cárcel, pero sí sé que puedo hacer que no pases el resto de tu vida tras las rejas. Tú decides.

Juan Cash, tembloroso y con la camisa de seda azul empapada en sudor, se sienta.

—¿Y qué es lo que quieres saber?

—Todo. Queremos saber todo sobre Yusnabi Valentín, tu devoto venezolano, el Pran.

«Siempre quieren más»

Este domingo el presidente ha aceptado la invitación de un gran grupo agroindustrial privado que está inaugurando una moderna planta de productos lácteos que incorpora tecnología punta.

Para propiciar buenas relaciones con el gobierno, los directivos de la empresa han considerado que es de crítica importancia extenderle una invitación de honor al presidente. Quieren que vea en persona los avances del país en este campo.

Acostumbrado a rodar con el equipo de producción, el protagonista del programa decide que la transmisión de *Aló, presidente* se hará desde la planta. Él también quiere mostrarles a sus seguidores que no es cierto que esté en contra de la propiedad privada. Al contrario, es amigo de los empresarios y respeta el importante papel que tienen para la economía nacional.

Los primeros minutos transcurren con la convencional cortesía de un acto protocolar. Hugo, jovial y conversador como siempre, elogia la modernidad de las instalaciones, el olor a nuevo. Para aprovechar mejor la escenografía y los invitados, en cierto momento el guion plantea que el presidente dialogue cordialmente con trabajadores y directivos de la empresa.

Es entonces cuando la amabilidad y la sensación festiva se tuercen un poco. Con mucho respeto, el accionista mayor del grupo explica que los precios de los productos han estado congelados desde hace mucho tiempo y que los costos de producción son cada vez más altos, dejando un minúsculo margen de ganancia. El empresario aprovecha y le pide al presidente que autorice un aumento de precios.

—De seguir así quebraremos todos y el país se quedará sin producción agropecuaria; aquí habrá hambre, señor presidente, si usted no actúa.

El ambiente se torna agrio y agresivo. Aunque Hugo no ha estudiado en detalle la situación de estas empresas, y tampoco ha salido a comprar la leche o el queso para la semana, su reacción es la del recalcitrante defensor de los derechos del consumidor. Eso de *margen de ganancia* lo desencaja tanto que grita:

—Se hacen ricos con la alimentación del pueblo, ¡y quieren más, siempre más!

Los directivos están desconcertados. No comprenden cómo una solicitud que para ellos es más que justa ha despertado la ira del presidente. El diálogo con los empresarios termina a regañadientes. Para continuar con su programa, como si el escenario no existiera más, Hugo vuelve y se sienta frente a las cámaras de televisión.

A propósito del tema alimentario, habla de potenciar el desarrollo agrícola del arroz, un proyecto que comenzará a rodar en el corto plazo en convenio con el gobierno de China, uno de los acuerdos *casi* firmados durante su gira por Asia.

—Ustedes saben que China tiene mil trescientos millones de habitantes y ellos producen todos los alimentos para esa colosal cantidad de gente. En cambio, nosotros aquí, en Venezuela, tenemos apenas veintidós millones de habitantes y tenemos que estar importando azúcar, aceite, arroz, carne. Pero ¿qué es esto? Teniendo tanta tierra, tanta agua, en un mediano plazo nosotros mismos tenemos que estar produciendo todos o, al menos, la inmensa mayoría de los alimentos que necesitamos para subsistir. ¡No podemos seguir importando todo! Debemos ser más que capaces de darle de comer a todo nuestro pueblo. El hambre no puede existir en un país tan rico como éste. Les prometo que en unos pocos años aquí no habrá nadie que pase hambre. ¡Nadie!

«Digan lo que digan»

Mauricio Bosco acaba de llegar a su oficina secreta después de pasar la noche en compañía de Mónica Parker. El escritorio está lleno de notas, discursos, fotografías y videos. Pero, junto con todos aquellos elementos del rompecabezas que debe armar, Bosco se enfrenta ahora también a un inesperado reto. Su encuentro con Mónica. Le resulta difícil volver a poner los pies en la tierra y enfocarse en su verdadero trabajo después de haber compartido unas horas con una mujer que lo hace sentir como ninguna lo ha hecho. Hasta a él mismo le cuesta creer que con los meses se ha ido obsesionando con ella.

Cuando están juntos, Mauricio tiene que hacer un gran esfuerzo para evitar cualquier comentario relacionado con Venezuela, su gobierno, su política o, mucho menos, Cuba o Fidel. Sigue siendo un actor que vive perfectamente en su rol de comerciante a quien sólo le interesan su negocio y la buena vida, fingiendo un total desinterés por temas controversiales.

Pero está preocupado. Primero, porque esto nunca le había pasado y no sabe cómo manejar los insólitos sentimientos que le despierta la periodista. Y, segundo, porque se siente tan cómodo con ella que teme que, en cualquier momento, su *yo honesto* filtre alguna frase que le haga olfatear a Mónica la mentira en la que él vive. Si bien hablan mucho, sus conversaciones se centran en libros que han leído, películas que ven juntos, recuerdos de viajes que hicieron antes de conocerse, música, banalidades. Cada vez que ella intenta reflexionar o criticar en voz alta al presidente, al gobierno, al arribismo de los cubanos, él se sonríe con dulzura y la escucha embelesado.

—En una semana viene Fidel a Caracas, y hoy supimos cuál será su agenda: visitas al Panteón Nacional, a la celda donde tuvieron preso al presidente, a la casa donde nació y un montón de viajes por el país. Todo se ve muy folclórico, pero en el fondo esta relación va a poner en riesgo nuestra democracia.

Esto hace que Mauricio sienta que debe redoblar sus precauciones y decide cambiar de tema como mejor sabe: la envuelve en sus brazos y le susurra al oído deliciosas frases amorosas que silencian sus argumentos, hasta terminar derritiéndola en el sofá o en la cama.

De vuelta a sus asuntos secretos, Mauricio se pone en guardia porque, en vista de la visita de Fidel a Caracas, el torbellino diplomático triplica sus labores de inteligencia. Comienza por leer atentamente los informes que le han llegado mientras, inevitablemente, ve por televisión una nueva emisión de *Aló, presidente*, esta vez dedicado a la muy esperada visita.

—El lunes firmaremos el acuerdo de cooperación integral entre Cuba y Venezuela. Por nuestra parte, les venderemos petróleo a precios solidarios y ellos, por su parte, nos pagarán mandándonos centenares o hasta miles de médicos, toneladas de medicinas, equipos médicos y educación, cultura, deporte, turismo, productos agrícolas; en fin, nos darán de todo.

Esto le recuerda al espía cubano los días previos al golpe militar, cuando se quejaba de que, por estar dedicado a Venezuela, su carrera estaba estancada, ya que, como le dijo a su padre, el General: «En ese país nunca pasa nada y nada va a cambiar». Y que su padre le contestó: «Estás equivocado. Tarde o temprano el petróleo venezolano será el combustible que mantendrá a flote la Revolución cubana».

Hugo sigue su discurso:

—Eso es parte de los acuerdos que vamos a firmar con el buen amigo y tremendo líder que es Fidel Castro. Allá los que no quieren reconocer por mezquindad el tamaño y la magnitud de este líder no sólo para Cuba, sino para el mundo entero. Un hombre de talla universal, digan lo que digan los lobos de los montes.

El espía suelta una carcajada involuntaria dirigida a la televisión. Busca su libreta y hace una lista de tareas. Pero no se puede concentrar. Fidel y Mónica. Mónica y Fidel. Si tan sólo tuviera una semana libre para irse con ella a una playa solitaria... Y si la visita de Fidel pudiese coincidir con despejar la incógnita de quién es jefe de la CIA en Venezuela. Y eliminarlo. Qué bueno sería...

8

Todos contra Hugo

«¡Que viva la libertad!»

Hugo blande con furia los periódicos del día. Está indignado por los titulares, por lo que ha visto en noticieros de televisión y por lo que ha oído en las tertulias de la radio. En medio de los preparativos para la visita de Fidel Castro, la gran prensa despliega con alarma las consecuencias que tuvo el incidente en la planta de productos lácteos desde la cual Hugo emitió su último *Aló, presidente.*

Empresarios e inversionistas, locales y extranjeros, quedaron alarmados por el tono y contenido de las reacciones del presidente y su amenazante retórica contra el sector privado. La Bolsa de Valores cayó, la moneda se devaluó y varias empresas anunciaron que pospondrían sus planes de inversión hasta que se aclararan cuáles eran las intenciones del gobierno. El sector privado en emergencia se reúne para ponderar las amenazas del presidente.

Hugo ofreció declaraciones para tranquilizar a los inversionistas, pero no funcionaron. Los medios de comunicación comentaron una y otra vez el disgusto del presidente con el empresario, un ataque, según ellos, a la propiedad privada en pleno. El jefe del país, a su vez, estalla frente al siempre fiel Ángel Montes y sus colaboradores más cercanos:

—¿Qué se han creído? ¡Esa Mónica Parker, esos periodistas y los dueños de los medios están abusando de la democracia! ¡Lo que tenemos aquí no es libertad de prensa sino libertinaje de prensa! Lo que nos están haciendo no se llama crítica, ¡es linchamiento mediático! ¡Nos critican por todo! Pero esto lo voy a acabar como sea. Voy a hacer lo que haga falta hacer; esto no lo voy a permitir.

Desde los días de la Constituyente los medios, en especial el noticiero de Parker, han venido atravesándose en su camino. Han dejado de ser los sagaces aduladores que le pedían entrevistas y abrazos en vivo, para ser piedras insoportables en los zapatos de la revolución. Han criticado la disolución del Congreso y la instauración de una única Asamblea al servicio del presidente, que aprueba todas las leyes que él propone. Por televisión, los cómicos lo ridiculizan a diario con imitaciones en las que lo ponen a decir tonterías. Los poderosos propietarios de las estaciones de televisión inventan todo tipo de triquiñuelas para evadir la orden de «entrar en cadena nacional» y suspender su programación normal para transmitir *Aló, presidente* o cualquier evento público en el que habla el jefe del Estado. Las denuncias sobre corrupción y los reportajes que revelan las nuevas riquezas ostentadas por los funcionarios públicos cercanos al presidente y a su familia son temas de cobertura diaria. ¡Y hasta se atreven a criticar su relación con Fidel Castro!

En su despacho del palacio, el presidente pide que le muestren el video con los últimos programas de «la Parker» y otros noticiarios que lo critican... Ante un muy sorprendido Ángel Montes, Hugo profiere iracundas amenazas contra los medios y algunos periodistas en particular, empezando por Mónica. Ordena que intercepten los teléfonos de sus propietarios y directores y que los acosen con los impuestos. Afirma que cerrará diarios y canales de televisión si no cesa esa *campaña contrarrevolucionaria*.

—¡Yo no soy un pendejo como Allende! ¡A mí no me harán lo que a Allende! —vocifera a voz en cuello.

Montes le pregunta con cierta aprensión, pero sin rodeos, si se propone implantar censura de prensa. Hugo pierde los estribos y lo increpa con dureza. Montes, siempre respetuoso, insiste en que la Constitución, «*su* Constitución, presidente», consagra la libertad de expresión y que hay cosas que, sencillamente, no puede hacer sin violarla.

Pero él no está para cátedras legislativas.

—La voluntad del pueblo es mi única Constitución —dice alterado—. Si la Constitución actual no me sirve, la cambiaré.

—No puedes cambiarla así como así, Hugo —insiste Montes.

—¿Ah, no? ¡Ya verán todos de lo que soy capaz! —sentencia, y le ordena que mejor se retire. Nadie se atreve a decir palabra.

Poco después, una secretaria le anuncia que tiene una llamada telefónica de una famosa periodista de Estados Unidos. Aún tempestuoso, Hugo acepta conversar por unos minutos sobre la campaña contrarrevolucionaria de desprestigio contra su gobierno.

—¿A qué se refiere, específicamente? —pregunta la periodista desde el otro lado del teléfono. La conversación está siendo grabada para su noticiero internacional.

—Más que una campaña orquestada en mi contra —responde el presidente en tono sereno y simpático—, hay perturbaciones que son naturales cuando se pone en marcha un proceso como el que tenemos aquí, de cambios profundos... Han estado surgiendo temores, dudas, algunas informaciones tergiversadas, y nosotros tenemos la responsabilidad de comunicarnos con el mundo y decirle que tenga paciencia, calma, que en Venezuela estamos reconstruyendo al país en democracia y en paz.

—Presidente —sigue la periodista—, los medios estamos obligados a informar sobre lo que pasa en su país. Hemos retransmitido sus declaraciones cuando pedía que la Asamblea Constituyente disolviera el Congreso, que se destituyera a los jueces de la Corte Suprema; sus nuevas posiciones sobre la empresa privada. Todos estos hechos sucedieron... ¿Usted pretende que los medios de comunicación no informemos sobre lo que allí ocurre?

—¡No, de ninguna manera! A mí me gusta mucho lo que es la comunicación social —responde él con cautela mientras ahoga el león que intenta rugir—. Abogo por la libertad absoluta de prensa y de expresión. Y te invito a ti y todos los periodistas del mundo a que vengan a mi país y vean que hay una libertad absoluta de pensamiento. ¡Que viva la inteligencia! ¡Que viva la libertad! Pero hay sectores que destrozaron a esta sociedad, que se oponen a los cambios y que tratan de evitarlos a toda costa.

—¿Está usted dispuesto al diálogo con esos sectores? —pregunta la periodista.

—¡Por supuesto! Me encantan el diálogo y el consenso, yo siempre he sido un hombre de diálogo —enfatiza despidiéndose y dando por concluida la entrevista.

—Aquí empieza otra batalla —dice para sí—. Y ésta también la gano.

El castillo de arena

Vivir en un castillo de arena, en un castillo de naipes o en un castillo en ruinas puede llegar a ser la misma cosa.

En la vida de la primera dama, el castillo ha sido la residencia presidencial de La Casona y el cuento de hadas se está convirtiendo en un drama psicológico de terror. En esta fábula, el lobo se ha quitado la piel de oveja y sólo falta un soplo para que se desplome todo.

Hay varias cosas que Eloísa no soporta. ¡No y no y no soporta! No soporta que su marido se haya traído a vivir con ellos a los tres hijos de su matrimonio anterior. Hugo quiere que sus hijos formen parte de su vida y que lo vean triunfante y poderoso. Pero Eloísa no acepta eso. Ella quiere que esos tres niños sean parte del pasado de su marido, no de su presente y el de ella, y, menos aún, que compartan el futuro de su familia. Finalmente, después de meses de discordancias, las dos niñas pidieron volver con su mamá a la casa en el pueblo donde pertenecen. La primera dama nunca imaginó cuán diferente a ella y a su familia era la familia de Hugo.

—Son unos campesinos —le dice a una amiga en un momento de imprudente sinceridad.

Pero el verdadero problema no es el origen de la familia o las dos niñas, sino el varón, también hijo del matrimonio previo.

Desde su llegada, este chico malcriado e irrespetuoso no deja de fastidiarla. Para imponer su poder de señora de la casa, les prohíbe a las criadas lavarle la ropa y hacerle la cama o la comida. Le quita la televisión de su cuarto. Le prohíbe usar la piscina.

—Necesita un poco de disciplina, de orden —le dice a quien la quiera escuchar.

Pero a él nada parece afectarle.

Finalmente, una tarde, Eloísa pierde los estribos ante una travesura más y ordena a gritos que saquen al muchacho de la casa, que se lo lleven a cualquier parte, pero que ella no lo quiere volver a ver allí nunca más. Esa noche, el presidente llega de uno de sus viajes y apenas se baja del avión encuentra que su hijo lo está esperando en el aeropuerto, llorando. Lo han llevado allí ya que los funcionarios de seguridad no saben qué hacer con él y no se atreven a desobedecer a la primera dama. Hugo escucha las razones con el desinterés que produce el cansancio y le delega el problema a Rojas, el jefe de seguridad que también le sirve de organizador y discreto centinela de sus frecuentes y furtivos encuentros románticos con las bellas mujeres que nunca le faltan. Ahora que se ocupe de su hijo mientras decide qué va a hacer con él.

Ese eficiente y discreto servicio que le presta el jefe de seguridad a su marido, que aunque secreto Eloísa conoce, es otro de los agravios que ella ya no soporta. No soporta ni el montón de rumores ni a Rojas, el cómplice de las constantes mentiras de su marido. No será la única esposa del mundo que condene la infidelidad y pierda la cordura cada vez que se sabe traicionada. Pero no todas las esposas traicionadas por su marido están casadas con el jefe de un país. Ella sabe cosas y tiene recursos que le dan un poder que otras esposas ni se imaginan que existe.

A todo esto Hugo sonríe con desdén, sigue en el delirio que la fama, el éxito, la abundancia y el sexo le han ido granjeando. Sagaz e inteligente, maneja con destreza sus desfachateces y, aun en los momentos más reveladores de su conducta desleal, es capaz de vestirse su piel de oveja y seguir adelante.

—¿Sabes qué le falta a Hugo Chávez? Sentimientos. Él nació sin corazón en el pecho, como dice la canción —escribirá Óscar Rojas, su antes leal jefe de seguridad, en un libro algunos años después, cuando él también se sienta traicionado por Hugo.

Entretanto, Eloísa está apabullada por lo que siente que es el fracaso de su matrimonio con este hombre a quien tanto amó. Ya no puede empacarle con diligencia su maleta de viaje, ni sorprenderlo con un desayuno especial o recitarle un poema revolucionario. Ya no se preocupa cuando él se resfría, se queja de gastritis o tiene un ataque de asma, eventos que le suceden a menudo. Apenas si puede concentrarse en su propia estabilidad. Llora porque es ignorada por su esposo, odiada por la familia de él y, por supuesto, su entorno. Sabe que la llaman loca, desquiciada, malcriada, inestable, tonta y mucho más. Pero no la podrán detener; no puede quedarse en su trono y ver cómo el nuevo lobo sigue engañándolos a ella y al país mientras el castillo de arena se convierte en ruinas. ¿Cómo puede aparecer ante el mundo como un padre dedicado y un esposo ejemplar cuando ha sido lo contrario, un ejemplo extremo de marido ausente, infiel y maltratador?

Se sabe víctima de maltratos físicos y psicológicos. La prensa ya lo rumora y eso le da un cierto sentimiento de justicia. Pero en el fondo todo es más complicado. Sus amigas le sugieren que busque ayuda profesional. Finalmente, Eloísa contacta a un reconocido psiquiatra que la atiende en sus depresiones, le receta calmantes y pastillas para dormir. Todo eso alivia, pero no cura.

Después de varias citas con el psiquiatra, la primera dama toma la decisión de abandonar La Casona con su hija, regresar a su ciudad natal en el interior del país y encerrarse en un mutismo ante sus amigos cercanos y ante la prensa.

—¿Qué le pasa a Eloísa? —pregunta Mónica Parker al aire.

—Hace días que no sabemos nada de Eloísa —conversan en Ébano un par de «amigas de la primera dama» mientras pasan un rato en el spa.

Los dueños del juego

La versión de Monopolio a la que juega el Pran en La Cueva es una moderna y tenebrosa adaptación de uno de los juegos de mesa más famosos del mundo. Como jugador excepcional e irreductible aspirante a ganador absoluto, tira los dados con destreza, identifica las propiedades que quiere comprar, le ordena a su socio que pague cualquier precio por ellas y poco a poco se va adueñando del tablero entero.

Crear sus propias reglas lo ha llevado a ser el único jugador de la partida al que no lo afecta en absoluto dominar el juego desde la cárcel. Con su socio Willy García como ministro de Finanzas, los dados —y dedos— del Pran son armas poderosas para comprar empresas perfectamente legales. Por ahora sus objetivos prioritarios son la banca, las telecomunicaciones, una línea aérea y, por qué no, una empresa petrolera. Ya el juego del Monopolio criminal que incluye secuestros, distribución de drogas y robos a bancos es un tablero conquistado con éxito. Todos los demás jugadores se han rendido ante él.

Willy García tiene, a su vez, un arsenal de recursos para obtener lo que el Pran desea. Ante todo, conoce a fondo el mundo financiero y empresarial dentro y fuera del país. Está al corriente de sus debilidades y de sus prácticas a menudo ilícitas. Sabe que, al tener a su cargo parte del área económica, muchos banqueros y empresarios buscarán comprar sus favores, tal como lo han hecho con los gobiernos pasados.

El socio estratégico del Pran no olvida, sin embargo, que los banqueros y empresarios, *sus amigos de siempre*, estuvieron dispuestos a dejarlos a él y a su familia en la calle cuando rehusaron darle el apoyo que necesitaba para salvar sus empresas. Tampoco olvida que el Pran fue el único que lo ayudó en ese difícil trance.

Pero no vale la pena quedarse anclado en el pasado. El futuro que está construyendo con el Pran es excitante, ambicioso y, gracias al presidente, posible. En los últimos movimientos del juego, una formidable e inesperada carta les ha ayudado a despejar el camino: la retórica anticapitalista del líder del país. La incertidumbre que reina en un ambiente tan hostil a los negocios como el que él ha venido creando, mueve a muchos empresarios temerosos a contemporizar con el ministro de Finanzas, mucho antes de que él se lo pida.

Willy tiene lo mejor de ambos mundos. Como en cualquier gobierno corrupto, puede traficar influencias vendiendo favores, otorgando licencias dolosamente o cobrando comisiones a través de testaferros. Pero también puede actuar como un talibán anticapitalista para apoderarse de grandes negocios por la vía del terrorismo fiscal. Cuando le gusta una empresa, la acusa de no haber pagado impuestos y le impone enormes multas que no les dejan más alternativa a sus dueños que vederle la empresa a precios de gallina flaca. Su don de usar las frases hechas de la ultraizquierda se combina sin dificultad con su capacidad de actuar como un capitalista salvaje. Todo un depredador.

La fachada legal de su creciente imperio se consolida sin freno y el número de sus propiedades en el Monopolio moderno aumenta cada día cobijado por el favor del líder revolucionario.

Sin embargo, el núcleo de negocios del Pran sigue siendo el lucrativo narcotráfico, una propiedad que en el tablero de juego tiene varios dueños, y peligrosos competidores. El Pran es consciente de las dificultades de imponerse ante ellos, tira los dados desde la cárcel y se propone por lo menos explotar una ruta que lleve droga a Europa sirviéndose de países «de tránsito» en África.

El molusco piensa en grande, pero lo intranquilizan cada vez más los estridentes discursos del presidente, quien ha expresado públicamente su repudio a que Estados Unidos considere organización narcoterrorista a las FARC, uno de los grupos guerrilleros de Colombia. De hecho, en *Aló, presidente* ha exigido que se reconozca a las FARC como un ejército legítimamente beligerante en el conflicto interno del vecino país.

Con aprensión, el Pran sigue de cerca los acercamientos entre ese grupo y su amigo el presidente. No le importa lo que piense Estados Unidos, sino el hecho de que las FARC son un rudo competidor para su negocio, junto con los cárteles mexicanos.

Frente al tablero de juego, el Pran y Willy deciden que su mejor estrategia es captar altos oficiales militares opuestos al sesgo procastrista de Hugo y ponerlos en su nómina. Más aún, hacerlos partícipes del negocio del narcotráfico. Estos oficiales serán primero halagados y luego invitados a adoptar el «método Willy de concentración mental», como lo llama el Pran, que consiste en saludar las banderas revolucionarias, antinorteamericanas y socialistas del presidente pero, al mismo tiempo, actuar en el mundo de los negocios con gansteril agresividad capitalista.

El organigrama del alto mando militar se pone sobre el tablero de juego. El Pran y Willy García, jugadores avezados, evalúan en cada nombre las oportunidades de negocio y los miran como ventajosas propiedades por adquirir. Entre tantos oficiales y hojas de vida, separan la paja del grano y hacen una lista del Cártel de Generales que en los próximos días comenzarán a edificar.

«Seamos petroamigos»

El Pran no es el único inquieto. A Óscar Rojas, el jefe de seguridad del presidente, también le parece muy raro que el coronel, su amigo cercano en la Academia Militar, se haya proclamado comunista, procubano y fanático de Fidel Castro; un cadete que nunca leía a Marx, no se sabía las canciones de la nueva trova cubana y nunca mostró mayor curiosidad por la Guerra Fría entre la Unión Soviética y Estados Unidos. ¿De dónde sale este nuevo odio por el *Imperio del Norte* que lo obsesiona y que parece crecer cada día?

Recién posesionado presidente por segunda vez, en una emisión más de su *Aló, presidente*, Hugo celebra al mismo tiempo la continuación de su mandato y la también posesión del nuevo presidente de Estados Unidos. Con simpática diplomacia le dice:

—Le auguramos al señor Bush el mejor de los éxitos y, como siempre lo hemos dicho, estamos aquí a la orden y dispuestos a continuar profundizando las relaciones de todo orden con el gobierno, el pueblo y las instituciones de ese gran país del norte. ¡Felicitaciones, señor Bush!

Cuando termina el programa y va a sentarse en la momentánea soledad de su despacho en el palacio, Hugo se toma tres cafés seguidos, se fuma dos cigarrillos, uno tras otro, entra en comunión con el Bolívar de óleo y se concentra en el barullo antiimperialista que habita en su mente.

«Se va Clinton pero llega otro peor —piensa—. Un burgués capitalista que ya se cree el dueño del mundo. Pero conmigo no va a poder, que se olvide.»

Sus solitarias divagaciones sobre la reconquista continental, alimentadas por los consejos del maestro Fidel, se funden con el tema de su propio gobierno que más lo inquieta y trasnocha: el oro y la gallina de los huevos de oro, es decir, el petróleo y la empresa petrolera. O para ser aún más precisos: la fuente del 90 por ciento de los ingresos del gobierno. Hasta este momento, Hugo ha sido cuidadoso en su relación con Petróleos de Venezuela, llamada PDVSA, que es la empresa que extrae y vende al mundo el petróleo del país. Es una empresa propiedad del Estado pero el presidente no la controla. Ha dejado trabajar a su ritmo a la élite tecnocrática, especializada y autónoma que dirige la industria y cuya autonomía siempre había sido respetada por políticos y gobernantes. Ha pensado que politizar la empresa puede poner en peligro el suministro de dólares al erario público. Entiende que los petroleros son técnicos muy necesarios y es vital que le produzcan los ingresos con los que él piensa hacer su revolución.

En continuas y serias reuniones con la alta gerencia, el presidente ha aplaudido los planes de gran expansión y los multimillonarios presupuestos de inversión que le presentan. Hugo les ha dado a entender que con él cuentan con un aliado. Los ejecutivos de la cúpula petrolera, que ya fueron víctimas de los ataques verbales del presidente durante la primera campaña, celebran hoy su cambio de tono y su amigable posición, lo cortejan y tratan de mantenerlo contento e informado. Deciden creer que son imprescindibles y que seguirán siendo un enclave intocable para el presidente Chávez.

Creerse indispensables no les permite detectar que, a pesar de su simpatía y aparente apoyo, el presidente detesta sus aires de superioridad, resiente su elitismo y no soporta que sean ellos y no él quienes controlen la empresa más importante del país.

Frente a su globo terráqueo, Hugo estudia con un ojo los informes financieros de la empresa petrolera, mientras que con el otro marca líneas imaginarias entre Venezuela, Cuba, Estados Unidos, Latinoamérica y los países exportadores de petróleo del mundo. Se prepara, a su manera, para la Cumbre de las Américas, una reunión a la cual asistirán todos los presidentes del continente y que tendrá lugar en unos días en Canadá. Quiere aprovechar esa oportunidad, de hecho todas las oportunidades, para empujar el sueño de unir a las naciones vecinas. El tema explícito es la integración de América, pero lo que realmente quiere es ponerle freno al poder de Estados Unidos, el poder dominante y el consumidor de petróleo más grande del mundo. Fidel le ha hecho entender bien la importancia de este proyecto.

Así, pocos domingos después, el presidente venezolano y otros treinta y cuatro jefes de Estado del continente se reúnen en Quebec. Como Fidel no ha sido invitado, a Hugo le toca ser esta vez «el único diablo de la cumbre», como él mismo se define. En la reunión no pierde oportunidad para vetar, objetar, criticar y manipular las deliberaciones del grupo. Un equipo de avezados expertos diplomáticos cubanos lo asesora discretamente. Chávez es el único jefe de Estado que tiene objeciones sobre el documento final. Levanta la voz, inconforme:

—Yo no puedo aprobar ese punto que dice que nos comprometemos a fortalecer la democracia representativa, porque en Venezuela la democracia representativa fue una trampa que llevó a un pueblo heroico a la pobreza y a la miseria.

Los demás presidentes, sus cancilleres y los periodistas presentes se sorprenden. ¿Qué es lo que dice? ¿Acaso se siente afectado cuando el documento habla de aislar y sancionar a los países que quebranten su sistema democrático, afecten a la administración de justicia, la transparencia electoral y la libertad de expresión? ¿Acaso es porque él ya de algún modo rediseñó el sistema democrático instaurando la Asamblea que él controla y promovió la destitución de los jueces de la Corte Suprema que no son «suyos»? ¿Acaso su conducta ha puesto la transparencia en las elecciones en entredicho y tiene a la libertad de prensa en la mira?

Chávez no está de acuerdo, simplemente. Y su descontento no termina ahí. Cuando después de varias jornadas hay consenso general sobre los plazos para crear una alianza de libre comercio, él se opone. «La oveja negra de la cumbre», titularán los periódicos. Pero a Hugo no le importa lo que piensen.

—Me río de la estupidez ilustrada —dice.

Esa supuesta integración continental es un montaje de los yanquis para apoderarse del mercado latinoamericano. Y él no tiene miedo de ser el David que se enfrenta al antipático Goliat. No se dobla ante la imposición de fechas y acuerdos. Él hará sus propias alianzas con Sudamérica, Cuba, el Caribe, China, Rusia y Oriente Próximo. Que los de Washington y sus marionetas lo dejen en paz.

Al salir del recinto, «con la frente en alto», Hugo se cruza por minutos con el presidente Bush. Se saludan a través de un tercero, se dan la mano por primera vez, se miran a los ojos, se dicen unas cortas palabras y se despiden sin tiempo para fotografías.

—¿Qué se dijeron? —pregunta la prensa.

—Bush quiere ser mi amigo —dice Hugo—. Y yo le dije en mi mal inglés: «Yo también quiero ser tu amigo. Aunque nuestras divergencias políticas son enormes, creo que podemos entendernos». ¡Hasta lo invité a jugar béisbol!

Tal vez su declarada relación no llegue a esos terrenos. George W. Bush, su vicepresidente Dick Cheney y el resto de su gobierno no ven con buenos ojos la cercanía de Hugo con Fidel Castro, Saddam Hussein, Muamar el Gadafi, Vladímir Putin o, mucho menos, su incipiente relación económica con China. Pero, por lo pronto, su relación es una conveniente petroamistad: Venezuela tiene el petróleo que Estados Unidos necesita, y Estados Unidos es uno de los pocos clientes que le pagan el crudo que compran a su real precio de mercado y, lo que es muy importante, lo pagan a tiempo.

En los meses siguientes a ese primer encuentro entre Chávez y Bush, un inesperado evento lo cambia todo, al menos para Estados Unidos: los atentados terroristas del 11 de septiembre de 2001. Hugo, como la mayor parte de los televidentes impactados por las escenas de guerra, declara su solidaridad y la de su pueblo con Estados Unidos y su gente.

Pero esa solidaridad se evapora muy pronto. Mientras una gran coalición internacional apoya el ataque de Estados Unidos a Afganistán, el presidente venezolano critica ferozmente esos bombardeos, los denuncia como violación a los derechos humanos y pide que cese la matanza de inocentes.

Rápidamente decide emprender una nueva gira por Oriente Próximo que, a los ojos de Washington y los gobiernos europeos, evidencia la simpatía de Hugo con países que toleran, o hasta promueven, actividades terroristas.

La petroamistad entre Estados Unidos y Venezuela entra así en un campo minado. En su decisión de combatir el terrorismo, el presidente Bush se pone en guardia contra los gobiernos contrarios a su política militar. Venezuela y Cuba están en la lista de «países poco amigos». Por su lado, Hugo también se pone en guardia. Qué le importa que su nuevo enemigo sea medio mundo. Tiene su gallina de huevos de oro. Los ríos incesantes de petróleo son su arma para conquistar el planeta.

«Todo el mundo está bravo»

La luna de miel ha terminado.

Ya no hay venezolanos: hay *chavistas* o *antichavistas*, *bolivarianos* o *escuálidos*, *vendepatrias* o *apátridas*. Éstos son los nombres con los cuales la mitad del país llama a la otra mitad.

«Aquí está todo el mundo bravo —informa Mauricio a sus colegas de La Habana—. Los curas, los militares, los petroleros, los medios de comunicación, las universidades, los sindicatos y los empresarios están contra Hugo. Esto es demasiado. Y estoy seguro de que la CIA está organizando algo», añade con énfasis.

Desde sus muy protegidas identidades secretas, Eva y Mauricio despliegan una frenética actividad. Los dos rivales acopian información, copian, pegan, amenazan, atacan, seducen y mueven a sus agentes e informantes dentro y fuera del gobierno tanto como pueden. Pero es difícil predecir el desenlace de tamaño descontento. ¿Un estallido social? Si una revolución suele ser la consecuencia de una prolongada crisis, ¿qué pasa cuando entra en crisis esa revolución?

Eva reporta a sus jefes continuas y masivas protestas, concentraciones públicas, paros y huelgas. En una parte de su informe a su jefe Oliver Watson, le dice:

Sorprendentemente, el presidente ha logrado alienar a grupos que deberían ser sus aliados naturales. Los sindicalistas y los universitarios, tanto profesores como alumnos, lo adversan. El presidente no tolera que estos grupos se resistan a seguir ciegamente sus designios y está reaccionando ferozmente, rebajándoles los presupuestos al mínimo y promulgando decretos que les quitan poder y autonomía.

Eva intenta identificar a los líderes de una posible insurrección, pero está confundida, perdida; sabe que puede pasar algo pero no sabe qué, ni quién estaría al frente, ni cuándo sucedería. Intenta obtener datos y nombres a través de las conversaciones de sus clientas de Ébano, pero nadie va más allá de criticar ciertas acciones del gobierno.

Muchas de ellas mencionan los permanentes ataques a la empresa privada y a la libertad de prensa. Otras manifiestan que sus esposos (banqueros, jefes de empresas, altos militares, funcionarios de la petrolera) están preocupados por el nuevo conjunto de leyes que la recién creada Asamblea le aprobó al presidente en los últimos meses y que le da poderes extraordinarios. Ven con inquietud cómo grandes extensiones de tierras agrícolas comienzan a ser expropiadas por el gobierno, que arbitrariamente las define como «tierras ociosas».

También mencionan la Ley de Hidrocarburos, que, aunque no comprenden del todo, dicen que afecta a PDVSA, la empresa petrolera del país, poniéndola en riesgo de ser usada por el gobierno para programas sociales que nada tienen que ver con producir y exportar crudo.

En fin, las políticas de Hugo Chávez están en la palestra y dan de qué hablar a todo el mundo.

Mónica Parker, por mucho que investiga y escudriña con sus fuentes, tampoco puede asegurar qué pasará.

—No hay líderes obvios en la oposición a Hugo —le dice a Eva en el jardín japonés de Ébano—. Nadie sobresale. La oposición sigue perdida.

En cuanto a Mauricio, quien evita tener este tipo de conversaciones con Mónica, ahora ya no logra evadirlas por completo puesto que ella no hace sino hablar del tema. Con los meses, Mónica se ha ido poniendo cada vez más crítica con el gobierno y no abandona el tema por más que él se lo pida. Él la escucha con fingido desinterés.

—Tú lo has visto en mis programas, amor. Los invitados, mis reporteros y mis análisis de los casos concretos que le presento al público lo dicen todo: el gobierno no gobierna, y cuando intenta hacer algo, siempre le sale mal. Se dispararon el desempleo, la criminalidad e inseguridad ciudadana y, por supuesto, la corrupción. Siempre la ha habido, pero ahora están robando como nunca antes. Y Hugo no hace nada. Si son «gente suya», los deja hacer. No le importa. Tú mismo has visto cómo en tus tiendas Élite los clientes critican al gobierno todo el tiempo.

Mónica no se puede imaginar que mucho de lo que le dice a su novio termina siendo el contenido de los informes que manda a su jefe Raimundo Gálvez.

La atención del presidente a las necesidades de los pobres le ha rendido muchos dividendos políticos. Ha construido algunas escuelas y viviendas, y reparado un par de grandes hospitales y vías importantes. También está comenzando a dedicar dinero a financiar programas alimentarios, de salud y de educación en las zonas más necesitadas. Por eso aún cuenta con el apoyo de muchos.

Pero no es sólo lo que ya ha hecho. Lo más importante es lo mucho que promete y lo bien que lo hace. La gente, su gente, cree en él. Y él se esfuerza por aprovechar cada oportunidad para recordarles que él es uno de ellos, que es como ellos y que su interés es «defender sus intereses» y no los de quienes más tienen. Es un virtuoso de lo que muchos desdeñan como populismo y él, en cambio, lo ve como la única manera de permanecer en el poder. Pero al mismo tiempo un bloque opositor de considerable magnitud ha empezado a rebelársele, pidiéndole que renuncie. La situación política de Venezuela es explosiva y el presidente está corriendo enormes riesgos.

Unos días después Mauricio va a almorzar a casa de Mónica. Le abre la puerta Chuck Parker, el padre de la periodista, quien vive solo en un pequeño apartamento adosado a la casa de su hija. Parker no le oculta a su hija que no está contento con la relación que ella tiene con «ese caribeño». Durante el almuerzo, Mónica menciona que está preparando un informe especial sobre la «invasión de funcionarios cubanos en el gobierno de Chávez». Mauricio la felicita y dice que es muy importante tocar el tema.

—Esos cubanos son unos demonios. Intentaron tomar República Dominicana en 1973, pero no nos dejamos —le dice—. Hay que detenerlos antes de que sea tarde. Son peligrosos.

Mónica se alegra de encontrar eco en su compañero, y con vehemencia e indignación recita una serie de verbos que describen lo que le está permitiendo el gobierno de Venezuela al régimen de La Habana: «irrumpir», «ocupar», «penetrar», «infiltrar», «invadir».

—Están llegando al país miles de entrenadores deportivos, promotores culturales, enfermeros, médicos y gente de todo tipo. Pero muchos de ellos, en realidad, son militares, espías y agentes del gobierno cubano —dice—. Además, esa actitud antiestadounidense y tanta camaradería entre Chávez y Fidel Castro no son bien vistas por mucha gente que aún importa en este país. Aquí somos muchas cosas, pero lo que no somos es comunistas. Y eso Hugo parece que no lo entiende.

Después del almuerzo, el padre de Mónica, quien ha bebido demasiado, se retira a su apartamento y la pareja se queda en la terraza tomando café. Ella saca su computadora y le muestra a Mauricio imágenes de marchas antichavistas, en algunas de cuyas pancartas se lee: DE CUBA SÓLO QUEREMOS SON Y GUAGUANCÓ O NO QUEREMOS COMUNISMO EN NUESTRO PAÍS, QUEREMOS LIBERTAD, QUEREMOS DEMOCRACIA. ¡ABAJO CHÁVEZ!

Pero Mauricio se cansa de jugar al dominicano anticastrista y le sugiere dejar esos temas para el noticiero y enfocarse en asuntos mejores; él, por ejemplo.

La agarra de la mano y la lleva por el corredor hacia el dormitorio. Entran y él cierra la puerta con llave.

¡Cuba no! ¡Cuba sí!

El programa especial de Mónica sobre los cubanos tiene un impacto enorme.

—Tantas concesiones a Fidel Castro tienen muy molestos a un buen número de miembros del alto mando militar. Muchos de ellos ven con preocupación la cercanía del presidente Chávez con Fidel Castro, quien ya intentó invadir Venezuela en el pasado y fue derrotado por las fuerzas armadas —dice Mónica.

Algunos generales y almirantes que a pesar de estar ya retirados mantienen relaciones cercanas con el alto mando militar, aparecen ante las cámaras de la periodista criticando con enfado y desparpajo las acciones de un antiguo compañero de armas que, según ellos, está desviando el camino «para adueñarse del país e imponer un sistema que ha fracasado en otros países y sólo trae miseria y pobreza». Además, denuncian y condenan el ascenso inmerecido de oficiales que no tienen las credenciales necesarias, pero que son promovidos por su probada lealtad al gobierno. Los ex militares críticos tampoco aprueban las desairadas agresiones del presidente venezolano a Estados Unidos.

Un prestigioso general retirado, hablando en nombre, según él, de un gran número de oficiales activos, le dice a Mónica:

—Rechazamos el sostenido deterioro de las relaciones internacionales con nuestros aliados tradicionales, a cambio de buscar vínculos con gobiernos no democráticos. Por estas y muchas otras razones exigimos la dimisión del presidente, por fascista y totalitario y por ser una amenaza para la democracia y la soberanía de Venezuela.

Para preservar la democracia, proponen sustituirlo transitoriamente por un civil y convocar a elecciones anticipadas. También mencionan que, aunque está en la nueva Constitución, tampoco les parece que sea buena idea que los militares se politicen y tengan derecho al voto y a asumir cargos públicos.

Como respuesta al programa y sobre todo a los atrevimientos de este grupo de militares, el presidente contraataca. Manda expulsar de las fuerzas armadas, arbitrariamente y sin juicio, a varios generales y a algunos oficiales disidentes.

Él mismo se sorprende que estas expulsiones no causen mayores reacciones. Muchos pensaron que podría haber agresivos intentos de la élite militar de revertir la decisión del presidente. Hugo se sonríe complacido cuando desde La Habana le informan que los agentes del G2 han tenido mucho éxito haciendo entender, por las buenas y por las malas, a los demás oficiales militares que tienen mucho que ganar apoyando a Chávez y todo que perder si se oponen al presidente. Algunos generales que no muestran mayor activismo contra el presidente se sorprenden al encontrar enormes sumas de dinero depositadas en sus cuentas. Los más críticos son enviados a remotas guarniciones de selva o a cargos burocráticos sin mayor influencia.

Pero la clase política, el empresariado, los medios de comunicación y, en general, la gente más informada que no es afín a Hugo siguen muy preocupados por la presencia cubana. Pero sus angustias no llevan a nada. Hugo, envalentonado por la apatía de los militares frente a las expulsiones de sus colegas que él ordenó, no sólo no les tiene miedo a los grupos que le critican su cercanía con Cuba, sino que lo anima un enorme desprecio hacia ellos.

Los detesta.

Y para restregarles en la cara cuán poco le importan sus opiniones, el presidente organiza una gran celebración: los setnta y cinco años de Fidel Castro.

Invita a su mentor a Caracas a una gran fiesta que, por supuesto, será televisada. También honra al líder cubano con una importante condecoración antes reservada para los grandes héroes del país y, lo más importante, amplía el convenio petrolero con la isla. Cuba recibirá importantes volúmenes de crudo venezolano a precios preferenciales que, además, podrá pagar a crédito, a largo plazo y en especie. Así, cereales, verduras y sobre todo asesores cubanos en los campos de la seguridad, la inteligencia, la cultura, la educación y la salud serán la forma de pagar el petróleo que ayudará a mantener a flote a la economía cubana.

Hugo también aprovecha el momento para enfrentar a los padres de familia de la clase media, educadores privados y sacerdotes católicos que rechazan el contenido cubano de una reforma educativa que incluye adoctrinamiento ideológico e instrucción militar en las escuelas secundarias. Y aumenta el número de militares leales en su cúpula ministerial y en cargos administrativos.

Para trabajar por la defensa nacional, llama a su pueblo a crear Círculos Bolivarianos en cada barrio, en cada organización. Ésta es su versión de los legendarios Comités de Defensa de la Revolución, los CDR, que instauró Fidel al principio de su largo gobierno: «Unámonos bajo la bandera de la revolución antiimperialista y preparémonos para detener la avalancha de ataques desde todos los frentes y derrotar a la contrarrevolución en marcha».

Y sus seguidores se unen, sí, porque para desilusión de los opositores, o *escuálidos*, como comienza a llamarlos el presidente, el pueblo ama con locura a su líder. Lo ama cada vez que los hace sentir parte viva de su gobierno, cada vez que les grita sus verdades a esos oligarcas que han arruinado por años el país.

—No se vayan a equivocar, oligarcas. No vayan a sacar mal sus cuentas, oligarcas. No vayan a creer sus propias mentiras. Y se lo digo como una alerta. Se lo advierto en nombre del pueblo. A lo mejor ustedes en su irracionalidad no se dan cuenta de que están despertando una fuerza que está por allí, que están ayudando a incrementar la fuerza del pueblo y su decisión irrevocable de defender *como sea* esta revolución.

La agresividad de Hugo también alcanza a su gabinete de ministros. Ordena a su ministro de Finanzas, Willy García, que aumente salarios y subsidios y adopte otras medidas económicas para las cuales, según el ministro, no existen suficientes fondos. García, alarmado, trata de persuadir al presidente de que son decisiones muy inconvenientes, pero su jefe lo detiene en seco.

—Ministro García, estamos en la reunión del gabinete ejecutivo de mi gobierno, no en un seminario académico. Aquí venimos a decidir y a acatar mis órdenes, no a debatir. ¿Me entiende? Estoy dándole una orden.

Willy, sonrojado, centra su mirada en los papeles que tiene enfrente y en voz baja alcanza a decir:

—Sí, señor presidente. Así se hará.

Mientras tanto, en las calles y casas de las principales ciudades, los cuerpos de seguridad del Estado se dedican a perseguir a la oposición mientras la corrupción escala a medida que se hace patente que el gobierno tolera que «su gente» —familiares, amigos y partidarios— se enriquezca repentina e inexplicablemente.

Hugo, el hombre de diálogo que ha dicho ser, no tiene ahora intención alguna de llegar a acuerdos con quienes él llama los «oligarcas», o con los petroleros que han entrado en huelga, con los transportistas, los educadores, los sindicalistas, la Iglesia, los medios de comunicación y un gran número de ciudadanos del común que rechazan sus medidas.

También parece ciego cuando en la cadena nacional de televisión afirma:

—Este diciembre se vive una onda positiva de alegría, por encima de cualquier sentimiento contrario. —Ciego porque no ve, o no quiere ver, las razones de ese sentimiento contrario.

«El pueblo tiene hambre porque no hay comida —dicen las cuñas opositoras en la televisión—. No hay comida porque no hay transporte. No hay transporte porque no hay gasolina. No hay gasolina porque hay crisis petrolera. Hay crisis porque usted no quiere ni ver ni oír.»

Las calles del centro de Caracas son un hervidero de emociones. El país está paralizado y, a juzgar por los gritos encontrados, claramente dividido. Después de horas de tensión civil, Hugo ordena militarizar la calle y una multitudinaria marcha de la oposición es dispersada con violencia por la policía antimotines y el ejército.

—¡Qué día! —dice Hugo muy orgulloso la mañana siguiente—. Lanzaron la huelga y se estrellaron. Oligarcas, sindicaleros, bandidos, escuálidos, sigan saliendo para que vean lo que les va a pasar, derrota tras derrota. —Ríe desafiante frente a las pantallas de televisión—. Marcharon pidiendo mi renuncia. Yo me voy, les digo, ¡pero no ahora en 2002, sino en 2021! —dice, y estalla en carcajadas.

El público de su programa celebra, aunque muchos saben que lo que él dice va en contra de *su* Constitución. En el ping-pong de la lucha verbal, la prensa y los opositores también responden. Los invitados especiales del programa de Mónica Parker lo llaman comunista, controlador, negador de la propiedad privada, antidemocrático, pedante, anacrónico y retrógrado.

—¿Cómo es que consigue dormir con toda esta crisis sobre su conciencia? —se pregunta la periodista cuando habla con Eva López después de su clase de yoga. Le resulta asombroso que la oposición no sea sólo una masa sin líder, sino que el círculo de amigos cercanos del presidente lo esté dejando solo: su ex amante en la época de militar, su esposa, Eloísa, sus compañeros golpistas y hasta su jefe de seguridad ahora están contra él.

—Qué lástima por este hombre y por el país —dice Mónica, indignada—. Venezuela se está degradando a una velocidad espantosa. El sector público nunca había sido tan ineficiente. ¿Será que nos merecemos un presidente desquiciado con delirio de caudillo inmortal?

Eva la mira y cambia de tema.

—Así es, yo tampoco lo entiendo. Pero tú ya sabes que yo de lo que sé es de yoga y pilates, no de política. Eso te lo dejo a ti.

El *único responsable*

Si antes las lluvias, el lodo y las piedras rodantes cambiaron la configuración geológica del litoral del país, ahora un deslave político está a punto de cambiar la configuración del poder.

Una multitud indetenible avanza por las calles en protesta contra el gobierno.

Muchos de quienes Hugo creía sus amigos muestran un apoyo tibio y algunos hasta se le han desaparecido y ni le contestan las llamadas. Es obvio que su gobierno está en peligro.

Fidel, por teléfono, lo exhorta a pactar como sea y a buscar aliados donde pueda. Y que ofrezca lo que sea.

—Éste es el tiempo de comprar voluntades —le dice—. Y de romper cabezas. Debes usar la fuerza; a veces es lo único que entiende la gente.

El problema es que Hugo sabe que no cuenta con esa fuerza, y menos para usarla contra el pueblo en la calle.

Desde hace varias horas está sentado en su silla de roble, contemplando con estupor esta vasta y maquiavélica orquestación de fuerzas contra él. Le cuesta conciliar el sueño y toma un café tras otro y fuma un cigarrillo tras otro en medio de una creciente ofuscación.

Los sucesos de los últimos tres días han llenado ya varias páginas para la historia. La prensa internacional, los presidentes del mundo, los espías de todos los países vecinos, más los cubanos de Mauricio y los agentes de Eva, son sorprendidos por los acontecimientos. El Pran, los ministros, la primera dama, los familiares, seguidores y detractores de Chávez asisten a una película de acción e intriga política que se escribe sobre la marcha y que los tiene a todos atónitos y, a algunos, hasta emocionados.

El clímax comenzó unas semanas atrás, primero con una serie de programas especiales de Mónica Parker y luego con las reacciones feroces del presidente. Una mañana, por ejemplo, frente a las cámaras de su programa, sacó un silbato del bolsillo, se hizo pasar por árbitro de futbol y comenzó a expulsar a ejecutivos y técnicos de la empresa petrolera.

—Y les advierto que no tengo problemas en despedirlos a toditos —dijo, autoritario—. De hoy en adelante, todo empleado petrolero que apoye cualquier huelga está automáticamente despedido. No hay negociación. No hay conversación de por medio. Nada. Ya está bueno.

—Deberíamos intentar conciliar con todos los sectores de la oposición —le aconsejó Ángel Montes—. Esto puede salírsenos de las manos.

Pero Hugo desatendió este y todos los consejos de su amigo, y la provocación disparó, de paso, la ira opositora, que resintió la arbitrariedad de los despidos y se solidarizó con ellos. Los dirigentes de la empresa petrolera que protestaban empezaron a ser vistos por la masa opositora como líderes capaces de encabezar un gran movimiento pacífico que reemplazase a Hugo en el poder.

De inmediato comenzaron a darse reuniones entre líderes sindicalistas, dueños de medios privados, jefes de los partidos tradicionales que fueron desplazados por Hugo, periodistas, empresarios y generales descontentos. Decididos a rescatar el diálogo y a hacerle frente a la emergencia social, una gran coalición de sectores anunció ya no sólo una megamarcha de protesta, sino una huelga nacional indefinida.

El Pran y Willy García siguen de cerca los vaivenes de la conspiración. El Pran apuesta a que, en la inminente confrontación, ganará la facción de los militares que él tiene en su nómina con el fin de que lo ayuden a expandir su operación de narcotráfico más allá de las fronteras del país. En todo caso el Pran no está preocupado. Él tiene piezas en todos los tableros.

Sorprendentemente, las televisiones y las radios se llenaron de mensajes que criticaban al gobierno e intentaban iluminar la mente de sus ciegos seguidores, mandando mensajes directos al presidente:

—Usted es el único responsable de la escasez de gasolina, del desabasto de alimentos, de la violación de la Constitución, de la militarización del país, de la malversación de fondos públicos, de financiar los círculos del terror creados a la sombra del gobierno, de regalar nuestro petróleo a Cuba, de los asesinatos en las calles, de la inseguridad, del desempleo, de la corrupción, del cierre de empresas, de la politización de la petrolera, del irrespeto a las instituciones, de la politización de las fuerzas armadas, del paro del país, de la división de Venezuela. ¡Váyase! ¡Elecciones ya!

Pero millones de venezolanos seguían siendo fieles a su líder y lo acompañaron cuando anunció el inicio de movilizaciones sociales de apoyo a la petrolera, ya que, según él, «no puede ser un Estado dentro del Estado, como si ahí hubiera un *presidentico* de una *republiquita*, y un *consejito* de *ministritos*. ¡No! Es una empresa de los venezolanos. ¡Y vamos a defenderla!».

Una fuerza monumental de energías encontradas se dio cita otra vez en las calles. Los opositores se unieron para marchar hacia el edificio principal de la petrolera en una céntrica avenida de Caracas. Los chavistas se posesionaron alrededor del Palacio de Miraflores, en muestra de apoyo a su presidente. En algún momento, engañosa y astutamente, algunos dirigentes desviaron la marcha opositora hacia el palacio.

—¡Vamos a sacar a ese traidor del pueblo venezolano! —azuzaron. Y entonces se entregaron a una inusitada batalla campal.

El palacio estaba rodeado de guardias nacionales y soldados, grupos paramilitares y civiles fuertemente armados. En los alrededores se agolparon miles de chavistas. Dentro, aún sentado en su trono presidencial, Hugo le ordenó a Ángel coordinar la instalación de algunas cámaras y micrófonos frente a su escritorio y apareció en televisión. Esta vez su aspecto no tenía la gallardía y el aplomo de su discurso de rendición, seis años atrás. Llamó a la calma a todos los venezolanos que estaban exaltados fuera del palacio y en varias ciudades del país. Se le vio aprensivo y cándido, muy distinto al hombre arrogante que despidió a los gerentes petroleros.

—Recuerden que soy presidente de todos, incluso de aquella minoría que no me quiere —dice con sarcástica ternura.

Los canales de la televisión privada, también en la oposición, le sirvieron a Hugo algo de su propio chocolate televisivo: sin dejar de transmitir la alocución del presidente, dividieron la pantalla en dos y transmitieron al mismo tiempo, y en vivo, el avance de la descomunal marcha opositora que se disponía a rodear el palacio y solicitar su renuncia.

Hacia las dos de la tarde se desencadenó la violencia y todo, tal como le gustaba al presidente, fue televisado. La marcha llegó a un punto en el centro de la ciudad donde era inevitable el enfrentamiento con radicales chavistas. La policía hizo inútiles esfuerzos por mantener a los grupos separados. Los defensores de la revolución comenzaron a arrojar piedras, botellas, cocteles molotov y bombas lacrimógenas a los detractores, cuya vanguardia se replegó momentáneamente pero insistió en llegar al palacio.

De súbito comenzaron a oírse disparos de armas automáticas y, muy pronto, varios manifestantes cayeron abatidos por certeros disparos en la cabeza. Las muertes fueron captadas en vivo por las cámaras de televisión, sin ahorrar detalles dantescos de sangre y masa encefálica brotando de heridas de bala. Mientras civiles armados seguidores de Hugo se enfrentaban a la policía, francotiradores del bando golpista atacaban desde lo alto de los edificios causando muertes que muy pronto incriminarían al gobierno como el carnicero de una marcha pacífica. Los seguidores respondieron erráticamente a la acción de los opositores causando aún más muertes.

Mauricio y Eva están muy ocupados. Ninguno de los dos planeó esto, pero ambos reaccionaron inmediatamente, movilizaron a sus equipos y están intensa y secretamente dedicados a tratar de moldear en su favor los resultados del estallido. Ambos sienten que están enfrentando fuerzas que no conocen. Y que no dejan de sorprenderles.

El presidente finalizó su discurso a la nación y le ordenó al ejército actuar en las calles para restablecer el orden. Pero su ejército estaba sordo, no quería obedecerle más. En cambio, uno de los generales apareció en televisión y habló en nombre de las fuerzas armadas.

—Desconocemos el régimen del actual gobierno y la autoridad de Hugo Chávez.

—¿¡Qué!? —Hugo estaba impresionado. ¡Sus cercanos amigos militares lo traicionaron!

Más tarde en la noche su indignación llegó al punto máximo cuando recibió una llamada de la coalición opositora: tenía diez minutos para entregarse o bombardearían el palacio.

—No me harán lo de Allende, ¡no soy Allende, no soy Allende! —gritó en su ahora castillo de arena. Ya no era más ese cadete artista que alguna vez hizo parte del teatro, el coro y la estudiantina. Ahora era la encarnación real de un héroe abatido.

Su *padre* Fidel, con su omnipresencia divina, lo llamó en los minutos definitivos.

—No hay mucho tiempo para hablar, Hugo —le dijo. Le preguntó cuántas tropas tenía, cuántas armas, dónde estaba esto y aquello, pensando cómo reaccionar al ataque—. Una última cosa te voy a decir: no te inmoles, que esto no termina hoy.

Son las cuatro de la madrugada. En el centro de Caracas ya no hay ni chavistas ni francotiradores. Los familiares de los muertos intentan asimilar la noticia de sus pérdidas. Los ministros y diputados se ocultan en embajadas y casas de amigos.

El presidente se rinde a los generales golpistas que han tomado el palacio y el tan volátil y disputado poder. Un automóvil se lleva al prisionero.

Mañana amanecerá en Venezuela otro país.

«No somos comunistas»

Hugo no es el único que ha sido sorprendido por el golpe. Los eventos han dejado con la boca abierta y los nervios crispados a todos los ministros, a los familiares, amigos y funcionarios del *chavismo*. Cada uno a su manera ha tenido que buscar refugio de emergencia e intentar ponerse a salvo de cualquier acción violenta de los *escuálidos*.

Tan pronto se da el golpe, grupos de exaltados piensan que varios altos funcionarios del gobierno de Chávez han logrado asilarse en la sede diplomática de Cuba, por lo cual la rodean, destruyen sus coches, cortan la luz y el agua, rompen las cámaras de vigilancia, lanzan cocteles molotov y se preparan para tomarla por asalto.

Adentro, impresionados por la repentina violencia, diecisiete diplomáticos cubanos, casi todos veteranos agentes del G2, destruyen documentos y equipos de espionaje, ocultan armas y se disponen a defender la embajada aun con sus propias vidas. Ellos también han practicado qué hacer en caso de enfrentar una eventualidad como ésta.

Durante todo el día siguiente, a través de las cortinas, ven y oyen a decenas de manifestantes gritando consignas antichavistas y levantando carteles y banderas. «¡No al comunismo! ¡No al castrismo! ¡No al chavismo!»

«Chávez no representa a los pobres, ¡Chávez representa a Fidel Castro!», grita un hombre con un megáfono afuera de la embajada y ante las cámaras del programa de Mónica Parker, quien ha mandado camarógrafos a todos los frentes: las afueras de Miraflores, el despacho de Estévez, la embajada de Cuba. «¡Venezuela jamás será comunista!», grita otro. «¡No a la cubanización de la educación!», dice una madre alterada. «¡Están adoctrinando a nuestros jóvenes con principios dogmáticos de Cuba para que denuncien a sus padres cuando hablen en contra del gobierno!», protesta uno más.

Los mejores agentes de la CIA están muy presentes en todo esto. Washington ha mandado un claro mensaje que Eva ya esperaba: «Traten de entrar en la embajada cubana lo más pronto posible y antes de que los funcionarios destruyan todo lo que hay allí de interés para nosotros. Consigan los códigos de comunicación, las computadoras y toda la información que puedan capturar».

Cuando han pasado dos días de «bochorno internacional», muy tarde en la noche el propio Fidel Castro se comunica por teléfono con otros líderes latinoamericanos. Les pide que intervengan denunciando el golpe y exigiendo la defensa y protección de la embajada cubana en Venezuela y, sobre todo, de los diplomáticos, mujeres y niños que se encuentran allí.

Para su alivio, el golpe comienza a perder toda legitimidad y apoyo internacional. Pronto se entera de que los propios militares y algunos líderes golpistas se desaniman y muchos han empezado también a esconderse. Los papeles están por cambiar.

En sólo setenta y dos horas muchos pasan de perseguidores a perseguidos. De gobernantes a exiliados.

9

No hay enemigo pequeño

«No he renunciado»

Una cálida brisa caribeña airea en un pequeño cuarto de paredes blancas y envuelve la figura de un hombre acostado en una cama en la que yace doblado, casi en posición fetal, y que llora en silencio. Cautivo de sus enemigos en La Orchila, una remota isla donde sólo hay una pequeña guarnición de la marina de guerra, Hugo contempla el final de su carrera política, de sus sueños y, probablemente, de su vida.

—Vuelvo a prisión —dice para sí—, una vez más después de diez años y por la misma razón: por la inquebrantable lealtad a mi pueblo.

Luego se queda mudo; está desconcertado, roto. ¿Cómo pudo llegar a esto? ¿Cómo no vio venir la traición del alto mando militar? «¡Cobardes! ¡Desleales!» Aplastado por la depresión, el todavía presidente se deja llevar hacia ilusorias divagaciones en las que su *padre* Bolívar, ceñudo y patriarcal, se le aparece para darle valor: «Si mi muerte contribuye para que se consolide la unión, yo bajaré tranquilo al sepulcro».

Fidel Castro, su otro héroe, se aparece también en su mente y lo detiene. «¡Resiste, Hugo, resiste! —le dice—. Tienes que terminar la tarea de Bolívar.»

A través de las ventanas del cuarto transformado en celda puede ver partes del cielo. La oscuridad del mar Caribe hace que las estrellas brillen más. Por un momento, concentra su mirada en un lucero lejano, le pide que lo ilumine y cae en una especie de trance meditativo. Es una liviandad que le hace sentir como si no sintiera su cuerpo.

¿Está flotando en el espacio? La pregunta genera una respuesta que irrumpe en su mente, quebrando su momentánea serenidad. Vuelve a oír las palabras que una vez le dijera el Pran: «Nadie ni nada puede encarcelarte; sólo tu propia mente».

Esta idea lo sacude, lo despierta; de repente, el optimismo y la resolución llenan su ánimo mientras siente que el olor de la derrota se evapora.

Su extraño mutismo de las últimas horas, algo que nunca antes había formado parte de su ser, cede de pronto dándole paso a una maníaca e irrefrenable facundia. Comienza a hablarles con simpatía y sin parar a los dos centinelas apostados fuera de su cuarto y que tienen estrictas órdenes de no dirigirle la palabra:

—Ustedes no son mis enemigos. Son soldados que cumplen órdenes. Todos somos hijos de Bolívar y su ejemplo nos guía por la misma senda luminosa de la libertad... Estas cosas son parte de la vida del revolucionario.

Los dos marinos se miran perplejos. No saben qué decir, y el presidente de la República no para de hablar. Vuelve a invocar al Libertador, que nunca se dio por vencido, y a Mao y su Larga Marcha, y a Gandhi:

—¡Oigan, muchachos!, ¿ustedes saben quién fue Gandhi? ¿No? ¿Y el Che Guevara? ¿Tampoco? Déjenme contarles...

Y poco a poco, con su habitual carisma, energía y empática elocuencia, se va ganando la silenciosa simpatía de los dos jóvenes reclutas.

—¿Usted renunció, presidente? —acaba por preguntarle, tímidamente, uno de ellos.

—Compañero, yo no he renunciado ni renunciaré. Lo más seguro es que me vayan a desaparecer y a fusilar.

—Usted para mí sigue siendo mi presidente —afirma un centinela en voz baja mientras el otro dice, en voz más baja aún:

—Para mí también.

El presidente le confía al recluta que ha resuelto desmentir esa versión oficial según la cual él renunció al cargo y ha creado un vacío constitucional que los militares golpistas se han visto obligados a llenar.

—Mire, yo no puedo estar aquí un minuto más porque ya nos toca el cambio de guardia —dice el recluta—. Aquí tiene un papel y un lápiz. Si quiere, puede escribirle un mensaje a su familia o al pueblo, y me deja el papelito en el basurero, que yo lo busco. Y le juro ante Dios,

Bolívar, por la Patria y por mi santa madre, que yo lo haré llegar adonde sea.

Hugo, conmovido, lo mira fijamente mientras siente que le tiemblan los labios y el corazón le late acelerado. Se apresura a escribir un mensaje que cambiará su historia. Y la de millones de sus compatriotas.

Al pueblo venezolano y a quien pueda interesar.
No he renunciado al poder legítimo que el pueblo me ha dado...

Lo firma, tira el papel a la basura y vuelve a la ventana, buscando la estrella que lo sacó del hueco emocional en el que había caído. Pero ya no está. Las luces de la madrugada la hicieron desaparecer.

Mientras tanto, el mensajero cumple su promesa. Recoge el mensaje de la basura y sigilosamente entra a la pequeña y desierta oficina administrativa de la guarnición. Busca nerviosamente, y por fin encuentra un enorme libro que alguna vez fue blanco, pero que ahora, cubierto de polvo, es amarillento y no se ha usado en mucho tiempo. Contiene los teléfonos y números de fax de las oficinas de la marina, del Ministerio de Defensa y de las principales unidades de las fuerzas armadas de Venezuela y de sus comandantes.

No puede encender la luz para no llamar la atención, pero en la oscuridad tendrá que encontrar un nombre en la gorda guía telefónica. Se acerca a la ventana y usa la tenue luz del amanecer para iluminar las páginas. Finalmente, encuentra el nombre del destinatario que le dio el presidente prisionero. Se asombra al descubrir que corresponde al general que comanda la base militar de Maracay.

Es la más grande y mejor armada del país.

«Juro ante mí mismo ser un buen presidente»

El noticiero de Mónica Parker abre con lo que para la oposición es la mejor noticia del mundo. Uno de los jefes de la oposición declara eufórico:

—Hoy se les han devuelto a nuestros niños, a nuestra juventud, a toda Venezuela, el derecho y la esperanza de poder vivir mejor.

A su vez, el general jefe del Estado Mayor anuncia en tono de victoria:

—Lamentamos los deplorables sucesos acontecidos en la noche de ayer en la ciudad capital. Frente a tales hechos hemos pedido al presidente de la República su dimisión, cosa que él ha aceptado.

Pero las cosas no están bien. Reunidos en la principal base militar de Caracas, los generales golpistas no logran ponerse de acuerdo acerca de qué hacer con Hugo. El ambiente es tenso, sube el volumen de las discusiones, hay profundas diferencias, celos y rivalidades. Reinan el caos, la improvisación y la falta de liderazgo. Circulan botellas de whisky. La ineptitud política de los oficiales y civiles golpistas es evidente. El temor de algunos es obvio y la posibilidad de que haya traidores en el grupo está en la mente de todos. Está claro que no se trata de un evento bien planificado. Es más bien una suma de situaciones, hasta de accidentes, que escalaron sin control. Nadie comanda el golpe. Hay continuas improvisaciones, graves errores, cobardía, vanidades y claramente falta de un líder; no hay quien tome decisiones.

Algunos generales quieren satisfacer las condiciones solicitadas por el presidente al momento de rendirse: volar a Cuba con sus familiares y colaboradores más cercanos. Otros insisten en juzgarlo en Venezuela. Y otros cuantos no ocultan su deseo de que muera «en un accidente». La mayoría, militares al fin, desconfía de los líderes civiles que convocaron la marcha. Hay quienes sencillamente los desprecian.

Pero lo más grave es que en el fondo no hay un solo hombre capaz de formar un gobierno que pueda pasar por legítimo ante el país y la comunidad internacional, normalizar la situación y convocar nuevas elecciones.

Por último, un improvisado comité formado por algunos líderes de la oposición y los generales insurgentes resuelve designar a dedo y con prisa como presidente provisional a un personaje civil que ha formado parte de la conspiración: el señor Salvador Estévez, presidente de la organización que agrupa a los empresarios del país. No sólo es un completo desconocido para la mayor parte de la población, sino que representa todo lo contrario del presidente al que trata de reemplazar. Hugo es carismático, y él no. Hugo es un militar del pueblo y él es el jefe del gremio de empresarios. Hugo sale del pueblo y él sale de la «oligarquía apátrida» que Hugo lleva años demonizando por todos los medios. «Pero es lo que hay», dicen resignados quienes lo apoyan.

—Se ha decidido formar de inmediato un gobierno de transición —anuncia Estévez en una especie de alocución presidencial—. Y se me ha encargado dirigirlo, siguiendo un consenso de fuerzas tanto de la sociedad civil venezolana como del comando de las fuerzas armadas. Asumo delante de la nación esta responsabilidad histórica.

Pocas horas después tiene lugar su improvisada juramentación. A la singular ceremonia en el Palacio de Miraflores asisten miembros del nuevo gabinete ministerial, empresarios, dueños de medios de comunicación, invitados nacionales y amigos antichavistas. Más que asistentes a un trascendental y solemne evento de Estado, todos son personajes de un sainete político titulado *Salimos de Chávez*.

Se impone el silencio en la sala. Estévez se prepara para leer un texto según el cual procede a juramentarse a sí mismo como presidente de la República, sin tomar en cuenta que, minutos antes, el embajador de Estados Unidos, presente en el acto, le ha advertido de manera muy firme que, aunque su país no tuviera buenas relaciones con Chávez, no apoyaría lo que en definitiva es un golpe de Estado. Pero él continúa.

En un acto sin precedentes de improvisado protocolo, Salvador Estévez se autojuramenta presidente de la República, disuelve la Asamblea Nacional, destituye a todos los gobernadores legítimamente electos y deja sin efecto todas las leyes y decretos aprobados durante el anterior mandato. Y para terminar con el primer conjunto de órdenes, exige interrumpir el suministro de petróleo a Cuba.

A los ojos del mundo la autoinvestidura de Estévez es una clara violación del orden constitucional.

En el recinto, los decretos son recibidos con alborozo sólo por los presentes, muchos de ellos también miembros de la organización empresarial. Los oficiales y suboficiales de la guardia presidencial, aún fieles a su presidente Chávez, observan el acto en seria actitud marcial, pero su talante y sus miradas claramente reflejan que no están de acuerdo con lo que está sucediendo.

Afuera del palacio la presión popular crece como plantas trepadoras o algas marinas. De todas partes del país llegan seguidores de Hugo a protestar contra el nuevo gobierno, que es para ellos una dictadura. Chávez sigue siendo su presidente.

—¡Chávez no se va! —gritan en plazas, calles y barrios.

Mauricio y sus agentes detectan la espontánea movilización popular y rápidamente se organizan para apoyarla, aumentarla y amplificar su impacto. Desde La Habana y a través de su teléfono satelital encriptado le llega a Mauricio una orden muy firme: «Mantener al pueblo chavista activado y protestando en la calle es tu prioridad. Haz lo que sea necesario y avísanos qué te hace falta. Te apoyamos en todo. Y otra cosa: asegúrate de que la familia de Hugo esté a salvo y fuera de peligro. De ser necesario mándalos para acá».

Nadie se identifica. Pero Mauricio sabe que acaba de hablar con Fidel Castro.

El breve presidente Estévez

Sin hacer campaña política ni recorrer pueblos abrazando abuelas y besando nietos. Sin necesidad de dialogar con todos los sectores del país ni prometer cambios radicales. Sin jamás habérselo imaginado, Salvador Estévez se convirtió de pronto en el primer mandatario del país. Estaba muy lejos de serlo. Era tan sólo el presidente de una organización de empresarios. Era sincero cuando decía que él no lo había buscado. Los hechos se fueron sucediendo y terminó siendo arrastrado por un caudal de emociones, acciones y omisiones que lo puso al frente de un país que ya tenía dueño.

Y así sucede que de la noche a la mañana a Salvador Estévez, conejillo de Indias contrarrevolucionario, le toca en —mala— suerte liderar un *gobierno de transición*.

Él está tan sorprendido por todo esto como lo está Hugo. Y Eva.

Todos suponen que detrás de los eventos que condujeron a la caída de un líder que tan agresivamente ha antagonizado a Estados Unidos está el gobierno de Washington y su principal instrumento tumbagobiernos: la CIA.

Pero no es así. La naturaleza anárquica, impredecible e improvisada de los eventos ha tomado a Eva y a su organización por sorpresa. Ni ella ni sus más conectados informantes anticiparon lo que venía, ni aún entienden con exactitud lo que pasó, pero saben que ellos no fueron. Y eso es, por supuesto, un problema para Eva, porque sus enemigos en la burocracia de la CIA van a aprovechar esta nueva oportunidad para seguir insistiendo en que ella no puede estar a cargo de una situación tan volátil y tan importante para los intereses de Estados Unidos. Mucho se lo han repetido en los cursos de adiestramiento de su agencia: «Los buenos agentes son los que sorprenden, no los que son sorprendidos». Y ahora Eva la recuerda con preocupación. Con ésta ya van dos veces que es sorprendida.

Otro que no se siente seguro de su estabilidad laboral es el nuevo y autonombrado presidente de la República, Salvador Estévez:

—En Venezuela perder el control del palacio simboliza perder el poder —afirma con una sonrisa que intenta esconder su nerviosismo.

Una improvisada coalición logró sacar al presidente del palacio, y él está ahora justo en el centro, pero:

—¡Oh, Dios mío! —suspira—. ¿Qué quieren que haga? Todo el mundo me pide algo y nadie está dispuesto a correr riesgos. Todos son intransigentes. Así no voy a poder.

Un yogui en helicóptero

El general Enrique Mujica, compañero de Hugo en el fracasado golpe militar de hace una década, recibe de manos de un ordenanza un fax con un texto firmado por su compañero de armas en el que dice que no ha renunciado. Inmediatamente reconoce la letra y la firma, y sin pensarlo mucho decide actuar.

Mujica comanda una bien armada y entrenada unidad de élite, acantonada en la ciudad de Maracay, a dos horas de Caracas. Varias brigadas del ejército y de paracaidistas están bajo su mando y también tiene bajo sus órdenes una unidad de helicópteros artillados.

Espoleado por los acontecimientos, Mujica, a quien sus compañeros desde siempre han apodado el Yogui por su marcado interés en la espiritualidad asiática, busca guía en el libro del Tao y encuentra que Lao Tse le enseña: «No hay mayor desastre que subestimar al enemigo. Si subestimo al enemigo, me arriesgo a perder mi mayor tesoro: el amor. Por eso cuando se enfrentan dos ejércitos similares, vence aquel que lo hace con el corazón dolido».

Si tenía dudas, esto lo decide. Organiza rápidamente un comando de rescate con sus mejores hombres, y con sus oficiales acuerda los detalles de su plan de acción. El plan está basado en la idea de que quienes se declararon líderes de la intentona contra Hugo no tienen ni la organización, ni la capacidad ni el poder de fuego para repeler un ataque que intente restituir al presidente en el poder. Y Salvador Estévez, el presidente usurpador, mucho menos.

—¿No los estaremos subestimando, mi general? —le pregunta nervioso uno de sus oficiales.

—No. Sólo estamos aprovechándonos de lo mucho que ellos nos subestiman a nosotros y a mi compadre Hugo. Y subestiman el amor que le tiene la gente a Hugo Chávez.

Antes de abordar el helicóptero que, junto con otros dos, está por salir rumbo a la isla a rescatar al presidente, el general Mujica visita una emisora de radio e informa que Hugo Chávez no ha renunciado y que tropas leales a él se disponen a ir a rescatarlo.

—Nuestro verdadero y legítimo presidente, el único elegido por el pueblo, pronto estará de regreso en Miraflores —anuncia sin dar más detalles.

Luego lee las palabras del fax que le envió Hugo y exhorta vivamente a los radioescuchas a difundir de boca en boca el mensaje del caudillo prisionero, salir a la calle y defender a su presidente constitucional. Decenas de emisoras en todo el país comienzan a retransmitir sus palabras.

La onda expansiva de la esperanza se transforma en revuelo y movilización popular. En mitad de la noche gente humilde corre de un barrio a otro con la buena nueva. El pueblo ama a Hugo y lo quiere de regreso al mando del país.

Al mismo tiempo, los canales privados de televisión que han apoyado el golpe mantienen mancomunadamente un *blackout* informativo con la esperanza de que la inestable situación se estabilice en favor de quienes han tomado el gobierno.

La situación no puede ser más incierta. Mónica Parker así lo reporta a los periodistas extranjeros que la buscan para saber qué está pasando. Ella presiente que todo se está saliendo de las manos y que cualquier cosa puede pasar. Le asombra ver cómo el gobierno que tumbó a Chávez, en vez de ocuparse de tomar el control militar del país, se enfrasca en pequeñas rencillas inútiles, azuzadas por los apetitos de cargos e influencia que tienen los distintos grupos económicos que han apoyado el movimiento contra Hugo.

Tanto ellos como el presidente provisional y demás conspiradores ignoran que a la luz del alba tres helicópteros descienden en la remota isla donde tienen al cautivo. Los efectivos militares que están allí, tanto oficiales como tropa, ni siquiera intentan repeler la acción de rescate. Al contrario, con discreción, sin aspaviento, pero dando muestras de inequívoco apoyo, facilitan el aterrizaje.

Hugo celebra el milagro caído del cielo. Se despide de sus centinelas con vivas manifestaciones de afecto y gratitud. Todos lo vitorean. Todos se abrazan.

—¡Buena suerte, presidente, y no te olvides de nosotros! —le grita un joven soldado.

Juntos, el general Mujica y Hugo-ave Fénix dejan la prisión y vuelan de regreso a Caracas.

El poder lo tiene la gente y se conquista en la calle

El niño tiene poco menos de tres años y ya su madre le pone la camisa roja y lo lleva a la marcha en el centro de la ciudad. Como millones de venezolanos, Luz Amelia, la joven madre damnificada, responde al llamado que hizo el presidente unos días antes del golpe en su contra: «La revolución va a entrar en una fase más difícil porque estamos profundizándola. ¡Y el pueblo tiene que defenderla!».

A través de la radio llega al refugio donde aún vive la noticia de que su presidente no ha renunciado. Al oír esto, Luz Amelia sale a unirse al círculo bolivariano en el cual milita y a sumar su voz al grito del pueblo por la liberación de su líder y la disolución del gobierno golpista.

Su reacción es sincera. Sale a la calle porque cree ciegamente en Hugo y su revolución. Está segura de que defenderla es luchar por el futuro de su hijo, por la vivienda digna que jura que van a darle, por salud, educación y el empleo que le darán en un ministerio.

Sin embargo, más allá de su convicción, lo que parece ser una manifestación extrema de amor del pueblo por su presidente está lejos de ser sólo un sentimiento puro y espontáneo. Gran parte de «los colectivos» son bandas violentas que apoyan al régimen, reaccionan y se lanzan a la calle. Muchas han recibido dinero de la organización del Pran, y otras han sido animadas por las redes de agitación, propaganda y defensa del régimen, organizadas por Mauricio Bosco.

Las redes de las tiendas Élite, por ejemplo, se activan y obtienen información valiosísima y confiable «desde dentro». Se enteran antes que nadie de lo que está pasando en cada ciudad y, en particular, dentro de cada guarnición militar.

«¿Quién apoya a quién?», es la pregunta que se repite por todas partes en el mundo militar. La respuesta más confiable la proveen algunas de las clientas de las tiendas Élite. Después de todo, se trata de sus maridos. Pero ésa no es la única red que maneja Mauricio. Cuenta con otras más secretas, más armadas y muy bien entrenadas. Sabe lo que tienen que hacer en una situación como ésta. No en vano han practicado varios simulacros en los cuales se activan para evitar el hipotético derrocamiento del presidente venezolano.

Siempre guardando obsesivamente el secreto de su verdadera identidad, Mauricio le ha dicho a su Mónica que le surgieron serios problemas, de pérdidas de inventarios en los almacenes de mercancía que Élite mantiene en Panamá y que, en últimas, con tal caos en

Venezuela, es mejor irse por unas semanas del país. Pero en realidad anda de incógnito por calles y barriadas de Caracas, disfrazado con bigotes postizos, gorra de béisbol, gafas y peluca. Se confunde en la multitud y vive en persona el ambiente de convulsión callejera, haciéndose pasar por un seguidor más. Cumple siempre la norma de no tomar contacto con agentes de sus propias redes ni poner en riesgo su identidad secreta. Antes de que amanezca ya ha activado el plan que ha ensayado con los otros cubanos infiltrados en los barrios, en apariencia entrenadores deportivos, paramédicos sanitaristas o animadores culturales. Y todos los movimientos de la red son seguidos de cerca por el propio Fidel Castro desde una sala de control situacional en La Habana.

El Pran y Willy García también entran en acción. Willy ha enviado a toda su familia a Miami en su avión privado y se ha refugiado en la cárcel del Pran. Desde allí los dos socios deciden hacer todo lo posible para desestabilizar al nuevo gobierno provisional y luchar por el retorno de Hugo al poder.

Luz Amelia y su hijo son apenas dos pececitos vestidos de rojo en el río de gente que cubre las principales avenidas de la ciudad. Algunos se encaminan a la base militar donde están los generales golpistas, en la creencia de que es allí donde retienen a su verdadero presidente. Los más resueltos se proponen sitiar esa base a pesar de estar desarmados y expuestos a una masacre, pero no van a abandonar el sitio hasta que Hugo esté no sólo en libertad sino de regreso en Miraflores. Otros grupos son organizados por los agentes de Mauricio para marchar hacia el Palacio de Gobierno y avanzar hacia las estaciones de radio y televisión que durante las horas de incertidumbre sólo han pasado imágenes del nuevo gobierno, manteniendo un sospechoso silencio sobre la situación de quien fuera presidente hasta hace unas horas.

Arrastrada por una corriente de compatriotas enfurecidos, entre gritos de protesta y coros revolucionarios, Luz Amelia agarra de una mano a su hijo mientras con la otra levanta el puño en señal de lucha y se limpia las lágrimas que le salen del corazón.

—¡Libertad! ¡Libertad! ¡Hugo libre ya! —repite el niño haciéndose eco de los gritos de miles de personas vestidas de rojo que marchan con su mamá y con él.

Perder un palacio

Es el segundo día de su mandato. Estévez y sus compañeros golpistas todavía no saben que Hugo Chávez ha sido rescatado por el general Mujica y sus hombres, y que ya está de vuelta en Caracas. También ignoran que la guardia presidencial, a la que todavía no han reemplazado, sigue siendo leal a Hugo y ya ha recibido señales de sus furtivos «coordinadores» cubanos de prepararse para actuar a la primera indicación.

Y aunque a las afueras del palacio retumba el grito de miles de voces chavistas que desconocen al nuevo gobierno, y aunque numerosos presidentes alrededor del mundo se indignan y denuncian el hecho como un atentado al orden constitucional, Salvador Estévez y su equipo siguen su improvisada agenda y se preparan para juramentar a los ministros.

La instauración del nuevo gabinete está lejos de ser una fiesta. Adentro todo el mundo luce perplejo y preocupado. Más de cuatrocientas personas firmaron el acta de constitución del gobierno de facto, pero eso no significa que haya consenso. Ni gobierno.

Otros de los aliados de Estévez están molestos ya que ha prescindido de los partidos opositores y de las organizaciones de la sociedad civil. También es evidente la ausencia de sindicalistas, ciudadanos independientes, organizaciones defensoras de los derechos humanos y, más notablemente aún, de los dirigentes petroleros cuya activa disidencia había sido decisiva en la no tan espontánea renuncia de Hugo. Uno de los altos mandos militares también se aleja al enterarse de que le han dado el cargo de ministro de Defensa a otro. Su enojo llega al punto de comunicarse con los seguidores de Hugo y apoyar de inmediato un contragolpe.

El victorioso gobierno de transición está parado sobre una alfombra de vidrio. La unión de los opositores sólo alcanzó para sacar a Chávez del poder. Parecen incapaces de dar un paso más porque al menor movimiento se quiebra todo.

Ya es momento de juramentar. Un nervioso maestro de ceremonias anuncia tartamudeando:

—Les pedimos a todos los presentes que desalojen el palacio. El acto ha sido suspendido.

Las botellas de champán quedan solas en una mesa; ni siquiera las alcanzan a descorchar porque la sorpresiva noticia del retorno de Hugo Chávez los pone en fuga. Miraflores es una pista de carreras. El presidente provisional desaparece. No se sabe adónde fue. Hombres encorbatados y mujeres encopetadas corren como liebres ciegas buscando una salida segura. Los invitados huyen de la ceremonia mientras un escuadrón de más de cien soldados toma el palacio, es decir, el poder.

Un séquito de ministros seguido de un camarógrafo camina presuroso por los pasillos hacia el salón principal. Uno de ellos anuncia que Hugo se presentará en palacio en pocas horas. Se sienta en la silla presidencial y dice:

—Vinimos a cuidarle esta silla al presidente. No nos moveremos de aquí hasta verlo entrar.

Afuera Luz Amelia, su hijo y el pueblo siguen gritando: «¡Viva Chávez! ¡Viva Chávez! ¡Viva Chávez!».

Desde entonces, a través de los canales privados de televisión el país queda condenado a ver dibujos animados. El sainete político está llegando a su fin. Y muy pronto la revolución volverá a ser televisada.

«Todavía estoy estupefacto»

Después de tantas horas, eternas por tanta angustia, el helicóptero aterriza en terrenos del palacio presidencial, ya abandonado por los golpistas y rodeado por multitudes delirantes. Cautos pero decididos, Hugo y sus hombres, militares y civiles, se abren paso entre los pasillos y salones que sus enemigos han dejado desiertos.

Salvador Estévez ha solicitado asilo en la embajada de Colombia. Los temporales ministros de su fugaz gobierno también se ocultan y tratan de salir al exilio. Los demás opositores a lo largo del país abandonan precavidamente los lugares públicos donde se han estado congregando. Comienza un frenético vendaval de llamadas telefónicas y mensajes de texto.

El presidente llega triunfal, sonriente, envuelto en multitudes que lo aúpan y abrazos de sus guardias de honor, ministros y cercanos amigos. Es Domingo *de Resurrección*. Qué victoriosa manera de comenzar el día, oyendo a su pueblo celebrar su regreso:

—¡Volvió! ¡Volvió! ¡Volvió!

Algunas fuerzas leales al presidente recuperan las instalaciones de la televisión estatal y comienzan a mostrar imágenes de ministros y colaboradores del «gobierno democrático presidido por Hugo Chávez». Todos han salido deprisa de sus escondites y confirman jubilosos el regreso del presidente.

Faltan veinte minutos para las cinco de la mañana. Es el último día de la Semana Santa, el día del Señor. Pero hoy el presidente Chávez es «el señor» y sus palabras son un evangelio. Como de alguna manera mirar al lente de la cámara es mirar a los ojos al país, Hugo, muy serio, comienza:

—A Dios lo que es de Dios, al César lo que es del César y al pueblo lo que es del pueblo. —Hace una pausa de largos minutos, silenciada, abrumada y emocionada por los atronadores aplausos y gritos de felicidad—. En este momento soy como un mar multicolor —continúa el presidente—. Les confieso que todavía estoy estupefacto. Esto da para escribir no sé cuántos libros... Pero quiero ser breve en este mensaje de madrugada, que es como un renacimiento. Les pido a todos los venezolanos que vuelvan a sus casas, que vuelva la calma. Llegó un estremecimiento que trajo dolor, que trajo sangre, que trajo lágrimas, incertidumbre. Ya analizaremos las causas de todo esto.

Eva López ha seguido los acontecimientos desde su estación de trabajo clandestina, en algún lugar de Caracas. Esta vez es ella quien despierta a su jefe Oliver Watson con un escueto mensaje de texto: «Hugo is back!».

—Si hace dos días los amaba a ustedes —termina Hugo en su triunfante alocución—, hoy, después de esta jornada histórica, de esta demostración sin precedentes en el mundo, de cómo un pueblo y sus soldados detienen una contrarrevolución y hacen una contra contrarrevolución, sin disparar un tiro ni derramar sangre, y reponen las cosas en su sitio... Si ayer los amaba, hoy los amo muchísimo más.

En medio de los cumplidos incesantes que ya comenzaba a extrañar, Hugo se aísla por un momento en su despacho. Tiene una llamada de su padre cubano.

—¡Bien! —celebra Fidel—. Junto con la tristeza hemos tenido el privilegio de ser testigos de la cosa más extraordinaria que podía imaginarse.

—¡Y yo de vivirla! —dice Hugo.

—Espero verte pronto, ¿eh? —dice Fidel.

—Sí. ¡Tenemos que vernos pronto! —le responde y cuelga, también embriagado de otra dicha: el petróleo para Cuba está a salvo.

Después de reponerse un poco del trajín contragolpista, como hace siempre en los momentos importantes, Hugo aparece en un balcón del palacio que astutamente él ha llamado «el Balcón del Pueblo» y que da a una pequeña plaza donde ha convocado a sus seguidores, quienes ya saben que al final del evento saldrán con su regalito: una botella de ron, un pollo o un paquete de harina. Pero independientemente de esos incentivos, hay un nutrido grupo que siempre acude a la convocatoria porque adora a su presidente, y allí están todos. El Balcón del Pueblo es la escenografía ideal para las cámaras de televisión. Y esta vez más que nunca.

Vestido con un mono deportivo que exhibe los colores patrios, y tomado de la mano de su esposa, Eloísa, quien decidió acompañarlo en este momento histórico, el presidente exultante se dirige a una multitud trastornada de júbilo. Saluda emotivamente a los oficiales leales y sobre todo al general Mujica. Agradece a sus seguidores haber conservado la fe en él y haberse movilizado para defender la revolución. Luego narra su odisea con todos los detalles. Habla de aquella estrella que titilaba sólo para él y de las frases de Bolívar que le dieron ánimo. Su auditorio lagrimea conmovido cuando dice:

—Soy el niño perdido y vuelto a encontrar.

Sigue con una violenta andanada de acusaciones contra Washington y la oposición a la que llama «apátrida», palabra que pondrá de moda. Y anuncia que de ahora en adelante todo aquel que se le oponga será considerado cómplice colectivo del intento de golpe al servicio del imperialismo yanqui. Y grita embebido de orgullo:

—¡Mis enemigos jamás volverán al poder! ¡Ya tuvieron treinta y seis horas de gobierno, eso es todo lo que gobernarán en este siglo!

La masa de seguidores responde con consignas:

—¡Uh, ah! ¡Chávez no se va!

Y él remata:

—Recuerden que yo soy ustedes. Yo soy el pueblo. Y el pueblo ha recuperado este palacio y el poder. ¡No nos volverán a sacar de aquí!

Confundido entre la masa que escucha y vitorea a su presidente, Mauricio Bosco esboza una mefistofélica sonrisa de satisfacción. Los opositores tampoco volverán a asediar la embajada. Ahora es cuando esta revolución se va a poner buena.

10

Ya no soy el mismo

El golpe avisa

Si el primer golpe avisa, el segundo a veces mata. Y siempre asusta.

Eva López teme que sus días en la agencia estén contados. Pronto volverá a ser quien es, Cristina Garza. Nadie se lo ha dicho, pero sabe que en cuestión de horas o días la «invitarán» a Langley para que informe sobre lo sucedido y, lo más importante, para que participe en un ritual que en su organización eufemísticamente llaman *lessons learned*, «lecciones aprendidas». Lo que parece ser sólo una formalidad es más bien un minucioso y agotador proceso en el que se identifican errores para evitar que se repitan. En la práctica termina siendo una especie de juicio en el que los errores identificados sirven más para despedir a los responsables que para aprender de la experiencia.

Eva sabe que lo único que la hubiese podido salvar de esta defenestración burocrática hubiese sido la identificación y eliminación del jefe de los espías cubanos en Venezuela. Que ella haya logrado penetrar ciertos círculos íntimos de Hugo, que haya identificado y reclutado a Juan Cash para usarlo como palanca para influir sobre Hugo a través del Pran y sus varios otros logros no le van a servir de nada. En Washington quieren a un espía cubano muerto o «volteado» y puesto a trabajar como agente doble al servicio de la CIA. Y no puede ser cualquier espía cubano. Tiene que ser *ése*. El artífice del éxito de la inteligencia cubana en Venezuela y el responsable de la derrota de Estados Unidos en ese invisible pero mortal campo de batalla.

Porque, se preguntan en Langley, ¿cómo es posible que le haya pasado de nuevo y que esta vez, aun viviendo inmersa en el torbellino que es Venezuela, la joven espía, ni más ni menos que la cabeza de la CIA en el país, no haya podido prever el golpe contra Chávez? ¿Cómo es que el propio Chávez insiste en que la CIA lo planeó todo, cuando la CIA ni siquiera estaba enterada de lo que iba a pasar? ¿Cómo es posible que hasta el día de hoy no se sepa quién estuvo realmente detrás de los hechos? ¿Quién los organizó, financió y ejecutó? ¿Hubo apoyo internacional? Y de ser así, ¿de quién? ¿Cómo es posible que con el enorme presupuesto asignado en Langley hayan sido sólo incautos espectadores y no protagonistas de todo esto?

Eva sabe que sus repuestas no van a satisfacer a la jauría acusadora. A algunos, porque no les importan sus explicaciones; simplemente no la quieren ver ni a cargo de la misión en Venezuela ni a cargo de ninguna otra misión importante de la CIA. Porque es mexicana, mujer, joven, dura, o porque no se ha dedicado lo suficiente a cultivar amistades, lealtades y apoyos dentro de la organización. Quizá es una combinación de todo esto y quién sabe cuántas otras razones que ella no conoce ni le interesan. Hay algunos que no la aceptan y punto.

Ésos le importan menos que otros, aquellos que tienden a estar en los cargos más altos de la agencia. Son los más influyentes, los que se formaron como espías y agentes de inteligencia durante la Guerra Fría, cuando la Unión Soviética y Estados Unidos batallaban por el control del mundo y lo hacían clandestina o indirectamente a través de enfrentamientos armados entre países aliados que representaban a sus intereses en el campo de batalla. Por ello, aun después del colapso de la Unión Soviética, siempre que hay un conflicto el instinto de estos veteranos de la CIA es buscar qué país u organización secreta está detrás de los protagonistas que dan la cara y ponen los muertos. Para estos viejos halcones es difícil imaginar que algo como lo que está pasando en Venezuela pueda ocurrir de una manera en la cual la anarquía, la informalidad caribeña y la improvisación sean explicaciones más válidas que los cálculos geopolíticos y las operaciones clandestinas.

Eva, Watson y otros dentro de la CIA y el Pentágono se tropiezan a diario contra esta visión anticuada de lo que pasa en el mundo. Estos adversarios burocráticos no ven o no aceptan que en todo el mundo el poder está deshilachándose y que los países enfrentan no sólo a otras naciones sino, cada vez más, a organizaciones formadas por terroristas, criminales, traficantes, insurgentes o fanáticos que han adquirido enorme poder gracias a las nuevas tecnologías fácilmente asequibles a todos.

De las conversaciones, siempre secretas, con el senador Brendan Hatch, Eva ha concluido que la visión de los viejos halcones no es correcta. Ha concluido que, a pesar de que, sin duda, Cuba está activamente interviniendo en Venezuela —con un éxito que la tiene amargada—, los líderes de La Habana no son los que mueven los hilos de todo lo que pasa en los centros de decisión de Caracas o el interior del país. Y está claro que este otro golpe, que logró sacar a Hugo del poder por unas horas, también sorprendió a los cubanos, el mismo que los sorprendió a ella y a todos los de la CIA, tal como le repitieron anoche en una conferencia telefónica en la cual participaron varios de sus superiores.

Es lunes. Las clases avanzadas de yoga que ella dicta en Ébano —las más caras pero también las favoritas de sus clientes— han sido canceladas de nuevo porque «la instructora está indispuesta». Y lo ha estado ya por los varios días en los que «no ha podido ir a trabajar».

La recepcionista miente sin saber que miente. Está tan ocupada en sus tareas que no tiene tiempo para dudar de su jefa. Estás últimas semanas de inestabilidad política no han afectado en absoluto al imparable flujo de clientes del centro de belleza integral. Muchos han descubierto que recluirse por horas en el spa de Eva es la mejor medicina para quitarse de la mente las situaciones inquietantes y con frecuencia absurdas que tienen al país desconcertado.

Eva ha sabido aprovechar justamente eso, que Ébano se haya convertido en un refugio para muchos de sus clientes. Ha visto y oído conversaciones grabadas por cámaras y micrófonos ocultos. Ha sondeado con simulada y amistosa inquietud el devenir de la política nacional. Ha investigado con delicadeza la vida íntima de Hugo, los planes de la oposición, la opinión de empresarios, militares y periodistas. Y de algo le ha servido, por supuesto, pero no lo suficiente como para ayudarle a prever el golpe que hoy tiene su futuro pendiendo de un hilo.

La realidad es que Eva López no está enferma sino paralizada en su estación de trabajo clandestina, desde donde ha seguido los acontecimientos con la consternación de quien dimensiona el significado del contragolpe para Estados Unidos y, en lo personal, para su carrera. Sabe que el desenlace triunfal para el presidente no se ha debido sólo al indudable fervor popular por su líder sino también a la experta, oportuna y bien organizada ayuda del G2. Eva no deja de recriminarse por no haber dado aún con el maldito líder de esa nefasta organización.

Su desazón aumenta cuando recibe una nueva llamada de Watson. Su jefe simula un tono normal, pero ella lo conoce y detecta su ansiedad. Le dice que le está llamando para compartirle algunos de los comentarios que hicieron sus colegas la noche anterior después de la llamada telefónica en la que participaron todos.

—No te puedo ocultar que las cosas no se ven bien. Sabes que entiendo lo que me dices y comparto tu punto de vista. Pero la realidad es que, desde que tú llegaste a Caracas, los cubanos han aumentado su influencia y nosotros estamos cada vez más fuera del juego. Ya no sé qué decir o hacer para defenderte. Te llamo para que sepas dónde estamos y para pedir que me mandes datos y argumentos para contrarrestar las críticas que hay contra ti aquí, en Langley.

Eva intenta conversar con calma, pero las palabras se le atropellan y la voz se le quiebra. Sólo atina a decir:

—Así lo haré.

Cuelga un teléfono y coge otro. Necesita llamar a Hatch, su único amigo, su amante.

«Ya no soy el mismo»

Ordena que le sirvan una jarra de café, que guarden estricto silencio, que controlen hasta el zumbido de una mosca, que lo dejen tranquilo en su despacho, que nada ni nadie lo interrumpa.

—Y ustedes saben bien lo que es una orden, ¿verdad? —dice con un portazo a la cara de su esposa, sus escoltas y su servidumbre.

El regreso de Hugo al poder ha traído también de regreso a La Casona a la primera dama. Tras varios meses de separación, y a raíz de la inesperada y fugaz caída de Hugo, Eloísa decide volver a su papel de compañera del presidente. Siente que ahora más que nunca su esposo necesita de un apoyo incondicional. Los deslices de faldas y tantas otras desavenencias conyugales pueden superarse si se imponen el amor y la fe en Dios. Esta vez todo será distinto.

Hugo lleva ya varias horas encerrado en su despacho, tomando café y fumando un cigarrillo tras otro. Su hosco mutismo extraña e inquieta a sus allegados, en especial a la primera dama.

—¿Hugo fumando tanto? ¿Hugo tan callado? ¿Hugo solo?

Ya de entrada, todo es distinto.

Adentro, en su intensa meditación, el presidente retoma los pensamientos que tuvo unos días antes de que esos civiles y militares se le rebelaran: «Sigo siendo un soldado. Y si me llevan a una situación extrema, si las cúpulas, si estas minorías privilegiadas, tratan de sabotear mi revolución, voy a responder como el soldado que soy y seré siempre. Ya lo he dicho: no me va a temblar el pulso porque esta lucha no es para mi beneficio sino el del país. Se trata de la revolución bolivariana... Se trata de los pobres, de las clases medias y, sobre todo, las más bajas que durante muchos años fueron saqueadas y traicionadas. ¡Yo no lo voy a permitir! ¡Esto no se va a caer, van a ver que no! ¡Esta revolución no va a fracasar mientras yo la dirija y tenga vida!».

A este muy íntimo discurso que se da a sí mismo asiste ese grupo siempre fiel, unos pocos espectadores que presencian, oyen y aplauden todos sus pensamientos. Tras horas de soledad e inspiración divina, ante la mirada de Bolívar y Jesucristo, envuelto en la nicotina, saturado de cafeína y animado por el fervor que le ha demostrado su pueblo, Hugo tiene una revelación, una promesa vestida de epifanía: «No me quitarán el poder *nunca más*».

Así es. Está decidido. Hará cualquier cosa para asegurar que de ese palacio nadie lo va a sacar, que destruirá a quienquiera que intente interponerse en su camino, a quien sea que contradiga sus órdenes. ¿A la primera dama tal vez? Porque ahí está que no aguanta más la inquietud. Le asusta el oscuro estado de ánimo de su esposo y, llena de miedo, se atreve a tocarle la puerta. Pero un «¡maldita sea!» rompe el silencio de la casa. Ya es evidente que el Hugo jovial y despreocupado también es cosa del pasado.

Un suave «soy yo, mi amor, Eloísa» sirve para desactivar la bomba humana que estaba a punto de estallar.

—Ya sé, mi amor, que no querías interrupción, pero llevas mucho tiempo encerrado —dice ella cuando entra al despacho. Al cerrar la puerta se cuela una mosca.

—¿Y? —pregunta él sin mirarla; tiene los ojos clavados en los clavos de Cristo.

—Deberías estar feliz, digo... de haber conjurado un golpe militar, de comprobar la lealtad de tus amigos, el amor y la solidaridad del pueblo.

—Debería... —intenta responder él. Pero unas palabras de José Martí adornan su malestar repentino: «También a un gran hombre lo puede exasperar una miserable mosca».

Él *es* un gran hombre, y esta insoportable mosca lo saca de quicio. Intenta apartarla de su rostro con una mano, mueve los libros de su escritorio, se pone de pie, ventila una hoja como un abanico. Su esposa no lo entiende, parece que sólo él ve la molesta mosca. Es como si la mosca sólo lo buscara a él, para exasperarlo.

—Estás muy raro, Hugo —le dice ella.

—Ya no soy el mismo —le responde él—. Déjame solo, por favor.

Lo que Hugo necesita

Sin saber aún lo que pasa por la mente de su discípulo al comenzar la semana, a Fidel Castro le vienen bien los efectos de la meditación del presidente de Venezuela. Si él está convencido de no dejarse quitar el poder, el gobierno cubano está decidido a no correr más el riesgo de perder su ascendencia sobre él y sobre ese país. Ésa es la meta, ése es el premio y no hay que perderlo de vista.

—¡Ojo en la bola! —les repite Fidel a sus compañeros usando una expresión del béisbol que todos entienden bien.

En contraste con Eva López, a Mauricio Bosco le llueven reconocimientos y felicitaciones, espaldarazos que por razones obvias no comparte con su amada Mónica, a quien le ha dicho que tuvo que ir a Panamá porque tiene problemas con unas importaciones.

—¿Otra vez te vas? ¿En serio? —inquiere.

—Sabes que tengo que estar pendiente de los negocios allá. ¡Mi trabajo es continental! —responde Mauricio.

—¡Pero casi no nos vemos! ¿Es muy atrevido decir que me siento sola? ¿No te parece problemático eso a ti?

Mauricio la toma en sus brazos, le da un largo beso y le reitera la promesa de siempre, que pronto, muy pronto, volverán a verse. Él intentará contratar a alguien, un nuevo gerente, y entonces tendrá mucho más tiempo para los dos. Y se va sin remordimientos. Casi.

A Mauricio Bosco le llegó el momento de demostrarle a su jefe que sigue siendo el mejor y el más confiable. Que su trabajo iba a dar los frutos que esperaban de él y mucho más. Y que gestionar las faldas era parte de su ejercicio respiratorio.

A primera hora del lunes es llamado a La Habana para discutir una decisiva estrategia que busca aumentar el control de la isla sobre su aliado petrolero. El espía responde con la prisa y urgencia propias de su misión.

Después de llegar a La Habana habiendo hecho múltiples escalas y usando todas las técnicas de su profesión para asegurar que no era seguido, Mauricio está finalmente reunido con su jefe, Raimundo Gálvez, quien sigue siendo el hombre de confianza de Fidel Castro para los asuntos de inteligencia y espionaje. Para empezar, Mauricio le explica a Gálvez que, en su opinión, el carisma y la popularidad del presidente, por sí solos, ya han cumplido su papel. De ahora en adelante serán precisos otros atributos, otro tipo de destrezas y de esfuerzos para mantenerse en el poder. En primer lugar, Hugo necesita una amplia base de apoyo político, muy bien organizada. Y, en segundo lugar, es vital consolidar una contrainteligencia capaz de identificar y neutralizar con anticipación las intenciones de sus enemigos. Pero no basta con eso.

—No sería malo... —dice irónicamente Mauricio— que pongan a funcionar a ese gobierno. Nada marcha, y a Hugo como que no le importa. La administración pública es un desastre y, si no mejora, el descontento popular será inmenso, no habrá carisma que valga. Y nosotros tampoco podremos hacer mucho. Fidel tiene que explicarle a Hugo que no puede estar todo el tiempo en campaña brincando de un lugar para otro. ¡Debe gobernar, carajo! Y yo sé que eso es aburrido, pero si no lo hace lo van a derrocar de nuevo, y esta vez no volverá a poner el culo en esa silla presidencial que tanto le gusta.

Gálvez lo mira y sonríe. Entiende lo que dice Mauricio y quizá tenga razón. También sabe que eso no va a ocurrir. Hugo Chávez nunca ha sido ni será jamás un estadista dedicado a supervisar el funcionamiento del gobierno. Lo de él es más teatro que gestión de Estado. Es por eso que Gálvez está convencido de la necesidad de elevar el nivel de *apoyo militar cubano* al régimen de Hugo.

—Tenemos que impedir nuevos golpes —dice—. Creo que, con nuestros recursos de contrainteligencia, lo que debemos hacer es identificar a los oficiales venezolanos que son potencialmente golpistas y neutralizarlos.

Gálvez habla de *cubanizar* al máximo el ejército venezolano, aumentando su tamaño y presupuesto y colocando en los cargos que tienen poder de fuego a oficiales cuya lealtad esté a toda prueba. Pero, además, a estos militares leales, de todas maneras, hay que tenerlos bajo constante observación y vigilancia. También propone que los ministerios y otros entes públicos de importancia, las grandes industrias propiedad del Estado y las empresas privadas que se expropien deberán estar a cargo de oficiales militares leales a Hugo.

Mauricio no está de acuerdo y sus éxitos de las últimas semanas le dan el valor de decirlo en voz alta y frente a todos.

—Lo que ustedes proponen es una estrategia ya obsoleta —dice para sorpresa de Gálvez—. Eso ya no funciona en esta época, y menos en un país como Venezuela, tan abierto, tan desordenado y tan acostumbrado a la democracia durante más de cuarenta años. Además, hoy en día los países no se controlan con las fuerzas armadas sino a través de la sociedad civil, organizada y controlada por nosotros. No con tanques en las calles, sino con muchos activistas nuestros y agentes de inteligencia implantados en los barrios. A la larga es lo único que funciona.

Gálvez, de repente alterado, confronta:

—No me vengas con que la fuerza militar es cosa del pasado, ¡hombre!

—Tranquilo, comandante —intenta calmarlo Mauricio—. En este momento Hugo necesita, desde luego, apoyo de la cúpula militar, eso es obvio. Pero necesita mucha más ayuda del tipo que Cuba puede brindar en el siglo XXI: inteligencia, contrainteligencia, propaganda, información y sofisticadas tecnologías de control social y represión secreta y selectiva de los líderes de la oposición.

—Tecnologías de control social... —repite Gálvez, ahora interesado y meditativo.

—Sí, tecnología —continúa Mauricio—. ¡Es más importante para Hugo ganar electrónicamente las próximas elecciones que armar milicianos! ¡Y sólo nosotros podemos hacerlo! —concluye con contundencia.

Gálvez esboza una sonrisa escéptica y se queda mirando fijamente a Mauricio. Después de una larga pausa cierra la reunión.

—Dejemos esto hasta aquí por hoy. Vamos a pensarlo.

Mauricio queda contento. Como él, todos en el G2 saben que la expresión «vamos a pensarlo» significa que va a ser consultado con Fidel.

Un solo amigo

La radical metamorfosis del presidente ya es una realidad evidente para todos. Adentro del palacio, ante sus ministros y colaboradores más cercanos su actitud es la del boxeador que sobrevive a una dura pelea y que, aun levantándose lleno de dolores, tiene la sangre hirviendo y está listo para matar en los duelos por venir.

Sentado en el Salón del Consejo de Ministros, mientras evalúa ante su gabinete todo lo sucedido, su rostro se torna sombrío y sus palabras, amenazantes. Willy García advierte —e informa de ello al Pran— el resentimiento y la desconfianza que deja sentir el presidente en su trato con los demás. Su tono al hablar es de permanente sarcasmo, desdén y recelo. Las espinas de la rosa que ha pretendido ser afloran ahora afiladas por el resentimiento, el revanchismo y el autoritarismo. Este león del zodiaco, hasta hace unos días manso ejemplar de su especie, ha comenzado a mostrar sus colmillos y a rugir su hambre de venganza. Es el centro de la reunión del gabinete de ministros y, sin embargo, está más lejos de sus ayudantes que nunca. En cada palabra levanta un muro de sospecha y decepción.

Aun así, aunque «volver a la normalidad» sean sólo palabras entre comillas, Hugo intenta retomar su agenda política, sus giras diplomáticas, su *Aló, presidente* y hasta su rutina de ejercicios físicos.

Es una práctica que ha compartido siempre con Ángel, el amigo más sincero de entre todos los que lo rodean, su antiguo compañero de armas, un alma bondadosa, carente de ambiciones y apartado de toda intriga palaciega. Una mañana, después de trotar juntos y levantar pesas en el gimnasio del palacio, Hugo se anima a hablar en plan de confidencias con quien siente que es su único amigo desinteresado, a quien ha atacado en ocasiones anteriores y quien siempre permanece a su lado perdonando cualquier ofensa. Por primera vez manifiesta en voz alta la enorme desconfianza, y en muchos casos desprecio, que le inspiran sus ministros y colaboradores. No olvida que en la emergencia del golpe hubo generales del alto mando que optaron por ocultarse hasta ver quién salía victorioso, si él o los golpistas. Sabe que otras figuras civiles del gabinete, solapadas, arteras, negociaron acuerdos con la oposición durante las horas más críticas. Entonces se pregunta dónde estarían ahora muchos de los que hoy lo festejan y adulan si ese golpe hubiese tenido éxito.

—Seguramente habrían cambiado de bando —dice con asco y desilusión.

Ángel, que sabe escuchar, lo mira a los ojos y no lo interrumpe. Comprende que hablar de lo sucedido puede tener para su compañero un efecto sedante y ha aprendido a calmar el agitado temperamento de su viejo amigo. Los vaivenes emocionales de Hugo y su repentina desconfianza hacia personas que hasta hace poco eran parte de su entorno más cercano son hábitos de Hugo que Ángel conoce bien y desde antes de que Hugo, su amigo, se transmutara en Chávez, el presidente.

—A veces ando con Hugo y otras con Chávez. Y a veces no sé con quién ando —suele repetir Ángel riéndose con sus amigos.

En esta meditación Hugo va más lejos y le confía a su amigo que en las horas en las que estuvo cautivo de los golpistas se dio cuenta de que, sin el poder, la vida para él ya no valdrá la pena.

—¿De verdad lo crees? —le pregunta respetuosamente Ángel.

—El poder, Ángel, debe ser *total* para ser verdaderamente poder —responde Hugo—. El poder es para siempre, o no es poder.

—Humm... —Ángel no sabe qué decir. En el fondo teme contrariarlo.

—Después de este ataque de la oposición y sobre todo de mis propios amigos, ya no me fío de nadie, ¿me oyes bien?, *de nadie.* No voy a correr el riesgo de perder el poder que el pueblo me ha dado. Estoy decidido a hacer cualquier cosa por conservarlo y por acrecentarlo. ¡Cualquier cosa! ¿Me entiendes?

»Ya no soy el mismo —repite Hugo.

—Entiendo. Pero espero que todavía pienses que puedes contar conmigo, ¿no?

—Gracias, Ángel —responde Hugo y medita unos segundos. Luego afirma oscura y sentenciosamente—: Sólo Fidel me ha hablado con la verdad; sólo él me inspira confianza. Y tú...

Los amigos se separan al salir del gimnasio.

Ensimismado y totalmente absorto en sus pensamientos, Hugo va a su habitación del palacio, se da un baño y elige ponerse hoy su traje militar y su boina roja de paracaidista. Analizando su derrocamiento y lo que debe hacer para que jamás se repita, se mira al espejo y le fluyen de repente una serie de ideas que siente como una importante revelación. Se sienta, busca una hoja de papel y escribe: «En este país el poder depende de cinco cosas: dinero, información, intimidación, concentración y poder de fuego». Dibuja una gran caja con cinco palancas de control:

1. Dinero: controlar el petróleo.
2. Información: controlar los medios de comunicación.
3. Intimidación: controlar a la población mediante la violencia selectiva y anónima y a través del acoso judicial.
4. Concentración: controlar los organismos del Estado que limitan el poder del presidente, en especial la Asamblea Nacional, los tribunales y el Consejo Nacional Electoral, el ente encargado de organizar y supervisar las elecciones.
5. Poder de fuego: control absoluto de las fuerzas armadas.

El presidente relee con cuidado y convicción su diseño, dobla el papel en cuatro y se lo guarda en el bolsillo. Se acomoda la boina roja, le sonríe a la figura de héroe histórico que ve reflejada en el espejo y sale de la habitación inspirado, animado y decidido a hacer lo que haga falta.

—A mí no me vuelven a joder —se repite incesantemente.

Es su nuevo mantra.

«No puedo quedarme aquí»

Ni el cielo luminoso de abril, ni los cerezos en flor, ni los colores y olores de la primavera, ni el estar de vuelta en casa hacen feliz a Eva López, quien ha recuperado por unos días su verdadera identidad.

Cristina ha regresado a Washington para ser despedida. No hay nada de poesía en ello. Llama de inmediato a Brendan Hatch. El trajín de su vida como senador, líder político, hombre público, esposo y padre ejemplar satura cada minuto de su día. Pero apenas se entera de la llegada de Cristina aplaza compromisos e inventa excusas para pasar unas horas con ella, la mujer que adora.

La relación entre ambos ha cambiado mucho, claro. En principio fueron amores ocultos muy complicados por la prominencia social y la notoria relevancia política del senador Hatch. Y Cristina, a pesar de sentirse muy atraída por el senador y de lo bien que la pasaban cuando estaban juntos, nunca logró entregársele por completo. La culpa que sentía era una barrera que no lograba vencer. Se resistía, sin éxito, a hacer el papel de la amante, de la *otra*. Él, por su parte, se debatía en su propio dilema sobre lo maravillosa que era la relación en el plano amoroso y sexual y los enormes riesgos que el romance tenía para su carrera política y para su matrimonio. Ambos querían terminar la relación y varias veces lo intentaron. Pero después de una o dos semanas el uno o el otro llamaba, se volvían a ver y todo comenzaba de nuevo. No podían estar juntos, pero separados tampoco.

Tal vez para alivio de los dos, la absorbente misión en Venezuela alejó a Cristina de Washington justo cuando la relación entraba en una nueva crisis. Ya han pasado tres años desde que se fue a Caracas y se transformó en Eva. Y este cambio radical parece haberlos favorecido.

Cada uno es para el otro el más sincero y, quizá, el único amigo. A pesar de que se ven poco, hablan con frecuencia por teléfono. Aunque él siga casado y entregado de lleno a su exitosa carrera política, la distancia no ha debilitado la admiración y el amor que siente por la joven espía.

Usando las medidas extremas que aseguran una absoluta discreción, Brendan llega a las siete de la noche al apartamento de Cristina. Está lleno de las flores que él anónimamente le ha enviado. Y ella se ve más bella que nunca a pesar de las ojeras que revelan sus largos insomnios y las desoladoras angustias que jamás la abandonan.

Cristina lo saluda con un abrazo más amigable que pasional, pero él la aprieta y la besa con locura. Ella se aleja con brusquedad. No está para eso. Le ofrece algo de tomar y comienzan a conversar sin rodeos de lo ocurrido en Venezuela y de su inminente destitución como cabeza de la operación de la CIA allí. Desahogarse con él es un enorme alivio. Que Brendan, además, presida el Comité de Inteligencia del Senado estadounidense, el poderoso grupo de trece senadores que supervisa a la CIA, obviamente facilita la conversación. Nadie mejor que él para compartir su desaliento, su angustia y su demoledora sensación de derrota.

Cristina admite que el regreso de Hugo al poder es, en cierto modo, un éxito de los cubanos, aunque muy facilitado y potenciado por la incompetencia de los militares golpistas y la fragmentación y torpeza de las fuerzas de la oposición civil venezolana. Insiste, no obstante, que pese al revés que para los intereses de Estados Unidos significó la fracasada intentona contra Chávez, ella siente que todavía puede cumplir a cabalidad su misión en Venezuela y neutralizar la influencia de los cubanos sobre ese gobierno.

—Si pudiera volver y continuar allá demostraría que tengo razón. Además, a quienquiera que manden ahora le va a tomar años lograr la penetración que ya he logrado tener en la sociedad venezolana.

Los argumentos de Cristina persuaden a Hatch, quien además está predispuesto a hacer lo que sea para ayudar y cuidar a la mujer a la que ama.

Además, a él también le conviene que ella esté lejos de Washington. Ésa ha sido la mejor forma, aunque parezca contradictoria, de tenerla cerca. La conversación da paso lentamente a las caricias, los besos, la desnudez. Un par de horas después se despiden con el «hasta pronto» de siempre, que implica cada vez un encuentro secreto. Ya hablarán luego, cuando la agencia haya informado a Cristina su cambio de misión o su despido.

Al estar de nuevo sola, con un sentimiento de alivio, Cristina llama a su madre en Arizona. Le dice que está todo igual, que no hay ninguna novedad, que su vida marcha normalmente en su oficina en Washington.

Disfrazarse de civil

Escoltado por Gálvez, Mauricio Bosco ingresa en un vasto salón a prueba de escuchas en alguna de las residencias secretas del máximo líder cubano. Luce sobrecogido y expectante, consciente de la gran ocasión que se le brinda: elaborar aún más su propuesta de estrategia en Venezuela, en privado, ante el más supremo de todos, el comandante Fidel Castro. Es obvio que Gálvez halló tan interesantes las propuestas de Mauricio que se las llevó a Fidel, y por eso este encuentro. A los ojos de Mauricio, está a punto de jugarse una partida de ajedrez entre él y el revolucionario mayor, con su jefe en el medio. Saludos rápidos y escuetos.

—Gálvez dice que tienes algo interesante... —comienza Fidel.

—Comandante —responde Mauricio con respeto—, me parece que es crucial consolidar este momento de gran apoyo popular a Hugo dándole ayuda en los planes de asistencia médica masiva, por ejemplo. Nuestra fuerza de médicos cooperantes debe ir en vanguardia. Pero creo que la vigilancia, monitoreo y control de la población venezolana y de sus líderes en todos los ámbitos es ahora lo más importante. ¡Es el momento de nuestras computadoras, la ocasión de desplegar a nuestros expertos de la Universidad de Ciencias Informáticas!

Los ojos de Fidel miran a Mauricio, escrutadores. Mantiene su brazo apoyado en la butaca, el puño en el mentón, y no suelta palabra. Gálvez, hábilmente, opone algunos reparos, sólo para reafirmar su autoridad. No le concede nada y le pide que se extienda.

—Es claro que debemos tener bajo constante observación a los líderes —prosigue Mauricio—, sobre todo a los militares que se mostraron neutrales en el golpe y a todos los políticos de oposición. También a los periodistas y a los grandes empresarios que vayan quedando en el país. Y claro que hay que penetrar también las universidades. Pero la oposición venezolana está desarticulada y Estados Unidos está replegado frente a Venezuela luego de haber apoyado el golpe. Ya no pueden, como en el pasado, intervenir abiertamente en Latinoamérica contra un gobierno democráticamente electo, popular y progresista como el de Hugo. —Los ojos de Fidel, todavía clavados en Mauricio, son dos rocas a la vez inexpresivas e inquisidoras. Pero Mauricio no se deja intimidar y continúa—: Ésta es la ocasión de avanzar con inteligencia y asegurar *sigilosamente* nuestro total dominio sobre Hugo, su revolución, su petróleo y sus recursos.

—Eso ya lo sabemos —dice Fidel, adusto.

—Cuba puede ofrecer lo que Hugo no tiene: servicios de contrainteligencia de primer orden, represión selectiva de los líderes y experiencia en el control de la sociedad. —Mauricio sonríe sutilmente, seguro de sí mismo—. Lo primero que tenemos que hacer es tomar el control cibernético del organismo que emite la prueba de identidad de los ciudadanos, así como los registros civiles, de las notarías públicas y, por supuesto, del Consejo Nacional Electoral. *Sin que nos vean.* —Mauricio domina el verbal juego de ajedrez que, a estas alturas, es más bien el monólogo de un peón que avanza casilla por casilla. Ni Fidel ni Gálvez mueven una ficha—. Lo esencial —retoma Mauricio— es que en Venezuela nadie pueda morirse o nacer, casarse o divorciarse, vender o comprar una casa, un coche o una empresa sin que el documento que lo certifica sea controlado y almacenado por nosotros. Venezuela tendrá petróleo pero nosotros tenderemos la información, la data. Y la data es el petróleo del siglo XXI.

Fidel comienza a entender. Parece que le gusta lo que oye. Asiente con la mirada. Mauricio lo nota, se inspira, avanza:

—Ningún venezolano deberá poder votar en las elecciones sin que su voto sea procesado por un software nuestro. Debemos hacerles creer a los venezolanos que el gobierno los está vigilando *todo el tiempo*, aunque no sea cierto y aunque nunca tengan prueba de ello. —Gálvez quisiera decir algo, pero la audacia de la estrategia lo ha dejado mudo—... Es así como se conquista un país en el siglo XXI —sigue Mauricio—, no invadiéndolo a lo bruto, como hicieron los americanos en Irak. ¡Y miren lo que les pasó! Cuba necesita los recursos petroleros de Venezuela de manera crucial, es cuestión de vida o muerte. Con todo respeto, Comandante, pero estoy convencido de que en todo el mundo el siglo XXI es de la sociedad civil, no de los militares. ¡Y por el bien de Cuba nosotros sabremos cómo disfrazarnos de sociedad civil!

El rey del juego, barba de abuelo sabio, expresión hermética, experiencia centenaria, inteligencia suprema, mira el tablero completo desde la altura de su trono. Apenas procesando la validez de la estrategia, oye las últimas palabras de un peón que no puede reprimir la pregunta crucial, que además hace con un atrevido y revelador cambio en el protocolo:

—¿Qué me dices, Fidel?

El amor invisible

Está por terminar la incertidumbre de Cristina, quien sigue en Washington. Han sido días eternos en espera de una decisión que la lleve de vuelta a Venezuela o la saque de la agencia definitivamente. Oliver Watson la ha tenido en vilo, sin ser ésa su intención. Él también ignora lo que pasa por la mente de sus superiores.

Sin mucho que hacer en su oficina, inquieta hasta la molestia, Eva le insiste a Watson que le adelante algo. Él, cauteloso, no le da falsas esperanzas ni la desalienta. Justifica la espera de noticias por el hecho de que la actual *guerra contra el terrorismo* ha copado la agenda de todo Washington.

—Ahora importan más Al Qaeda, Bin Laden, Irak, Afganistán... —dice Watson—. Vamos a tener que entender eso. Estados Unidos tiene allí amenazas muy reales. Latinoamérica ya no es un foco de atención.

—¡Y eso le deja el campo abierto a Chávez! —dice Cristina—. Si nadie lo vigila y lo controla va a hacer lo que quiera. Imponer su modelo político y económico puede ser una amenaza, ¿no crees?

—Ni Venezuela ni América Latina pueden competir en el mundo de hoy —responde Watson—. Ni siquiera como amenaza. No tienen armas nucleares, ni terroristas suicidas como en Oriente Próximo, y tampoco es una potencia económica como China. Y ni siquiera sus pobres son tan pobres como los de África o Asia.

Cristina respira con ansiedad. Entiende las razones de Watson, pero cree que Estados Unidos y la economía mundial sí pueden verse afectados por el desenlace del golpe de Estado en Venezuela y la inestable relación entre Hugo y la empresa petrolera del país. Justamente esa guerra contra Irak y Afganistán está convirtiendo a Venezuela en la fuente más segura de suministro de petróleo para Estados Unidos. El gobierno no debería subestimar eso.

A propósito del tema, ese mismo día, sin que Watson y Cristina lo sepan, el director de la CIA recibe al senador Brendan Hatch en su oficina. Hatch, con mucha cortesía, le deja saber que súbitamente en su comité del Senado han surgido reparos a la aprobación del aumento del presupuesto que la agencia ha pedido para sus operaciones en AfPak. El director de la CIA se exalta e insiste en que la seguridad nacional está en juego y que el presupuesto de la agencia para AfPak, el acrónimo con el cual se refieren a Afganistán y Pakistán, es crítico.

—Ésos son los dos países más peligrosos del mundo, senador. Usted lo sabe, y sus compañeros senadores que están en el Comité de Inteligencia también lo deberían saber.

Con inteligente sutileza, el senador va llevando la conversación a otras fronteras y entonces surge el tema del golpe y contragolpe en Venezuela.

—Hay quienes piensan que es mejor no hacer cambios en la manera de hacer las cosas en Venezuela y dejar actuar a los agentes que están en el terreno —sugiere el senador, tratando de ponerse a salvo de ser acusado de intervenir en decisiones que son competencia exclusiva del director de la CIA.

El diálogo continúa sólo con sus miradas. El director comprende que *le piden algo sin pedirlo*. El senador ha jugado en favor de Cristina una de sus poderosas cartas, es una manifestación de amor muy potente y totalmente invisible.

Antes del atardecer Oliver Watson le informa a Cristina que, contra lo que ambos esperaban, ella continuará a cargo de la operación en Venezuela. El corazón de la espía bombea torrentes de orgullo. La orden les calla la boca a todos esos adversarios burocráticos que querían mandarla muy lejos del ruedo.

Watson, siempre cauteloso, le hace algunas advertencias. No está de acuerdo con que pierda el tiempo con pesquisas como la de Juan Cash, un pastor fraudulento.

—Déjale eso a la agencia antidrogas, la DEA, o al FBI. Sabes que tienes una prioridad: buscar y destruir al número uno del G2 en Caracas. Si logramos eso tendremos más oportunidad de contener el avance del control cubano sobre el gobierno de Venezuela. A La Habana le costará mucho reemplazar a alguien tan bueno como ese tipo que tienen allí.

Cristina asiente y le da la razón a su jefe. Adivina la mano de Hatch en la decisión de los superiores y, en un último encuentro secreto en su apartamento, con la emotividad de una amorosa despedida, le agradece su eterna complicidad.

Un par de días después, Cristina parte de nuevo en un avión privado que la lleva a un aeropuerto privado en México. De allí la transportan en un coche a los suburbios de la capital mexicana. Un taxi controlado por la agencia la lleva al aeropuerto donde toma el vuelo de Aeroméxico a Caracas.

Ya sentada en su asiento en clase económica, mientras el avión levanta el vuelo, cierra los ojos y trata de meditar, pero no lo logra. Hay demasiadas cosas rondándole en la cabeza. Las trata de identificar y ordenar para calmarse y así caer en el trance que siempre la ayuda. El ejercicio le confirma lo que ya sabía. Quiere tres cosas. Y todas las quiere con desesperación:

Un gin-tonic.

Volver a ser Eva.

Encontrar al jefe de los espías cubanos.

11

Amores y traiciones en tiempos de revolución

Apretar el acelerador

Un par de semanas después del contragolpe que devolvió a Hugo al poder, dos pequeños aviones aterrizan en la isla de La Orchila con una hora de diferencia. Son jets ejecutivos como los que usan los directivos de las grandes empresas multinacionales. La diferencia es que estos dos aviones ejecutivos vienen escoltados por aviones de combate de la fuerza aérea venezolana. En el primero llegó Hugo y el segundo trajo a Fidel.

Esta pequeña y paradisiaca isla, en la cual Hugo estuvo encarcelado durante el golpe de Estado, es el sitio más discreto para este encuentro.

Las comitivas y escoltas de ambos se alejan con prudencia mientras los dos amigos, después de abrazarse con gran afecto, deciden hacer una caminata por la playa.

Iluminados por su sensación de trascendencia y un sol fulgurante que comienza a ocultarse, Hugo, en tono reflexivo, dice:

—No han logrado sacarme por las malas, Fidel, pero he decidido no salir ya nunca más, ni siquiera por las buenas.

El maestro aprueba lo que dice su aventajado discípulo y le recuerda una de sus máximas, que ya le había mencionado la noche en la que Hugo acababa de juramentarse como presidente: «El poder no se comparte; se ejerce a fondo o se pierde por completo». Pero aquellos eran momentos de contagiosa euforia y Hugo, ebrio de popularidad, se sentía muy orgulloso de sí mismo.

En cambio ahora, cuando caminan por la playa, la conversación se vuelca hacia la ansiedad e indignación que siente Hugo por el inocultable hecho de que su revolución no cuenta con tanto apoyo como le habían hecho creer.

—¡El alto mando militar resultó ser una cueva de traidores! Los medios de comunicación privados conspiraron *todos* con los generales, ¡y siguen conspirando cada día con sus noticieros y programas de opinión! La oposición ya se organiza para pedir un *referéndum revocatorio* contra mí. ¡Otra elección! ¿Cuántas veces tengo que ganarles? ¡Pero no controlo el dinero! No controlo los tribunales, tampoco a Petróleos de Venezuela... ¿Cómo ganar el referéndum sin ponerle la mano a la plata?

Un par de cangrejos escarban hoyos con prisa ante el ruido del roce de los pasos en la arena. Ninguno de los dos jefes de Estado se ha quitado las negras y entrenzadas botas de reglamento que calzan. Ni su uniforme verde oliva. El mar más azul del mundo y la arena más blanca de la Tierra no son suficientes para hacer que los líderes caminen descalzos por la seductora playa. Sin decirlo, ambos han decidido que los pies descalzos comunican frivolidad, recreo. Y este encuentro es de trabajo, y muy serio. Se sienten como lo que son: dos hombres poderosos haciendo historia.

Fidel le habla:

—Necesitas ante todo planes sociales que fortalezcan tu base popular de apoyo. Lo mejor que podemos brindarte es un vasto plan de medicina familiar que consolide el apoyo de las masas. Un paramédico en cada barriada, en cada caserío, hará maravillas por tu popularidad. Pero debes apretar el acelerador, Hugo, y deshacerte sin escrúpulos y *para siempre* de la oposición.

Mauricio Bosco forma parte de la comitiva de Fidel. Desde lejos mira al par de poderosos caminar sin prisa y ve como ocasionalmente se detienen, mientras uno u otro gesticula para enfatizar algún punto importante de lo que está diciendo. A veces se ve que la conversación se interrumpe. Siguen caminando en silencio mientras las gaviotas se lanzan al agua en busca de la cena. Uno se rasca la barba; el otro, la cabeza. Luego reanudan la conversación. El dedo índice de Fidel es el que más habla y la cabeza de Hugo es la que más se mueve, mostrando su acuerdo con lo que dice el dedo.

—Es imperioso saberlo todo sobre tus enemigos —continúa Fidel—. Y en eso no puedes fiarte de tus servicios de inteligencia; los crearon, justamente, tus enemigos. Son servicios ineptos, corruptos y siguen siendo de ellos. Necesitas un servicio de inteligencia de primer orden, como el nuestro, que nos ha permitido conservar el poder durante medio siglo. Te lo ofrecemos sin reservas.

Está claro que el líder cubano ha hecho suya la forma de pensar de Mauricio, su mejor espía. El autócrata instintivo que hay en Hugo escucha atento, embelesado. Su corazón aplaude los consejos del maestro.

—Necesitas el monopolio de las noticias y de la propaganda. Tú no eres un político pequeñoburgués convencional. ¡Eres un militar y revolucionario! ¡Han tratado de derrocarte! ¡Y te iban a matar! Debes ir sin contemplaciones contra la prensa privada, denunciarla como burguesa, apátrida, vendida a los extranjeros y como la peor enemiga del pueblo. No trates de responder ni a una de sus mentiras. *¡Siléncia-la por completo!*

¡Por fin alguien sensato! Hugo no se mueve. Traga entero. Con cada suspiro digiere y se apropia de los consejos que le da el sabio mayor.

—Tu socialismo del siglo XXI no puede construirse con herramientas del siglo XIX —sigue Fidel—. La información lo es todo. La información *es el poder*. La información, la cibernética, las ciencias de la informática deben estar de tu lado. Que nada se mueva en Venezuela sin que *lo sepamos*. Que ni una cédula de identidad, ni el registro de un nacimiento, un fallecimiento, un matrimonio o un divorcio o la compraventa de una casa o un carro, puedan ocurrir sin que lo sepamos. Y lo más importante, Hugo, que todos los venezolanos sepan, o lo crean, que tú manejas toda la información, que nada se te escapa, que puedes actuar contra cualesquiera de ellos cuando lo decidas. Y todo muy legalmente, ya que también tienes que controlar a los jueces y sus tribunales. La sentencia de un juez a tu servicio puede hacer más daño y dar más miedo que una paliza que les den tus cuerpos de seguridad a cualesquiera de tus opositores. ¡Que te teman, Hugo! ¡Es preferible ser temido que ser amado!

Nuevos cangrejos asoman la cabeza sólo para esconderse al segundo siguiente. Para el presidente de Venezuela, las palabras de su maestro son más radiantes que el bellísimo sol que se va achicando en el horizonte.

—Tienes que estar en condiciones de ganar *electrónicamente* una elección, un referéndum o lo que sea. También eso te ofrecemos, Hugo, los expertos de nuestra Universidad de Ciencias Informáticas.

El presidente agradece frotándose las manos. Todo lo que su ídolo dice corrobora sus más íntimas intuiciones sobre el ejercicio del poder. «Así será», piensa.

—¿Y qué puede hacer Venezuela por Cuba? —pregunta ansioso, entusiasmado.

—Lo que tú quieras y puedas hacer, Hugo. Ya lo veremos. Pero que te quede claro que nuestro apoyo es desinteresado. Si tu revolución tiene éxito, tendremos éxito nosotros también. Y el resto de América Latina. Eso es lo único que importa —le miente Fidel.

—Pero lo mismo es cierto para Cuba —observa Hugo—. Para nosotros sería sumamente problemático si tu revolución entra en problemas —le dice, zambulléndose entusiasmado en la piscina de intereses ocultos a la cual Fidel lo ha empujado sutilmente.

Y Fidel, satisfecho consigo mismo, oye esto como si fuera música, una sublime música que él ha ansiado oír desde hace ya mucho tiempo. Y de la cual se siente compositor.

Aunque no lo revela, Fidel necesita desesperadamente de la ayuda de Hugo para salvar su revolución. Y no en un hipotético escenario futuro. La necesita ya. Hoy. Mejor dicho, la necesitaba ayer y antier y el año pasado. Y antes también. Sabe que para mantener a flote la precaria economía de su isla es urgente contar con un suministro seguro de petróleo venezolano, y que sea barato. O, mejor aún, que sea gratuito. Fidel lleva años soñando con que la revolución de su discípulo venezolano llene el insoportable hueco económico que apareció después que los nuevos jefes de Rusia suspendieran el colosal subsidio que, durante décadas, la ahora desaparecida Unión Soviética le había dado a Cuba.

—Sí, tienes razón, Hugo. Es importante que retengamos la capacidad de ayudarte a largo plazo y es verdad que nuestra economía se podría beneficiar de un acuerdo de asistencia energética con tu país. Me puedo imaginar un acuerdo de apoyo mutuo que sería muy beneficioso para ambos países. Ustedes nos mandan algo de petróleo y nosotros les enviamos nuestros mejores productos. ¡Todos ganamos!

—Por supuesto —contesta Hugo sin dudarlo. Y termina con una sonrisa—. Por eso somos naciones hermanas, ¿o no?

En los próximos meses, como disciplinado discípulo que es, el presidente de Venezuela comienza a apretar el acelerador y a poner en práctica las instrucciones de su maestro.

A través de su noticiero, Mónica Parker va reportando y analizando esta evidente y acelerada transformación del presidente. Está preocupada por ello y lo comenta no sólo en su programa sino con sus dos cercanos amigos, Eva y Mauricio, que aún no se conocen. Varias veces ha intentado, sin éxito, presentarlos, pero aún no se han dado las circunstancias. Los tres están muy ocupados.

Por su parte, Hugo responde con pasión a las críticas de Mónica y el resto de sus opositores. En uno de sus programas de *Aló, presidente*, le recuerda a la oposición que, si bien su revolución es pacífica, también está armada. Adicionalmente, informa que, para seguridad del pueblo, ha creado las milicias bolivarianas y que acaba de firmar el nuevo Plan Venezuela-Cuba. No dice que este importante plan no lo ha consultado con nadie en el país; sólo insiste en que este acuerdo traerá impresionantes mejoras a la calidad de vida de todos, especialmente de los más pobres.

—Este acuerdo ya lo teníamos, pero ahora lo vamos a profundizar y ampliar. Como hemos hecho hasta ahora, les exportaremos petróleo y ellos nos mandarán productos y servicios de todo tipo. De manera que tendremos un intercambio comercial más grande y aún más equilibrado. Eso quiere decir que lo que le exportemos a Cuba será equivalente en valor a lo que importaremos de la isla amiga —explica con un entusiasmo sólo superado por la falsedad de lo que dice.

Sobre lo que no miente, porque no lo anuncia, es que entre los «servicios» que ahora su país le compra con petróleo a Cuba está su seguridad personal. Aun antes de la firma de los acuerdos de asistencia mutua, ya todos los guardaespaldas de su unidad de seguridad han sido cubanos. El país verá que en adelante, como abejas atraídas por la miel, un numeroso séquito de hombres muy altos, muy corpulentos, vestidos de guayabera y con sutiles audífonos sobresaliendo del cuello, y algunos con misteriosos maletines negros, circundarán siempre y en todo lugar al presidente.

Y mientras sus guardaespaldas cuidan de él, él cuida del pueblo. Describe en detalle la serie de acuerdos con el país hermano: programas oftálmico-quirúrgicos de bajo costo para ancianos, con vuelo a La Habana incluido; becas estudiantiles para la tercera edad, convenios científicos, técnicos, deportivos y educativos.

Más adelante afirma orgulloso que el *plato fuerte* es la Misión Barrio Adentro, un ambicioso plan de medicina familiar que traerá a los pobres de Venezuela la reconocida medicina cubana, desde consultorios hasta centros de diagnóstico y escuelas de medicina integral.

—Vamos a instalar módulos o dispensarios para alojar a los médicos en los barrios más humildes de las ciudades y en caseríos de municipios rurales —dice entusiasmado. Y recibe un imparable aplauso cuando pregona—: Prepárense que pronto llegarán dos mil médicos de Cuba. ¡Y la meta es llegar a cuarenta y cinco mil!

La Asociación Médica Venezolana convoca a sus miembros a una reunión urgente. Mónica acepta el llamado del sector y reporta a su audiencia de televisión las objeciones que tienen los médicos venezolanos a estos planes del presidente con los cubanos.

Hugo los ignora.

«El gusto es mío»

La cita es a las ocho de la noche en el restaurante de siempre, el único en el que Mónica se siente en confianza, libre de las miradas y de cualquier contacto con sus seguidores, pero sobre todo libre de sus siempre acechantes detractores, ahora que por ser acérrima crítica del gobierno recibe insultos y ataques adondequiera que vaya.

Pero cuando intenta salir del estudio de televisión para cumplir con esa cita tantas veces postergada, justo el día de su cumpleaños, Mónica se ve irremediablemente atada a su silla. Al programa especial que preparan para la semana siguiente, un detallado reportaje a profundidad sobre la Misión Barrio Adentro, le acaba de aparecer un problema: ha desaparecido uno de los médicos protagonistas del especial.

Si bien había esperado esta cita por meses, en ese preciso instante Mónica no puede dejar sola a una de sus periodistas, la encargada de investigar la experiencia en Caracas del doctor Avellaneda, quien ahora ha desaparecido. Entonces llama al restaurante y pide que reciban a sus invitados y la excusen porque estará allí media hora más tarde de lo acordado.

Eva llega a la cita cinco minutos antes, fiel a una puntualidad norteamericana pero sobre todo militar. El mesonero la conduce a la terraza en la que ha estado otras veces con Mónica y le ofrece el menú. Le dice que «la doctora Mónica va a tardar media hora, que por favor la disculpe». Pero más tarda en retirarse que en regresar, esta vez acompañado de un muy apuesto caballero a quien ya le ha dicho lo mismo, y que lleva un enorme ramo de rosas en una mano y una bolsa de regalo en la otra. Al acercarse a la mesa, el hombre sonríe con un singular encanto cuando ve a la amiga de su novia esperándolo en la mesa.

—¡Mucho gusto! —dice Mauricio Bosco con festivo tono dominicano.

—El gusto es mío —dice Eva, sintiendo realmente el gusto y exagerando la cadencia mexicana de su hablar. Y se saludan amables pero formales.

Mauricio pone las flores y el regalo sobre la mesa y se sienta en una silla al frente de Eva. La conversación fluye al principio con torpeza y poco a poco va aumentando en intensidad. Eva, cauta, se muestra amable pero discreta, intentando reciclar frases que le ha oído decir a su amiga y que repite con naturalidad.

—Mónica me ha dicho que te ha invitado mil veces a Ébano, para que conozcas. ¡No todo puede ser trabajo!

—Lo siento, lo siento de verdad. Los negocios son como una carrera de atletismo. Si me detengo, pierdo. Tengo el defecto de tomarme el trabajo demasiado en serio.

Mauricio se excusa con tanta gentileza que a Eva le resulta imposible dejar de mirarlo, curiosa, admirada. Mientras él habla, ella estudia cada facción y cada gesto, tratando de descifrar a este hombre que logra inquietarla.

Él también la mira. Sabe que la tiene interesada y hace todo lo que a través de los años ha aprendido a hacer para convertir el interés de una mujer en hechizo.

Finalmente, un rato más tarde llega Mónica, ansiosa, agitada. Entra al restaurante sin haberse desconectado del todo de la producción del noticiero, del especial sobre los cubanos en Caracas en el que ha trabajado con su equipo durante varios meses. Cuando llega a la terraza ve a Eva y Mauricio riéndose. En el fondo se alegra de que se caigan bien y de que ya no sean un fantasma el uno para el otro.

—Perdónenme, perdónenme —interrumpe las risas—. Sólo los cubanos tienen el poder de hacerme llegar tarde a mi cena de cumpleaños.

Mauricio sonríe y se levanta con excesiva alegría. La besa y le entrega las flores. Y luego mira a Eva. Y Eva lo mira. Los mira. Ahora entiende mejor lo que le ha dicho Mónica tantas veces, que Mauricio tiene algo especial.

Lo tiene. Pero ¿qué será?

Como suele suceder en momentos de encanto contenido, la cena pasa volando. Tres horas y mucho vino después, terminado el postre e intercambiadas las promesas de volver a repetir este agradable encuentro, se dirigen al estacionamiento. Allí se despiden y toman rumbos distintos; Mónica y Mauricio a la casa de él, adonde ella prefiere ir porque, aunque decide no mencionarlo nunca, su padre siente un fuerte recelo, casi odio, por Mauricio. A pesar de la permanente defensa que ella hace de él, entre tragos su padre siempre intenta prevenirla; para él, con sólo estar cerca del caribeño, el olfato le dice que no hay nada de honesto en esa supuesta caballerosidad. ¿Está segura de sus viajes de trabajo? Mónica prefiere creerle, aunque en el fondo a veces también duda.

Y Eva va sola, siempre sola; maneja hacia su apartamento. Se siente contagiada de coquetería, de ganas de oír que la aman. Eso la hace sentir muy sola.

Impulsivamente llama a su amante en Washington, el senador Hatch.

Como de costumbre, después de varios repiques el teléfono se va a correo de voz.

«¡Se lo llevaron!»

Mauricio Bosco está contento. Siente que es el invisible director de un intrincado teatrino de marionetas cuyos personajes e hilos maneja con gran pericia. Sin embargo, el éxito de la obra está exigiéndole nuevas destrezas. Ahora que ha aumentado de manera considerable el rol de los cubanos en Venezuela, debe esconder más obsesivamente su verdadera identidad, sobre todo con Mónica, quien, sin saberlo, sigue empeñada en investigar y revelar al mundo el rol de los cubanos en el país.

Eva López, por su parte, sigue buscando con obsesión pero sin éxito al hombre que maneja el G2 en Venezuela. En pocos meses ha ampliado sus redes, de las que recibe información cada vez más confiable. Sus agentes también han penetrado al gobierno de Hugo. Pero aún se quedan cortos frente a los cubanos. Con frecuencia le cuesta creer lo que sus informantes y sus múltiples fuentes le reportan y confirman: la enorme e insólita influencia de los cubanos en el gobierno de Chávez.

Ésta es una invasión invisible, clandestina y de un impacto sin precedentes. Lo más difícil de creer es que ésta ha sido consentida, motorizada y apoyada por el mismo gobierno de Venezuela. Los funcionarios cubanos están en todas partes y han logrado penetrar el Estado venezolano de una manera inusitada. El propio gobierno les asigna roles de mando. Los cubanos se esmeran en que su presencia a los más altos niveles resulte invisible.

Parte de estas conclusiones las discute con Mónica, algunas veces después de las clases en Ébano, no porque Eva incite a la conversación, sino porque Mónica no tolera lo que ella misma llama «invasión» y lleva consigo el tema a todas partes.

—Es imposible esconder el poder que tienen los cubanos en Venezuela —le dice—. Casi no hay organismo del gobierno en el que no haya un *asesor* en la directiva.

Sus espías también le reportan que ha aumentado el descontento en el seno de las fuerzas armadas. La flagrante intrusión de oficiales del ejército cubano en las guarniciones es una realidad dura de tragar para muchos oficiales venezolanos.

Esta clandestina invasión indigna y perturba a Eva. Y no sabe qué hacer. Se trata de una invasión enorme, incontenible e invisible para el resto del mundo. Sus jefes en Langley han decidido, con razón, que no pueden parar ni revertir la invasión cubana, y que la única alternativa práctica que les queda es sabotearla y mitigar sus consecuencias. Le han ordenado —otra vez— a Eva identificar a sus líderes, espiarlos, tratar de «voltearlos» convirtiéndolos en agentes dobles y, de ser necesario, «neutralizarlos».

Eva está tratando de cumplir estas órdenes tan bien como puede, pero cada día descubre nuevos obstáculos y dificultades que limitan lo que puede hacer. Muy íntimamente se ha convencido de que este reto la desborda y que no hay manera de que esta misión termine con éxito. Siente que esta derrota acabará con su carrera y, quizá, hasta con su vida.

¿Por qué mejor no renunciar y punto? ¿No es todo sólo un capricho, una batalla dirigida por su ego, por su afán de destacarse en medio de esa jauría burocrática y de veteranos en Washington? ¿A quién le importa, en últimas, si abandona su cargo, su misión, su leyenda en Ébano? ¿Qué pasaría entre ella y Hatch si su decisión es dejarlo todo y empezar de cero, sola, en cualquier otro lugar del mundo?

En esa lista de preguntas atropelladas en su mente se cuela, de pronto, un personaje. Mientras piensa en ella y en su amante, se sorprende con la imagen repentina que le llega de Mauricio. ¿Qué tiene él? ¿Por qué la atrae tanto?

«Primero, y antes que nada, tu misión.» Se sacude al recordar esta regla que suele repetir Oliver Watson. Entonces cierra las cortinas de su ensueño y se concentra en su trabajo. Tiene sobre la mesa una caja de material audiovisual, archivos del programa de Mónica Parker que ha conseguido a través de una periodista que tiene infiltrada en el programa.

Eva comienza a ver horas de imágenes y a escuchar grabaciones tomadas en un ambulatorio en Petare, uno de los barrios más grandes y famosos de Caracas. Para conocer cómo funciona la Misión Barrio Adentro, el plan medicosocial del gobierno en los barrios populares, la periodista del noticiero de Mónica le siguió el rastro al doctor Avellaneda, un médico cubano oriundo de Baracoa, una ciudad de menos de cien mil habitantes en el este de Cuba.

Durante meses de seguimiento, la periodista, Mónica y sobre todo Eva oyen al médico quejarse de ese mundo violento, tan diferente a la vida en Cuba. Cuenta cómo pasa sus días sacando balas de los pechos de adolescentes, atendiendo a jóvenes, ¡a niñas violadas!, o dándoles calmantes y somníferos a las madres de las víctimas. Luchando por mantener con vida a pacientes con sobredosis de las más extrañas y potentes drogas cuya existencia desconocía y cuyos devastadores efectos lo dejan perplejo y sin saber qué hacer.

En estos tiempos, la Misión Barrio Adentro es el gran tema de atención, la mejor obra de la Revolución bolivariana, financiada con recursos extraordinarios provenientes del aumento de los precios del petróleo. Ya cuenta con más de novecientos nuevos consultorios y cinco mil médicos. Es, a los ojos de los más pobres, la manifestación de amor, compasión e inclusión más grande recibida en toda su historia, una muestra de la sincera y comprometida voluntad de Hugo, el amado presidente.

El doctor Avellaneda, por su parte, vivía físicamente exhausto, emocionalmente sofocado y muy asustado. Temía que, cualquier día, una de las balas perdidas que de vez en cuando atravesaban las endebles paredes de su cuarto le pudieran perforar el cráneo. El agotamiento físico y mental con frecuencia lo llevó a delirar con la libertad, soñaba despierto con colgar su bata blanca y perderse para siempre en la cordillera de los Andes. O, mejor aún, en los Alpes. Lejos de tanta muerte. De tanta inhumanidad. Y en ese delirio, entre entrevista y entrevista, se ilusionó con la periodista que subía con frecuencia a visitarlo, a hacer una nota humana de este programa en los barrios de Caracas.

A través de otro agente a su servicio, Eva le hizo llegar a la periodista instrucciones de ir tan lejos como fuera necesario. Así fue como una noche, en medio del primer encuentro apasionado, justamente en el ambulatorio, el doctor Avellaneda le confesó a la periodista lo que ya no se podía guardar, un rechazo cada vez más apasionado a la revolución a la que había sido subordinado sin que él participara en esa decisión. Le confesó que se quería ir del barrio, de Venezuela, olvidarse de la Revolución cubana y de todo lo que ello significaba. Y le pidió que se fuera con él. La periodista, en una perfecta pose de actriz, le hizo pensar que así lo haría, y en la noche compartió las grabaciones al mismo tiempo con Mónica y con el agente de la CIA, quien a su vez le hizo llegar a Eva un paquete de información sensible, un prospecto de desertor cubano a través del cual podrían abrirse caminos directos al régimen enemigo.

Pero los hilos del destino les mostrarían tanto a Eva como al doctor Avellaneda que el infierno no estaba ni en Baracoa ni en el barrio más humilde y peligroso de Caracas. El verdadero infierno comenzaba justo en el momento de esa fatídica confesión. Otros suspicaces agentes de Mauricio Bosco, encargados de vigilar la conducta de miles de cooperantes médicos, venían haciéndole seguimiento y sospechando de la relación cercana de Avellaneda con la aparentemente inocente periodista. La sospecha se convirtió en orden unos días después del cumpleaños de Mónica, cuando ella misma le contó a Mauricio, a manera de chisme, que una de sus periodistas estaba «saliendo» con un médico cubano. Y que el médico no parecía muy convencido ni de la Revolución cubana ni de la misión en Venezuela. De lo que sí estaba seguro era de que se había enamorado de la venezolana. Hasta el punto en que le había pedido a la chica que se escapara con él.

Mauricio Bosco, a quien el doctor Avellaneda desconocía por completo, movió su red con la pericia de siempre, sin interactuar directamente con sus agentes sino a través de dos lugartenientes de total confianza con quienes se reunía muy ocasionalmente y en secreto. A su vez, estos dos agentes sólo interactuaban con una o dos personas de su confianza, quienes repetían el patrón hasta crear una amplia red de desconocidos, capaz de actuar coordinadamente según las órdenes de Mauricio. En la práctica ésta era una eficiente y a veces letal maraña de células que operaban con independencia y sin saber quiénes eran o qué hacían las demás. Recabar información, influir en decisiones, neutralizar al enemigo y anticipar amenazas eran sus principales tareas.

Una semana después sacaron a la fuerza al doctor Avellaneda del ambulatorio y lo empujaron con gran violencia dentro de una camioneta. Eso le contaron las vecinas del ambulatorio a la periodista, a quien, de paso, detuvieron dos hombres armados a la salida de Petare, que la amenazaron con matarlas a ella y a Mónica Parker si volvían a aparecerse por esas calles.

Hasta ahí supo Eva también, aunque siguió escuchando los audios y repasando las imágenes en busca de detalles y pistas. El único que tuvo claro el final del doctor Avellaneda fue Mauricio, un final que lo ha tenido muy intranquilo. Para él y sus jefes en La Habana, este caso dista de ser extraño. Por el contrario, es cada vez más común. El número de médicos y demás profesionales cubanos enviados a Venezuela que escapan a otro país crece a un ritmo alarmante. Ni los controles, ni el espionaje ni las amenazas de cárcel y de represalias contra sus familias en Cuba logran detener el flujo de cubanos que utiliza su misión en Venezuela como trampolín para irse a vivir a otro país, preferiblemente a Estados Unidos.

La revolución no será televisada

En el refugio de damnificados donde viven Luz Amelia, su hijo, su madre y su abuela, los domingos son días de fiesta bolivariana. Alrededor de un pequeño televisor a todo volumen, decenas de mujeres, hombres y niños se sientan en el piso y asisten con expectante alegría a su programa favorito, *Aló, presidente*.

Algunos se ponen sus boinas y camisetas rojas. Otros levantan las pancartas que siempre llevan a las marchas. Los niños bostezan, pero no se atreven a jugar en la calle porque en cualquier momento se enciende una fiesta, como si en vez de una larga alocución presenciaran un partido de futbol. A lo largo del monólogo presidencial, en el refugio retumban vivas y aplausos, cumplidos y felicitaciones. No hay felicidad mayor que oír al mejor hijo del pueblo, o el equivalente gigante del padre que tantos en el país jamás han conocido.

Pareciera que, con cada emisión, el programa se alarga un poco más. Tanto sus seguidores como sus opositores comentan que a Hugo no lo ven a través de la pantalla sino que lo tienen el día entero de visita en su casa. Durante algunos meses, de manera obstinada, los temas recurrentes del presidente son el fracasado intento de derrocarlo, las maldades y los horribles desatinos de la oposición, a la que ahora ha dado en llamar «disociados», además de «apátridas», «escuálidos», «oligarcas» y «enemigos del pueblo». Para él, quienes no lo apoyan, no son miembros de la oposición que confronta todo gobierno democrático, sino enemigos mortales que no tienen derecho a tener ningún rol político. Que no tienen derecho a existir.

Nunca olvida la frase de Fidel: «El poder no se comparte».

Los gritos de euforia no se detienen en el refugio de Luz Amelia cuando el presidente dice:

—De tanto repetirse sus propias mentiras, la oposición termina creyendo que estoy contra las sogas en el ring de boxeo y que con un empujoncito me caigo. O que Chávez es vulnerable psicológicamente y está débil, y que entonces con una pequeña presión va a renunciar. ¡Pero no!, olvídense de ese cuento. Les repito: estoy más fuerte que nunca. ¡Fuerte y junto al pueblo!

El hijo de Luz Amelia aplaude con una emoción tan grande como su inocencia. Qué dicha sienten todos cuando oyen al presidente hablar del impulso a la economía productiva y a los proyectos sociales, de las escuelas bolivarianas, el proyecto de salud, el equipamiento de hospitales, los créditos a los agricultores y a las microempresas; del desarrollo sostenido e integral, ¡de viviendas nuevas para los más pobres! Luz Amelia sabe que pronto le llegará su turno.

Pero este domingo en particular, los televidentes están más interesados que nunca. Gracias a un documental irlandés producido por simpatizantes del gobierno, por primera vez se le muestra al país lo que «verdaderamente» ocurrió el día del golpe. Su título es *La revolución no será televisada*, refiriéndose al *blackout* informativo que impusieron los canales de televisión durante los tres días del golpe. El video presenta a Hugo como víctima y culpa a la dirigencia opositora de las diecinueve muertes civiles de ese día, cuando la marcha que se dirigía a Miraflores fue dispersada por el fuego de francotiradores. El guion enfatiza que esa reacción armada no fue espontánea sino que estaba preparada de antemano por la oposición.

Lo que no revela el documental es que ese día una de las caóticas reacciones de los organismos de seguridad del gobierno fue la de ordenar a los «colectivos» emboscar a fuego vivo la marcha, causar muchas muertes y dispersarla por el terror antes de que la masa de gente llegara a las cercanías de palacio. Esos colectivos, creados hacía ya varios meses, eran parte de una unidad paramilitar urbana de despliegue rápido, compuesta indistintamente de activistas de ultraizquierda, delincuentes comunes y ex policías. Algunos de los colectivos son financiados, entrenados y armados por el gobierno a través de agentes, que a su vez son fichas de la red de espías cubanos de Mauricio; otros son parte del ejército del Pran.

Así, en su programa de este domingo, el presidente difunde y comenta entusiasmado el documental irlandés, haciendo repetir escenas a su conveniencia y soltando bromas para el deleite de los televidentes afectos a él y la tristeza de quienes lo oponen. Muchos de los damnificados del deslave que ahora habitan en el refugio y que estaban a las afueras del palacio ese día, se sienten protagonistas y admiran a su presidente con entusiasmo.

Los sentimientos se sobreexcitan cuando de pronto Hugo se ofusca, se erige en fiscal acusador y ordena el encarcelamiento de varias personas que el documental señala como posibles responsables de las muertes de civiles que se produjeron ese día. Aunque las imágenes dejan ver que los acusados tan sólo intentaban impedir que los manifestantes fuesen masacrados por pistoleros afectos al gobierno, sin dar rodeos ni sugerir debidos procesos penales, él mismo ordena a una juez que condene a la pena máxima de treinta años de cárcel a los culpables: un alto comisionado de policía y un grupo de subalternos, todos parte del cuerpo de policía de un municipio del área metropolitana cuyo alcalde es de oposición. A los pocos días la juez obedece la orden sin chistar, y la revolución vuelve a ser televisada.

De vuelta en su trono protagónico, el presidente de Venezuela decide terminar sus arengas y discursos con un latiguillo que ha copiado de Fidel:

—¡Patria, socialismo... o muerte! —grita Hugo.

—¡Patria, socialismo... o muerte! —gritan Luz Amelia, su hijo y todos los millones de creyentes en la revolución.

Adiós, gallito de roca

Ya no más, ahora sí que ya no más. Que no digan que no lo intentó, que no digan que no lo amó, que no estuvo a su altura, que no le dio la talla y que por su culpa fracasó el matrimonio.

Que sepan que la *Libertadora del Libertador* lloró el tormento de saberse traicionada. Que sepan que al fin de tanto esfuerzo ya no pudo vivir más con un hombre irreconocible, un ejemplo tropical del doctor Jekyll y el señor Hyde. Ha decidido hacerlo público en el programa de Mónica Parker. Que sepa el mundo que Eloísa renuncia por voluntad propia a su papel de gallarda primera dama. No es sólo que él ya no sea el mismo, sino que no cesan sus amoríos, esa permanente coquetería de gallito de roca que canta y encanta, esa locura por otras mujeres que ya le consumió su paciencia. Ya comprobó que a los machos de esta especie les gusta volar libres. Siempre en busca de otros paisajes, revoloteos y conquistas. Ya comprobó que las palabras de

Manuelita Sáenz a Simón Bolívar no aplican a su propia vida: «Bien sabe usted que *ninguna otra mujer* que usted haya conocido podrá deleitarlo con el fervor y la pasión que me unen a su persona».

Ay, tantas otras lo deleitan, tantas otras se dejan deleitar... Y hay más. Lo de las mujeres no lo comenta tan abiertamente. Eloísa responde a la primera pregunta de Mónica con labios temblorosos:

—¿Qué pasa, Eloísa?

—Para nadie es un secreto que el presidente y yo hemos estado separados por un tiempo —responde Eloísa—. Pero esta situación tan dolorosa para mí ya pasó de lo personal a lo legal, y es el momento de decírselo al país. Creo que todos lo esperaban. No es una sorpresa para nadie.

—¿Qué quieres decir con que «pasó a lo legal»? —pregunta Mónica.

—Que estoy en el proceso de obtener la nulidad matrimonial. Sólo hay que esperar a que el presidente oficialice la introducción de los pliegos legales y que firme el divorcio —responde ahora con templanza—. Esto le dará a él mayor libertad para seguir con su política, y a mí, muchísima más tranquilidad.

—Pero ¿qué pasó?, ¿por qué lo decides? Al principio se veían tan felices juntos...

—Muchas cosas —responde Eloísa—. El presidente ha cambiado notablemente desde que nos conocimos. Hemos tenido muchos inconvenientes por incompatibilidad de personalidades. Quiero aclarar que no me separo de Chávez para ser su enemiga, ni enemiga del proceso revolucionario, ni para ser usada por la oposición para atacarlo. Me separo simplemente porque, como pareja, no hay cosas que compartir, salvo nuestra hija. A él le gusta tener amoríos, por ejemplo, y yo no admito eso.

—¿Y qué hay de tu compromiso con el gobierno del presidente? —pregunta Mónica—. Has participado en la redacción de la Constitución, tienes tus proyectos sociales para los niños, has promovido políticas públicas en favor de las mujeres.

—Por ahora me voy a dedicar a mi familia, aunque por un tiempo continuaré atendiendo mis compromisos con la Fundación del Niño.

Mónica confiesa lo extraño que le resulta oír a Eloísa hablar así. Sobre todo porque hasta este punto ella ha sido una estridente defensora del gobierno de su marido. Eloísa admite que la política ha influido mucho en esta última etapa de su vida y en su relación con el presidente. Pero asegura que no se casó con la Revolución bolivariana.

—No quiero ser mártir de la revolución.

Luego revela la razón por la que salió hace unos meses de la residencia presidencial: ya no soportaba la relación de pareja que Hugo quería.

—Imagino que todo ha sido más difícil después del fracasado golpe de Estado, ¿verdad? —pregunta Mónica.

—¡Muy difícil! —suspira Eloísa—. Yo estuve firme al lado de él en esos momentos. Pero ya no quiero ser más el blanco de los mismos ataques, calumnias, comentarios malsanos y malintencionados que me dirigen tanto del entorno del presidente como del de sus opositores. Los opositores, por ejemplo, tratan de destruirlo a él destruyendo mi integridad moral. Es una pesadilla también para mi familia vivir entre los abucheos y el maltrato verbal de los opositores y también del círculo de acólitos del presidente.

—¿Y no hay posibilidad de que se reconcilien? ¿No será sólo una crisis pasajera, Eloísa? Han estado cinco años juntos.

—No, Mónica. Yo decidí no ser esposa por conveniencia. El presidente no es el Hugo demócrata que yo conocí. No conozco a nadie tan obsesionado por el poder. El poder lo cambió. Aparte de eso, es un maltratador, un donjuán, y, para serte sincera, ya ni me satisface sexualmente.

Por primera vez en su carrera, Mónica Parker no sabe qué decir. Se queda sin palabras por unos segundos. La atenta y sorprendida audiencia de su programa siente que pasa una eternidad.

Eloísa sale del estudio de televisión caminando con la postura erguida y desafiante de quien ha defendido su dignidad con coraje. Se siente valiente. Está enfrentando nada más y nada menos que al presidente de la República Bolivariana de Venezuela y líder continental. Pero no le importa. Quizá debería tener miedo, pero por alguna razón no lo tiene. Siente que se ha colocado más allá de los pequeños cálculos políticos, la fama, el poder. Pero esto no será un final tan sencillo y tranquilo como ella cree; ahora le llega el momento de comprobar que, en efecto, los gallitos de roca machos abandonan en el nido a su hembra y a sus polluelos. Es su naturaleza.

En las semanas siguientes la pareja se disuelve y comienza un forcejeo judicial acerca del régimen de visitas del presidente a su pequeña hija de cuatro años, cuya custodia ha quedado a cargo de la madre.

Eloísa no se amilana ante el poder de Hugo y logra poner coto a sus contradictorias exigencias de visitas parentales. Ella insiste en que sea él en persona quien recoja a la hija de ambos y la lleve de vuelta a la casa materna, en una ciudad del interior. Él ha aceptado que así sea, pero encarga el traslado de la niña, hasta Miraflores y de vuelta a su casa, a algunos edecanes y gente de seguridad. Pero Eloísa no sólo desaprueba esa aspereza, sino que teme por la seguridad de su hija, en un clima político tan polarizado como el que ha vivido el país, antes y después del intento de golpe.

Otra vez en el blanco de los medios, la ex primera dama alega en televisión:

—A Hugo se le ha *volteado* mucha gente en la que él confiaba. No sólo intentaron darle un golpe de Estado, sino que él mismo ha denunciado varios complots magnicidas que buscan asesinarlo.

Los periodistas la acosan cuando va a las citas en los juzgados, a las que nunca asiste el presidente. Eloísa tiene acceso a los micrófonos, al país, otra vez:

—Comprendo que sea un hombre muy ocupado por los grandes problemas del país, pero nuestra hija necesita toda la calidad de tiempo que su padre pueda brindarle. ¿Cómo puede él confiarle mi niña a cualquiera todo el día? ¿A gente que podría traicionarlo como ya lo ha hecho? ¡Tiemblo de pensar que algún enemigo de Hugo le haga daño a mi hija, por dañarlo a él!

El presidente, entretanto, público como siempre, evita cualquier comentario sobre la situación familiar. Al final, cede ante los reparos de su ex esposa. Y Eloísa, intentando recuperarse del golpe moral que ha recibido, se repliega a la vida privada y se sume en un silencio absoluto del cual sólo saldrá un tiempo después para hacer campaña electoral en contra de su ex marido.

12

Juegos de guerra

Alcanzar el nirvana

Los sermones de Juan Cash actúan sobre la mente del Pran como órdenes divinas:

«Dios quiere que seas rico aquí, en la Tierra.»

«Define tu misión personal y triunfarás.»

«El verdadero nirvana es el éxito.»

El Pran no tiene muy claro qué es «nirvana», pero repite la palabra con efusividad y hasta ha escrito la última frase en su altar de la celda.

En las últimas sesiones virtuales vía internet con su gurú espiritual, el cerebro del crimen organizado en Venezuela ha definido su plan para conquistar el mundo sin salir de La Cueva. En el Monopolio moderno que juega con la ayuda de su socio Willy García, moviéndose hábilmente en el enrarecido clima de expropiaciones y los límites a la libertad económica que ha impuesto el presidente.

Pero su principal fuente de fondos sigue siendo el narcotráfico. Sobreponiéndose a la complicación que significa el apoyo del presidente de Venezuela a las FARC, las guerrillas colombianas que son su más cercano rival en el narconegocio a escala internacional, el Pran ya ha logrado involucrar a varios altos militares. Los quiere para que lo apoyen en la vasta y rentable operación de exportar droga a Europa a través de la que llama la «ruta africana». Esto consiste en enviar cocaína en todo tipo de embarcaciones —barcos de carga, veleros de turismo, barcos pesqueros de las costas de Venezuela— a Guinea-Bissau, en África. De allí, la droga es transportada en vehículos todoterreno hasta Marruecos o Libia, desde donde llega al insaciable y lucrativo mercado europeo a través de raudos botes que cruzan el Mediterráneo, cubriendo la corta distancia que separa el norte de África de España e Italia. La organización del Pran no es la única red de narcotraficantes que usa esta ruta, pero sin duda es la mejor gestionada. Y el Pran quiere que sea aún más grande y eficiente.

En una de las reuniones en La Cueva del Pran, Willy García, todavía ministro de Finanzas, reporta que ha reclutado «para nuestro proyecto» a un respetado y reconocido oficial del ejército con gran ascendiente en el alto mando, el coronel Gonzalo Girón.

—Te aseguro que ha probado tener no sólo ilimitadas ambiciones materiales, sino ser inteligente, preparado y digno de confianza —dice Willy con la convicción de quien ha investigado más de la cuenta.

Al Pran le brillan los ojos. Le encanta hasta el delirio incluir en su nómina a personajes con tan buen perfil. Más se alegra cuando su socio le cuenta que hace ya un buen tiempo conoció al coronel Girón en el Palacio de Gobierno y que podría decirse que son amigos. Para éxtasis del Pran, dice: «¡Me consta que de comunista no tiene un pelo!». Por si fuera poco, el coronel goza del aprecio de Hugo y se sabe ya de su inminente ascenso a general. Ha llegado la hora de asociarlo en el negocio del tráfico internacional de drogas.

Todo funciona como debe ser. En la siguiente reunión en La Cueva del Pran está invitado el nuevo número tres del equipo, el coronel Girón.

Yusnabi Valentín brinda con ron y siente que su nirvana está cada vez más cerca.

Juegos de guerra

No para de llover en Caracas. Una, dos, tres horas seguidas. Pero la lluvia no se oye dentro del Salón del Consejo de Ministros en el palacio donde el gabinete del presidente asiste, estoicamente, a una de las maratónicas reuniones en las que, en teoría, se deberían reportar los avances más relevantes de cada ministerio. Sin embargo, esta vez el tema es otro, y el presidente ha decidido que toda su cúpula, y hasta sus amigos cercanos, estén presentes y se enteren de sus nuevos intereses en materia militar.

Además del presidente, el personaje central de esta extraordinaria reunión es un alto y brillante oficial del ejército, cabeza de una «Brigada de Selva» y líder de un proyecto de salvaguardia nacional denominado Dispositivo de Defensa Amazónica: el coronel Gonzalo Girón.

Se trata de un proyecto que entraña, entre otros enormes costos, un sistema de radares de detección temprana de aeronaves o misiles enemigos, un sofisticado escudo antimisiles, modernas baterías de defensa antiaérea tierra-aire, rampas misilísticas móviles ocultas bajo la selva amazónica y una serie de aplicaciones digitales que integran todo a un gran «cerebro» computarizado y subterráneo.

Para sorpresa de los ministros y emoción del presidente, el coronel Girón ha pensado muy bien la exposición, y es obvio que es un virtuoso manipulando los delirios de grandeza del presidente y su indoblegable antiimperialismo. En medio de la descripción de cada sistema de armas, Girón sugiere la gran conveniencia que tiene para la seguridad nacional adquirir todo el material en Rusia. Y deja lo mejor para el final: un formidable juego de guerra virtual y en tres dimensiones que se despliega en una gran pantalla, al estilo de las salas situacionales que se ven en las películas de Hollywood, y que consiste en el simulacro de una guerra en la que Estados Unidos invade Venezuela.

Todos observan en silencio, temen opacar el éxtasis que brilla en los ojos del presidente y comandante en jefe, o soltar algún comentario fuera de lugar que los expulse del simulacro bélico. Ángel Montes ha sido invitado como asesor personal de Hugo. Aunque impresionado por el espectáculo y espantado por los extraordinarios gastos que conlleva, aprueba con sumisión y sonríe de vuelta cuando su jefe lo mira y le pregunta:

—¡Buenos juguetes!, ¿no?

El momento cumbre llega cuando el coronel Girón invita al presidente a tomar los mandos del teatro de guerra virtual, alimentar los datos del conflicto imaginario y comandar virtualmente las maniobras de ataque. La experiencia de su larga y prodigiosa carrera militar, sus conocimientos estratégicos y de historia castrense se funden en el cerebro de un niño de cuatro años que por primera vez le dispara a pajaritos con pistolas de agua.

Hugo se acerca con embelesada lentitud a la consola de mando, se apagan las luces y, ¡oh, prodigio!, al punto aparecen en pantalla los personajes animados, cabezas respectivas de ambos ejércitos: el odiado señor George W. Bush, alias Mister Danger, y Hugo Chávez, alias El Comandante.

La guerra ha comenzado, es decir, el juego. La espectacularidad de los efectos especiales, la variedad de escenarios, el verismo de las situaciones y el diseño de un par de jefes del simulacro, quienes se parecen hasta el asombro a los reales Chávez y Bush, hacen que a los ministros y oficiales se les pongan los pelos de punta. ¿Qué tal si es en serio que el presidente llega a estos extremos? Nadie dice nada, sin embargo. Ya saben que dentro de su lista de deberes está el contemplar y aplaudir las excentricidades de Hugo.

Pegado al control de mando, lo oyen decir maravillado:

—¿Qué tal si los gringos vienen como cuando atacaron a Irak la primera vez? Van a querer *hacerme* una campaña aérea como le hicieron a Saddam Hussein. Los bombarderos vienen en portaaviones desde...

—... Norfolk, Virginia. —Girón se apresura a sugerir una base naval estadounidense.

—¡Norfolk, exacto! —repite el presidente con júbilo mientras Girón escribe la palabra en brillantes letras verdes que sobresalen en la enorme pantalla.

Afuera del Salón del Consejo sigue lloviendo. Los celulares de los ministros vibran con insistencia. Hay muchos asuntos que atender allá afuera. Pero nadie se mueve. Nada puede ser más importante que este demo militar. Hugo, concentrado en el juego de guerra, continúa:

—Vamos a ver qué puede hacer el Dispositivo de Defensa Amazónico contra los F-16 y los misiles Skyhawk que me van a lanzar desde el...

—... desde el *USS Abraham Lincoln* —Girón completa, sugiere.

—¿Cómo le meto el portaaviones a esto? —Hugo teclea torpemente en la consola.

—¿Me permite, presidente? —Girón alimenta los datos con experiencia.

—Métele ahora dos, no, ¡mejor *tres* destructores con misiles de crucero, Girón! —ordena el dueño del juego y lee las nuevas palabras que escribe Girón—: ... y tres destructores también con misiles: el *Farragut*, el *Churchill* y... el *Dunham*. Okey, okey, pero ahora déjame a mí solo, Girón. —Hugo está ansioso por comenzar a jugar.

La escena que se desarrolla a continuación es asombrosa. Ante los ojos de los ministros y oficiales se despliegan el realismo y la crudeza de una guerra colosal que, para fortuna de los asistentes, es sólo un juego animado en tres dimensiones, el sueño de todo militar antiimperialista latinoamericano: ganarle humillantemente una guerra a Estados Unidos. El presidente, impávido y absorto en sus ataques, suelta pequeños chillidos de júbilo cuando uno de sus misiles derriba un F-16 norteamericano o masculla su frustración cuando falla un lanzamiento. Al final de la recreativa demostración, Venezuela vence en la primera batalla; una bandera tricolor ondea en la pantalla.

El presidente aplaude con delirio y se limpia el sudor de la frente; ha tenido demasiada emoción este día. Los ministros están ofuscados pero aplauden sonriendo. Ángel se remueve, incómodo, evitando hacer público algún gesto de desaprobación. Willy García y el coronel Girón intercambian una imperceptible mirada de complicidad.

Cuando se encienden de nuevo las luces, se abren las puertas y se declara finalizada la bélica junta ministerial, todos los asistentes respiran de alivio al ver que del cielo no caen misiles, como quiere el presidente, sino perezosas gotas de lluvia de un temporal que está por terminar.

Los buenos muchachos I

Aunque la importancia del encuentro bien podría considerarse un evento ceremonial de gran trascendencia, para esta ocasión el nuevo general ha decidido dejar colgado en el armario su traje de campaña, su reluciente guerrera *verde patriota* con todo y condecoraciones, medallas, insignias, distinciones, veneras, joyas, cintas y barras de honor.

Como *se es* militar aun cuando uno se vista de civil, el general no desobedece del todo el reglamento de uniformes de la Fuerza Armada Nacional Bolivariana y respeta un detallado protocolo que demuestra la «excelente representación, majestuoso impacto e irreprochable muestra de obediencia y disciplina de todos sus integrantes». Se lo aprendió de memoria.

Hoy viste una pulcra camisa blanca de mangas largas de Charvet, de París, con mancuernas de oro blanco de Bulgari, un cinturón Hermès con discreta hebilla de plata y un portafolio de piel de becerro negro; sólo esos tres accesorios cuestan diez mil euros. En su bolsillo hay un pañuelo blanco de algodón también comprado por su esposa en uno de sus viajes a París. Cuando camina por el laberinto de túneles, callejones y atajos que conducen al enorme apartamento del Pran en La Cueva, el recién promovido general Gonzalo Girón muta su porte de alto militar en la impecable apariencia de un prominente ejecutivo financiero. Hasta los dos mastodontes armados que custodian la puerta del *apartaco* del Pran quedan hipnotizados por el sutil y penetrante perfume de ámbar y pimienta.

Adentro lo esperan con desinhibida alegría los dos anfitriones, Yusnabi Valentín y Willy García. Lo invitan a sentarse, le sirven una copa de whisky escocés Dalmore Selene, aplauden que la ocasión amerita brindar con un licor exclusivo extraído de barriles donde reposó por cincuenta años, a sólo dieciocho mil dólares la botella. En la mañana Hugo, como presidente y comandante en jefe de las fuerzas armadas bolivarianas, le ha comunicado personalmente a Girón su ascenso a general y al mismo tiempo, entusiasmado con los juguetes de guerra en tercera dimensión, ha ordenado la compra del sistema completo antimisiles a un proveedor ruso representado por el Pran, vía una de las empresas controladas anónimamente por Willy. Al enterarse de la noticia, el Pran y Willy se levantan entusiasmados y cantan «¡bingo!».

En medio de los primeros brindis, Girón recibe de manos del Pran un papel impreso en el que figura una abultadísima cifra: siete millones de dólares. Es su comisión por el sistema defensivo amazónico.

—Da gusto trabajar con ustedes —dice el general impresionado, satisfecho.

—El poder de Dios sólo baja como monedas de oro a las manos de los hombres valientes y emprendedores —repite el Pran una frase tomada del espiritualismo materialista de Juan Cash, y manifiesta su interés en contar con Girón para un negocio mucho mejor que venderle armas rusas al presidente.

Hablando a dos voces y sin rodeos, los socios le comparten al general su idea de llevar grandes cantidades de cocaína y heroína colombianas a los mercados de Europa.

—Tenemos ya una operación de este tipo. Pero estamos convencidos de que puede ser mucho más grande —dice Willy.

—Pero para eso lo necesitamos a usted, mi estimado general —completa el Pran.

Las copas se encuentran de nuevo. Un olor a costillas de cerdo asadas se filtra en La Cueva y opaca el perfume de Girón. La cena ha llegado. Tan pronto sale la servidumbre del *apartaco* y están de nuevo solos a la mesa, el Pran explica que los cárteles mexicanos son muy poderosos y violentos. Llevar droga a Estados Unidos se ha vuelto muy duro pues implica competir violentamente por un gran territorio y con cárteles en guerra entre sí: el del Pacífico, el de Sinaloa, el del Golfo, los Caballeros Templarios, los Zetas.

—Te admito que no estoy listo para eso, no quiero esas matanzas en mi país. Llámame nacionalista si quieres —confiesa el Pran.

Willy saborea una costilla de cerdo, toma un trago de su exquisito whisky y habla:

—Aquí, haciendo cuentas con el Pran, sabemos que el negocio deja a los cárteles mexicanos más de cuarenta mil millones de dólares al año.

Los ojos de Girón se iluminan.

—¡Quiero una parte de ese negocio! —interrumpe el Pran—. Por eso nos inclinamos por Europa como destino final. Allá todavía no hay cárteles mexicanos.

El general comprende que el Pran piensa en grande. Y se siente identificado.

—¡Salud! —Girón escucha impasible la explicación de por qué sus dos nuevos socios necesitan una vasta operación logística y un tipo de protección armada que requiere nada más ni nada menos que de un ejército.

—*Tu ejército*, Gonzalo —dice el Pran, y Willy añade:

—Tu ejército le daría a esta empresa una gran ventaja.

El momentáneo silencio en el *apartaco* es, al mismo tiempo, un grito compartido de júbilo en los corazones del trío de socios.

—Quiero llevar la mercancía a Europa vía África. Necesito contar con un cártel nuevo de buenos muchachos, el *cártel de los generales* —sentencia el Pran.

Las copas se besan cuando al fin el recién ascendido general Girón responde:

—Esto es mejor, más rentable, tiene futuro y es mucho más seguro que darle un golpe de Estado a Chávez.

Entonces se ríen, abren otra botella y se unen en un mismo coro:

—¡Salud!

«Totalmente tuya»

Las cámaras del programa enfocan en primerísimo plano el rostro de una bonita y humilde joven de veintiséis años, con boina y camiseta rojas, que sonríe nerviosa ante el vértigo de hablarle en persona, en vivo y en directo, al presidente. Ni ella ni sus vecinos terminan de creer que Hugo haya decidido emitir su programa del domingo desde el refugio de damnificados. De verdad que tiene que ser un ángel.

—¿Cómo estás, Luz Amelia querida? —pregunta el presidente frente al micrófono con una genuina dulzura en su voz.

—Muy feliz, mi presidente, de poder verlo y hablarle. Yo soy una bolivariana de corazón, se lo juro.

—Tan bella, Luz Amelia. Eso es lo que necesita esta revolución: venezolanos y venezolanas comprometidos con nuestro movimiento, poniéndoles el pecho a los cambios sociales y enfrentando con honor la opresión de la oligarquía.

Luz Amelia sonríe nerviosa. Todavía no entiende bien qué significan «oligarquía», «socialismo», «imperialismo» y «proletariado», pero cree con fervor en cada una de las palabras de Hugo.

—A ver, ¿qué podemos hacer por ti hoy, mi amor.

—Tengo un hijo de cinco años, presidente —comienza Luz Amelia con la voz quebrada—. Soy sola; madre soltera. Vivo con mi madre, mi abuela y mi hijo aquí, en el refugio para los damnificados del deslave. Perdimos todo en la tragedia de la costa... Y pues, presidente, mi sueño más grande es volver a tener una casita, donde sea, donde a usted le quede fácil, para irme con mi niño, mi mamá y mi abuela, que está muy débil por un problema de venas várices que no la dejan caminar casi...

—Ahí te veo tu boina patriota, ¿ah? ¿Así eres de bolivariana?

—¡Claro, presidente! Yo le juro que soy una bolivariana de pies a cabeza. Puede contar conmigo para lo que sea. Usted es el único hombre en quien yo confío y sé que no me va a dejar mal.

—¡Así se habla, venezolanos! —El presidente aplaude. Los espectadores aplauden—. Vas a ver que vamos a coordinar una vivienda para ti, tu familia, y todos los damnificados de esa triste catástrofe que todavía lamentamos. Sigue teniendo fe en la revolución, querida compañera bolivariana, y verás que también llegará a tus manos parte de esa renta petrolera que estuvo tantos años acaparada por ese nido de privilegiados y burócratas que se creyeron los únicos dueños de la riqueza del país. ¡¿Dónde está mi café!?

Después de varias horas de contacto directo con su necesitado pueblo, Hugo se despide de los televidentes y de los habitantes del refugio. Luz Amelia logra colarse en el torbellino de fans y escoltas del presidente, y recibe, por lo pronto, un abrazo, ¡un beso!

Ni ella ni sus vecinos pueden dormir en la noche, sacudidos todos por la inmaculada esperanza de un sueño hecho realidad. Están seguros de que, tras varios años de espera, su fe se está materializando.

Sin nada concreto aún, Luz Amelia celebra por varios días su comunión con el presidente en el programa. Desde este momento, su vida sufre un cambio anímico y radical. Pasa de ser la dulce muchacha, pobre y desvalida, y estrena el carácter de una furibunda activista.

En pocos meses se enfoca en «dar la vida por la revolución» y se incorpora a uno de los grupos de colectivos paramilitares más violentos, uno cuya jefa es una mujer: Lina, la Incontrolable.

Pobres pero armados

Luz Amelia duerme con su hijo y una pistola automática debajo de la almohada. Ha recibido instrucción militar en un campo a las afueras de Caracas. Aprendió a decir que lucha para defender al presidente, dar la vida por la revolución y derrotar las intenciones de los oligarcas, de los fascistas y del imperialismo yanqui que intentan tomarse a la fuerza el país. Aprendió a disparar; eso es lo que cuenta.

Además, ahora tiene novio. Es un cabo de la policía, quien decidió seguir a Luz Amelia en su camino de militancia revolucionaria. Lo conoció como policía que hacía servicio social en su refugio de damnificados. Pero Miguel ya se dejó de eso. Ahora es un miliciano motorizado encargado de reprimir en los barrios a quienes muestren signos de hostilidad al gobierno u organicen actividades contrarrevolucionarias. Hace parte de una banda de motociclistas de despliegue rápido que usualmente se aloja en estaciones de policía o en centros comunales de los barrios. Ha sido entrenado por agentes cubanos y grita con convicción: «¡Patria, socialismo o muerte!».

Como premio a su evidente compromiso, en las últimas semanas, Lina, la jefa del colectivo, lo incluye en uno de los grupos invasores de inmuebles, una banda de «ocupantes». En su primer encuentro con ella les deja claro que su misión incluye disolver manifestaciones antigubernamentales a la fuerza e intimidar y amenazar a opositores. Tienen mucho trabajo que hacer. «¡Con Chávez, todo; sin Chávez, plomo!», les hace repetir.

Aunque Lina es una mujer pequeña en estatura, con sólo hablar o hacer un simple movimiento, todos los *hermanos camaradas* a su mando alistan sus armas y responden a sus órdenes sin chistar. El cabello teñido de un rubio escandaloso, el ceño siempre fruncido y la furibunda voz afilada en contra de los opositores y a favor de los desfavorecidos la han puesto en el centro del ruedo mediático desde que, rodeada de sus hombres, comenzó a demostrarle al país lo que significa ser una «patriota». Primero hizo una toma violenta al Palacio Arzobispal de Caracas. Llegó con sus seguidores, desalojó a todos los empleados y habló. Habló ordenándoles a los jerarcas de la Iglesia católica que dejaran de criticar al presidente, que se pusieran del lado de la revolución y, sobre todo, que respetaran a Hugo, «el único que manda aquí». Meses después intentó hacer lo mismo en la productora de noticias de Mónica Parker. Con gases lacrimógenos quiso acallar su parcialización *imperialista*. Por primera y última vez en su vida fue encarcelada. Dos meses después salió de prisión, más brava que nunca.

Su «Mesías», «el amor de su corazón», el «Máximo Jefe», como Lina llama al presidente, no se atreve a desarmarla, pero le ha pedido públicamente que baje el tono de los actos anarquistas y que se enfoque más bien en seguir organizando al pueblo en los barrios. Él tolera los excesos contra la propiedad privada porque está bien intimidar a las clases media y alta. Por eso, aunque lo niegue ante la prensa del mundo, sus allegados proveen de armas y dinero a los grupos irregulares que lo apoyan.

Y Lina, quien dice no ser una pieza de ajedrez o de damas chinas para que la controlen, que sólo se somete ante las palabras de *su* Chávez, se acomoda su boina roja y sigue adelante en su borroso territorio, a mitad de camino entre la propaganda armada y la delincuencia común.

—Lo dice mi Chávez: la lucha es de clases, de pobres contra ricos —sentencia y se aplaude a sí misma en su propio programa radial, una copia de *Aló, presidente* que recibe hasta trescientas llamadas telefónicas cada día, su espacio alternativo para «salvar al mundo».

Para silenciar todo el ruido a propósito del descontrolado crecimiento de los colectivos paramilitares, unos años después de fracasado el golpe en su contra, el presidente anuncia:

—Lo repito una y mil veces: ésta es una revolución pacífica, pero armada. ¡El pueblo en armas!

Como quinta fuerza del Estado, junto con el ejército, la fuerza aérea, la armada y la Guardia Nacional, crea las Milicias Bolivarianas y les nombra un general como su jefe máximo, pero a ese general lo manda él.

Doscientos mil voluntarios, incluidos Luz Amelia y su novio, se inscriben, se alistan, se visten de camuflaje verde oliva y algunos reciben fusiles de asalto rusos AK-47. Son un pueblo en armas que adora a Jesucristo, «el primer revolucionario del mundo». Un pueblo en armas que lee las biografías de Fidel Castro, el Che Guevara, Sandino, Túpac Amaru, Lenin y Marx. Un pueblo en armas que canta a coro:

¡Alerta, alerta, alerta, camarada, que vamos a vencer
con nuestro presidente, Hugo Rafael!

Un pueblo en armas que organiza una guerrilla y se va al monte, no a luchar contra el gobierno sino a defenderlo. Un pueblo en armas que aprende retórica bélica, limpia zonas de opositores, vive en bastiones chavistas y rinde honores a Manuel Marulanda, el fundador de las FARC. Un pueblo en armas que ofrece su sangre, cuerpo y alma para no permitir que Hugo, el presidente, sea víctima de los oprobios del imperio. Un pueblo en armas que cree que «después de Bolívar, Chávez es lo único bueno que nos mandó Dios».

O que cree más bien que su presidente es el Dios mismo. Sus palabras son sagradas, órdenes de guerra cuando dice:

—La amenaza de la contrarrevolución no se ha ido lejos. Sé que hay conspiraciones para asesinarme. Y si esto ocurre, hermanos milicianos, no pierdan la cabeza, mantengan la calma. Ustedes saben lo que tienen que hacer: tomar el poder en sus propias manos, ¡todo el poder! Expropiar los bancos, las industrias, los monopolios que permanecen en manos de la burguesía. ¡La derecha todavía está preparando otro golpe, pero ahora el pueblo tiene armas! ¡Que viva la milicia nacional! ¡Que viva el pueblo en armas! ¡Que viva la revolución! ¡Patria, socialismo o muerte!

Luz Amelia le ofrece su fusil al cielo: «¡Patria, socialismo o muerte!». Sigue obedeciéndole también a Lina. Ya tiene trabajo, por lo menos. Pero sigue esperando el milagro de una vivienda y una vida en paz.

Los buenos muchachos II

El avión aterriza en una pista clandestina en el llano venezolano. Muy cerca, un transporte militar C-130, custodiado por ciento veinte soldados, espera el transbordo de la mercancía. Si en vez de ocho toneladas de cocaína se tratara de un cargamento de gallinas, el tortuoso y eterno camino entre Los Llanos y el pueblo de pescadores en el oriente venezolano dejaría pocas sobrevivientes.

Unos días después, desde un modesto puesto de pescado frito en Guiria, un puerto pesquero comercial en el extremo oriente del país, Willy García, muy disfrazado, se toma una cerveza mientras mira de lejos un buque carguero en la maniobra de ordenar la carga para luego subirla con una grúa. Unas cuantas cervezas después, el buque navega mar afuera y el corazón de Willy celebra el primero de muchos viajes a Europa. La operación de carga que acaba de supervisar directamente tiene un valor de mercado de cientos de millones de dólares. Si llega a Europa. Pero si algo pasa en el camino y no llega, ellos perderán una fortuna. Pero la carga llega a su destino. Con esta operación, el Pran, Willy y su cártel de generales comienzan a adueñarse de una apetitosa tajada de la torta mundial de droga.

El buque ha atracado en un puerto costero en África occidental. A las pacas de cocaína que compartieron el hacinamiento transatlántico les llegó la hora de separarse. Así, los compactos bloques de polvo blanco llegan a conquistar el mercado de más de quince ciudades en el Viejo Mundo.

Al general Gonzalo Girón le llegan buenas nuevas. De vacaciones con su esposa y sus tres hijas adolescentes en la isla griega de Santorini, un subalterno se comunica para anunciarle el desembarco exitoso de «las herramientas» y la entrega sin novedad a «los destinatarios». Misión cumplida. Botella de champán. Qué grato sería poder compartir con sus cuatro mujeres el éxito detrás del éxito. No sólo fue ascendido a general, sino que hizo su entrada triunfal al *gran* negocio. Pero sólo puede celebrar lo que en apariencia no es más que la mejor distinción de su uniforme. Las escenas de felicidad de las últimas semanas sólo quedarán en su memoria. Girón está en el Palacio de Gobierno. El presidente recibe una comisión de las FARC. Todos vestidos de civil, incluido Rodrigo Granda, el «canciller» de las FARC, el que se ocupa de los contactos con el resto del mundo. Conversan como en familia. El presidente dice con énfasis:

—Cuenten con mi apoyo en todo.

Un día después, en su impecable traje de campaña, en una gran explanada fronteriza el general Girón escolta cordialmente al «canciller» hasta un helicóptero militar venezolano. Los rodean guerrilleros colombianos con brazaletes de las FARC, banderas colombianas, barbas y fusiles. Girón se despide de Granda con efusividad. Se abrazan. Sobre el rugir de los motores el general alza la voz:

—¡Hasta pronto, hermano! Saludos a todos por allá. Pensamos siempre en ustedes.

Resulta que el general Girón, por órdenes del presidente, tiene a su cargo las relaciones amistosas con las FARC. Esa guerrilla recibe refugio y recursos en Venezuela para su «lucha justiciera». Y ahora la organización del Pran se encarga de llevar la droga de las FARC a

Europa, el mercado de narcóticos más lucrativo del mundo. Un negocio tanto redondo como global. Como el mundo.

De fiesta en el *apartaco* en La Cueva, el Pran y su socio descorchan otra botella de whisky de cinco mil dólares. Conversan con la altiva seriedad de dos célebres empresarios.

—A mí me gusta el general Girón —dice el Pran admirado—. Es un tipo serio, realista.

—A mí me gusta Carlos Fuentes —dice Willy, y deja al Pran intrigado...

—¿Fuentes? ¿Qué Fuentes, tú? —pregunta molesto.

—Un escritor mexicano, Pran. —Willy ríe—. No lo he leído, la verdad. Sólo que le oí decir una cosa que me quedó sonando, que Chávez es «un payaso continental».

—Con que siga trabajando en nuestro narcocirco... —responde el Pran sonriendo. Willy le celebra.

13

El oro negro

El primer café del día

Mónica despierta mucho antes que él. Aunque despertar es apenas un decir, porque en realidad no pudo dormir casi nada. Desde que la temida Lina, la Incontrolable, hace ya meses atacó con su «colectivo» de hombres armados las oficinas de su empresa productora de televisión, la periodista vive acosada. Las amenazas a ella, a su equipo y hasta a su padre son incesantes y han convertido su cotidianidad en una pesadilla. Con frecuencia piensa que quizá lo mejor sea irse. Pero Venezuela es magnética. La atrae y la tiene atrapada de muchas maneras.

Algunas de sus ataduras al país son maravillosas y otras, espantosas. La gente es *su* gente, y es maravillosa. Las playas, montañas, pueblos y comidas, en fin, los olores y sabores, luces y sombras, personas y sensaciones que hacen que un territorio se convierta en patria la amarran a ese suelo. Es su país. Ningún otro lo puede reemplazar y es por eso que se le hace tan doloroso pensar en emigrar. Pero la realidad es que ese maravilloso país la está expulsando. Todos los días pasan cosas que le repelen, le repugnan y la amenazan. ¿Hasta cuándo va a aguantar los peligros y las limitaciones que crecen a diario, desde el desabastecimiento de productos básicos hasta los riesgos de transitar por calles plagadas de secuestradores, atracadores y sicarios?

Y luego está su padre: cada día más enfermo, débil y alcoholizado. Quizá le haría mucho mejor irse, volver a Boston, la ciudad donde nació. Pero, a pesar de que aún les quedan algunos familiares lejanos allí, ya no tienen mayores arraigos. Ambos estarían muy solos.

Mónica, además, siente una enorme responsabilidad para con su equipo y, especialmente, con los cientos de miles de leales seguidores que creen en ella y cuentan con ella para saber la verdad acerca de las fechorías y abusos de Hugo y su pandilla. No, su responsabilidad periodística y moral la empuja a seguir allí, en primera plana, en su amada y peligrosa Venezuela.

Y, por último, ¿cómo va a irse y separarse de Mauricio? Aunque podría irse con él. Vivir juntos en Panamá, en otro país sudamericano o del Caribe. Pero ésas son ofertas que él no le presenta. Nada más difícil que hablar con él de un futuro juntos. En ese tema es evasivo, apático, indescifrable. «¿Se van a casar?», le ha preguntado su amiga Eva algunas veces. Pero Mónica no puede asegurar nada, porque sobre eso Mauricio no dice nada. Además, las cosas tampoco marchan del todo bien con él. Siempre que llega de uno de sus constantes viajes, evita hablar de ellos. Cuando se va ni siquiera la llama, y puede permanecer lejos por semanas. No se excusa, pero tampoco afloja respuesta. Simplemente calla y regresa como si no hubiera pasado el tiempo, como si no hubiera pasado nada. ¿Qué será lo que hace? ¿Por qué calla? ¿Qué oculta?

Para espantar esas inquietudes, Mónica empieza el día como siempre: se sirve un café y revisa la prensa. Lee con interés el titular de primera plana: «¡Hasta que se vaya!». Lee que las confederaciones de trabajadores, comerciantes, empresarios, profesores y estudiantes anuncian otra huelga que no piensan terminar a menos que el presidente renuncie.

La oposición a Hugo es perseverante. Aun después del fallido golpe de Estado, siguen buscando la manera de salir de Hugo. Intentan forzar su renuncia o llamar a un referéndum constitucional contra el gobierno de Chávez.

Mauricio despierta y corre a su lado. Le da un beso y la abraza por la espalda. Tiene muchos asuntos que atender, como siempre, pero es experto en ocultar su agenda y en llevar una doble vida. Lee el titular y ríe involuntariamente.

—Aquí no se sabe quién está más loco —dice—, si el presidente o los opositores.

—¿Quieres un café? —Hoy Mónica prefiere evitar cualquier comentario; ya sabe que con Mauricio esas conversaciones no van a ninguna parte. Siempre la deja con la palabra en la boca, sola con sus inquietudes políticas en la mente. «Deberíamos dejar esto aquí. Esta relación es un vacío», piensa.

—¿Qué tienes, chiquilla? ¿Dormiste mal? —la confronta Mauricio.

—No muy bien —dice Mónica, concentrando su mirada en la prensa—. Creo que no me hace bien vivir en Caracas. No se siente bien vivir sabiendo que quieren matarte.

El café compartido termina muy pronto. Mauricio inventa un problema en una tienda y se va prometiéndole que nadie va a matarla, y recordándole de paso que la ama como nunca ha amado a nadie. Otra vez se despiden sin saber cuándo volverán a verse. Otra vez Mónica se queda sola, sintiéndose vacía; ¿para qué tener un amor cuando nunca puede estar con él?

«Esto me conviene»

Dentro de la empresa petrolera se siente la tensión laboral. Diferentes grupos se mueven de un lado a otro como cardúmenes de pirañas; sus integrantes son parte del cardumen, pero, caso extraño este, a algunos les da por comerse a los otros. Tomar partido en esta batalla entre empleados que defienden la autonomía de PDVSA y quienes buscan congraciarse con el nuevo poder gubernamental es muy peligroso. Pero algunos comienzan a hacerlo. Pronto la batalla será campal.

Mónica Parker, encerrada en la oficina, está preparando la emisión nocturna de su noticiero. Entre llamadas, documentos y cifras intenta ver más allá del presente. ¿Será posible que esta vez la oposición logre desestabilizar y destituir al presidente? La periodista trata de tomar distancia de los acontecimientos y analiza: la alta gerencia que años atrás tenía total autonomía del gobierno central ha entrado en pugna con Hugo, quien insiste en imponerle una directiva obsecuente y sumisa. Es claro que él aspira a tener un control personal, directo y absoluto sobre «la gallina de los huevos de oro»: la actividad petrolera y sus inmensos ingresos. Nada más importante para su revolución *continental* que adueñarse de la gallina en medio del *boom* de altos precios petroleros más prolongado que ha vivido Venezuela. Las alforjas están llenas y Hugo les quiere meter la mano.

Entretanto, en PDVSA todavía no se reponen de la humillación de hace unos meses, cuando, frente a las cámaras de su programa, el presidente despidió con grotesco histrionismo a los más altos gerentes de la industria, expertos difícilmente reemplazables. Esos silbatos de árbitro de futbol, sus gritos «¡Pa fuera!» y «¡Gracias por sus servicios!», quedaron retumbando en sus cabezas como tambores de guerra.

Y ahora que la oposición ha llamado a un nuevo paro nacional para derrocar al presidente, él se prepara. Se entera, con sorpresa y enfado, que el 80 por ciento del sector petrolero se sumará a la protesta. Lee con incredulidad un sondeo de opinión del diario más leído del país, según el cual el 60 por ciento de los encuestados apoya el paro. Se ríe con la cita de uno de los dirigentes opositores: «Ésta no será una protesta más; será la estocada definitiva».

Cuando llega el domingo, desde el Palacio de Miraflores el presidente comienza así su programa:

—No se preocupen, hermanos bolivarianos. En este nuevo conflicto tenemos la victoria asegurada, pero habrá que dar la batalla. Les juro que no van a poder parar nuestra empresa petrolera. No van a poder quitarle a Venezuela la alegría, robarles el sueño a nuestros niños, robarles el futuro a los venezolanos. No van a poder porque Dios está con nosotros.

Lina Ron, la violenta y agresiva jefa del «colectivo», Luz Amelia, la damnificada cuya radicalización le ha abierto las puertas a una nueva vida llena de esperanzas y acción, su novio y los miles de milicianos bolivarianos listos para «romper cabezas» se ponen en guardia. También están en estado de alerta ministros y, sobre todo, militares leales a Hugo y la policía secreta del régimen. Una vez más, no subestimar al enemigo. Lanzar granadas y explosivos, gases lacrimógenos, cerrar medios de comunicación e intimidar con violencia a la oposición son algunas de las acciones que han estado planeando y practicando.

La huelga está por comenzar. La industria y el comercio están listos para paralizarse. Al interior de la petrolera, el cardumen de pirañas enloquece. La junta directiva se sorprende con el monstruo que ha creado y activa un plan de contingencia. No es su interés detener por completo todas las operaciones, así que solicita a los funcionarios no afiliados al sindicato seguir trabajando «normalmente». Deciden no suspender las labores de producción, refinación, plantas, embarque y flota. Ni a ellos mismos les conviene un desabastecimiento total de gas y gasolina.

Entretanto, el presidente se ha convertido, según sus propias palabras, en un experto petrolero. Para admiración de sus televidentes, dice:

—Si me preguntan cómo es que un remolcador jala un barco cargado de petróleo, cuánto tiempo tarda llenar un tanquero de trescientos mil barriles de crudo, cuánto se demora un barco desde Curazao hasta Cardón... bueno, ahí mismo les voy diciendo.

Intenta hablar con propiedad porque sabe que muy pronto él será el presidente-dueño de la petrolera. Se reúne varias horas con sus hombres de confianza, y Ángel Montes y Willy García están siempre presentes.

Tan pronto comienza la huelga nacional, y en vista de que las operaciones de PDVSA no están suspendidas del todo, el presidente le ordena a la Guardia Nacional no permitir la entrada de los empleados a las instalaciones petroleras. Es él mismo quien decide provocar el paro total. Ahora que lo incitaron, para ganar su batalla necesita escasez de combustible, necesita que el pueblo pase trabajo; eso sí, por ahora sin saber que es el propio Hugo quien ha provocado el caos.

«Ahora sí, van a ver»

Ébano no abre desde hace más de una semana. Las calles de Caracas están desiertas. En esta ciudad y en otros ocho estados del país todas las estaciones de gasolina están cerradas. No hay combustible para nadie, ni para el automóvil de Eva, ni para los transportadores de alimentos y pasajeros, ni para las ambulancias, los carros de bomberos o las patrullas de policía. No hay gas para los hogares, comercios o fábricas, ni crudo para ser vendido en el mercado internacional. Por primera vez en la historia de un país rico en petróleo, la parálisis en las plantas de extracción, refinerías y embarques ha obligado al gobierno nacional a importar gasolina. A Eva le cuesta creer lo que lee en el periódico: ¡a Estados Unidos acaban de comprarle un millón de barriles! Resulta que el nefasto imperio que Hugo denuncia a diario es su mejor comprador de petróleo y ahora también su proveedor en caso de necesidad.

Las cosas de la vida.

Las calles están prendidas. Aun sin tener un transporte seguro, millones de personas se las arreglan para asistir a continuas marchas en el día y cacerolazos en la noche. Protestan contra la persecución a dirigentes políticos, sindicales y petroleros. Le piden otra vez la renuncia al presidente. Protestan porque se silencia a la prensa. Protestan por la represión violenta a las protestas y, en medio de las protestas, los opositores son reprimidos a tiros. En unos días el presidente dirá que los culpables del tiroteo son los opositores mismos.

Él está, por ahora, concentrado en otra faceta de la huelga: uno de los huelguistas, el capitán de un tanquero cargado con 280.000 barriles de crudo, lo ancló en medio del canal de navegación del lago de Maracaibo. Está bloqueando la ruta que usan los otros tanqueros para salir del lago y llevar el crudo venezolano a los mercados internacionales y llenar así las alforjas del gobierno.

El capitán rebelde simboliza la resolución con que los huelguistas enfrentan a un gobierno que repudian y del cual están empeñados en salir.

En contra de los consejos de sus colaboradores más prudentes, y para sorpresa de sus ministros y del alto mando militar, y muy convencido de que la industria petrolera no depende de los conocimientos y la experiencia de los arrogantes tecnócratas que la manejan, Hugo decide romper el paro a como dé lugar. Decreta que las fuerzas armadas tomen el control de todas las instalaciones y actividades. Dice en vivo y en directo desde la sede de la empresa petrolera:

—Superaremos sabotajes y obstrucciones, dispondremos de combustible y reabasteceremos los principales centros en menos de lo que canta un gallo.

Tras veinte días de paro petrolero, con los supermercados vacíos y el pueblo gritando ayuda, Hugo recurre a su amigo secreto, el siempre poderoso Pran. A través de la gestión de Willy García entra en escena Augusto Clementi, un oscuro subcontratista local de la flota de Petróleos de Venezuela. Improvisando y pagando comisiones, Clementi se las arregla para contratar, a un costo altísimo que el presidente está dispuesto a pagar, una red de armadores y navieros que comienza a «mover» el crudo venezolano hacia los mercados del mundo.

El tanquero rebelde es tomado por el ejército y su capitán, hecho prisionero. El barco es llevado a puerto y se reabre el canal de navegación al mar Caribe.

—Creyeron que iban a tumbar al gobierno con el golpe petrolero —dice el presidente en su programa del domingo siguiente—, pero el tiro les salió por la culata porque ya comenzamos a recuperar nuestra empresa Petróleos de Venezuela, la querida, importante, PDVSA. Y ahora vamos a hacer la limpieza; ahora sí tendremos nuevos gerentes y trabajadores que trabajan para el pueblo y no para la oligarquía de este país. Abriremos investigaciones penales contra todos los saboteadores y traidores a la Patria, y vamos a hacer reconocimientos especiales, a dar premios y condecoraciones a los soldados y civiles más destacados en esta lucha. Yo les dije, hermanos bolivarianos, que esta batalla era nuestra. ¡PDVSA es del pueblo!

En las próximas semanas se reactivan pozos petrolíferos, taladros exploratorios, plantas petroquímicas, refinerías. Todo parece volver a la normalidad, aunque bajo la presión de trabajar a toda marcha aumentan los accidentes, incendios y hundimientos de gabarras por el incumplimiento de las normas básicas de seguridad laboral.

Las filas de carros en las estaciones de gasolina de Caracas llenan avenidas enteras. Eva López recibe las informaciones de sus agentes: «Salió hacia Estados Unidos el *Eagle Fenix* con 538.000 barriles de crudo; el *Marshall Soux Cou*, con 350.000 barriles, y el *Josefa Camejo* con 550.000 más». Y oye a Chávez:

—Sepa el pueblo de Estados Unidos, hermano nuestro, que cuenta con Venezuela para suministrarle el petróleo que necesita. Sepa el pueblo de Cuba, sepan los pueblos dominicano, centroamericano, jamaiquino, haitiano y del planeta entero que aquí, en Venezuela, no se va a parar el suministro. Seguiremos llevando petróleo a los pueblos hermanos del mundo.

Después de noventa días de «contingencia», como termina por llamar el gobierno a la huelga, a Mónica Parker la inquieta el tal señor Clementi. «¿De dónde salió este salvador?», se pregunta. Investiga con su usual rigor e intensidad. Y no tarda en descubrir que Clementi ha sido recompensado con millonarios contratos. Es ahora uno de los multimillonarios cercanos al régimen; ostentando su enorme y repentina riqueza, Clementi compra en una subasta internacional en Nueva York, por un costo exuberante, dos pistolas que pertenecieron a Simón Bolívar. Son su regalo para el presidente. Ningún otro regalo lo hubiese podido hacer más feliz. Inevitablemente, las pistolas de Bolívar protagonizarán un largo segmento de *Aló, presidente*, con Hugo empuñándolas y dando una improvisada clase de historia bolivariana a un pueblo que lo escucha embelesado.

A Mónica Parker la desmorona admitir que el único vencedor de la huelga ha sido el presidente: controla a discreción y sin rendir cuentas a nadie el inmenso caudal de dinero que ingresa al país por las exportaciones de crudo a precios cada vez más altos.

Luz Amelia, en cambio, se llena de orgullo cuando su querido presidente anuncia en el programa:

—¡Ahora sí van a ver lo que Hugo es capaz de hacer!

La damnificada, feliz, está segura de que Hugo no le va a fallar; que pronto le darán la casa que él le prometió.

Eva detecta otro cambio en Hugo y, una vez de vuelta en su oficina clandestina, le escribe a Watson: «Advierto que las ambiciones del presidente ya no son locales o regionales. Él quiere tener influencia internacional. Ya tiene en sus manos la petrolera, y gastará lo que sea con tal de que el mundo lo tome en cuenta. El *oro negro* financiará su expansión socialista. El narcisismo de Hugo es ahora global. ¡Cuidado!».

Informática revolucionaria

Mauricio lleva más de dos meses perdido. Le dijo a Mónica que iba a atender urgentes negocios en la zona franca de Colón, en Panamá, pero no la ha llamado en semanas, y no le responde el teléfono. ¿Será que se lo tragó la tierra? Una vez más, la Mónica racional se dice a sí misma que es mejor así, que más vale no darle largas a una relación que no tiene futuro y que pone en peligro su salud mental. Y, también una vez más, la mujer enamorada extraña cada minuto al hombre que más feliz la ha hecho y se reprocha su disposición a sacrificar el amor, justo ahora que lo necesita tanto.

Pero en este punto de su vida, por muy intensos que sean sus sentimientos hacia Mónica, Mauricio Bosco está en el vórtice de un torbellino de emergencias que no le dejan ni tiempo ni espacio emocional para nada más que su misión. Y el éxito lo estimula. Cuba está logrando en Venezuela algo inimaginable: una invasión secreta y lucrativa que no tiene precedentes en la historia. Venezuela está rescatando la economía cubana y retornándole la fuerza perdida a la Revolución. Y él está en el centro de este inusitado episodio. Es uno de sus protagonistas.

Y eso unas veces lo llena de orgullo y otras de dudas. En el fondo, no quiere reconocer lo que le preocupa. En la madrugada, en medio de sus insomnios, se sincera consigo mismo, lo ve claro y lo acepta: Cuba está exportando su fracaso a Venezuela. «Esta pobre gente, empezando por Mónica, no se merece lo que les viene», piensa, aunque rápidamente se quita eso de la cabeza y enfoca toda su atención en tratar de recuperar el sueño, o al menos en pensar en uno de los problemas concretos que tiene que atender.

Uno de esos problemas es que, a pesar de sus múltiples derrotas y sin tener un liderazgo claro, la oposición no se da por vencida. Acaban de anunciar la recolección de firmas para llamar a un referéndum revocatorio. El propio Hugo Chávez introdujo en la Constitución vigente una cláusula según la cual se podía hacer una consulta electoral —un referéndum—, y si el presidente no lograba obtener la mayoría de los votos, su mandato quedaba revocado y debía dejar la presidencia.

La oposición no se da cuenta de que ésta es justamente la oportunidad que Chávez y los cubanos estaban esperando. El plan, antes propuesto por Mauricio y aprobado por Fidel, comienza a activarse. Este referendo Hugo lo va a ganar usando la tecnología informática del siglo XXI con las tácticas políticas que siempre han dado resultado: regalos, promesas, carisma y propaganda. Y trampas cibernéticas.

Pero necesita tiempo. Y, para ganarlo, el gobierno consigue dilatar durante varios meses la consulta electoral. Alega que la solicitud de la oposición es extemporánea, que sólo pueden pedir la renuncia del presidente al terminar la primera mitad del mandato. Luego denuncia que hubo fraudes en la recolección de firmas y solicita al Consejo Electoral una copia de las planillas de firmantes para así proceder a denunciar lo que el gobierno llama el «megafraude». Logra así invalidar el primer intento de recoger las firmas de apoyo al referendo. No importó; la oposición, perseverante, comienza a recolectar firmas de nuevo. Y millones de venezolanos se arriesgan votando a favor de que se haga la consulta al país.

—¡Escuálidos, dejen las trampas! ¡Jueguen limpio! ¡Como lo hago yo! —repite Hugo burlón, desdeñoso, cada vez que está frente a un micrófono.

Entretanto, siguiendo los consejos de Fidel, y contando ahora con los inmensos ingresos que tiene gracias al aumento de los precios internacionales del crudo y del control total que tiene de una de las industrias petroleras más grandes del mundo, inunda al país de dinero e iniciativas para beneficiar a los pobres. Financia masivos programas de empleos que no existen pero que pagan sueldos a los afortunados que los consiguen, subsidios, becas, regalos y dádivas de todo tipo. También financia a manos llenas las «misiones», que son programas sociales de todo tipo. Hugo sabe que tiene que darle incentivos tangibles a la masa de casi el 50 por ciento de venezolanos que vive en la pobreza, para que lo sigan apoyando. Esa masa de votantes, y una ayudita adicional, le darán el nuevo triunfo.

Inevitablemente, el referéndum es su tema central en *Aló, presidente*. El programa, como siempre, le da la mejor oportunidad para hacer campaña.

—Estoy dispuesto a enfrentar el revocatorio —dice—. ¡No les tengo miedo! Sé que los vamos a pulverizar en las urnas.

Una mañana, cuando Mauricio está por entrar en una sesión de información secreta con dos de sus jefes recién llegados de La Habana y dos expertos que los acompañan, recibe una nueva y ya inesperada llamada de Mónica. Un impulso lo lleva a contestar. Se encierra por pocos segundos en el baño.

—¿¡Mónica!? —dice simulando sorpresa.

—¡Mauricio, por Dios! ¡Al menos ya sé que estás vivo! ¿Estás bien? ¿Te pasó algo? —pregunta Mónica con arrebato.

—Perdóname, chiquilla. Hay algo... que tienes que saber...

—Mauricio actúa. Mónica tiembla—. No había tenido valor para llamarte. Perdóname. He estado en Europa, surgió una oportunidad de negocios irresistible...

—Ya, Mauricio —lo interrumpe Mónica, muy molesta—. No juegues conmigo. No mientas. En Europa hay teléfonos. Yo ya entendí. Tu vida son tus negocios, no yo. Así que, bueno, agradezco que me contestaras. Y la mejor de las suertes en tu cadena Élite en Europa.

—Mira, Mónica, lo que sucede es que...

La llamada se corta; alivio para él, una tortura para ella. Mauricio apaga su teléfono y entra a la reunión. Mónica tiembla de rabia. Tristísima y perpleja, se encierra por horas en su oficina y odia cada segundo de su existencia. Le da vergüenza llorar. Pero la tristeza derrota a la vergüenza y las lágrimas salen solas. No sabe qué sucede, se niega a creer que su ausencia se deba sólo a asuntos de trabajo, está casi segura de que se trata de otra mujer. Mauricio encontró a otra mujer y la ha escogido.

A Mauricio, en cambio, no le queda tiempo para remordimientos. Una vez en la reunión, Adalberto Santamaría, su segundo al mando del G2 en Venezuela, explica *el mecanismo*. En adelante las elecciones en Venezuela se harán electrónicamente gracias a una plataforma tecnológica desarrollada en La Habana y a través de máquinas de votación que imprimen el comprobante de voto. En la pantalla, los electores verán una boleta de votación convencional sobre la cual pueden pulsar para votar por su candidato de preferencia. Pero, como el próximo evento electoral es el referendo, podrán escoger el «sí» o el «no» a la pregunta por la revocatoria del mandato.

—Almacenaremos el voto en las memorias de las máquinas —continúa Santamaría, con confianza—. Luego, los votos de cada máquina viajarán encriptados a través de una red aislada de internet, con múltiples niveles de seguridad y autenticación. Ninguna computadora externa podrá penetrar los resultados electorales. —Mauricio escucha embelesado. Nadie interrumpe. Santamaría termina—: Y al final de la jornada se imprimirán las actas con los resultados. El fallo se sabrá el mismo día, *y será transparente*.

Mauricio es sorprendido por esta última afirmación y tiene muchas preguntas:

—¿Podrán recoger todas las firmas necesarias para el referéndum? ¿Cómo funciona aquí el cuento ese del secreto del voto? ¿Vamos a poder saber a ciencia cierta cómo vota cada venezolano? ¿Qué podemos hacer con el padrón electoral para aumentar el número de votantes que apoyan a Hugo?

—Muy pronto te serán respondidas todas esas preguntas, Mauricio. La informática revolucionaria está del lado de este gobierno del pueblo —le responde Santamaría con una sonrisa. Y añade mirándole fijamente a los ojos—: Hugo nunca más perderá una elección.

La lista maldita

Lo dice para sí mismo, en el sombrío escenario de su despacho a medianoche: «El que firmó contra mí se jode para toda la vida». Los rostros de Simón Bolívar y Jesús de Nazaret lo ven reír con malicia, con maldad. En ese momento aparecen de nuevo las malditas moscas. Son dos, o quizá tres. Y por más que Hugo manotea el aire para espantarlas, no se van. Sólo dejan de zumbarle cerca de la cara cuando, agotado, cae en la cama rendido y se queda dormido instantáneamente.

La mañana siguiente, reunido con sus principales operadores políticos y otros miembros de su círculo de mayor confianza, muestra un disco que contiene la copia digital de todas las firmas consignadas por la oposición.

—Con esto vamos a limpiar la patria —dice Hugo en tono reflexivo, para luego en voz alta anunciar su plan: quienes han votado a favor de convocar un referendo revocatorio son casi seguramente sus adversarios políticos. Y, tal como le han recomendado los cubanos, quienes se oponen al régimen deben pagar las consecuencias. «Ser opositor no puede ser gratis», le dice uno de sus asesores cubanos, y a Hugo se le queda grabada la frase.

Así, Hugo ordena que la lista de quienes han votado a favor del referendo sea usada para purgar de los organismos públicos a los empleados, suplidores o contratistas cuyo nombre aparezca en esa lista. Los dos millones cuatrocientos mil personas que votaron están en la mira. Casi uno de cada diez venezolanos se atrevió a dar al gobierno su firma, su nombre, dirección y otros datos, y dejar constancia de que quiere tener la oportunidad de votar en el referendo revocatorio. Y muy probablemente ese voto habrá sido a favor para sacar a Hugo del poder.

A partir de ahora ningún trámite con el Estado podrá hacerse sin cotejar primero ese listado. Para solicitar un trabajo, un préstamo, un pasaporte o tan sólo cobrar una pensión, el gobierno va a comprobar si votaron en contra del presidente, y entonces les negarán el acceso a todo lo que necesiten desde el sector público.

—Contrainteligencia y control social, todo se vale —ordena Hugo a sus colaboradores.

Unos días después, la señora Clorinda de la Rosa, enfermera de setenta y un años, jubilada del Seguro Social, recibe una mala noticia en la taquilla del banco. Su pensión no ha sido depositada. «¡Cómo!» ¡Casi diez años jubilada y venir a pasarle esto! Lo peor es que ya no tiene dinero para llegar a fin de mes. En una sala de espera, un joven funcionario malencarado le informa que su jubilación ha sido suspendida *indefinidamente*. La señora pierde el aire. Se sienta. Alguien le ofrece agua. Otros jubilados la confortan. El funcionario aguarda impaciente a que la buena señora se reponga.

—Pero... ¿indefinidamente? ¿Por algo tan natural como querer *votar*? —pregunta ella.

—Así son los contratos, doñita. La próxima vez mire bien antes de firmar.

El funcionario se retira ante la vista impávida de todos los presentes.

Al ingeniero Jorge Sosa, próspero contratista de construcción de cuarenta y dos años, le sucede algo parecido. Una mañana acude a la oficina de proyectos del Ministerio de la Vivienda. Es un visitante habitual. El ingeniero jefe es su compadre. Saluda con galantería a la recepcionista y se dispone a entrar, pero ella le hace un gesto y lo retiene.

—El doctor está... reunido —le dice.

—¿Reunido? —pregunta el ingeniero Sosa, socarrón—. ¿Mi compadre? ¿Con quién? Si a ése no lo quiere nadie.

Y sin más, entra muy risueño sin anunciarse en la oficina, donde, en efecto, el ingeniero jefe está solo. Apenas ve a su amigo, empalidece y se muestra muy apenado, lo han pillado in fraganti.

—¿Qué vaina es ésa, Luis Arturo? ¿Reunido tú? —pregunta Sosa en confianza.

—Menos mal que entraste... Es mejor así —responde el ingeniero jefe—. Te tengo malas noticias y quería esperar un buen momento.

—Nunca es buen momento para las malas noticias. A ver, habla.

—Se cayó tu contrato —dice el jefe, apenado, y continúa en voz baja—: Y creo que fue porque firmaste contra Chávez.

—¿¡Qué!? ¡Pero si el contrato lo aprobaron dos comités y tú lo firmaste! —Sosa se acalora—. El banco ya me adelantó el pagaré para cubrir la nómina. ¡No pueden hacerme eso! ¡Es inconstitucional!

¡Tienen que pagarme! —Y en el colmo de la ira grita—: ¡El voto es secreto, Luis Arturo, no me pueden hacer esto! ¡Me vas a quebrar!

—¡Chis! —El ingeniero jefe se lleva el índice a la boca. Está aterrorizado, pero no hay nada que pueda hacer.

Escenas como éstas se hacen comunes por meses a lo largo y ancho del país. Se trata de un virtual apartheid político, único en el mundo, que rinde grandes beneficios al presidente, y a Cuba, en el plano del control social. De ahora en adelante, el gobierno y el G2 cubano consolidan una base de datos muy vasta y precisa de cada venezolano que adversa a Hugo Chávez.

Un mediodía, en el ruidoso comedor de un ministerio, mientras los trabajadores hacen fila en el bufet, un supervisor con franela roja, subido a una mesa, lee feroz una lista de nombres: «Arnal, Carolina; Buenaño, Alejandro; Bracho, Sandra; Blanco, Alexis del Valle; Espinel, María de Lourdes...». El supervisor intenta buscar con la mirada a algunos de los nombrados. En una de las mesas, una chica se sorprende.

—¿Y eso? ¿Pa qué será esa lista?

—Tú firmaste pal referéndum, negrita, ¿verdad? Firmaste pa sacar a Hugo, ¿sí? Tienes toda la pinta —la increpa un compañero avispado.

—¿Y eso a ti qué te importa? —responde ella con rabia—. ¡El voto es secreto!

—Bueno, pa que vayas sabiendo: ¡si firmaste pa sacar a Hugo, estás en la lista! Y si es verdad, vas pa fuera.

Los trabajadores firmantes ya no pueden comer. Es increíble. Se sienten ultrajados. El resto de sus colegas entona un estribillo provocador:

—¡Uh, ah! ¡Uh, ah! ¡Chávez no se va!

Muy pronto, miles de empleados en cientos de organismos públicos son despedidos sin justificación. El disco con la lista de firmantes se vuelve un best seller en las esquinas de Caracas. Un vendedor ambulante en una calle, entre los automóviles que se detienen ante una luz roja, porta un maletín lleno de discos *quemados*.

—¡Encuéntrese, búsquese, localícese usted mismo en la lista de los *botaos*! ¡Ahórrese tiempo y malos ratos, entérese ya!

Él es uno de los pocos que consiguió un ingreso gracias al desempleo de los demás.

La vida no es nada fácil ahora para quienes adversan al presidente. Hay mucho que perder y poco que ganar contra un presidente-enemigo que domina y controla el poder judicial, la Asamblea Nacional, los militares, la compañía petrolera, el organismo que supervisa las elecciones y, por supuesto, la información privada de todos los venezolanos.

Y, aun así, el referéndum revocatorio que se celebra al día siguiente es para muchos la única esperanza de recuperar la libertad.

Una victoria limpia

Este domingo no hay *Aló, presidente*. La Venezuela polarizada está en las urnas. Los miles de empleados despedidos de PDVSA van a votar por el «sí», que al contrario que las elecciones anteriores, esta vez significa estar de acuerdo con dejar sin efecto el mandato popular de Hugo Chávez. Mónica llega a votar, pero no opina ni ataca desde su programa. Está deprimida, ya no le importa lo que pase. Parece que Mauricio de verdad la ha abandonado.

Pero hay una inmensa cantidad de venezolanos que apoyan al presidente. Ellos van muy temprano al centro de votación y le dan a la máquina un «no» rotundo.

La consulta se cierra antes del atardecer. La oposición espera con optimismo los resultados, pero «el procesamiento de datos» que llevan a cabo los expertos informáticos llegados de Cuba consume largas horas. Finalmente, ya bien entrada la noche, sirviéndose de una terminal electrónica instalada en su centro de operaciones en La Habana, Fidel Castro es el primero en leer los resultados: Chávez ha ganado con dieciséis puntos de ventaja.

Para total desconcierto de sus adversarios y gran júbilo de los seguidores, el ganador oficial es, por *séptima vez* en su historia política, «el salvador de la patria». Tan pronto se entera del triunfo, sale eufórico al balcón del palacio, el ya legendario Balcón del Pueblo, odiado por la oposición y venerado por sus seguidores. Se declara imperturbable, serenísimo y seguro de sí mismo.

—Le agradezco a Dios —dice— esta victoria limpia, transparente y contundente del pueblo venezolano.

¿Limpia? ¿Transparente? La oposición no lo cree así. De inmediato denuncia un gigantesco fraude electrónico sumamente sofisticado. El gobierno ha manipulado los datos de la votación. Y saben que detrás de toda esta trampa está Cuba, pero no saben lo extensa y definitiva que fue la intervención de la potencia extranjera.

En los siguientes días, un poco mejor después de haberse desahogado con Eva, a quien le ha contado que terminó su relación con Mauricio, Mónica Parker presenta en su noticiero una nueva y desgastante lucha verbal entre las dos Venezuelas, la de quienes le creen a Hugo y la de los que no le creen.

Finalmente, los equipos internacionales de observación avalan los datos del escrutinio. Dicen que hubo irregularidades, pero no fraudes. Y el presidente, Fidel Castro y Mauricio Bosco son los primeros que aplauden.

Aló, presidente retoma su curso.

—Después de la gran derrota, al diablo —dice el presidente refiriéndose a sus compatriotas que no votaron a su favor—, entramos en una nueva fase de la Revolución bolivariana: profundización, consolidación de las estructuras morales, políticas, jurídicas y sociales de Venezuela.

»Ahora sí, vamos a construir el socialismo del siglo XXI. ¡Prepárense!

14

Los pies en la tierra

«¡Exprópiese!»

Tras el anuncio del presidente de luchar contra las tierras ociosas o mal habidas, contra el latifundio y las haciendas agrícolas de gran extensión que pertenecen a un solo propietario, Mónica Parker comienza a producir para su noticiero una serie de reportajes sobre el efecto de las expropiaciones en la economía nacional.

—Ten cuidado. Esto puede ser lo más peligroso que has hecho —le advierte su padre después de ver algunos de los programas, y le recuerda que no es necesario dar la vida ni por Venezuela ni por nadie. Pero ella continúa.

A pesar de que cada día siente que la imparable cadena de decisiones arbitrarias y claramente contraproducentes de Hugo la desesperan, su obligación como periodista la impulsa a seguir adelante y a tratar de contar la verdad, cueste lo que cueste. Alguien tiene que decir algo sobre las víctimas de los centenares de expropiaciones, sobre los más de dos millones y medio de hectáreas adueñadas a la fuerza que han terminado por convertir al gobierno en el más grande latifundista del país, y que en el fondo no han mejorado la calidad de vida de los más humildes.

—Tierra que expropia, tierra que se hace improductiva. Empresa que expropia, empresa que saquean y luego cierran —le dice en cámara, casi llorando, uno de los muchos hacendados que lo perdió todo cuando le invadieron sus tierras.

Uno de los episodios más impactantes que Mónica ha emitido hasta ahora, para malestar del presidente, de Luz Amelia y de miles de milicianos armados, tiene por protagonista a una empresa con medio siglo de fundada, Agrícola Canarias, C. A., encargada de suministrar semillas al por mayor, fertilizantes, tecnología agrícola y otros insumos imprescindibles para la mayoría de los productores en toda Venezuela.

Para empezar, Mónica comparte la historia de sus dueños, una familia que llegó al país desde las islas Canarias tres generaciones atrás. El hoy abuelo, entonces campesino sin recursos, emigró a Venezuela a principios de los años sesenta. Ésta era una tierra de promisión y él era un hombre de proyectos. Uno de sus hijos, nacido en el país, se empeñó en hacer crecer la pequeña empresa familiar de su padre. Trabajaron con tanto empeño que prosperaron al punto de tener ocho enormes silos y sesenta sucursales, y fueron capaces de venderles sus productos a crédito a decenas de miles de pequeños productores.

—Financiamos a los agricultores que producen el setenta por ciento de toda la producción de alimentos del país. Sin ellos y sin nosotros, en este país habría que importar toda la comida o simplemente la gente pasaría hambre —le dice uno de los nietos del fundador, quien ahora trabaja en la empresa.

Pero lo que podría ser un ejemplo de industria exitosa es para el presidente un «nido de explotadores extranjeros». En defensa de su modelo de propiedad colectiva, anuncia a los dueños:

—Les hago un llamado para que se pongan en contacto con el ministro de Tierras, ¡sin pataleos!, porque ya estaban advertidos de que si seguían especulando con el precio de los fertilizantes y las semillas, ¡yo los iba a expropiar! —Acto seguido lanza el grito que el pueblo espera y aplaude—: ¡Exprópiese! —Y para cerrar su orden, rebautiza la empresa con un nombre tan nacionalista como su iniciativa, Agropatria.

Mónica les ha hecho seguimiento a las consecuencias de esta expropiación desde el principio del caso. Ahora que han pasado unos meses, el reportaje muestra el antes y el después de la hoy nacionalizada Agropatria. En el que alguna vez fue un vasto y surtido almacén, hoy reina la desolación.

—Éstas son las instalaciones —dice Mónica— que, según Chávez, son del pueblo.

El reportaje hace un abrupto corte y presenta imágenes de una pequeña propiedad en algún lugar del campo venezolano, una tierra enmontada, reseca y yerma. Es la hectárea y media de terreno de don

Segundo, un humildísimo agricultor que se desahoga con la periodista.

—Yo antes sembraba tomates en este pedacito de tierra. Cuando el presidente nacionalizó Agrícola Canarias, yo le confieso que me alegré porque él dijo que iban a bajar los precios de todo: de las semillas, los fertilizantes y los pesticidas. ¡Ah!, y también dijo que nos iban a regalar la semilla. No es que yo les deseara el mal a los dueños, pero me parecía que, si el gobierno les compraba la empresa y bajaban los precios, a mí me iba a ir mejor, pero ¡qué va!

En medio de la entrevista, don Segundo muestra implementos, inservibles ya, que no ha podido reponer, y acequias anegadas, maleza, tierra seca, ruina.

—Lo triste es pensar que los dueños de esa empresa —continúa el hombre—, mal que bien me financiaban la cosecha, me daban adelantos para la semilla, el fertilizante, el plaguicida... y yo los iba pagando de a poco. Si se me rompía una azada o una escardilla, ellos me la fiaban porque sabían que yo soy buena paga. No sería gran cosa, pero con el tomate que yo sacaba de aquí vivíamos, recortaditos, pero vivíamos mi mujer y yo. Ahora ella está enferma, muy enferma, y dígame usted con lo caros que están los remedios... ¡cuando se consiguen!

Mónica intenta saber si en algún momento don Segundo obtuvo algo de Agropatria.

—Sí, cómo no —responde él—. El primer día me dieron de todo, ¡y gratis!: semilla, fertilizante. Claro, para recibirlos antes hay que inscribirse en el partido del presidente, ir al programa en la televisión y a unos cursos que dan sobre la vida de ese señor que llaman el Che Guevara y todo eso. Yo hice todo. Ofrecieron unos créditos y yo me anoté en la lista y llené las planillas. No sé a quién le tocaría el crédito, pero a mí no me cayó. Al tiempo ya no dieron nada. De modo y manera que sí, señorita, sí me dieron de todo una vez... ¡Pero ahora ya no tengo nada!

—Don Segundo, ¿qué cree usted que pasó aquí? —pregunta Mónica.

—Yo hasta allá no llego, señorita. —Don Segundo mira a la cámara y responde, reticente—: Yo no sé qué pasaría. Yo lo que creo es que mi presidente Hugo, que tanto nos quiere al pueblo, no sabe lo que está pasando. Debe de ser eso. Si no, no me explico cómo nos deja así.

Países hermanos

Una vez más, sentado frente al globo terráqueo en su despacho, el presidente remarca con rojo nuevos destinos, giras y visitas. Siempre es bueno salir de casa a respirar el mundo, sobre todo si es para ser el centro de atención. Es hora de montar su Rocinante aéreo y darse a la aventura.

Acompañado de una comitiva de hasta cien personas o más, que a veces requiere el uso de dos aviones presidenciales, Hugo viaja con regularidad a Rusia y China, pero también a India y Oriente Próximo, y por supuesto por toda América.

En la era apocalíptica del señor Bush, como la llama Hugo, sus sarcásticas denuncias a la política guerrerista del «Imperio del Norte» le granjean simpatías por doquier. Además, toda la peripecia de la fracasada intentona contra él y su triunfal restitución al poder lo han devuelto al primer plano de la visibilidad mediática y la simpatía internacional.

«¿Soñabas con ser famoso? Pues aquí está. Lo eres», se dice con satisfacción en una de sus frecuentes conversaciones consigo mismo.

Esta semana debe asistir a otra reunión en la Asamblea General de las Naciones Unidas en Nueva York. Antes de tomar el vuelo, en su programa dominical, el presidente ha dejado claro que no odia a los ciudadanos estadounidenses, para que no lo malinterpreten.

—En Estados Unidos también hay pobres que sufren —dice. A quien él odia es al gobierno federal, a los tiranos, las multinacionales, la burguesía, los abanderados del neoliberalismo y, sobre todo, odia al «ignorante, cobarde, burro, mentiroso, borracho, asesino, loco, enfermo, ridículo "Mr. Danger"»; odia «a lo peorcito que ha habido en este planeta», el señor Bush. El radical sentimiento lo acompaña hasta el momento de su intervención en el estrado de los oradores de la Asamblea.

—Todavía huele a azufre aquí —comienza—. Ah, es que ayer, en este mismo lugar, estuvo el Diablo, el señor presidente de Estados Unidos, que vino aquí como dueño del mundo, como vocero del imperialismo, a dar sus recetas para mantener el actual esquema de dominación, de explotación y de saqueo a los pueblos del mundo.

Su delegación ríe y aplaude. Los representantes de los países más importantes no están en la sala. Otros se miran entre sí, perplejos y muy serios. Pero muchos otros, sobre todo los embajadores de los países más pobres de América Latina, África y Asia, ríen a carcajadas de la burla a un presidente estadounidense que se ha ganado la antipatía del mundo. Quizá sin saberlo o quizá intuyéndolo con gran acierto, el presidente venezolano ha interpretado el sentir de muchos.

En la tarde, al salir del evento, Hugo visita el Bronx, un área pobre de Nueva York que alberga populosas comunidades de habla hispana. De nuevo, las imágenes recorren el mundo. La visita ha sido idea y consejo del propio Fidel Castro y es reseñada por la televisión estadounidense, que no resiste la tentación de compararla, con imágenes de archivo, con la visita que el líder cubano hizo a Brooklyn en 1959, poco después de tomar el poder en La Habana y con ocasión de otra sesión en la Asamblea General de la ONU.

Esta vez, en el corazón del Bronx, Hugo se sube a la tarima donde una orquesta de dominicanos interpreta un veloz y contagioso merengue. Hugo se les une y con gran pasión y buen ritmo toca las congas que le han cedido.

Finalizan con un apoteósico aplauso que Hugo, con su camisa roja empapada en sudor, recibe con enorme emoción.

Toma el micrófono con el corazón aún latiéndole a ritmo de merengue y le dice al público del Bronx, casi todos latinos, que su alma está con ellos y que está allí para mostrarles su afecto y fraternal solidaridad. Por eso es que los va a ayudar a calentar sus hogares durante los fríos inviernos neoyorquinos.

Así, formalmente les promete que les va a enviar combustible para la calefacción doméstica a precios casi regalados.

—Para que ustedes, nuestros hermanos del Bronx, no tengan que soportar tanto frío en esta Navidad ni en ninguna más.

El auditorio se viene abajo sacudido de vítores y aplausos. La orquestra desencadena una larga fanfarria en ritmo de salsa que pone a todo el mundo a bailar y a abrazarse.

Hugo es el líder más querido del Bronx.

—¿Soñabas con ser un héroe? Ahí está, pues —le dice al espejo.

Y no es sólo su éxito en el Bronx o sus provocaciones en la ONU. Sus giras ofrecen suculentas imágenes a la televisión mundial para el deleite propio y de su pueblo. Hugo desconcierta, por ejemplo, a Vladímir Putin, notorio por su afición a las artes marciales, cuando, antes de saludarlo, el venezolano adopta en broma una ridícula pose de kárate ante la cual el líder ruso no sabe cómo reaccionar. Lo mismo le sucede a Angela Merkel, la canciller alemana, a quien intenta saludar con un abrazo, al cual ella responde con una glacial mirada y la mano extendida, en imperdible gesto de que un apretón de manos sería su más cercana relación.

Pero es en América Latina y el Caribe, además de Cuba, donde las giras cosechan grandes éxitos gracias a la «petrodiplomacia de la chequera». El presidente está empeñado en transformar la geopolítica continental, dejando de lado a Estados Unidos. El sueño de Bolívar de unificar las Américas está siendo una realidad gracias a él.

Los presidentes de Brasil, Nicaragua, Bolivia y Argentina se convierten en hermanos-amigos entrañables de Hugo y su revolución. Lo siguen, lo acompañan, le responden en sus propuestas de integración bolivariana.

En su tumba, Simón Bolívar debe de estar bailando de contento. Hugo está seguro de eso.

Morir en el intento

Y Mónica Parker insiste. Ya está en la mira del gobierno. Ya el propio presidente la ha señalado frente a las cámaras. Ya los voceros del presidente le han dicho públicamente que se calle la boca, que debería dejarse de acusaciones contra «mi presidente» y su revolución y mostrar todo lo bueno que le ha pasado a Venezuela en los últimos ocho años gracias a Hugo.

La periodista ha hablado de todo esto con su amiga Eva. Sigue yendo a las clases de yoga en Ébano tratando de bajar la tensión que a todas horas inunda su vida. Le ha confesado a Eva que tiene miedo, pero que, mientras más difícil se torna todo, más razones tiene para continuar.

Eva la alivia con sólo oírla. Con los años, la cercanía que hay entre ellas les ha servido para darse fuerzas una a otra en los momentos difíciles. Eva, por ejemplo, tan necesitada de una sonrisa amiga, terminó por desahogarse con ella y le contó parte de su verdad: que tiene una relación eterna y secreta con un hombre casado, y le agradece si no pregunta más. Mónica, a su vez, ha decidido entregarse de lleno a su propia causa periodística, como respuesta al vacío que siente por dentro desde que Mauricio desapareció de su vida. Lleva siete meses sin él, todavía le cuesta creer que la haya dejado sin un porqué, que aquel café, aquella mañana, haya sido un para siempre.

—Deberías parar, Mónica. Tú misma dices que hay fuerzas oscuras que buscan acallarte —le recomienda Eva.

—Voy a parar... Sólo termino esto de las expropiaciones y paro. Aunque sea por un rato. Me quisiera ir unos meses a India —dice Mónica.

Con lo de «las expropiaciones», Mónica se refiere a un reportaje de largo aliento sobre la vida de Franklin Brito, un biólogo de cuarenta y nueve años a quien, por haber votado a favor del referendo revocatorio, lo han despedido de su trabajo como profesor en un colegio y le han invadido la tierra. No es que sea un terrateniente; no obstante, la Ley de Tierras bajo la que se ampara el gobierno para expropiar propiedades también permite despojar a agricultores de extensiones pequeñas; el caso de la finca de Brito y su familia.

Mónica ha viajado ya un par de veces a la fértil región subamazónica venezolana donde está Iguaya, la propiedad en cuestión. Sabe que durante los últimos quince años Brito ha invertido y trabajado productivamente en estas tierras. Gracias a su esfuerzo, la finca se ha convertido en un establecimiento modelo que incluye cultivos intensivos de arroz y café, así como una exitosa actividad piscícola. Funcionan también campamentos vacacionales para chicos en edad escolar y talleres vocacionales que enseñan oficios agrícolas.

Todo marcha muy bien en su vida, hasta que una tarde un grupo de campesinos acompañados por un escuadrón de militares «invaden» la finca. Se hacen llamar «rescatadores», no invasores, y están convencidos de que el dueño es un latifundista y seguros de que al ocupar esta «supuesta propiedad privada» están reivindicando su derecho a tener un pedazo de tierra para cultivar o vender.

Tomado por sorpresa, al principio Brito no se enfrenta al despojo, pero con los días opone una tenaz y prolongada resistencia pasiva. Se convierte en un incansable peregrino de los tribunales y de las salas de redacción de los medios de prensa. Dice que le prometieron el pago de sus tierras expropiadas, pero no ha logrado que ello ocurra. Acusa al gobierno de que él y su familia han quedado en la ruina.

En su difícil correría por Caracas, Brito logra conectarse con Mónica Parker y ella promete mostrar su situación ante los televidentes. La periodista lo acompaña el día que decide volver a su casa y vivir en el medio hostil que supone la finca ahora invadida. Muchos de los invasores fueron traídos de otros pueblos muy distantes. Son gente que él nunca ha visto antes, y lo tratan con revanchista crueldad revolucionaria.

Es obvio que fueron organizados por alguien cercano al gobierno.

Lo más duro para Brito, sin embargo, es ver cómo se pierden años de trabajo. Tratando de tomar todo con estoicismo, intenta inducir a los invasores a mantener la finca en funcionamiento, pero ellos no están interesados. Les basta con tener alojamiento y recibir en efectivo las ayudas directas del gobierno: bolívares que gastan en licor. Mónica Parker logra imágenes de los campesinos matando las reses que daban leche y organizando alegres parrilladas al aire libre, con cerveza y música. Poco a poco, todo el rebaño de vacas lecheras será sacrificado, el campo se llenará de maleza y los estanques, antes llenos de tilapias y truchas, terminarán criando nubes de mosquitos.

La periodista regresa conmovida a Caracas y emite un primer programa sobre el caso Brito. Unos meses después, el biólogo vuelve a ser noticia. Desesperado por la injusticia, él también regresa a Caracas, pero para declararse en huelga de hambre, luego de encadenarse a las puertas de la sede de la Organización de Estados Americanos, la OEA. Exige que el gobierno de Hugo Chávez le pague lo que cuestan las tierras que él hizo productivas. Denuncia el acoso y la violencia de los cuales ha sido víctima. El presidente, en respuesta, se declara insensible porque él tiene su propio lema: «O se acaba el latifundio o muero en el intento».

A Mónica le parte el corazón ver a Brito languidecer durante nueve huelgas de hambre consecutivas, siempre acosado por el gobierno. En sus últimas semanas de vida, Brito, contra su voluntad, es llevado por la policía política a un hospital militar. No puede moverse ni hablar. Tiene deficiencia respiratoria, pulmonía, hipotermia y daños en el hígado y los riñones. Antes de fallecer hace responsable al presidente de lo que pueda pasarle. Al fin, es Brito quien muere en el intento.

La furia expropiadora de Hugo se lo ha llevado por delante.

«Somos rescatadores»

Ni los conductores de los buses ni la escolta de la Guardia Nacional leen la advertencia: PROHIBIDO EL PASO. PROPIEDAD PRIVADA. La señal es una burla: ésta no es más una propiedad privada, es una propiedad del Estado; el tránsito es libre.

Es muy temprano en la mañana. Luego de atravesar dos hectáreas de terrenos baldíos donde la maleza ha crecido al punto de esconderlo todo, la caravana se detiene. De tres destartalados buses descienden ciento ochenta campesinos, hombres, mujeres, adultos, ancianos y niños. Perros y gatos. Como hormigas, cada uno lleva algo: una maleta, herramientas, ollas, vigas, plásticos. Van a levantar un campamento antes de que caiga el sol. Van a reconquistar las tierras que les fueron usurpadas en un pasado desconocido. Van cantando en coro:

«No somos invasores, somos rescatadores», «¡Viva la Revolución bolivariana!».

Llegan para quedarse.

No hay improvisación en sus pasos. Han esperado este día durante meses, desde que el presidente anunció la expropiación de la tierra a los latifundistas que decían que la explotaban. Pero no era así, tronó Hugo:

—Lo que explotaban era a sus empleados, pobres hermanos esclavizados, trabajando sin salarios dignos, sin descanso, bajo el látigo del capataz.

Una vez publicada la sentencia legal de toma de la tierra, se les apareció un «líder campesino» que, si bien ellos no lo conocían, les dijo que los representaba ante el gobierno y venía a organizarlos para ir a tomar tierras a las que, según ellos, tenían derecho.

Los campesinos, muy entusiasmados, se organizaron en una cooperativa socialista, se vistieron con la camiseta roja que los identifica como seguidores de Hugo Chávez, estudiaron la Constitución, aprendieron sobre sus derechos ancestrales y se encaminaron al campo a hacer la revolución. La Guardia Nacional los acompañó hasta el sitio, porque esos latifundistas son cosa seria; hasta armas tienen, cualquier cosa hacen por defender lo que se han robado. Los militares rescatadores cargan en sus fusiles la orden de su presidente y comandante en jefe: «Si los terratenientes disparan, disparamos nosotros también».

Por fortuna, esta vez nadie se opone. Son tierras ociosas; lo único que habita en ellas es desilusión y desdén. Antes de levantar las improvisadas carpas donde pasarán cientos de noches, los recién llegados rescatadores se sientan en círculo. El líder campesino enviado por la revolución y su ayudante extienden un mapa en el piso y explican:

—Éstas eran las tierras de nuestros antepasados, nuestros bisabuelos, nuestros abuelos y nuestros padres. Un día llegaron los ladrones y se las fueron tomando, corriendo las cercas de noche, apropiándose como si fueran Dios. Pero hoy llega la justicia, compañeros, gracias a nuestro presidente Chávez. ¡Patria, socialismo o muerte!

Los compañeros responden al unísono. No tienen agua ni electricidad, ni han sembrado nada todavía que puedan cosechar, cocinar y comer. Pero tienen tierra. Los campesinos sí que saben lo que significa tenerla. Uno pregunta cómo harán para cultivarla si allí no se ve agua por ningún lado. Pero su líder le insiste en que la revolución sabe lo que hace. Que debe tener confianza.

Después de toda una vida un presidente los ha escuchado, los ha incluido, les ha enseñado que con el socialismo es posible la igualdad. Por eso levantan con orgullo la bandera bolivariana y aplauden a su líder comunitario cuando dice:

—Tenemos que ser consecuentes con nuestra lucha. Vamos a tener parcelas bien trabajadas, y vamos a vender comida donde se necesita para asegurar la soberanía alimentaria de nuestra Venezuela. No quiero que los que estamos aquí nos convirtamos en unos *terratienticos*. Tenemos que ampliar nuestra mentalidad, porque la lucha aquí es la del pobre contra el rico.

Un año después, divididos en incansables brigadas obreras, los campesinos han transformado el paisaje. Trabajando de madrugada, sin maquinaria y «a fuerza de puro pulmón», han construido veinte precarias viviendas, cavado hasta encontrar siete pozos de agua y abierto tres caminos para conectar los terrenos. Han sabido utilizar las semillas y el primer y único camión de ayudas: fertilizantes, alimentos, plaguicidas, herramientas. Allá comienzan a nacer los plátanos, aquí hay yuca, pimentón y auyama. Un poco de tomates, cebollas y maíz. Un corral de gallinas, otro de chivos, otro de cerdos.

¡Así se hace la revolución!

Y aunque ni la Guardia Nacional ni los funcionarios del gobierno han vuelto a visitarlos desde el día de la toma, aunque no tienen televisión para ver a Hugo en su programa del domingo ni teléfono para comunicarse con él, han bautizado la comunidad en su nombre, lo bendicen cada vez que lo nombran, lo alaban como al padre simpático, amable y generoso que los cuida como nunca antes político alguno los cuidó.

La vida aquí es dura. Pero las cosas van bien. Éste es un claro éxito de Hugo y su revolución.

El negocio alimentario

Por experiencia propia sabe lo que es expurgar en los basureros para encontrar comida: restos de hamburguesas, un poco de pasta, botellas de bebidas inacabadas...

Pero no más. Desde hace tiempo, no más. Ahora que es un rey a su manera, esas imágenes de niño son prehistoria.

Al apartamento del Pran en La Cueva llegan cada día platos del más delicioso menú, desde recién horneadas arepas, pasando por bandejas criollas, hasta exquisitas y variadas muestras de la mejor gastronomía internacional. Alimentarse bien pero sanamente es una de sus consignas. Su poderoso cerebro es una máquina que no se detiene.

Siempre ocupado en diseñar nuevos y ambiciosos proyectos, el Pran ha ido sepultando en su memoria esos primeros años de miseria, tanto que hoy ni siquiera intenta imaginar que allá afuera, en las calles y en los vertederos de basura, millones de personas, en su lucha por sobrevivir, rescatan alimentos casi del todo descompuestos y se disputan con los perros el desayuno.

El Pran no conoce a don Segundo, el campesino que hace unos meses perdió todo después de que el gobierno nacionalizara Agrícola Canarias. Y don Segundo tampoco conoce al Pran. Pero la historia de sus vidas converge en un agudo punto: la comida podrida.

Tratando de calmar el hambre de su esposa enferma, sin otra alternativa más que la mendicidad, don Segundo ha comenzado a visitar uno de los vertederos municipales en las afueras de la ciudad de Puerto Cabello, en el estado de Carabobo. Allí está el puerto más importante del país.

Un día que bien podría ser de fiesta, los escarbadores de basura hacen un nauseabundo hallazgo: una larga fila de contenedores de carga semienterrados, llenos de aves de corral, carne de res y leche en polvo en avanzado estado de descomposición. Don Segundo, humildemente emocionado, se lleva un buen bulto para su casa que juzga que todavía se puede comer. Muchos otros bienaventurados se apoderan de la carga y logran revenderla entre sus conocidos. El fruto de la fiesta no es un estómago contento. Varios vecinos, incluida la esposa de don Segundo, son llevados de emergencia a los hospitales de la zona. Varios mueren en pocos días por intoxicación.

Esas historias de infortunio no llegan a los oídos del Pran, aunque por justicia debería ser el primero en conocer los efectos de su último gran negocio, Petroalimentos, la empresa pública que Hugo ha puesto en marcha bajo la proclama de distribuir alimentos subsidiados a los más necesitados.

La nueva compañía, bandera del programa de soberanía alimentaria, importa masivamente alimentos con las divisas que provienen de las ventas de petróleo.

—¡Que no haya un solo venezolano con hambre! —grita Hugo en su programa mientras la audiencia en el estudio, todos con camisetas rojas, se levantan y aplauden con entusiasmo.

Por eso, al mismo tiempo el presidente decreta un férreo control de cambio en el que el gobierno decide la cantidad de dólares u otras monedas extranjeras que puede obtener cada ciudadano y cada empresa privada o ente público, y crea un mecanismo de distribución de alimentos gratuitos o subsidiados. El sector privado ya no será el único que producirá, almacenará y comercializará productos. Ahora el gobierno importa la comida y abre miles de bodegas a lo largo y ancho del país. Las empresas privadas comienzan a sufrir retrasos y caídas en su producción, ya que el gobierno tarda o no les da los dólares que necesitan para pagar las importaciones de materias primas que precisan, desde tintas y cartones para empacar sus productos hasta trigo para el pan o repuestos para sus maquinarias. Y de nuevo la oposición salta:

—La estrategia del presidente no es bondadosa: expropia grandes empresas agropecuarias y lleva a la quiebra la producción privada de alimentos.

Y Hugo responde:

—El arma más grande de destrucción masiva que hay en el planeta es el hambre, y ¿por qué hay hambre en el mundo? Por ustedes, capitalistas, que explotan a las minorías. Porque los poderosos del mundo están contra los pueblos del planeta.

Un muy cercano amigo de Willy García es ahora el alto directivo de PDVSA que ejecuta las compras de alimentos para la empresa subsidiaria que han llamado Petroalimentos. Responde a instrucciones directas de un funcionario que ha sido designado por Willy y, por supuesto, por el Pran. Este negocio consiste en una vasta y escandalosa operación ilícita en la que el gobierno asigna divisas a una tasa preferente, muy por debajo de lo que costaría un dólar en el mercado abierto, por ejemplo.

Con estos dólares baratos se debe importar comida masivamente para reemplazar la caída en la producción de alimentos del país. Y, por supuesto, vender estos productos importados con dólares baratos también a precios muy bajos o, mejor aún, regalarla a quienes más la necesitan, a los pobres. Y, preferiblemente, a los pobres que han demostrado ser leales seguidores de Hugo y su gobierno.

El problema es que muchos de quienes obtienen los dólares baratos son falsos importadores de alimentos que, en realidad, nunca traen al país la comida en las cantidades o calidades requeridas. De hecho, muchos importan alimentos que ya están descompuestos y los traen como si fueran aptos para el consumo humano. Y se quedan con los millones de dólares baratos que les dio el gobierno.

«Del negocio alimentario al negocio cambiario», son las palabras del Pran. El rocambolesco proceso involucra a la red de navieros de Augusto Clementi, el contratista petrolero que ayudó a Hugo a romper la huelga petrolera, y que cuenta con la protección cómplice de altos jefes militares corruptos, dirigidos por el talentoso y ambicioso, y cada vez más importante, general Gonzalo Girón.

Los «importadores» no tienen mayor interés en vender a los consumidores la comida que importaron. Para borrar las huellas de la operación, decenas de contenedores de alimentos así adquiridos van directamente del puerto de entrada a enormes vertederos de basura temporalmente clandestinos. Temporalmente, porque muy pronto las toneladas de comida podrida emiten un hedor que hace de los vertederos lugares públicos y notorios.

Pero, para gran indignación y molestia del gobierno, Mónica Parker decide reportar el caso en su programa.

—Mientras la gente pasa hambre, los alimentos que importa el gobierno se pudren —anuncia Mónica mostrando las montañas de alimentos en descomposición.

El presidente luce sorprendido por lo que está haciéndose «a sus espaldas» y, sin saber que el Pran y Willy están involucrados en este sucio negocio, promete castigar a los culpables. Pero no pasa nada. El Pran y el ministro de Finanzas saben lo que deben hacer para que no pase nada.

Con su denuncia sobre el negocio de las compras millonarias de alimentos que nunca llegan a los consumidores, Mónica sólo logra sellar la suerte del canal de televisión para el cual trabaja. Su padre tenía razón cuando la prevenía de futuras represalias del gobierno.

Pronto le tocará a ella pagar el precio de decir la verdad.

«Ser rico es malo»

Los padres de Hugo, alguna vez humildes maestros de escuela, después de todas las penurias que él y sus hermanos conocieron durante la infancia, entraron un día al soñado mundo de la abundancia. La realidad se confundió con la realeza. Les llegó la hora de convertir el parentesco en oro.

La inesperada fama e insospechada fortuna del presidente le cambió la vida a toda su familia. Y a la familia de su familia. Y a los amigos de sus amigos. Y por generaciones. Cuando el presidente Hugo lanza su lucha contra los latifundistas, sus padres ya han multiplicado las tres hectáreas de su finca llanera. Ahora tienen diecisiete fincas con más de 450.000 hectáreas. ¿Tierras ociosas? No. ¿Mal habidas? No. ¿Expropiables? No. Son propiedad de la familia del presidente; no hay más nada que preguntar. Mientras él levanta las banderas de la igualdad y la compasión por los pobres, alrededor suyo parece que todo el mundo se hace rico. La prensa internacional ha revelado que la fortuna de la «primera familia» asciende a montos que son inimaginables hasta para ellos mismos. ¿Riqueza? No, justicia divina.

Pero el presidente sigue firme en su visión de una Venezuela sin desigualdad. En *Aló, presidente* vuelve continuamente y con pasión sobre el tema.

—¿Ustedes recuerdan lo que dijo Jesucristo? Que más fácil será que un camello entre por el ojo de una aguja que un rico entre al Reino de los Cielos. —El auditorio celebra. Él continúa—: Nosotros no queremos ser ricos. ¡Ser rico es malo! Es inhumano, así lo digo, y condeno a los ricos.

Los condena de palabra, tal vez, porque su entorno y el de sus allegados dicen, gritan, lo contrario. Hugo muestra una sorprendente complacencia con el súbito e imperdible despliegue de las riquezas de sus familiares y sus allegados. Las cosas y conductas que exhiben los nuevos ricos en todas partes del mundo abundan en la casa real de Barinas. Lo de siempre: ropa, carros, joyas con logotipos que transmiten su alto precio, casas, haciendas, autos, motos, aviones, helicópteros, yates y lanchas, viajes a los paraísos del mundo, licores, playas y «fiestones» a veces documentados en fotos que aparecen en Facebook e Instagram, puestas allí por los indiscretos miembros más jóvenes de la casa real o sus muy impresionados huéspedes.

A veces todo esto resulta insoportable para Hugo. La prensa reporta, dando como fuente a dos de los empleados de la hacienda que observaron los hechos, que en una reunión familiar en la nueva y bella hacienda Hugo se perturba por los excesos que descubre. Monta en cólera, toma un bate de béisbol y destroza uno de los varios y costosísimos Hummers que son la modalidad casi única de transporte terrestre de la familia.

Para acallar a la prensa y a la oposición que siempre denuncian sin pruebas y difaman, el austero presidente argumentará en adelante que la fortuna de su familia se debe al trabajo honrado. Sus hermanos han alcanzado puestos importantes gracias a sus propios méritos. Uno es vicepresidente de un banco (que tiene negocios con el Estado, pero eso no lo dice); otro es alcalde de su pueblo natal; otro ha sido su asistente, ministro de Educación y embajador ante Cuba; otro, coordinador de programas conjuntos cubano-venezolanos, y su primo es vicepresidente de producción y comercio en PDVSA.

—¡Así es, Hugo! ¡Muera el nepotismo; viva la meritocracia! —le grita con gran sarcasmo Mauricio a la televisión cuando oye la explicación del presidente.

Todo por amor

—¡Despierta, papá! Párate... ¡Vamos a tu cama! —Mónica Parker intenta mover a su padre, pero él no responde. Está tendido en el piso de la sala, dormido en su borrachera—. Dale, papá. Sé que me oyes. Por favor, haz un esfuerzo. No te puedo ver así...

—*Leave me alone!* —El anciano vuelve en sí y responde con un grito desalentado.

Mónica lo sacude, le moja la cara con un pañuelo húmedo, le insiste que se pare, desiste, se acuesta a su lado y se pone a llorar. Cuánto tiempo lleva ya soportando estos episodios. Cuánto dolor por el destino de quien fuera el hombre al que más admiraba en su vida. Todavía no entiende cómo fue que decidió arruinar su vida, la de ellos, la de ella. Es injusto que después de tanto tiempo ella siga pagando la deuda para protegerlo, ocultando ante el mundo el lado más oscuro de su historia personal.

Sin saber en qué momento de la congoja se quedó dormida, Mónica despierta temprano en la mañana. Se levanta angustiada, tiene que estar en una hora en el consejo de redacción del noticiero.

Encuentra a su padre sentado a la mesa de la cocina. Luce horrible. Sin disculparse por lo que ya es su horrible vida cotidiana, Chuck Parker le da los buenos días mientras le extiende un sobre.

—*For you* —le dice. Mónica levanta las cejas. ¿Qué puede ser? Lo abre con prisa, lee: «Cierre la boca, Mónica Parker. Cállese o la callamos».

La periodista se desmorona.

—¿Quién trajo esto? —le pregunta a su padre, pero él está tan mal que no recuerda siquiera cómo llegó el papel a sus manos.

En su camino al canal, Mónica le pide al chofer que apague la radio. No quiere perturbaciones. Le duele la cabeza. Tiembla. ¿Debería denunciar al fin que vienen amenazándola día tras día? No, mejor no.

¿Quién podría hacer algo, defenderla, si todos están de parte del presidente, y si seguro las amenazas vienen de él o de su gente?

A través de la ventanilla lee sin interés las paredes pintadas de propaganda política. Otra vez elecciones presidenciales. Otra vez Hugo al ruedo. Otra victoria, seguro. Ya lleva ocho años en el poder, no le será difícil hacerse de seis años más. La oposición no se logra organizar ni recomponer. Ninguno de los líderes de la oposición le llega siquiera al tobillo a Hugo en cuanto a carisma y capacidad de hacerle sentir al pueblo que él está luchando por ellos. Los contrarios, pocos, dispersos, desorganizados, enfrentan al monstruo bolivariano con somnolienta esperanza: despertaremos de esta pesadilla algún día... tal vez...

El presidente, experto ya en campañas y triunfos, está de nuevo decidido a conquistar los corazones de sus compatriotas. Esta vez, por consejo de su equipo asesor, suaviza su mensaje revolucionario para que la clase media, en gran parte opositora, se conmueva con su mensaje de su amor por Venezuela. Mónica lee una enorme valla al lado de un semáforo. El presidente sonríe con ternura:

SIEMPRE, TODO LO HE HECHO POR AMOR.
POR AMOR AL ÁRBOL, AL RÍO, ME HICE PINTOR.
POR AMOR AL SABER, AL ESTUDIO, ME FUI DE MI PUEBLO
QUERIDO A ESTUDIAR.
POR AMOR AL DEPORTE, ME HICE PELOTERO.
POR AMOR A LA PATRIA ME HICE SOLDADO.
POR AMOR AL PUEBLO ME HICE PRESIDENTE, USTEDES ME
HICIERON PRESIDENTE.
HE GOBERNADO ESTOS AÑOS POR AMOR. Y AÚN HAY MUCHO
POR HACER.
NECESITO MÁS TIEMPO. NECESITO TU VOTO.
TU VOTO POR AMOR.

La depresión de Mónica Parker llega antes que ella a su oficina. Su equipo la nota ausente, débil, ¿enferma?

—No me pasa nada, cansada no más —disimula.

En las siguientes semanas de campaña política y censura psicológica, Mónica les baja un poco el calibre a sus reportajes. No se alinea al discurso del gobierno, pero piensa dos veces antes de denunciar algún abuso. Siempre consigue una versión oficial para que no la acusen de parcializada o vendida, para que no la maten.

Cada vez más, se autocensura.

En ese mismo tiempo, un empresario privado y desconocido compra el canal de televisión para el que trabaja Mónica. ¿Cuándo se puso en venta el canal? ¿Quién es el nuevo dueño y de dónde proviene su capital? Es una sociedad anónima, le dicen. Sólo hay que respetar y acomodarse a las nuevas órdenes superiores que implican un cambio *sutil* en la línea editorial de su noticiero y de toda la programación. «Algo huele mal», piensa Mónica, pero se siente maniatada.

Sus proyecciones fueron acertadas. Con un alto porcentaje de votos a favor, el presidente ha recibido vía libre para gobernar durante seis años más. Pero esta vez su poder es superlativo; la gran mayoría de los diputados a la Asamblea Nacional visten la camisa roja. Cientos de alcaldes y gobernadores se adhieren con entusiasmo a la política de Hugo. Y después del desenlace de la huelga petrolera, él es el gran dueño de la gallina de los huevos de oro, el banco que financia su revolución.

—Me siento chiquito ante ustedes —dice el día de la victoria presidencial en el Balcón del Pueblo—. Son ustedes el gigante del siglo XXI, el grandioso pueblo venezolano.

La multitud grita hurras, llora, celebra la continuación de la política revolucionaria.

Eva, Mauricio, Fidel, el Pran, Mónica y toda Venezuela siguen el discurso por televisión, con los ánimos encontrados, cada uno desde su propia perspectiva, desde sus intereses y preferencias.

Mónica pasa la semana más infernal de su vida. Le dice a Eva durante una cena el viernes, después de la clase de yoga:

—Esto se está poniendo cada día peor. Ya no me dejan hablar, opinar, censuran todos mis reportes. No puedo hacer nada, pero irme tampoco es la solución.

Eva le sugiere de nuevo que salga del país por un tiempo, le recuerda su plan de viajar por India.

—No soy capaz de dejar a mi papá —le dice Mónica, aunque todavía no le ha contado la historia detrás del alcoholismo de Chuck Parker.

Al día siguiente, Mónica sale de compras con su papá; es un milagro que haya querido salir de su pequeño apartamento, acompañarla a hacer el mercado, comprar incluso algunas cosas para él. El chofer los recoge en un supermercado a las cuatro de la tarde, pero, luego de poner las compras en el carro, Chuck Parker decide darle la tarde libre al conductor y ser él quien maneje. Mónica no se opone; al contrario, se alegra de que su papá tenga la iniciativa y, además, esté sobrio y pueda conducir.

Al regresar a la casa, cuando se disponen a desempacar la compra, Mónica ve que tres hombres, altos, fuertes y elegantes, se acercan para «ayudarle con las bolsas». Antes de decir algo, Mónica comienza a temblar. Ya sabe quiénes son, ya sabe de qué se trata.

15

Fidel es un genio

Abrazos de muerte

Eva y Mauricio llegan por separado pero casi al mismo tiempo a la iglesia. Hay decenas de autos de lujo en todas las cuadras a la redonda.

Eva, vestida completamente de negro, lo ve primero a él, también vestido de luto impecable. Contiene el deseo de saludarlo y, sin intención de ocultarse, se sienta en una de las últimas bancas, desde donde logra, además, tener una panorámica completa de la movilización social que produce un asesinato.

El día anterior, Mónica Parker le dejó un mensaje de voz aterrador en su teléfono, un grito de dolor y de auxilio: «¡Lo mataron! ¡Lo mataron!». En ese momento, Mónica, desorientada, intentaba lo imposible: asimilar lo que acababa de pasarle. Primero, los vio bajarse de un automóvil. Eran tres, todos vestidos prácticamente igual, ninguno de ellos líder de los demás, todos caminando al mismo ritmo y con el mismo terror en la mirada. Por sus gestos y forma de hablar, Mónica identifica su origen: son militares.

—¿Ayudamos, Mónica Parker? —le preguntó uno de ellos mientras estiraba las manos hacia las bolsas del mercado que ella intentaba llevar del carro a la casa. Mónica supo quiénes eran, antes incluso de que se acercaran a hablarle. Debió ser más precavida y delicada en sus acciones, pensó después; de haberlo sido, quizá su padre seguiría con vida, pero...

—No, señores, no necesitamos ayuda de nadie —dijo Mónica en tono severo, y entonces otro de ellos se acercó por la espalda, la tomó por la cintura para evitar que se moviera y le dijo:

—Esa lengua suya le va a crear problemas, ¿sabía?

—No me van a intimidar, si eso es a lo que los mandaron hacerme.

—Claro que no —dijo el último de los tres. Ahora la tenían rodeada—. Lo que queremos es ayudarla, no sólo a cargarle las bolsas del mercado, usted es muy fuerte para eso, ¿o no?, sino a que se vaya de Venezuela.

Mónica se paralizó por completo. Sintió los revólveres de los tres tipos rozándole la cintura.

—Usted es como una culebra, Mónica Parker Medina —dijo el único que la llamaba por su nombre completo, pronunciando cada palabra como una piedra que cae contra el pavimento—. Si usted se muerde la lengua, muere con el veneno que tiene contra el régimen.

Chuck Parker salió de la casa en ese momento y vio a su hija rodeada por tres hombres que parecían querer aplastarla.

—¡Déjenla! *Leave her alone!* —gritó enfurecido, y sacó su propia arma de la funda que siempre escondía bajo la chaqueta.

Mónica, sintiéndose respaldada, comenzó a dar manotazos, patadas, mordiscos, a pedir ayuda. En pocos segundos tuvo la sensación de tener dominada la situación y creyó que sus vecinos vendrían en breve a defenderlos, pero más tardó en sentirse vencedora que en ser vencida. La lengua se le llenó de arena cuando besó el asfalto. Un tipo le puso un pie en la espalda, la agarró del pelo, le levantó la cabeza el ángulo preciso para ver cómo los otros dos desarmaban a su padre, cómo uno le disparaba en la cabeza y el otro, en el corazón.

Y luego... levantarse. Verlos irse. No saber quiénes son. La sangre. El terror.

Cuando comienzan a llegar los vecinos, Mónica saca el teléfono de su carro. No sabe a quién llamar. Entiende pero no entiende a la vez, no sabe si «los tipos» son del gobierno que busca reprimirla, intimidarla para que no siga con sus investigaciones. Quizá son los cubanos, a los que ha atacado tanto últimamente en sus programas, o simples bandidos, o chavistas fundamentalistas. Antes que a la policía prefiere llamar a Eva, su amiga, pero no le contesta. En un mensaje alcanza a resumirle el terror. Entonces se ahoga en llanto, cae al lado del cuerpo de su padre, del hombre para quien ha sido más que una hija, una madre; llora, llora y se ahoga, y que las vecinas se encarguen de lo demás.

A la mañana siguiente, en la ceremonia religiosa, levanta la frente con gallardía. Esta vez es ella el tema central de todos los noticieros, los que están con el gobierno y los pocos de la oposición. Pero no da declaraciones ni hace denuncias. Guarda silencio, respira, espera.

Cuando salen de la iglesia con el ataúd de su padre, Mónica encabeza el cortejo sin soltar una lágrima. Mientras suben el féretro a la carroza fúnebre, Eva se acerca a abrazarla. Mauricio también se acerca, como si no hubieran pasado ya tantos meses, como si un funeral fuera el mejor momento para una reconciliación. Eso la descompone por completo. Con sólo verlo, lo odia. Eva y todos alrededor ven cómo lo empuja y le pide que se vaya, sin guardar recato, sin simular cortesía alguna.

La noticia de la muerte de Chuck Parker llega como una flecha a Miraflores. El presidente lo lamenta por televisión. Pide que le manden algunas flores al cementerio y que le hagan saber a la admirable Mónica Parker que el gobierno lamenta la muerte de su padre. Se excusa por no poder asistir a las exequias. Iría, por supuesto, pero está justo saliendo para una visita oficial a Cuba, otra de sus inaplazables citas con la revolución.

«Hasta la victoria siempre»

—Aquí reposan los restos de quien hoy vive en nosotros y con nosotros, y de quien dio su vida por la dignidad de nuestros pueblos.

La tumba del guerrillero se llena de flores y Cuba se viste de fiesta. El presidente Chávez aprovecha uno de sus viajes para visitar el memorial del Che Guevara en la ciudad de Santa Clara. Quiere rendirle tributo al revolucionario cuando se cumplen cuarenta años de su muerte, de su asesinato más bien.

Hugo lamenta que Fidel no lo haya podido acompañar, pero sabe que su mentor y amigo no está bien. Lleva largos meses de reposo en su casa, que cada vez más se parece a un hospital lleno de los más modernos equipos. Fidel ha encargado al comandante Raimundo Gálvez que haga las veces de anfitrión y que acompañe al líder venezolano en el *Aló, presidente* que se transmite en vivo y en directo desde Cuba, en la plaza donde se yergue una escultura del Che y que sirve de fondo al programa.

Sin embargo, aunque no esté en persona, para que ambos pueblos sepan que el patriarca sigue vivo y saludable, se comunica por teléfono con el programa. El presidente, siempre el mejor animador y buen conversador, le pide a Fidel que comparta anécdotas sobre la lucha guerrillera, sobre la vida, obra y muerte «del sembrador de conciencias que fue el Che».

Por supuesto que nadie menciona que la relación entre Fidel y el Che Guevara se deterioró hasta el punto en que el argentino prefirió arriesgar la vida en peligrosas misiones guerrilleras en países como el Congo o Bolivia que quedarse en Cuba enfrentado por Castro.

Hugo lo sabe, pero si a Fidel no le gusta hablar de eso, pues a él tampoco. Lo que pasó entre Fidel y el Che es cosa de ellos y a él sólo le queda pensar en el Che como el héroe que sigue inspirando juventudes en todas partes del mundo.

Para Hugo estar allí, en Cuba, con Fidel al teléfono y el Che de telón de fondo hablando de luchas, victorias, socialismo, patria o muerte, es una experiencia casi espiritual. Se siente íntimamente ligado a esta heroica gesta y quiere ser uno de sus protagonistas. No oculta que todo esto le toca fibras emocionales muy sensibles y roza antiguas heridas psicológicas que a pesar del tiempo no han cicatrizado. En un momento en el que se le ve visiblemente emocionado, Hugo le dice a Fidel que hoy sabe que la pobreza, las humillaciones y los desprecios que él sufrió de niño y de joven fueron una preparación para esta lucha.

Y así, mirando fijamente a la cámara y saboreando el sentido de cada palabra, Hugo lanza a los cuatro vientos su última gran idea:

—Cuba y Venezuela pudiéramos conformar perfectamente en un futuro próximo una confederación de repúblicas, dos repúblicas en una, dos países en uno.

Los asistentes, empapados ya por una suave pero constante llovizna, aplauden y vitorean. Raimundo Gálvez responde con el silencio que lo caracteriza y aplaude discretamente. Mientras lo hace, viendo a Hugo profundamente emocionado, no puede quitarse una idea de la cabeza: «Fidel es un genio. Acaba de tomar a Venezuela sin disparar un tiro».

La transmisión termina ahogada por la lluvia cinco horas después.

—Hasta la victoria siempre —cierra Chávez el programa gritando emocionado la frase histórica del Che Guevara en su carta de despedida a Cuba.

La comitiva venezolana regresa a Caracas y se prepara para una nueva semana de gobierno por, para y con el pueblo. Raimundo Gálvez regresa a La Habana directamente a una reunión con Fidel Castro y su hermano Raúl. Deben analizar las opciones que se abren ante el próximo sexenio con Chávez en el poder.

En la secretísima reunión Fidel habla con énfasis del devenir revolucionario: ha llegado la hora de consolidar el control sobre Venezuela.

—Debemos persuadir a Hugo de que se apodere de toda la economía. Derrotados los golpistas y con la PDVSA en sus manos, Hugo no tiene ya enemigos de peso... excepto uno.

Sus interlocutores no lo interrumpen. Saben que se refiere al general Enrique Mujica. El compadre de Hugo y actual ministro de Defensa, quien lo liberó de la prisión en La Orchila, quien lo ayudó a retomar su puesto en Miraflores.

Es también uno de los pocos militares de alto rango que no tienen miedo de criticar abiertamente la revolución y a Hugo. Para él, eso no es un acto de valentía, ya que siente que no corre riesgo alguno. Hugo es su compadre y él lo salvó de la cárcel. Gracias a Mujica, Hugo sigue siendo presidente.

Escuchan una grabación clandestina de una llamada telefónica entre Mujica y otro oficial que le dice que debe ser más cuidadoso con sus críticas a Hugo.

Habla Mujica: «Mi compadre se puede enfadar conmigo, pero sólo como se enfadan los compadres. Dura un rato y luego se le pasa. Además, él necesita a alguien como yo. Alguien que no lo adule sino que le diga la verdad de lo que está pasando en las calles de este país».

También escuchan una grabación secreta hecha en un restaurante donde Mujica, el ministro de Defensa, está almorzando con su colega el ministro de Economía, Willy García. «Willy, lo que pasa es que en la calle la gente me reconoce y me habla. Justo ayer acompañé a mi esposa al supermercado a hacer la compra y muchas personas se me acercaron a contarme del trabajo que pasan para conseguir alimentos y medicinas. Hay mucha escasez de productos básicos pese a la abundancia petrolera. El otro día un viejo amigo me abordó en un evento en el colegio de mis hijos para contarme de la creciente ola de violencia criminal: asaltos, secuestros, homicidios sin culpables. Esto no puede seguir así, Willy. Debemos hacer algo. Hugo debe corregir el rumbo.»

Se oye la voz de Willy García: «Llegado el momento, Mujica, ¿no has pensado en lanzarte como candidato a la presidencia?».

Mujica responde: «Sí, claro que sí. Si Hugo no cambia de rumbo hay que hacer algo. Él no tiene derecho a destruir nuestra revolución».

Los furtivos escuchas de La Habana se miran en silencio. Finalmente, Fidel dice:

—Este general no puede seguir teniendo control sobre hombres armados y con gran poder de fuego. Es muy peligroso. Le voy a hablar a Hugo de esto. Lo tiene que neutralizar. Si no lo hace, este tipo lo tumba.

Pocas semanas después, y ya recuperado de sus dolencias, Fidel decide viajar a otro encuentro secreto con su discípulo Hugo en la base naval de La Orchila, la pequeña isla que se ha convertido en el lugar de encuentro preferido por los dos.

Es de noche y ambos hacen un balance de lo ocurrido en los últimos tiempos. Fidel desgrana sus patriarcales consejos; Hugo escucha atentamente. Primero lo felicita por haber sorteado con éxito tantas acechanzas de sus enemigos: un golpe militar, un referéndum revocatorio y una huelga de la élite petrolera.

Luego llegan las advertencias. A un jefe revolucionario no le faltan enemigos de sumo cuidado.

—A menudo, éstos se hallan muy cerca de ti —le dice. Hugo quiere saber más y Fidel le responde sibilinamente—: Hay que tener cuidado con los apetitos de la gente a tu alrededor, de tus amigos, a esos a los que tú mismo les has dado el poder que tienen. La gente se engolosina y siempre quiere más. Y a veces lo que quieren sólo lo pueden conseguir a costa tuya. —Hugo alza las cejas, sorprendido; insiste en saber más. Su maestro responde—: En los países no pueden brillar dos soles al mismo tiempo ni caben dos héroes máximos del pueblo.

Al oír esto, en la mente de Hugo aparece la imagen del Che Guevara, el otro sol de la Revolución cubana, asesinado en Bolivia cuando estaba liderando un fracasado movimiento guerrillero que intentaba repetir allí el éxito que habían tenido en la Sierra Maestra cubana. Su otro propósito en esa aventura boliviana era alejarse de Fidel, un secreto a voces nunca mencionado en los festejos al Che.

—¿De qué o quién me hablas exactamente, Fidel? —pregunta Hugo mientras evoca imágenes de su rescate por la unidad de élite comandada por su compadre el general Mujica y su llegada a Caracas, a retomar el poder escoltado por el orgulloso general.

Fidel continúa:

—A un líder revolucionario de tu talla no le conviene que un general ande por ahí jactándose de que te rescató, que te salvó la vida, que le debes la presidencia. No dejes que uno de tus generales piense que le debes el puesto que tienes. Es peligroso.

A Hugo no le gusta esta conversación. Se rasca la cabeza. En el fondo de su corazón siente admiración y gratitud hacia el general que lo rescató y lo ayudó a regresar al poder.

—¡Somos compadres! —objeta. Pero Fidel lo frena:

—No le debes nada a nadie, Hugo. *¡A nadie!* ¿Quieres cantar victoria siempre?

«¿Tendrá razón Fidel?», se pregunta Hugo mientras vuela de regreso a Caracas.

Ya no importa. Lo que importa es que Fidel tuvo éxito en dejar el alma de Hugo sembrada de desconfianza hacia Mujica. Y Hugo no tardará en actuar en consecuencia.

Algo no está bien

El presidente llega a la cita vestido con su uniforme de paracaidista. Su amigo cercano Ángel Montes le ha solicitado una audiencia privada, y él, que todavía lo tiene en gran estima, lo sorprende con un desayuno muy mañanero en su despacho del palacio, vestido como en los viejos tiempos compartidos de lucha conspiratoria y de la carrera militar que transitaron juntos.

En el primer saludo se siente el aire de antigua camaradería que los une.

—Hablemos sin tapujos —dice el anfitrión—, «a calzón quitao», como lo hemos hecho siempre, mi querido Ángel. Adelante. ¿De qué se trata? ¿Qué tienes en mente?

Ángel parpadea nerviosamente. Es algo que nunca ha podido controlar. Le pasa cuando está nervioso. Y Hugo lo sabe. Y se da cuenta. Los dos amigos se conocen bien. Pero Hugo finge no haber visto nada.

Ángel está nervioso porque sabe lo delicado que es plantearle al jefe sus inquietudes sobre la marcha de una revolución por la que, en su momento, ambos arriesgaron vidas y carreras.

—Bien, Hugo —se arriesga—. Sabes que vivo en permanente observación del proceso revolucionario y... he reflexionado mucho..., he pensado que es pertinente analizar algunas cuestiones...

—¿Qué cuestiones, Ángel? ¡Por Dios, dime lo que me has venido a decir! —se impacienta Hugo—. No divagues tanto, ¡habla, habla! ¡Dime, dime!

—Estamos en una increíble bonanza petrolera, ¿no? —responde Ángel—, pero parece que la economía no marcha bien... y la honestidad de muchos funcionarios del gobierno tampoco... —Hugo divide su atención entre los ojos de su amigo y el plato de arepas, huevos y frijoles que tiene servido. Ya se ha tomado tres cafés.

—Es cierto que has destinado mucho dinero a los programas sociales —continúa Ángel—, y creo que es muy positivo que sigas con tu política de subsidios directos, de dar dinero a los más necesitados, pero desde que terminó la huelga petrolera, y ahora con el control de cambio, siento, y también padezco, una creciente escasez de productos de consumo diario. ¡La vida está muy cara, Hugo! Hay mucha inflación. Los analistas dicen que es porque hay un mal manejo de la economía. Y, cada vez más, hay muchos productos que no se consiguen a ningún precio, que simplemente no los hay.

—Aaaajá... —dice Hugo y levanta las cejas.

—No es algo que pueda explicar del todo —sigue Ángel—. Yo no soy economista, sabes, pero soy padre, tú sabes, y mi familia es grande... Y es algo que puedo ver todos los días en la calle, en los mercados: *sé* que algo no está funcionando. No sé a qué se deba que haya mucho dinero en los bolsillos de la gente... pero los anaqueles están vacíos.

Hugo lo escucha sin hablar. Su expresión se endurece. Está más disgustado por el atrevimiento de su amigo que por el significado de lo que dice. Sería mejor para ambos detenerse aquí y dar por terminada la audiencia. Pero Ángel se siente en confianza y decide seguir con su lista de preocupaciones.

—Lo peor es la corrupción, Hugo —dice—. Tú mismo lo manifestaste en tu discurso aquel día en el Balcón del Pueblo. La corrupción de muchos de los nuestros... Luchamos para terminar con ella, pero debes saber que ¡hoy hay más corrupción que antes!

De la mano izquierda de Hugo cae una taza llena de café caliente. La mano derecha da un golpe seco sobre la mesa. Se levanta sin terminar el desayuno y dice con frialdad y sarcasmo:

—Te agradezco la buena intención, pero no eres economista ni político y estás muy mal informado. Ahora, si me permites, voy a hacer unas cuantas llamadas importantes. Vamos a tener que continuar esta fiesta otro día.

Ángel se retira desmoralizado. Intuye que pagará de algún modo por su osadía. Y Hugo ya ha decidido cómo: sutil pero progresivamente lo irá apartando de su íntimo círculo de colaboradores.

«No le debes nada a nadie, Hugo», repite en su mente las palabras de Fidel y escribe en un papel que luego tirará en la basura: «Controlar el desencanto de los militares insidiosos y asegurar el control absoluto del ejército».

Ese mismo día, después de una larga jornada de citas y gestiones, aún vestido con su uniforme de paracaidista, el presidente se sienta por unos minutos en la necesaria soledad de su despacho. Entre sus múltiples documentos pendientes encuentra encima de su escritorio un sobre sellado que, por sus características, sabe que proviene de Fidel. Lo abre con prontitud y consume su contenido con el mismo apuro con el que se bebe las muchas tazas de café que toma a toda hora. Se trata de un informe que incrimina al general Mujica en casos de corrupción. Describe una serie de manejos turbios que lo vinculan con Willy García y con el Pran.

«Muy bien, muy bien», piensa Hugo. Ha tomado atenta nota de las acusaciones y guardará el dossier hasta cuando lo juzgue necesario. Por ahora, Mujica dejará de ser su ministro de Defensa. No hay razones para conservar una falsa amistad.

«Una victoria de mierda»

Al segundo canal de televisión más importante del país, con más de cincuenta años al aire, le ha llegado una sentencia de muerte. Como castigo por su posición durante el fallido golpe de Estado, el presidente ha anunciado que no le renovará la licencia para transmitir y que, por lo tanto, debe salir del aire.

Hugo había tolerado el canal opositor hasta ahora, puesto que sabía que el resto de los medios de comunicación estaban con él. La existencia de ese canal le permitía decirle al mundo que en su país había libertad de expresión. Que Venezuela era una democracia y él, su principal protector.

—Abogo por la libertad absoluta de prensa y de expresión —dijo Hugo con gran emoción en una entrevista hace algunos años en ese mismo canal de televisión, pero ahora resulta que cambió de parecer.

Para los políticos de la oposición esta decisión de Hugo es otra señal de que el presidente está dispuesto a violar principios fundamentales de la democracia en un inaceptable abuso de poder. Para los millones de televidentes es casi una agresión personal, una gran tristeza, que cierren el canal de las telenovelas, de los programas de concursos, musicales y entretenimiento.

El cierre del canal de televisión espolea a miles de estudiantes que en todo el país se manifiestan en defensa de la libertad de expresión. El movimiento es espontáneo, no tiene un líder, financiamiento o una organización clara. La capacidad de movilización, la creatividad comunicacional y la imaginativa propaganda de los jóvenes toman por sorpresa a Hugo y a sus asesores cubanos; ha surgido un adversario inesperado. No lo entienden bien.

Mónica sigue las noticias con desgano, la enferma vivir ahí, está a pocas semanas de abandonar por un tiempo el país. En los últimos días sólo le importa una cosa, descubrir quiénes mataron a su padre y, más aún, identificar a quienes estuvieron y están detrás del asesinato. No volvió a usar faldas o vestidos desde ese día. Sólo pantalones anchos. En el cinturón lleva siempre la funda de su padre, y en la funda el revólver. Cuando dé con los asesinos, está segura de que tendrá que hacer justicia por sus propias manos.

Para Hugo, Mónica es ahora tan sólo una voz menos por la que preocuparse. Ya no pregunta por Mónica Parker y está seguro de que la gran mayoría de la gente también se ha olvidado de ella. Como el canal que acabó de cerrar, quedará en la mente quizá de algunos pocos, pero ése no es un problema. El canal quizá pase a la historia, pero en su lugar se abrirá una televisión pública que promoverá los ideales de la revolución. Punto. Y que la fuerza pública disperse a los manifestantes con gases lacrimógenos. Y a palos, si es necesario. Punto. Y si eso no basta, pues con plomo. Punto.

Por ahora Hugo no puede centrar su atención ni en la indignación de los indignados ni en la rebeldía de los estudiantes. Tiene que sacar adelante un proyecto legislativo de mucha más trascendencia: quiere modificar sesenta y nueve artículos de la Constitución nacional. Para ello ha llamado al pueblo otra vez a referéndum y sueña con que, entre otros cambios, se conforme a Venezuela como Estado socialista, aumente el periodo presidencial de seis a siete años, se permita la reelección continua y mucho más.

—Yo no busco perpetuarme en el poder —dijo el presidente, en una de sus primeras entrevistas como personaje público, al salir de la cárcel de La Cueva. Parece que sobre esto también cambió de opinión. El llamado a participar en unas nuevas elecciones, tan común en el devenir nacional como la celebración de la Navidad, despierta otra vez los ánimos del país. Nada mejor que una elección para dividir a una sociedad o para hacer explícitas, y más profundas, las divisiones que ya existen. No hay sorpresas: la sociedad se divide entre los que hacen campaña por el «sí» en apoyo a las propuestas del presidente y quienes las oponen y hacen campaña por el «no».

Con la habilidad que lo caracteriza, Hugo se ocupa de encolerizar a sus seguidores y de demonizar a sus opositores, a quienes no trata como rivales políticos, sino como enemigos mortales que no tienen derecho a existir.

—Si polarizas, ganas —le repite Fidel cada vez que hablan.

Eso mismo lo entiende bien Eva López, quien lee sondeos de opinión pública, intención de voto, informes sobre marchas en las principales avenidas de Caracas y los mítines en calles, plazas y estadios. Eva siente que, de salirse con la suya en estas elecciones, los planes socialistas del presidente se harán realidad. Obviamente éstas no son buenas noticias para su misión, y menos aún para su reputación entre sus superiores y colegas en Langley. Ve venir otro fracaso más que sus adversarios usarán para insistir en que la saquen de allí y encarguen de Venezuela a otro agente.

¿Qué hacer para evitarlo?

Mauricio Bosco, por el contrario, está más positivo que nunca. Siente que «los cibernéticos», como llama a su equipo de expertos informáticos cubanos, han preparado muy bien el proceso electoral.

—Tenemos nuestro software en las computadoras y el hardware en la calle —les dice a sus superiores de La Habana—. El hardware en las calles y los barrios es nuestra organización de motorizados, taxistas, conductores de autobuses, activistas, grupos «colectivos» y agentes que se encargarán de llevar a los electores a votar y explicarles que sabremos por quién votan y cuáles serán las consecuencias si lo hacen en contra de la propuesta del presidente.

—El triunfo está asegurado —le dice Mauricio a Fidel Castro, quien, además, se ha tomado en serio el rol de asesor electoral de Hugo. Fidel le recomienda a su pupilo que convierta su imagen personal en la imagen de la campaña por el «sí». Y que persuada a la gente de que el voto no es realmente sobre los cambios en las leyes sino sobre el apoyo al presidente que tanto quieren. Y que, además, debe decir abiertamente que los que voten por el «no» están contra él y que los tratará como traidores. Y Hugo no puede estar más de acuerdo.

—¡A quienes voten «no», yo les diré que «no»! —grita Hugo, amenazante, en los mítines electorales—. ¡No a su trabajo, no a sus viviendas, no a las misiones que tanto les gustan!

Mientras tanto, el Pran y Willy García siguen consolidando su gran proyecto empresarial. Sus negocios están ampliándose cada vez con más éxito y, hasta ahora, Hugo nunca les ha dicho nada al respecto. No saben si es porque el presidente no está informado o si con su silencio aprueba lo que están haciendo. Pero, de seguir así las cosas, no habrá nada que impida la creación del grupo económico más grande, diversificado y lucrativo que jamás ha tenido el país. Además, el Pran y Willy le han prestado mucha atención a identificar familiares, socios y amigos de los hombres fuertes del régimen que tienen influencia, y ya los han hecho parte de los diferentes negocios que controlan. El conglomerado del Pran no sólo tiene dinero y armas; también tiene poderosos apoyos en los múltiples círculos que rodean a Hugo.

—Imagínate que no sólo estamos haciendo megarricos a militares y amigos del jefe sino hasta a los hijos y nietos de algunos ricos de antes, que ahora están enchufados con el gobierno y con nosotros —le dice el Pran a Willy mientras pasan revista a la lista de negocios y de «socios» que tienen en cada uno de ellos.

Por fin le ha llegado a Eva López el momento de mover la ficha de Juan Cash contra Hugo Chávez a través del poderoso Pran. Si el G2, la agencia enemiga, está moviendo sin pausa las fichas informáticas para garantizar, esta vez sí, que el presidente gane este nuevo referéndum, su estrategia no puede ser menos agresiva.

El carácter de noviciado religioso en el que se ha convertido la relación entre Cash y el Pran ha estrechado cada día más el vínculo entre el maestro y su devoto discípulo. Las consultas espirituales vía Skype, que para el teleevangelista generan altísimas donaciones a la iglesia, son verdaderos ejercicios de iniciación en la sabiduría del «espiritualismo materialista», esotéricos rituales en los que Cash adopta los modos y el tono de un clarividente. El Pran lo sigue extasiado. Su natural desconfianza, cinismo e incredulidad se esfuman cuando oye la voz de Juan Cash.

Antonieta y la esperanza

Los estudiantes están en la calle. Protestan por mil razones. El cierre del canal de televisión es una de ésas, pero la brutal represión contra jóvenes indefensos también sacó a miles de otros jóvenes indefensos a las calles incendiadas.

En una de esas multitudinarias manifestaciones, la policía antimotines atacó con ferocidad a los jóvenes estudiantes. Arturo Solís, uno de los muchos líderes, es agredido salvajemente y arrastrado por tres hombres de civil que lo quieren llevar hasta donde está una camioneta jaula. Con inusual coraje y presencia de ánimo, su novia,

Antonieta, los encara y lidera una turba de estudiantes que logra rescatar al joven de los tres gorilas.

¿Quién es esta niña de tan buen aspecto? ¿Quién es esta que levanta pancartas caídas y vocea consignas mientras los manifestantes, que han sido dispersados casi por completo con los gases lacrimógenos, los bastonazos, los perdigones y con la «ballena» que dispara agua a presión, insisten y se recomponen ante su ejemplo de valentía y la siguen? Una simple estudiante no puede ser...

Hugo ve dos, tres veces, las imágenes en el noticiero; Antonieta es una jovencísima lideresa estudiantil de inigualable belleza y brillante oratoria. Y en tiempos de decidida censura, uno de los pocos periodistas «imparciales» que quedan la entrevista.

—¿De dónde sale este poderoso movimiento? ¿Dónde estaban ustedes?

Antonieta se sonríe y responde con devastadora precisión:

—Estábamos creciendo. Yo tenía nueve años cuando Hugo Chávez llegó al poder. Ahora tengo veinte y él quiere gobernarnos toda la vida.

En medio de mucha tensión y ansiedad dentro y fuera del gobierno, llega el día de las elecciones. Al caer la tarde, llegan noticias a La Habana y a Miraflores que confirman los rumores que circularon todo el día. Las cosas no están saliendo como las habían planeado. Resulta que la victoria del «sí» no estaba tan asegurada como había prometido Mauricio.

Ni Fidel, ni Hugo ni Mauricio pueden creer lo que está pasando. El «no» está sacando muchos más votos que el «sí». El margen es tan grande que el software diseñado por los expertos cubanos no puede alterar la tendencia sin que se note la manipulación. La única manera de ganar este referendo es desconociendo los resultados o cambiándolos tanto que la trampa resultaría obvia.

Al final de la jornada electoral, Hugo está en shock. No está acostumbrado a perder elecciones, pero ya es indudable que el «sí» ha sido derrotado pese a los esfuerzos, seducciones y amenazas del presidente y su gobierno. Y las promesas de los ciberexpertos cubanos lucen ahora, si no fraudulentas, sí extraordinariamente exageradas.

El presidente se encierra en su oficina, ordena que le traigan el centésimo café del día, «eso sí, muy negro»; enciende uno de los cigarrillos que sólo fuma cuando nadie lo ve y apaga la luz. Tiene que pensar. Tiene que decidir. No se puede permitir esta derrota. ¿Qué hacer?

Vuelve a leer el informe que pidió esa tarde cuando se dio cuenta de que el «no» podría terminar teniendo muchos más votos de los que todos suponían. El muy secreto informe lo prepararon el jefe de su servicio de inteligencia, el presidente del Tribunal Supremo de Justicia, la jefa del Consejo Nacional Electoral y el general ministro de Defensa. A pesar de que el informe no lo dice, Hugo sabe que la versión final fue supervisada en La Habana y que Fidel y sus asesores escribieron las recomendaciones. El informe especifica los pasos que se deben seguir, en términos jurídicos, políticos, militares, de propaganda y de represión policial, en caso de que se decidiera no aceptar el resultado de la consulta electoral.

Hugo se siente cada vez más tentado a declarar el referendo inválido y prometer otro para más adelante. No le puede dar esta victoria a la oposición. Una vez más, un par de fastidiosas moscas lo molestan hasta llevarlo a la exasperación.

—¡Malditas moscas de mierda! —grita, y manotea el aire a su alrededor tratando de espantarlas, desaparecerlas.

Cuando se asegura de haberlo conseguido, se sienta y se alista para tomar el teléfono y llamar a Fidel; es hora de informarle su decisión. Pero tocan a la puerta y entra muy sumiso Donato Gil, uno de sus más fieles edecanes. Pide al presidente mil disculpas por la interrupción y, sin poder ocultar su nerviosismo, le dice que en la antesala del despacho hay un grupo de generales que exigen verlo inmediatamente. Hugo no sabe si molestarse o asustarse. Se queda callado por largos segundos y finalmente le pregunta al edecán:

—Donato, ¿quién está al mando de ese grupo?

—No lo sé, presidente —responde el edecán—, pero el que me habló pidiendo verle es el general Enrique Mujica.

Hugo se sorprende, pero rápidamente entiende todo. Mujica, su compañero desde la Academia Militar y la persona que lo rescató cuando lo derrocaron y lo tenían preso en la isla La Orchila, ahora seguramente le viene a pedir que acepte la derrota electoral.

—Dile a Mujica que pase, pero eso sí, él solo. Más nadie me entra aquí —ordena.

Mujica entra al despacho y Hugo, muy serio, lo recibe de pie, parado entre la puerta y su enorme escritorio. Es obvio que ni lo va a invitar a sentarse ni le va a dar mucho tiempo. Se muestra impaciente y apurado.

—¿En qué te puedo servir, Enrique? ¿A qué vienes? Sabes que estoy muy ocupado.

—Hugo, como compañero y compadre tuyo, pero sobre todo como solidario y leal servidor de la revolución, te vengo a exhortar a que concedas la victoria de este referendo a la oposición. No sabemos lo que va a pasar si la desconocemos y la gente que votó por el «no» se lanza a la calle a protestar. Los generales que me acompañan, y que están en la antesala de tu despacho, vinieron a decirte que ellos no pueden garantizar que sus tropas vayan a obedecer la orden de reprimir las protestas callejeras que seguramente se van a producir en todo el país si se le da la victoria al «sí».

—Pero ¡qué tonterías son ésas, Enrique! —le responde Hugo en voz alta, cargada de indignación—. Yo jamás, oye bien, jamás me he planteado desconocer la voluntad del pueblo. Si ellos sacaron más votos que nosotros, pues ganaron y ya está. No ha pasado nada. Y ahora, por favor, déjame trabajar. Tengo mucho que hacer. Buenas noches.

Horas más tarde, el Consejo Electoral difunde al país y al resto del mundo el resultado del referendo: el «no» gana por un margen escaso pero suficiente para impedir los profundos cambios que proponía el presidente, la modificación de sesenta y nueve artículos de la Constitución nacional. La masa opositora y los estudiantes celebran, jubilosos, la primera derrota electoral de Hugo Chávez. El beso de Antonieta y su novio, Arturo Solís, sale por televisión.

A solas en el Palacio de Gobierno, Hugo es presa de un incontrolable ataque de ira. Destroza varias sillas y una mesa de cristal. Donato Gil oye y calla. Lo que sucede allí dentro nadie lo sabrá. Al menos no porque él lo vaya a contar.

Después de un largo rato en el cual ya no se oyen ruidos en el despacho del presidente, Donato se anima a llevarle una jarra de café. Es la una de la mañana. Abre la puerta tímidamente y ve que el despacho está sumido en la más profunda oscuridad. La única luz que se ve es la que emite la punta del cigarrillo que está fumando el presidente, quien le dice que prenda las luces del despacho. Al hacerlo aparece una escena caótica. Sillas tumbadas, un sillón volteado, papeles en el piso y decenas de colillas de cigarrillo por todos lados. Donato se sorprende al ver la cara del presidente. Nunca lo había visto así. Su rostro, desencajado, revela una mezcla de agotamiento, furia y frustración. Se alarma cuando ve que en el escritorio frente a Hugo están las dos antiguas pistolas que una vez fueran de Simón Bolívar y la pistola automática Glock que el presidente siempre lleva consigo.

Donato no sabe qué decir. Decide que lo mejor es quedarse callado, servir la taza de café negro e irse tan rápido como pueda. Cuando está llegando a la puerta, el presidente le habla.

—No perdimos, Donato —le dice con disimulada tranquilidad—. Aprendimos.

Al día siguiente Hugo, trasnochado y con una bien camuflada depresión, se dirige a la nación en una rueda de prensa en la que aparece rodeado del alto mando militar, incluidos algunos de los generales que intentaron verlo la noche anterior. Todos los canales de radio y televisión están obligados a transmitir esta alocución presidencial. Esta vez quiere demostrar que no hay nadie más demócrata que él. Reconoce la derrota y habla en un tono conciliador y sereno. Pero a medida que desarrolla sus ideas va cambiando de tono, y pronto transforma su muy formal rueda de prensa en una especie de tertulia televisada. Su voz pasa de calmada a firme, de firme a beligerante.

—Quizá no estemos preparados como pueblo para empezar un proyecto socialista, sin temores —dice con un asomo de sonrisa mezclado con ironía—, pero hay que intentarlo. Quiero que sepan que no retiro ni una sola coma de esta propuesta, esta propuesta sigue viva. Llamaremos a un segundo referéndum o buscaremos nuevas vías para implantar los cambios que este país necesita. Los cambios en el gobierno, la educación, la economía, la sociedad que hemos planteado los llevaremos adelante como sea. —Para terminar, aconseja con mordaz gusto para sus opositores—: Sepan administrar su victoria, aunque es una victoria de mierda. La nuestra es una derrota de coraje, valor y dignidad. —Y cierra la rueda de prensa gritando a coro con sus militares—: ¡Patria, socialismo o muerte!

Semanas después, la Asamblea Nacional, obedeciendo las órdenes del presidente de la República, comienza a aprobar una serie de leyes que contienen muchas de las propuestas rechazadas en el referendo.

16

¡«Sí» o «sí»!

«No quiero esta vida»

La vio en el noticiero y tuvo ganas de estrangularla. ¿Cómo es posible que Antonieta, ¡su Antonieta!, su hija menor, su consentida, la más bella, la estudiosa, la disciplinada, la alegre, carismática e inteligente niña de sus ojos, venga ahora a dárselas de lideresa estudiantil, de rebelde tirapiedras? El general Gonzalo Girón no lo puede entender ni va a tolerar. Tendrá que poner orden en su familia. Por estar tan dedicado a su carrera militar, y en los últimos tiempos a los absorbentes negocios con Willy García, se ha distraído. Pero lo va a arreglar. ¡Su hija volverá a ser su hija!

¿Su hija líder estudiantil? Nunca lo hubiese imaginado. Pensó que bastaba con que sus hijos fueran a la más prestigiosa universidad privada para estar a salvo de la demencia del mundo y orientar sus caminos profesionales al margen de la miseria humana. Pero cuando ve a su pequeña agigantarse en televisión no comprende cómo es que ella y sus compañeros, antes indiferentes a la política, dicen ahora oponerse a un «gobierno crecientemente militarista y autoritario». Cómo es que hablan del caos y la criminalidad en el país cuando en su mayoría han sido criados en burbujas de cristal. Que hablen de eso los demás, los idiotas de la oposición, o las amas de casa ignorantes, o los pobres, pero ¿su hija?

Lo que para el padre es una muestra de «inmadurez adolescente», para Antonieta ya es un componente indeleble de su identidad como persona. Por un lado, admira la Revolución bolivariana; está de acuerdo con los ideales de más justicia, menos pobreza, más igualdad y libertad. Pero, por el otro, no soporta el carácter autoritario y opresor del gobierno, el maltrato y la discriminación contra quienes no piensan igual o se atreven a criticarlo públicamente. No le gusta que el pueblo y los campesinos se estén armando y la asusta el aumento de los homicidios y secuestros, el sufrimiento y la violencia generalizada que se ocultan detrás de esta revolución. Y, por sobre todo, la ofende profundamente la corrupción.

Porque a la hija del general Girón no le ha hecho falta subir a los cerros de Caracas para vivir de cerca la otra cara de «la revolución bonita», como la llama Hugo. Un doloroso acontecimiento, ocurrido en su propia casa, la ha confrontado de manera directa y brutal con la dura realidad que se ha vuelto la norma para una gran mayoría de sus compatriotas. Antonieta le ha regalado un par de zapatos deportivos de buena marca al hijo menor de la empleada doméstica que ha trabajado en su casa desde que ella tiene uso de razón. El chico cumple quince años y Antonieta lo conoce desde que él era un bebé y ella tenía cinco años. El buen regalo no es más que uno de los naturales y frecuentes gestos de bondad que Antonieta tiene con la empleada y sus hijos.

El domingo, día de su cumpleaños, el muchacho estrena sus nuevos zapatos azules con suela blanca y sale a visitar a su novia, unas calles más abajo en el barrio donde viven. Muy pronto, dos jóvenes y precoces asesinos lo asaltan para arrebatarle los maravillosos zapatos. Él trata de huir, pero rápidamente dos heridas con largos y afilados cuchillos acaban con su vida. La noticia derrumba a Antonieta, quien se siente culpable. Su generosidad ha determinado la muerte de un joven inocente. Ella es el único miembro de la familia que comparte íntimamente el desconsolado dolor de la empleada doméstica. La acompaña a recoger el cadáver de su hijo en la morgue, donde se apiñan los muertos del fin de semana, cincuenta y ocho en total. «Es el promedio», le dicen.

Convivir repentinamente con una desdicha hasta ahora desconocida para ella y descubrir tan de cerca la bárbara crueldad de la pobreza le machaca el espíritu. Haciendo la larga fila para recibir el cadáver, la humilde señora que está detrás de ellas les cuenta entre sollozos que viene a buscar el cuerpo del segundo hijo que pierde a causa de los tiroteos entre bandas de narcos en su barrio. Pero su desesperación es aún más desgarradora porque, según explica, no sabe qué hacer con el cadáver cuando se lo entreguen; pocas funerarias aceptan cadáveres de jóvenes baleados por temor a nuevos episodios de violencia armada entre bandas rivales durante las pompas fúnebres.

Pero aun ése resulta ser, para ella, un problema secundario; tampoco tiene el dinero para el funeral, para el entierro, para nada.

Su historia agita a Antonieta. Le hace sentir un dolor profundo, indignación y rabia ante tanta injusticia. Con vergüenza y respeto le da todo el dinero que lleva encima a la desconsolada madre. Pero sabe bien que en el fondo esa limosna no resolverá nada.

La turbulencia en el espíritu de Antonieta se desborda pocas horas más tarde. Esa noche hay una reunión social en su casa con un grupo de amigos de sus padres. Para Antonieta es muy duro reconciliar lo que vivió durante el día en la morgue con lo que sabe que será la elegante cena en su casa. Solamente con el costo de los licores que allí se consumirán, se podrían pagar todos los funerales de hijos asesinados que aquellas pobres madres no tienen cómo pagar. Antonieta no quiere bajar a la fiesta. Está en su cuarto y llora acostada en la cama, con las luces apagadas. Su madre ha subido a buscarla dos veces. Antonieta le ha prometido bajar pronto, algo que no ha hecho.

Finalmente, su padre toca con firmeza de general la puerta de la habitación. Le dice que todos están esperando por ella, que él le tiene una sorpresa y que no van a servir la cena hasta que ella esté allí. Para no tener un conflicto mayor con él, decide bajar por un rato. Apenas se arregla. El espejo revela la imagen de una de esas afortunadas mujeres que no tienen que hacer mucho para lucir más bellas que nadie.

Antonieta llega, saluda sin mayor entusiasmo a algunos invitados y sólo acepta un vaso de agua, mientras que los demás toman champán. El general se levanta y, para pedir la atención de los invitados, hace chocar delicadamente una cucharita con su copa de finísimo cristal. Dice que hay muchas razones para celebrar, pero que hoy hay una en particular, muy importante para él y su esposa: su hija Antonieta ha logrado, una vez más, obtener el más alto promedio de notas de toda su clase.

—Esto ya es normal, pero hemos decidido que esta vez Antonieta merece un reconocimiento especial —dice con su voz de líder militar—. Y es por esto que tengo aquí estas llaves que le entrego a nuestra talentosa y bella hija. Estas llaves simbolizan el brillante futuro que tiene por delante. Pero también sirven para abrir las puertas y conducir el nuevo BMW azul que está en la puerta y que es su regalo de graduación y su nuevo medio de transporte. ¡Disfrútalo, hija!

Antonieta enrojece, se le salen las lágrimas. Los invitados creen que es por la alegría que no puede contener. Pero en realidad lo que no puede contener es la mezcla de dolor, ira e indignación que la sacude hasta lo más profundo de su ser. Mientras su padre se acerca para entregarle las llaves y trata de abrazarla, Antonieta sólo alcanza a decir: «¡No!». Primero lo susurra, como si estuviese hablándose a sí misma, pero lo va repitiendo como un mantra: «¡No! ¡No! ¡No!», cada vez más alto hasta que lo grita con una emoción volcánica que sorprende a todos. Nadie entiende qué está pasando. Su madre se ve perdida. El general, sonrojado, no sabe qué hacer, qué decir.

La reacción de Antonieta es potenciada por la furia que siente desde que se ha dado cuenta de que su padre es corrupto. No hay otra manera de explicar los niveles de gasto, de dispendio que ella ve en su casa. Nunca se había preguntado cómo podían vivir tan bien sólo con el sueldo de un militar. Pero últimamente no sólo se lo ha preguntado sino que ha comenzado a responderse. Y es que, desde hace un tiempo, es obvio que los ingresos de la familia han dado un salto inexplicable hacia niveles de opulencia que antes ella nada más ha visto en programas de televisión que muestran cómo viven los ricos y famosos del mundo. La única manera de que un general viva así es robando, se ha dicho a sí misma con dolorosa franqueza.

El estallido de Antonieta frente a sus huéspedes toma al general Girón por sorpresa. Tiene que reaccionar. Antonieta sale corriendo de la sala y el general no tiene ni la más remota idea de qué le está pasando a su hija. Lo único que sabe es que lo ha ofendido, que le está haciendo pasar una enorme vergüenza.

Pero muy pronto el general Girón se repone, pide excusas a los huéspedes y, con una sonrisa, explica en voz alta que eso es lo que le pasa a la gente que estudia demasiado... Todos se ríen de manera forzada, tratando de aliviar la tensión que se respira en el lujoso salón. El general explica que Antonieta está agotada por los estudios y el estrés de los exámenes finales y que ya se repondrá. «Vamos a cenar», dice, y mira alrededor invitando a pasar al otro salón de la casa donde está el monumental bufet. Discretamente le ordena al mayordomo que le pida a la banda comenzar a tocar, empezando no con la música suave planeada para acompañar la cena sino con una contagiosa salsa que alegre el ambiente.

Pocas horas después, mientras los últimos huéspedes aún siguen bailando, Antonieta se despide de su madre, quien ha subido a buscarla. Las dos han pasado un largo rato abrazadas, mientras Antonieta llora y su madre trata, inútilmente, de consolarla. No tienen que decir mucho, ni quieren decir mucho. La madre también sabe que se siente cada vez más atrapada por una situación que a la vez detesta y disfruta. Sabe que el dinero es una droga. Y que el dinero mal habido lo es aún más. Sospecha que la de ellos es una riqueza de orígenes inconfesables, pero, lo más importante, es que sabe que la de su familia es una riqueza insegura, evanescente. Y, tal como lo vivieron esta noche, es una riqueza difícil de disfrutar plenamente, genuinamente, sin culpas. Es una riqueza tóxica.

Por fin Antonieta deja de llorar y habla en voz muy baja:

—Mamá, me voy. Yo no puedo vivir más aquí, no puedo vivir más así. Tú lo sabes.

Ella la escucha en silencio. Trata de persuadirla, pero conoce a su hija y sabe que no cambiará su decisión. Pero, además, sabe muy dentro de sí que su hija está haciendo lo correcto, que quizá ella misma debería irse de la casa y dejar a su marido. También sabe que, en contraste con Antonieta, no se atreverá a hacerlo.

Antonieta llama por teléfono a Arturo, su novio, también líder del movimiento, y le pide que venga a buscarla tan pronto pueda. Él vive en una modesta residencia estudiantil y ella se irá por ahora a vivir allí con él. Empaca un pequeño morral con poca ropa y algunas fotos y recuerdos de infancia. Se despide de su madre, lloran sin decirse nada pero entendiéndolo todo. Luego sale sigilosamente por la puerta de atrás y llega a la calle frente a la casa, donde la está esperando su amigo.

Desde uno de los grandes ventanales de la casa, el general Girón lo ha visto todo. Y lo que ve confirma sus peores sospechas. Para Gonzalo Girón la culpa no es de su hija. Ella es una víctima. Le han lavado el cerebro y la han convencido de cosas que no son ciertas y que sólo buscan alejarla de su familia. El general está convencido de que el principal culpable de la inaceptable conducta de su hija es ese novio, quien la lleva obligada a las protestas callejeras contra el gobierno, contra su gobierno, en fin, contra él mismo. Averiguará quién es ese muchacho y cortará el problema de raíz, se promete a sí mismo.

Ébano para tres

Mónica va por última vez a Ébano. Aunque ya no le importa verse bella, tener el cutis bien cuidado o el cuerpo escultural, acepta la invitación de Eva de verse allí y aprovechar para hacerse un masaje relajante.

—Entonces... ¿te vas? ¿Estás segura? —le pregunta Eva.

—Me voy. Unos días pienso que sólo por un mes y otros días pienso que para siempre.

Eva ve que es otra Mónica la que habla, una muy distinta a la que conoció hace años. Ya no le brillan los ojos ni quiere escarbar verdades o abrir el noticiero de la mañana con una noticia bomba. Su mirada es lejana; su voz, pasiva; su simpatía se ha perdido.

—¿Y adónde exactamente vas, y qué piensas hacer? —sigue preguntando.

—A Boston por unas semanas. Allá viven los hermanos de mi padre. Necesito silencio, tú entiendes. Salir de este ambiente oscuro y violento. Allá seguro recuperaré las fuerzas que necesito para... ¿seguir? No sé. Luego decido. Tengo un colega venezolano que siempre ha querido que trabaje con él en un canal de noticias en Estados Unidos. Pero no estoy por trabajar. Necesito distancia de todo lo que ha sido mi mundo hasta ahora.

Eva ahoga las lágrimas que están por salirse. Al irse Mónica, de algún modo ella también se queda sola. O mejor, aún más sola.

—Seguramente estaré aquí cuando decidas regresar —le dice Eva, y se abrazan—. Cuenta conmigo siempre. Llámame, escríbeme. No te olvides de mí.

Mónica va a su masaje y sale sin fuerzas para decir adiós otra vez. Su chofer la recoge, van a la casa, montan las maletas al carro y van luego al aeropuerto. Cámaras ocultas graban su salida del país, imágenes que eventualmente llegarán al despacho del presidente, quien aplaudirá la decisión de la periodista, a quien dice admirar todavía.

Mientras Mónica sale de Caracas, Eva se prepara para dictar su última clase del día, una sesión de ashtanga, una de las formas más exigentes de yoga. Como es usual, los practicantes van llegando, extendiendo sus *mats*, las esterillas de goma, y conversando entre sí. Eva pone música de fondo y saluda con dulzura a todos los que van llegando. Es una clase común y corriente, hasta que Mauricio Bosco cruza la puerta, vestido con ropa cómoda y con un *mat* azul oscuro enrollado en la mano. Acaba de ser la última vez de Mónica en Ébano, y ésta es la primera vez de él.

—¡Qué sorpresa! —saluda Eva sonriendo con incomodidad—. Empezaremos en dos minutos. Puedes poner tu *mat* allí atrás. —Indica uno de los espacios vacíos.

Mauricio la saluda con un amable beso, pero no le dice nada. Se prepara y comienza la práctica como los demás, demostrando en cada posición no sólo que es un hombre fuerte y atlético, sino que conoce el ritmo y las posiciones de ashtanga tanto como los demás. Eva está segura de que ésta no es su primera clase. ¿Por qué Mónica le había dicho que él nunca había hecho yoga y que, además, el único ejercicio que hacía era correr?

Al final de una hora y media de clase, ambos, muy agotados por la extrema sesión de ejercicios, se acercan para ampliar el saludo.

—¡Qué buena clase! —afirma Mauricio—. Eres una instructora excelente.

—Gracias —dice Eva—. No sé por qué, pero pensé que nunca habías hecho ni harías yoga. Mónica me dijo algún día que tú preferías salir a correr.

Mauricio despliega su encantadora sonrisa. Eva siente que quiere besarlo, pero sólo sonríe de vuelta.

—Pensaste bien, pero ya ves, la vida da vueltas. Después de que rompí con Mónica, quise saber qué era eso de lo que ella tanto hablaba. Y entendí. Ahora hago mi propia rutina todos los días.

Eva queda sorprendida. Ya lo vio por sí misma. En poco tiempo, el hombre parece haber estudiado, practicado y logrado mucho más de lo que Mónica hizo en tantos años.

—Tengo un compromiso muy pronto —dice Eva de golpe, cortando la conversación. Ésa ha sido una de sus estrategias para relacionarse socialmente: siempre amable, nunca amiga. Sus conversaciones con clientes o desconocidos son usualmente cortas. En pocos minutos sabe cuáles pasos habrá de seguir para pasar de una simple conversación a una fuente de información.

—También yo, Eva —dice Mauricio—. Nos veremos otra vez.

—Por supuesto.

Se dan un beso en la mejilla y se van.

El amor se paga

Decenas de golpes en todo el cuerpo. Sangre que le sale sin pausa por la boca y por la nariz. Varias costillas y dedos rotos. Un cuerpo sin fuerzas abandonado en un paraje lejano, al borde de una carretera desierta. Una única advertencia:

—Si te volvemos a ver con Antonieta, te vamos a matar.

Unos días después, Arturo Solís, hospitalizado con fracturas múltiples, recupera la conciencia. Antonieta está al lado de su cama. Le agarra la mano con la inmensa dulzura que sólo ella sabe transmitir. Pero él, de sólo verla, sufre un ataque de pánico. La presencia de Antonieta reviste un peligro mortal. Puede estar aún algo dormido por los sedantes, pero lo que le pasó y lo que le dijeron quienes le pegaron ha quedado muy bien registrado en la parte de su cerebro que se ocupa de la sobrevivencia.

Antonieta no sabe nada de esto. Ha estado muy ocupada haciendo campaña en los barrios, abordando a «los beneficiarios» del presidente tratando de hacerles ver que están siendo manipulados y engañados a cambio de un voto que, en realidad, no los va a favorecer. El presidente Chávez, incansable, ha convocado, una vez más, un referéndum.

Esta vez es para cambiar la Constitución de manera que no haya límites a los años en que se puede quedar en el poder. Una vez más, Hugo está haciendo campaña de la manera más agresiva y abusiva posible. Y con éxito.

A Antonieta le resulta difícil convencer a gente tan necesitada, y con frecuencia los partidarios del presidente la sacan a pedradas del barrio. Pero la joven no se rinde. Tiene fe en su esfuerzo.

Pero ver a su novio tumbado en la cama, con el cuerpo destruido, la derrota por completo. Poco a poco se entera de los hechos y comienza a intuir, más aún, a convencerse de que el autor intelectual de la salvaje golpiza a Arturo es su padre.

Arturo, sin dar muchas explicaciones, le insiste en que no les queda otra opción que dejar de verse. Su relación, que tanto significa para ambos, es demasiado peligrosa. Con infinita tristeza decide hacer lo que él le ha pedido. El amor de su vida, su mejor amigo, su compañero de sueños ahora le está vedado. Por decisión de su propio padre.

Antonieta no lo dice, pero en sus entrañas siente, está segura, que un ser humano no puede causar tanto dolor a otros sin pagar las consecuencias. El equilibrio de la vida, piensa Antonieta, garantiza que las transgresiones de su padre no quedarán impunes. Y, si ella puede, contribuirá a que se haga justicia.

En tanto, el movimiento estudiantil ha seguido cogiendo fuerza. Millones juzgan que están en juego las libertades políticas y desaprueban que el presidente quiera llevar el país a un modelo como el de Cuba gracias a los votos que obtendrá engañando a los pobres con promesas que se sabe que son imposibles, regalándoles pollos, televisores, neveras o, directamente, dinero.

Se organizan en lo que llaman el «Comando Nacional por el No». Los opositores hacen énfasis en no permitir que los venezolanos voten sin considerar las consecuencias de aprobar la reelección continua e indefinida; eso sería disfrazar de democracia una dictadura. Rechazan la intención de la propuesta porque es inconstitucional, pero intentarán derrotarla, de nuevo, a través del voto.

Para competir con la conmovedora propaganda televisada de la niña «votando» por el presidente, la campaña por el «no» se apunta un inesperado éxito cuando Eloísa Márquez, la ex primera dama, decide salir de su relativo anonimato y participa en un persuasivo anuncio publicitario: «No permitas que te roben la libertad para siempre. Entérate bien de las consecuencias. ¡Por una Venezuela libre! ¡Vota "no" al continuismo! ¡"No" al comunismo! ¡"No" a la dictadura!».

Aprovechando que todavía su nombre atrae a la prensa, vuelve a la pantalla y habla. Dice que es su deber alertar a sus compatriotas sobre la concentración del poder en una sola persona y la limitación gradual de las libertades. Ella, que participó en la redacción de la actual Constitución nacional, no está de acuerdo con el proyecto de enmiendas.

—Yo conozco al personaje. No le crean nada de lo que les promete. Les va a fallar como me falló a mí. —Cree que el solo hecho de que exista el referéndum es ya un engaño—: Si el presidente se saltó las bases legales para llamar a referéndum, de la misma manera va a tratar de seguir haciendo trampa.

Los pocos y menguados medios privados independientes que aún existen, y que en realidad no alcanzan a llegar a la mayoría de la población, difunden bochornosos casos de corrupción como el del teniente Machado, uno de los *boliburgueses* más notorios del régimen. Antes de salir del país, Mónica Parker siguió por años su pista de riqueza repentina, de humilde teniente a superbanquero gracias a los favores y a la indiferencia del presidente ante un robo de magnitudes descomunales.

Ahora, Machado practica equitación; posee un costoso establo de caballos de salto... ¡en Kentucky, Estados Unidos! En tiempos de elecciones, su testimonio resulta insólito, para Antonieta sobre todo. Se trata de un nuevo banquero del régimen que promueve la equitación, compra algunos de los caballos purasangre más caros del mundo, organiza millonarios torneos de saltos y, al mismo tiempo, no sabe explicar su riqueza y aboga con inconexos argumentos por «el socialismo del siglo XXI».

Cash al ataque

Desde su lujosa mansión en Miami, y siguiendo las órdenes de la CIA, Cash utiliza uno de sus encuentros regulares vía Skype con el Pran para iniciar su ofensiva contra Hugo. La misión que le ha encomendado Eva es instigar a su seguidor venezolano para que enfrente al presidente y a su revolución. Sobre todo quiere informar al Pran acerca de la entrega del país que Hugo le ha hecho a Cuba. El Pran no es un nacionalista pero sí es muy sensible a cualquier humillación. Hay una larga lista de personas que por haber humillado al Pran, a veces hasta inadvertidamente, lo han pagado con su vida.

Cash recurre a su enorme capacidad histriónica como predicador y a la ascendencia que tiene sobre el Pran para persuadirlo de que esta brutal humillación a su país es casi una afrenta directa contra él.

El presidente es una presencia maléfica y su deber, su obligación casi religiosa, es combatirlo. Para empezar, el presidente es enemigo del capitalismo y, por tanto, adversario de la doctrina que el pastor proclama y de la cual el Pran es devoto. El Pran escucha en silencio. Siente que los mensajes del predicador son sabiduría divina. Con magnéticas palabras Cash pulsa las teclas que movilizan al Pran, quien ante Cash suele bajar sus defensas, su escepticismo y su natural desconfianza.

—Hasta aquí se nota, amigo —le dice Cash al Pran—, que la economía de Venezuela está muy afectada por las políticas antiempresas de este hombre y por la ineptitud de sus compañeros de armas en el manejo de la administración pública. En un mundo como el que tú y yo soñamos, y por el cual Dios quiere que luchemos, los militares están en los cuarteles, no en los cargos más importantes del gobierno. Eso no lo podemos apoyar.

El discípulo comprende y asiente. Su maestro le está haciendo abrir los ojos; ¿cómo es que podía estar tan ciego? Y un día tras otro, con insidias de este tipo, canalizadas a través del ritual de impartir enseñanzas de índole espiritual, Cash logra finalmente predisponer al Pran contra Hugo. Unas semanas después, en un siguiente encuentro, el pastor llega al extremo de exigirle a su mejor devoto que no vacile en poner en juego su enorme poder para detener la obra de destrucción del país en que se ha empeñado el presidente.

Es así como el Pran, Yusnabi Valentín, hasta este momento gran aliado de Hugo Chávez, comienza a financiar clandestinamente la campaña por el «no». Ordena a todos sus hombres votar contra la enmienda y conseguir y comprar votos a como dé lugar.

El presidente se ha convertido en una presencia maléfica. Hay que sacarla del camino.

Una vez lanzado el dardo de Cash contra Hugo, Eva se reúne con sus colegas de Langley para darles su visión de la eficaz estrategia que Cuba está empleando en Venezuela:

Antes, un país invadía a otro enviando a sus ejércitos. Ahora no. Cuba invadió Venezuela a través de un cable. Así es. Una de las primeras cosas que ocurrió cuando comenzó la fuerte alianza entre los gobiernos de Chávez y Castro fue la instalación de un cable submarino de comunicaciones que conecta a las dos capitales de sus países.

Y es a través de este cable, y las masivas e instantáneas comunicaciones que éste permite, que el régimen cubano recibe y manda la información que necesita para aprovechar al máximo el hecho de que el gobierno venezolano haya consentido esta invasión. Y, gracias a este cable, el rastro de los cubanos en Venezuela es tan difícil de percibir. Es también la razón por la cual los venezolanos y el mundo aún no captan, en toda su dimensión, el alcance de la influencia que tiene aquí el régimen de Fidel Castro y que acabamos de ver en el informe de mis colegas.

Los cubanos no se ven mucho porque, simplemente, no están aquí. ¡No necesitan estar en Venezuela para controlarla! El cable les permite manejarlo todo desde su centro de control en La Habana. En Cuba están los archivos con la identidad y los datos biométricos de «todos» los venezolanos, toda la data de ventas, compras, muertes, nacimientos, matrimonios, divorcios, rencillas judiciales, viajes y movimientos financieros. También desde La Habana se controla el funcionamiento del sistema electoral. Y desde donde se lleva el constante seguimiento y monitoreo electrónico de los movimientos y las comunicaciones de los más importantes oficiales militares, periodistas y líderes de la oposición.

Todo esto se complementa con la presencia en Caracas de un selecto grupo de espías y funcionarios cubanos que aplica, a través de sus colegas del gobierno venezolano, las técnicas del Estado policial que Cuba ha perfeccionado durante casi seis décadas.

En resumen: la combinación de esta ciberinvasión del siglo XXI con las mejores técnicas de control social, represión política y espionaje del siglo pasado es la estrategia que Cuba ha usado para invadir el país con más petróleo del mundo sin disparar un tiro.

«¿Por qué no te callas?»

De ser el centro de atención en las cumbres internacionales de jefes de Estado, Hugo ha pasado a ser considerado, por muchos, un invitado molesto, indeseado. En tan importantes eventos, donde antes descollaba por su novedad, su simpatía, su dinero y sus imprudencias, los asistentes ya no están del todo dispuestos a celebrar sus desfachateces. Aun cuando la «diplomacia de la petrochequera» sigue funcionando, es evidente que la simpatía inicial ha mermado hasta en quienes han actuado como aliados incondicionales. Además de ellos, no pocos presidentes y altos funcionarios públicos desaprueban el despilfarro, la ineptitud de su gobierno y, sobre todo, sus desplantes de líder antiimperialista. Hay jefes de Estado que se dicen sus amigos pero en privado se refieren a Hugo como el Bufón.

Los maratónicos discursos improvisados de Hugo ya no atraen la atención de los demás presidentes y sufre varios desplantes públicos y privados. El primero y más importante ocurre en un elegantísimo salón en Brasilia, en medio de una cumbre de jefes de Estado. Mientras Hugo habla y habla, encantado de sí mismo y de sus ocurrencias, los jefes de Estado y personalidades diplomáticas susurran entre sí, entran y salen de los foros, reciben llamadas telefónicas. Como desde el púlpito de la iglesia, el orador observa tan irrespetuosas conductas y advierte con malestar que, a lo lejos, el presidente de Brasil, Lula da Silva, se ausenta a menudo del recinto, ocupado al parecer en otros asuntos. Al regresar parece adoptar una actitud de resignada escucha.

Al terminar la sesión, Hugo recibe la solicitud de reunirse con Lula en un salón privado. Espera una conversación a solas sobre temas de alto vuelo político pero, para su sorpresa, el presidente brasileño le reclama muy vivamente, con expresiones enérgicas, el incumplimiento del gobierno venezolano de los pagos a una de las más grandes empresas constructoras de su país, Odebrecht. Éste es un gran consorcio privado brasileño que, habiendo obtenido enormes y lucrativos proyectos en Venezuela, gracias a la intervención de su gobierno y otras tácticas por las cuales se ha ganado una muy mala reputación, ahora no está logrando cobrar lo que Venezuela le adeuda.

—¡Paga lo que debes, Hugo! —le dice el líder brasileño, convertido en cobrador de los oligarcas de su país.

El reclamo sorprende al presidente venezolano, más por el tono que por el contenido. Este incidente lo deja muy consternado y con su narcisismo hondamente herido.

En otra cumbre de jefes de Estado, esta vez en Chile, durante un debate con otros líderes Hugo denuncia una campaña en su contra, sostenida por el anterior primer ministro español, José María Aznar. Dice con fiereza:

—Ese señor es un fascista, sabía del golpe militar en mi contra y lo apoyó.

El actual primer ministro español, presente en el acto y acompañado del entonces rey de España, Juan Carlos de Borbón, exige respeto por sus acusaciones. Responde que, bien o mal, el señor Aznar fue un presidente elegido por los españoles. Pero Hugo, enfurecido, no quiere razones, y sin ningún decoro o acato diplomático habla por encima de la voz del ministro español. El rey, harto de las insolencias del presidente de Venezuela para con su primer ministro, le espeta un sonoro: «¿Por qué no te callas?», que deja al auditorio tan impactado como agradecido.

El video que muestra al rey de España mandando callar al presidente venezolano estalla a través de las redes sociales y recorre todos los rincones del planeta. La frase se populariza. Hay *ringtones* de teléfonos celulares que ofrecen como opción el ya legendario «Por qué no te callas». Grupos musicales le ponen melodía a la letra y se vuelve un tema obligatorio en programas cómicos en todas partes del mundo.

La humillación del Bufón se hace mundial y viral.

Y eso tiene consecuencias. Pocas semanas después del incidente diplomático, la empresa española que había logrado un jugoso contrato para construir varios barcos para el gobierno de Venezuela recibe la notificación oficial de que los contratos han sido rescindidos. Miles de trabajadores son despedidos.

«Conmigo o contra mí»

—Hoy ustedes han escrito mi destino político, que es igual al destino de mi vida: el impulso de hacer una revolución que nada ni nadie podrá detener. —El presidente proclama desde el Balcón del Pueblo, en medio de miles de almas jubilosas, gritos de gloria y juegos pirotécnicos—. ¡Que viva Venezuela! ¡Que viva la revolución! ¡Que viva el socialismo! ¡Que viva el pueblo! ¡Que viva Bolívar!

Ésta no es una victoria de mierda, como fue la de la oposición hace un año; ésta es una gran victoria. Ha ganado el «sí», y Hugo puede volver al ruedo político en las próximas elecciones presidenciales, y en las próximas, y en las próximas, si Dios le da vida eterna, así por los siglos de los siglos. No es que vaya a tomarse el poder por la fuerza; eso no. Tendrá que enfrentar nuevas batallas con otros candidatos que aspiren también a la presidencia, pero de que gana, gana. Eso Hugo no lo duda.

Fidel Castro, Mauricio Bosco, los ministros, militares leales y familiares celebran la dicha de la «gran victoria», mientras que Eva López, Mónica Parker, Eloísa Márquez, Antonieta Girón, el mismo Pran y el resto de los opositores ven la celebración y respiran bocanadas de impotencia e indignación.

Ángel Montes se siente en el medio, entre la montaña y el abismo.

Las ambiciones de Hugo ya no tienen medida.

—Alcanzaremos la suprema felicidad social, la democracia protagónica revolucionaria, el modelo productivo socialista, una nueva geopolítica nacional. Y no sólo nacional. Venezuela será potencia energética mundial y será el líder de la geopolítica internacional, es decir, el centro del mundo pluripolar.

Después de este indiscutible triunfo personal, vestido de triunfo nacional, ya otra vez en la soledad nocturna de su despacho, el presidente, con su café y cigarrillo en mano, saborea sus logros.

Por un momento, su dicha se paraliza. Recuerda los días posteriores a aquella victoria de mierda, cuando como «bastarda maniobra de factura imperial» los medios opositores dijeron que él había aceptado la derrota luego de que algunos altos mandos militares lo hubieran presionado. Recuerda la conversación con el general Mujica ese día, cuando le insinuó que era mejor darle la cara al pueblo que ganar por fraude. Recuerda el consejo de Fidel Castro de no permitir rivales. Recuerda el sobre con el prontuario delictivo de Mujica que le hizo llegar Fidel. Recuerda que ya una vez aseguró ante las cámaras de televisión: «El día que me presione un general, por más amigo que sea o confianza que tengamos, de inmediato lo sustituyo». Recuerda y decide que llegó la hora de actuar.

Sin tener que dar explicaciones, acusado por el propio presidente de corrupción en el manejo de fondos durante su paso por el Ministerio de Defensa, una corte marcial, severísima y muy rápida en dar el veredicto, envía al general Raúl Mujica a una prisión militar. Hugo rehúsa sistemáticamente recibir a la esposa e hijos del general caído en desgracia. Para él ya no existe ese fiel amigo, su compañero de siempre, su compadre, el militar que lo rescató la noche en que fue derrocado. Quedará preso por largos años sin esperanza de salir en libertad. Y más adelante, cuando el hijo del general Mujica se torne en un estridente activista en contra del gobierno, también terminará preso en las cárceles de su padrino Hugo. Pero no sin antes recibir brutales y aleccionadores maltratos.

«El que no está conmigo está contra mí.» Para Hugo éste no es un dicho más. Es casi un mandato divino.

17

El verdadero Bolívar

«Llegó la hora de saber»

El lánguido cuerpo de Donato, el fiel ordenanza del presidente, está a punto de caer al suelo. Lleva horas haciendo enormes esfuerzos por no ceder al impulso del sueño. «¿Cómo puede Hugo trabajar sin descanso hasta las cuatro de la mañana?»; es una perplejidad que el joven militar no logra descifrar. En cambio él, militar disciplinado, fuerte y bien entrenado, no puede pasar entera una vigilia de las que le impone el hábito nocturno del presidente, cuyas órdenes y deseos debe estar listo a atender en cualquier momento.

Esta noche Donato se ha impuesto la obligación de leer un libro que le ha interesado mucho, pero está siendo derrotado por la rebeldía de sus párpados, que se niegan a obedecer la orden de no cerrarse. Ha tarareado canciones, tomado café, caminado de aquí para allá sin alejarse mucho de la puerta del despacho presidencial, no sea que el presidente salga a pedirle algo y no lo encuentre a discreción. Pero el sueño acaba por vencerlo justo cuando, en efecto, Hugo sale a estirar las piernas y ventilar su mente por los pasillos del Fuerte Tiuna. Es una base militar donde los asesores cubanos, dedicados a protegerlo, prefieren que pase las noches. En un rincón, encuentra a su ordenanza roncando con un libro entreabierto en las manos.

—¡A dormir al cielo, soldado! —le dice entre orden y risas, y el ordenanza salta de la silla con un avergonzado perdón en los labios. El libro cae de sus manos al piso—. ¿Qué leías, Donato? —pregunta Hugo con interés. Parece que no está irritado. Él mismo es consciente de lo inusual de sus horarios y, además, le tiene gran afecto a Donato.

—Leo sobre el asesinato de Bolívar, presidente —responde Donato mientras recoge el libro y se lo ofrece a Hugo. Él mira la carátula y lee con el ceño fruncido la contratapa. Donato continúa—: Es tremendo libro. Uno se entera de la verdad: el Libertador *no murió tuberculoso*; lo envenenaron sus enemigos. Y eso no nos lo enseñan en el colegio, señor presidente.

—¡Mmm! Parece interesante, ¿ah? ¿Qué es lo que dice? —Hugo se inquieta más por su ordenanza que por el tema.

—El autor es un historiador muy competente —responde Donato—. Dice que lo mató la oligarquía infiltrada entre sus amistades.

—No sabía que leías historia —le dice Hugo mientras sigue hojeando el libro.

—No es mi tema favorito, pero el libro me lo regaló un amigo, me lo recomendó mucho. Y usted viera, presidente, cómo me ha puesto a pensar.

El presidente masculla que, una vez más, no tiene sueño. Le pide a su ordenanza un café y el libro en préstamo. Entonces cierra la puerta, enciende un cigarrillo, mira el retrato de su héroe Bolívar y le suspira antes de comenzar a leer:

—Llegó la hora de saber, *padre*, qué fue lo que te hicieron.

«Los más insignes majaderos»

Simón José Antonio de la Santísima Trinidad Bolívar está agonizando. Un amigo español, uno de los pocos que le quedan, le ha dado posada en su casa en Santa Marta, en la costa Caribe de Colombia. El enfermo tiene cuarenta y siete años. Ha liberado cinco naciones, participado en más de cuatrocientos combates y escrito miles de cartas, proclamas, manifiestos y discursos. Ha viajado por el mundo, ha enfrentado al dominio español en América Latina, ha sobrevivido a varios intentos de asesinato, ha redactado constituciones y ha sido, en las calumniosas palabras de Karl Marx, un traidor, un inconstante, un mujeriego, un hipócrita, un obsesionado con el poder, un pequeñoburgués.

Es diciembre de 1830. Decaído en su lecho de muerte, entre la imparable tos de tísico, los esputos verdes, el sudor y la depresión, el propio «Genio de la Libertad» lamenta su vida y, para desconcierto de los pocos presentes, con la débil voz que le queda dice:

—Jesucristo, don Quijote y yo hemos sido los más insignes majaderos de este mundo.

Aunque afuera ya muchos lo consideran héroe, él se llama a sí mismo tonto, necio, y se recrimina las tantas cosas inconvenientes que ha hecho y dicho. Ahora que la enfermedad y la pobreza lo han disminuido al punto de la ignominia, ya no tiene tiempo ni fuerzas para terminar su misión vital, su obra magna: unir a Sudamérica en una sola república federal y ser él mismo el dictador de las tierras libres. Ya sus alientos no le dan ni para tener uno de sus frecuentes ataques de ira, para maldecir a quienes le rodean, para proferir sarcasmos contra los ausentes, para leer literatura francesa, montar a caballo, bailar valses, oírse hablar y pronunciar brindis. Ya es su momento de viajar al otro mundo.

Unos ciento treinta años después de su muerte, un jovial estudiante de secundaria lee su primer discurso en la plaza de un caluroso pueblo de Los Llanos venezolanos. Mientras habla, el joven siente el trote de las tropas rebeldes que avanzan contra los soldados españoles, se imagina a sí mismo liderando las batallas y derrotando al enemigo, contempla la eternidad tallada en estatuas de bronce.

Así fue como, desde entonces y con los años, el espíritu del Libertador se fue adueñando de Hugo. ¿Qué importa que uno haya sido miembro de la aristocracia en la América española y el otro, el vástago de una familia muy humilde? Los dos nacieron para salvar a su pueblo, para luchar no sólo contra el Imperio español sino, como diría Bolívar, contra «los Estados Unidos de Norteamérica, que parecen destinados por la providencia para plagar la América de miserias a nombre de la libertad».

Y ahora que la misma providencia le ha dado al joven líder venezolano un renglón para escribir en la Historia, ahora que es más real que nunca, que ha llegado al mundo para terminar la obra inconclusa de su *padre* Bolívar, en honor a su memoria y en afán de justicia, quien para muchos es ya un nuevo insigne majadero desestima las opiniones de su también muy admirado Karl Marx. Y una tarde, ante un grupo de escolares que visita el palacio, el presidente declara:

—Simón Bolívar no murió de tuberculosis en Santa Marta, como les han contado sus maestras. Eso no es verdad. —Las maestras se muestran extrañadas y hasta avergonzadas ante sus alumnos—. Es cierto, niños —continúa con toda seguridad el presidente—. Lo asesinaron los mismos oligarcas traidores colombianos que hoy gobiernan ese país. Fue envenenado por ellos, ¡y voy a probarlo!

«Más vivo que nunca»

En un discurso televisado, con ocasión del más reciente aniversario de la muerte del Libertador, el presidente repite que, en su opinión, el *Padre de la Patria* no murió de tuberculosis. Así que, para darle paz en su tumba y por obligación moral de su gobierno, ordena a varios funcionarios investigar las verdaderas causas de su muerte y, si es necesario, abrir ese sacrosanto ataúd en el Panteón Nacional y revisar los restos que allí se encuentran.

Al terminar la conmemoración, Hugo reúne a su gabinete de ministros y solicita que se contacte en Colombia al historiador Jairo Lloreda, autor del libro *Bolívar: ¿asesinado?*, y que lo inviten a Caracas porque quiere conocerlo. Él sí que lo va a entender. El encuentro ocurre sin demora un par de noches después en un salón del palacio. El historiador tiene más de sesenta años. Es un hombre flaco, desgarbado y despeinado. Viste con desaliño y mira sin mirar a causa de un marcado estrabismo. Hasta este punto de su vida, en su país, ninguna cátedra de historia se lo toma en serio porque, dicen, el profesor no está en sus cabales. Muchos de sus colegas se han burlado de él, creen que es sólo un excéntrico pueblerino que dedicó su vida entera al culto a Bolívar.

Pero bienaventurados los perseverantes. A Lloreda le ha llegado al fin la oportunidad de su vida. Monologa atropelladamente con el presidente venezolano sobre lo honrado que se siente por la invitación y sobre la incredulidad del mundo. Lo adula sin pudores y lo compara con Bolívar. El presidente venezolano interrumpe para ir al grano.

—Pienso nombrarte secretario de una comisión presidencial que esclarezca la muerte de Bolívar —le dice.

Lloreda no sale de su asombro, se deshace en gratitudes.

Y así comienza la pesquisa. El historiador naufraga en un mar de papeles, en una pequeña oficina que le asignan en el palacio. Su deber es probar con evidencias incontrovertibles la tesis según la cual los enemigos políticos de Bolívar planearon con el alto gobierno de Estados Unidos un complot para asesinarlo: ¿envenenamiento gradual por arsénico?

A medida que avanza la investigación, Hugo le da al tema la importancia mediática que merece. A través de *Aló, presidente* y de la prensa, decide cuestionar y desacreditar la historia oficial. Su audacia como reescritor de la historia se desboca: tampoco acepta que el Libertador haya sido descendiente de conquistadores españoles llegados a Venezuela en el siglo XVI y sostiene, en cambio, que la madre de Bolívar fue una esclava negra.

El asunto lo obsesiona y trasnocha tanto que, para alegría de unos y desconcierto de otros, anuncia que acaba de ordenar la exhumación de los restos de Bolívar, para así confirmar la versión real de los hechos. Organiza una visita presidencial a la vieja iglesia de Caracas y camina lentamente hacia el ataúd del Libertador. Seguido por las cámaras de televisión, es flanqueado por una guardia de honor de soldados, vestidos con los uniformes de gala que se usaban en tiempos de la guerra de Independencia. Una vez al frente de la tumba de su héroe, se detiene y guarda un largo silencio.

El país, que sigue la ceremonia a través de una cadena obligada de radio y televisión, espera en suspenso. Finalmente el presidente habla ante Venezuela y ante el mundo. Proclama, con la voz entrecortada por lo que evidentemente es una sincera emoción:

—He venido aquí a jurar que, así como hemos jurado no dar descanso ni reposo a nuestras almas hasta liberar a Venezuela de la amenaza imperialista y antibolivariana, no descansaré en la búsqueda de la verdad de cómo fue que murió el Padre Libertador Simón Bolívar, dónde, cómo y por qué causas. ¡Hoy Bolívar está más vivo que nunca!

El espíritu en el bolsillo

Las noches siguen siendo muy largas para Donato, el ordenanza preferido de Hugo. Marchar al ritmo del presidente es una tarea agotadora, sobre todo estas últimas semanas en las que su insomnio se ha agudizado.

Donato lleva ya varios años trabajando cerca del presidente y su relación ha ido cambiando. Ahora, el mismo ordenanza se sorprende de su oficio: no es un simple paje, es un confidente. La relación entre ambos comenzó a hacerse más íntima desde que Hugo se enteró de que Donato es un ferviente practicante de la santería cubana, una religión afrocaribeña que se ha extendido mucho en Venezuela desde hace unos años. Hugo también se interesó en la santería durante sus primeras visitas a La Habana tras salir de la cárcel de La Cueva más de diez años atrás.

Como es de rigor entre los adeptos iniciados, cuando no está de guardia, Donato se viste siempre de blanco y lleva una característica gorra del mismo color. En sus ratos libres lee sobre teología yoruba: preceptos, energías de la naturaleza, oráculos y prohibiciones de la santería. Con fe ciega en lo que lee, el ordenanza cree que, antes de que una persona nazca, ya su alma sabe cuál es el objetivo primordial de su vida. Y, como practicante aplicado, rinde culto a cuatrocientas deidades y hace rituales de adoración a sus antepasados. Aunque lleva pocos años en esto, cuando Donato habla con el presidente demuestra tal dominio y claridad espiritual que asombran y conmueven a Hugo, quien lo ha empezado a sentir como un querido y cercano amigo. Nunca le ha preguntado, sin embargo, de dónde nació su interés por la santería. Pero eso no parece importar ahora. El propio Donato desconoce que su actual convicción religiosa nació del plan de un avezado espía cubano que vio en él al personaje perfecto para poner al servicio de Cuba el supersticioso misticismo y el fervor que despierta Simón Bolívar en el presidente.

Además de seguir los movimientos de miles de médicos, profesores, entrenadores e informantes cubanos que por decisión de Fidel Castro viven y trabajan en el país, desde que aceptó su misión, Mauricio Bosco le ha puesto especial atención a un grupo de *babalaos* cubanos, sacerdotes santeros que han llegado a expandir la fe yoruba en Venezuela. Algunos de ellos son muy cercanos al presidente, pero Mauricio debe moverse con cuidado en este terreno porque, aunque no comparta las creencias, aprendió a respetar el poder místico que tienen los santeros sobre los simples mortales como él.

Mauricio ha plantado agentes suyos, tanto venezolanos como cubanos, entre la servidumbre y personal administrativo del palacio y del Fuerte Tiuna. Donato Gil, el ordenanza santero, es uno de ellos. En medio del empeño del presidente en esclarecer el «asesinato» de Bolívar, Mauricio evalúa con Adalberto Santamaría, su segundo y uno de sus hombres de mayor confianza, toda la información proveniente de los agentes infiltrados en el círculo doméstico más cercano al presidente. Es entonces cuando Mauricio se entera de las largas conversaciones nocturnas entre el presidente y su ordenanza. Santamaría le cuenta:

—Hugo se suelta a hablar con el muchacho. Es como su psiquiatra. Donato cuenta que Hugo quisiera tener el espíritu de Bolívar siempre con él.

La malicia caribe de Mauricio despierta con la alegría de un gallo.

—¡Lo que quiere es un anillo de Changó, el santo guerrero! —exclama Mauricio extasiado—. Hay que hacérselo con un huesito de Simón Bolívar. ¡Y claro que se lo podemos dar!

Santamaría se extraña, se levanta de la silla, se lleva las manos a la frente.

—¡Dale p'allá, Mauricio, no hables mierda! ¿Tú no eres marxista? ¿Tú crees en esas cosas?

Mauricio aplaude su propio ingenio:

—Ni creo ni dejo de creer. Pero daño no hace. Y si él quiere el espíritu de Bolívar metido en el bolsillo, es mejor que nos lo deba a nosotros, ¿o no? Y si quiere ser eterno, pues nosotros lo haremos eterno. Ya verás tú.

La siguiente noche de insomnio del presidente, Donato tiene un interesante tema que discutir con su «amigo». A propósito de la exhumación del cuerpo de Bolívar, el ordenanza le cuenta del Palo Mayombé, un culto que prescribe la profanación ritual de tumbas y el uso de los restos de personas excepcionalmente dotadas, en valentía personal o en intelecto, para la elaboración de amuletos que aseguren a su poseedor las mismas virtudes que se atribuyen al difunto.

El presidente se electriza. Ya no hay tarea más urgente en este mundo.

«Que Changó te proteja»

—Ahí está Bolívar, vivo. No es un cadáver. No está muerto. Sigue vivo lanzando sus rayos espirituales sobre un pueblo que lo ama y lo amará por siempre —dice el presidente Chávez una mañana de julio cuando presenta imágenes inéditas del proceso de exhumación del cuerpo de «El Gran Bolívar», imágenes filmadas tres noches atrás.

Mauricio Bosco, Eva López, Luz Amelia Toro, Ángel Montes, el Pran y toda Venezuela siguen, sin parpadear, las escenas de una ceremonia necrófila en la que un grupo de hombres, vestidos con uniformes aislantes blancos, con máscaras y guantes que hacen que parezcan astronautas, se acercan al sarcófago moviéndose con la disciplina de soldados en un desfile y, con movimientos obviamente muy ensayados, abren con delicadeza un ataúd cerrado en 1830. En plena primera década del siglo XXI, las imágenes parecen fragmentos de una estereotipada película de terror de los años cincuenta, mas no una ceremonia de honor liderada por un presidente.

—Todo se hizo con respeto venerable, infinito. Es el Padre de la

ia. Es el padre traicionado, expulsado de la patria. Murió lloran-
murió solitario —sigue narrando el presidente con su mejor voz
de maestro de ceremonias, mientras los científicos traídos de España
completan su tarea y dejan ver, íntegros, los huesos del Libertador.

Pero la cinta se corta y otro narrador sorprende a la audiencia con
el súbito anuncio: «Continuará».

Las investigaciones apenas comienzan. En adelante se le practica-
rán a los restos de Bolívar exámenes antropológicos, anatomopato-
lógicos, radiológicos, odontológicos, medicoforenses y genéticos con
las técnicas y procedimientos más avanzados de la época para deter-
minar *la verdad*.

Para los espectadores de dentro y fuera del país, la insólita exhumación deja muchas preguntas sin respuestas: no se dio aviso nacional
del evento, se hizo en horas de la madrugada, se pudo ver sólo parte
de la investigación, después de la ceremonia no hubo servicio de internet por diecinueve horas, todos los asistentes vestían de blanco con
un traje científico que cubría sus rostros y que a todas luces parecía una
medida innecesaria. ¿Qué pasó antes? ¿Qué pasó después?

Donato lo sabe, pero no recuerda todo muy bien porque, tan pronto comenzaron los rezos, entró en un trance; es el ritual de magia negra más poderoso al que ha asistido en su vida. Recuerda, sí, los detalles de la ceremonia: se hizo un 16 de julio a las tres de la mañana. Era
el día de Oyá, la divinidad que vive en las puertas de los cementerios
y que, en la religión católica, se sincretiza con la Virgen del Carmen.
No todos los presentes eran científicos forenses. La mayoría, entre los
cuales estaba, por supuesto, el presidente, eran santeros.

Entrada la madrugada, el «despojo», exorcismo de todo lo malo
que pueda acechar a un hombre, comienza con invocaciones en lengua
yoruba hechas por el *babalao*, máximo sacerdote santero. Bajo su
guía, el presidente de Venezuela, regocijado, fervoroso, se somete a
baños rituales. Entre cantos y rezos recibe un amuleto de Changó, la
divinidad guerrera que le dará valor y fuerza, un amuleto hecho con
algún hueso del Libertador.

—Que tu hermano en Changó, Simón José Antonio de la Santísima Trinidad Bolívar, te acompañe y te proteja y nunca aparte de tu
corazón la patria de su hermano José Martí, Cuba —dice el *babalao*.

Hugo respira profundamente e intuye que muy dentro de sí yace
la esencia de la eternidad. Ahora sí se siente asistido por el espíritu
inmortal de Bolívar.

—Estoy listo —se dice en voz muy baja a sí mismo.

«El verdadero rostro»

La fama del historiador Lloreda llega al máximo punto cuando en una rueda de prensa, obligatoriamente cubierta por todos los medios de comunicación social, el historiador colombiano, en un tono magistral y pomposo, anuncia:

—Después de exhaustivas investigaciones he llegado a la conclusión de que Simón Bolívar fue envenenado en Santa Marta con altas dosis de polvo de cantárida y arsénico que lo llevaron a padecer una insuficiencia renal aguda. Sí, fue envenenado.

Algunos audaces periodistas se atreven a confrontar al historiador con otras hipótesis igualmente válidas, pero él y el presidente tienen todas las evidencias que para ellos dos son suficientes, y nadie los convencerá de lo contrario. Además, la necropsia permitió comprobar que:

—Los restos exhumados corresponden a un varón de cuarenta y siete años, de 1,65 metros de estatura, de tipología racial mestiza, figura delgada y fuerte, bellos y blancos dientes, pelo ondulado y fino, y restos en la zona del hueso sacro que determinan que era un jinete.

Y eso no es todo. La investigación tras *la verdad* abrió, además del sarcófago, otras puertas. En una de sus iluminadas elucubraciones de medianoche, Hugo decide contratar los servicios de otros equipos extranjeros, especialistas en recuperar, con técnicas de digitalización y para fines forenses, las facciones que alguna vez cubrieron la calavera de un occiso.

Un tiempo después del ritual santero, ante los ojos de la antes engañada Venezuela, el presidente muestra «el verdadero rostro de Bolívar». Y la nueva cara de Bolívar no es otra que una versión estilizada que cuando es examinada detenidamente revela ciertas facciones parecidas a las del actual presidente de Venezuela. Los criticones de siempre aprovechan la situación para atacar a Hugo. Lo acusan de haber creado este demencial espectáculo para agudizar las tensiones raciales que, cada vez que puede, él exacerba, y para dar un instrumento más al culto a su personalidad. El país está cubierto por doquier de imágenes gigantescas de Hugo, de sus frases, sus promesas y sus amenazas, sus sonrisas y sus furiosas arengas. Para muchos es obvio que ésta es una demostración más de su narcisismo desbocado. Los círculos ilustrados del país se preguntan si ésta es una vulgar charada que Hugo ha montado para nutrir su popularidad o si él realmente cree en todo esto. Sólo el G2 lo sabe con seguridad.

En todo caso a Hugo estas críticas no lo afectan.

—Éste es el nuevo rostro oficial del Libertador y sustituirá desde ahora al de los billetes de banco, afiches e iconografía de la patria —dice victorioso—. Ahora ya sabemos que Bolívar se parecía a nosotros, al glorioso pueblo de Venezuela, y no a los oprobiosos españoles que sólo vinieron a saquear las riquezas de esta gran tierra nuestra. ¡Yo, ustedes, todos, somos Bolívar!

18

La fiesta inolvidable

Como amigos

Eva López ve entrar a Mauricio Bosco de nuevo a su clase de yoga y eso le dispara una corriente en el pecho que por larguísimos segundos la desequilibra. ¿Por qué y a qué ha vuelto? Mientras sus demás estudiantes se acomodan en el salón, él se acerca y la saluda con esa insensata coquetería que ya, lo admite, la derrite sin demora.

—¿Podríamos hablar después de la clase? —le pregunta. Y los labios de Eva apenas si pueden sonreír; las piernas le quieren salir corriendo.

Nunca antes dictar una sesión de yoga había sido un calvario para Eva. Por el contrario, el yoga es lo único que, de algún modo, la relaja y le da el equilibrio que ansía. Es su antídoto contra las angustias que produce su verdadero trabajo. Pero esta vez la angustia que le aprieta el pecho y que el yoga no calma la produce, entre otras cosas, ese hombre. Cada mañana juzga errada su decisión de trabajar para la CIA, de sacrificar su juventud y su estabilidad emocional por algo que, después de todo, caerá en el agujero negro del pasado.

Eva da la clase intentando esquivar las miradas del ex novio de su amiga Mónica. Pero las miradas acaban por cruzarse en todo caso y una incómoda sensación de infidelidad la corroe de nuevo, una similar al sentimiento de culpa que la ataca antes, durante y después de cada encuentro con Brendan Hatch. Pero ¿por qué? ¿Acaso no puede darse por terminado eso? Ya casi no se ven, sólo una o dos veces al año. Tampoco se hablan. La distancia ha acabado por sepultar lo que algún día, ya muy lejano, fue el sueño compartido de pasar la vida juntos.

Cuando termina la clase y los estudiantes se despiden, antes de que se acerque Mauricio, una argentina muy bella y atlética se le acerca a Eva y se presenta. Es claro que ella no notó nada de la tortura mental por la que estaba pasando su instructora mientras indicaba cada una de las posiciones. Es una fortuna que desde pequeña Eva haya aprendido a disimular muy bien lo que siente.

—Hola, me llamo Camila Cerruti —le dice sonriente—. Hace mucho tiempo quería comenzar una rutina seria de yoga, pero he tenido que viajar tanto... Ahora mi empresa me ha trasladado permanentemente a Caracas, y voy a estar aquí por un tiempo. Me encantó tu clase... No sé si tú también das clases privadas.

—Mucho gusto, Camila —responde Eva con amabilidad—. La verdad, siempre estoy muy ocupada aquí, en el estudio, sabes que no sólo tenemos las clases de yoga. Pero te puedo recomendar a alguna de las demás instructoras...

Las mujeres van a la recepción e intercambian datos. Camila le entrega a Eva una tarjeta personal en la que se lee «asesora financiera». Y Eva le pide a su secretaria que ponga en contacto a Camila con otra de las instructoras.

—Espero verte de nuevo en mi clase, Camila.

—Volveré —dice la asesora financiera—. ¡Fue una clase buenísima! Muchas gracias.

Camila no ve que, cuando Eva camina de nuevo al salón de yoga, le tiemblan las manos y las rodillas. ¿Qué es lo que Mauricio quiere hablar?

—¿Tienes tiempo ahora? —le pregunta cuando la ve entrar.

—Sí, no mucho... En quince minutos empieza mi otra clase.

Mauricio y Eva se miran directa y largamente a los ojos. Se quedan congelados en una mirada que dice mucho más de lo que alguno de los dos podría reconocer: que él le interesa a ella como hombre, y que ella le interesa a él como mujer.

—Era sólo una cosa —dice Mauricio—. Me invitaron a una fiesta que puede ser muy divertida. Este sábado en la noche. ¿Tú no quieres acompañarme?

Eva sonríe involuntariamente. De adentro le sale una respuesta apresurada.

—Sí, ¿por qué no? ¿Vendrías aquí por mí? Tendré que trabajar hasta las siete ese día.

Mauricio también sonríe con arrolladora picardía. Se despide y deja a Eva sola en el salón de yoga, sola y con unas incontenibles ganas de saltar de emoción.

El administrador de fortunas

Günther Müller rueda por Caracas en un Mercedes negro resplande-
ciente, tan elegante como su dueño. Apuesto, delgado, rubio, de lentes
de aro metálico, invariables trajes negros de Hugo Boss, corbatas Hermès, camisas blanquísimas, zapatos italianos, lujoso y delgadísimo reloj Piaget de oro blanco en la muñeca, Müller es el epítome del finan-
cista de altos vuelos. Es muy amable y simpático, y habla con soltura
varios idiomas, impecablemente el español. Siempre en voz baja.

Muchas veces se le ve en los más elegantes restaurantes con Camila Cerruti y Ángela Paz, las dos gerentes de cuentas personales de
clientes de alto patrimonio. Las dos bellezas son también inteligentes,
encantadoras y eficientes profesionales del equipo de Müller. El banco
suizo para el cual trabajan no es ni grande ni famoso, pero entre ciertos círculos tiene una reputación impecable. Se especializa en darle
servicios financieros a la gente más rica del mundo, sobre todo a quienes
viven en mercados emergentes con democracias inexistentes o limita-
das, con abundancia de negocios poco transparentes y, naturalmente,
con mucha corrupción.

El banquero ha llegado a Venezuela atraído, en particular, por el
auge de una nueva casta de ricos cuyo patrimonio no tiene nada que
envidiarle al de la gente más rica del mundo. Estas enormes y muy
recientes fortunas son fruto de la Revolución bolivariana. Es por eso
que a esta casta la llaman «boliburguesía» o «burguesía bolivariana».

Müller se ha instalado en lujosas pero discretas oficinas desde las
cuales opera con un muy pequeño equipo: Camila y Ángela, las dos
expertas en inversiones, y Frank Stanley, un sudafricano genio en
computación y tecnología cibernética. En la puerta de vidrio blindado que da a la recepción de la suite de oficinas hay un pequeño letrero
que sólo dice: GM, ASESORES FINANCIEROS. Hay cámaras de circuito
cerrado por todos lados y no se ve ni un solo papel sobre los escri-
torios. Al final del día, quienes limpian las oficinas no son empleadas
del edificio, sino personas que vienen de otra empresa de manteni-
miento de la cual no se había oído hablar antes.

Para inspirar confianza entre los boliburgueses, cuyas fortunas
quiere administrar, Müller muestra entusiastas cartas de recomendación de multimillonarios oligarcas rusos, riquísimos jeques petroleros árabes y potentados chinos. Explica que estos acaudalados
clientes podrían trabajar con cualquier banco del mundo pero prefieren el suyo para el manejo de sus fortunas.

Han elegido su banco porque ofrece a sus clientes muy altos retornos, seguridad en la inversión pero, sobre todo, una discreción extrema; quienes abren cuentas en él cuentan con el más avanzado sistema de seguridad en comunicaciones por internet o telefónicas. «Nuestra tecnología garantiza que nadie podrá jamás intervenir y escuchar sus conversaciones telefónicas ni leer sus mensajes por e-mail», dice siempre en voz baja a sus clientes.

Esto último les encanta. Mejor dicho, todo les encanta. Y muy pronto decenas de boliburgueses, incluidos varios generales y otros miembros del alto gobierno y sus familiares, depositan su dinero en el banco de Müller para que él se lo administre. La intensa actividad de relaciones públicas del banquero y sus bellas y expertísimas gerentes rápidamente comienza a rendir sus lucrativos frutos.

Jugadores inesperados

La reunión no podría ser más secreta. El grupo está reunido alrededor de una mesa redonda en una sala totalmente segura donde, aun con las más avanzadas tecnologías, es imposible para el resto del mundo oír lo que allí se dice.

Hay seis hombres y una mujer. Tres de ellos tienen más de sesenta años, pelo blanco, muchos kilos de más y la actitud de quienes lo han visto todo y no creen en nada ni en nadie. Dos de los otros tres hombres son cuarentones, intensos, delgados y atléticos. Uno es muy moreno y el otro, muy rubio. El tercero es un joven que parece aún más joven de lo que realmente es. Está cubierto de tatuajes y *piercings*. Es el único que tiene frente a él una pequeña computadora abierta sobre la cual teclea furiosamente. No quita la vista de la pantalla y fuma sin cesar. Nadie lleva corbata. La mujer, de unos cincuenta años, alta y flaca, tiene la piel morena del Mediterráneo y unos veloces ojos verdes que se mueven viéndolo todo. Es muy atractiva, pero también fría y antipática. Es obvio que es la jefa y dirige la reunión con frases breves, preguntas precisas y miradas cortantes. Todos toman café muy negro en pequeñas tazas.

Se han reunido para discutir una situación completamente nueva: la amenaza que Venezuela representa para su país. Ése nunca antes había sido un tema para ellos y su organización. No sólo porque Venezuela está al otro lado del mundo, sino porque, comparadas con las otras amenazas que deben atender, las que se originan en Venezuela no son tan graves. Hasta ahora.

La reunión tiene lugar en un edificio que fácilmente pasa desapercibido y que está en Ramat HaSharon, un suburbio de Tel Aviv. Es el cuartel general del Mossad, la agencia nacional de inteligencia de Israel. Su directora le reporta directamente al primer ministro. El joven tatuado resume la lista de situaciones que los ha llevado a convocar la reunión. Llevan un tiempo monitoreando las agresivas e inusitadas conductas del presidente venezolano hacia Israel. Si bien al principio les había sorprendido que de pronto un líder latinoamericano tomara partido abiertamente y se involucrara tan a fondo en el conflicto árabe-israelí, ahora ya saben por qué eso está pasando en Venezuela.

Al investigar las razones de la pugnacidad de Hugo Chávez hacia Israel, encontraron que es el gobierno cubano quien define las posturas de política exterior de Venezuela. El Mossad ha descubierto que las proclamas internacionales de Caracas se redactan en La Habana. Es por eso que las declaraciones, los puntos de vista y los votos de Venezuela en los organismos internacionales en lo que a Oriente Próximo se refiere son idénticos a los de Cuba. A su vez, estas posiciones son siempre coordinadas con el gobierno de Irán.

Los agentes del Mossad también descubrieron que, en este caso, el presidente Chávez no es un simple títere de los cubanos. Es más complicado que eso. El venezolano ha descubierto que su antagonismo contra el gobierno de Washington, y especialmente contra el presidente George W. Bush, le gana muchas simpatías dentro y fuera de su país. Esto lo ha llevado a ir adoptando el antiamericanismo como parte de su «marca» y rápidamente ha aprendido cómo hacer crecer esa marca. Hugo, además, sabe que Israel es un fuerte aliado de Estados Unidos y, por lo tanto, a él no le conviene ser amigo del gobierno de Jerusalén. Todo lo contrario. Hugo ya ha llegado a estas conclusiones cuando lo habla con Fidel Castro, quien no sólo se las valida sino que lo empuja a llevarlas aún más lejos.

—Un luchador antiimperialista no puede ser visto como amigo de Israel —le dijo una vez Fidel. También le abrió los ojos con respecto a una posibilidad que Hugo ni se había imaginado: hacerse aliado de Irán.

—Mira, Hugo, tú eres el líder de un país petrolero que enfrenta abiertamente a los malditos americanos. ¿Y tú sabes quién anda en lo mismo, además de nosotros? Pues Irán. Ellos detestan a Estados Unidos y lo llaman el Gran Satán. Y en todo el mundo hay millones de personas a quienes les gusta eso. Les gusta ver cómo los más pequeños no les tienen miedo a los más ricos y poderosos. Te lo digo yo, mi querido Hugo, que llevo años en esto. No hay ningún nuevo líder en este continente que pueda mantener una posición tan progresista, tan antiimperialista y tan de avanzada como tú. Esto te dará aún más fama mundial, Hugo. Tu figura y tu mensaje revolucionario le debe llegar al mundo entero, no sólo a Latinoamérica. Tu alianza con Irán te va a hacer un líder mundial. ¡Hazme caso!

Y Hugo le hizo caso.

Así, cada vez que en los foros internacionales el bloque de naciones que adversan a Israel adopta un punto de vista o una posición crítica con ese país, saben que cuentan con el apoyo automático y entusiasta de los representantes del gobierno de Venezuela.

El presidente venezolano ha ido más allá de las declaraciones: en dos oportunidades ha expulsado de su país al embajador de Israel. En otra ocasión, en su programa *Aló, presidente* comenzó a hablar del tema y se fue exaltando hasta que con gran emoción y sentimiento comenzó a gritar frente a las cámaras:

—Quiero decirles desde el fondo de mi corazón, desde lo más profundo de mis vísceras: ¡maldito Estado de Israel! Y lo repito: ¡maldito Estado de Israel!, ¡terrorista y asesino!

Los israelíes también han tomado nota de las marcadas simpatías de Hugo hacia líderes como Saddam Hussein y Muamar el Gadafi. Los diplomáticos cubanos han persuadido asimismo a sus colegas venezolanos de que deben ayudar a Irán a evadir las sanciones impuestas por una coalición mundial de países que le exigen a Teherán que abandone su programa nuclear, el cual temen que sirva para la producción de armas.

El presidente iraní, Mahmud Ahmadineyad, ha visitado Caracas en varias ocasiones y Hugo le ha correspondido la visita, yendo a Teherán repetidas veces. Ahmadineyad y Chávez simpatizan y han desarrollado una calurosa amistad.

Pero al Mossad no le preocupan tanto las declaraciones diplomáticas, las frecuentes visitas de Estado de Hugo a los tiranos de Oriente Próximo y las denuncias en los foros internacionales. Le importan los hechos. Y los hechos preocupantes son la causa de esta reunión. El joven tatuado les hace a sus colegas una presentación que no deja dudas que, con el apoyo del gobierno y de las fuerzas armadas de Venezuela, Irán está estableciendo en ese país un importante centro de operaciones de Hezbolá. Esta organización paramilitar controlada por Irán es responsable de numerosos actos terroristas principalmente en Oriente Próximo, pero también en otras partes. Uno de los más notorios fue el ataque con un carro bomba a un club social de la comunidad judía de Buenos Aires en el cual murieron ochenta y cinco personas y más de trescientas resultaron heridas.

Los israelíes saben que Teherán está buscando, como sea, aliviar el aislamiento económico y político que le han causado las sanciones internacionales y que necesita encontrar aliados donde los encuentre, aun en sus antípodas. Y los líderes en Teherán han decidido que en América Latina tendrán buenas oportunidades de hacerlo gracias al apoyo de Cuba y, muy especialmente, de Venezuela.

Este apoyo toma diferentes formas: debe permitir el establecimiento de una base de operaciones financieras y comerciales que ayude a Irán a evadir el cerco de las sanciones, y utilizar a esos países amigos como trampolín desde el cual sus agentes podrían atacar a Estados Unidos en caso de ser necesario. Otro de los agentes del Mossad que participa en la reunión en Tel Aviv muestra un video. Allí se ve a varios activistas de Hezbolá, muy conocidos por los israelíes, viviendo en elegantes apartamentos de Caracas y otras ciudades venezolanas. El grupo también observa en otro video a varios líderes de Hezbolá en los chequeos de inmigración de distintos países de Europa utilizando auténticos pasaportes diplomáticos venezolanos.

Otro de los analistas quiere presentar aún más pruebas, pero la directora lo corta.

—Está bien, está bien, ya entendí el mensaje. Debemos dedicarle más recursos a Venezuela. Ya me convencieron. Y ya sé cuál es el resto de la evidencia que me quieren mostrar. No hace falta. La conozco. Más bien hablemos ahora de lo que vamos a hacer.

—De acuerdo, Ruth, sólo que antes de decidir qué vamos a hacer sería bueno que David nos muestre lo que tiene —dice uno de los asistentes.

—Sí, tienes razón. David, dinos algo. —La directora se dirige al doctor David Katz, uno de los hombres de mayor edad—. ¿Cuál es el reporte psicológico?

El psicólogo recapitula la carrera del presidente venezolano, desde el primer fallido golpe militar contra el entonces presidente Pérez hasta el presente. Según Katz, el perfil psicológico de Hugo Chávez define un caso extremo de «trastorno de personalidad narcisista».

Según explica Katz, al presidente venezolano lo aquejan un falso sentido de superioridad, la idea de ser único, excepcional y tener derechos que otros no tienen, recurrentes delirios de grandeza, una gran necesidad de ser admirado que coexiste con sentimientos de minusvalía, menosprecio a sí mismo y ocasionales ataques de derrotismo y fracaso. Exhibe una hipersensibilidad a la crítica que puede llevarlo a explosivas reacciones de agresiva destructividad contra sus seres más cercanos y contra él mismo.

Del seguimiento que la agencia le ha hecho hasta ahora se desprende, además, su extrema promiscuidad sexual, lo que es normal en personas que buscan así compensar su inseguridad y la constante sensación de que no son queridos. Que su madre lo escogiese a él para mandarlo a vivir a casa de su abuela cuando era un niño pequeño, separándolo de sus hermanos, dejó cicatrices psicológicas obvias. Y es igualmente obvio que de joven, y también como adulto, le debieron de haber sucedido cosas que le han producido un enorme resentimiento. Además, su necesidad de sentirse superior a los demás le da el derecho de ser un transgresor. No siente obligación alguna de respetar leyes, reglas, costumbres o compromisos.

Los rostros de los asistentes a la reunión se tensan. Es el momento de tomar decisiones; la situación es crítica. La directora la resume: la presencia de Hezbolá en Venezuela, la afinidad de Chávez con enemigos históricos de Israel, su clara postura antiisraelí, la solidaridad venezolana con la organización islámica palestina Hamás, las ruidosas rupturas diplomáticas con Israel, la llegada de «estudiantes de medicina» palestinos a Venezuela para ser entrenados por militares cubanos, todo eso justifica establecer una operación permanente del Mossad en Caracas. Los otros participantes de la reunión, incluido el joven tatuado que levanta la vista de su computadora, están de acuerdo.

La secretísima planificación de los siguientes días arroja una estrategia y la selección del espía encargado de ejecutarla en el terreno: Uri Abarbanel, uno de los más respetados agentes de la organización. Abarbanel asumirá la identidad de Günther Müller, un banquero suizo. Se instalará con un equipo de competentes y atractivas asesoras financieras en Caracas que, por supuesto, también son experimentadas agentes del Mossad. Su verdadera misión, obviamente, no será atraer clientes boliburgueses y pilotar sus fortunas, sino infiltrar y contrarrestar la expansión de Hezbolá y otras organizaciones iraníes en América Latina. Entretanto, deberán averiguar todo lo posible sobre los aliados de Irán en el gobierno venezolano y sus allegados.

Pocas semanas después de la reunión, el falso equipo financiero de Müller se radica en Caracas, y es así como una tercera figura del espionaje internacional comienza a merodear por el país que Hugo preside.

Bajo las órdenes de Müller, la argentina Camila Cerruti y la colombiana Ángela Paz, cuyas verdaderas identidades no son ésas, comienzan a desplegar encantadoras redes que hechizan a los boliburgueses. La belleza, simpatía e inteligencia de estas dos mujeres, sumadas al carisma de Müller, las ganancias que promete y las excelentes referencias que tiene, rápidamente comienzan a generar nuevos clientes y nuevos negocios para el banco.

Para su sorpresa, uno de sus primeros clientes, que Müller ni siquiera buscó sino que le llegó referido por otro cliente, es un hombre de mediana edad que se presentó como un «venezolano de origen persa» cuyo negocio es promover el comercio entre Irán y Venezuela. Müller le abrió una cuenta y muy pronto descubrió que su nuevo cliente no tenía nada de venezolano, que trabajaba para el gobierno de Irán y que los fondos que depositaba en su cuenta secreta en el banco suizo eran producto de la más burda corrupción.

Con el apoyo del gobierno, este hombre logra contratos multimillonarios con empresas del Estado venezolano a las cuales les vende «maquinarias y equipos» importados de Irán. En realidad, las «maquinarias» son usadas y algunas, prácticamente inservibles. Pero los venezolanos pagan montos enormes por ellas, como si fuesen nuevas. Y, además, el dinero de esas ventas no llega completo a Teherán, ya que más de la mitad es desviado a la cuenta personal y muy secreta del nuevo cliente de Günther Müller.

Todo eso y mucho más lo averiguó Müller gracias a su más potente arma secreta, Frank Stanley. Si los agentes secretos del G2 cubano se jactan de tener en su equipo a los mejores profesionales en informática, su convicción y orgullo se desmoronarían al conocer el genio del sudafricano Frank Stanley, un experto en tecnología de información y encriptación de datos.

Stanley ha trabajado por años con el Mossad y ahora ha llegado a Venezuela para asistir a Müller. Su papel es vital puesto que la seguridad en la información es uno de los cebos más apetecidos por los boliburgueses, urgidos de ocultar sus ilícitas ganancias, la identidad de sus socios y sus trampas y trucos financieros.

Pero Frank está en realidad a cargo de las pesquisas que requieran de tecnología punta en materia de escucha, seguimiento e identificación de objetivos y reconocimiento facial a larga distancia. Para hacerlo, utiliza los más sofisticados métodos de antropometría computarizada con las más avanzadas tecnologías de búsqueda y de manejo de gigantescas bases de datos. Su genio consiste en descubrir todo de una persona muy rápidamente, a veces en cuestión de minutos. Le basta tomarle una foto a su *presa* con sus poderosos teleobjetivos y enviarla a una base de datos que inmediatamente devuelve un dossier con toda la información pública, y secreta, de la persona fotografiada.

Pocos meses después, en una nueva reunión secreta en algún lugar de Europa, Uri Abarbanel, es decir, Müller, comparte con sus jefes algunos de sus descubrimientos en Venezuela. Todos quedan asombrados. La presencia de Irán y de grupos terroristas islamistas va mucho más allá de lo que ellos sospechaban. Y la colaboración entre los gobernantes de Teherán y Caracas es intensa y diversa.

—Esto lo tenemos que acabar... pronto y como sea —murmura uno de los jefes de Abarbanel dirigiéndose al espía. Pero en realidad está hablándose a sí mismo.

—Haz lo que tengas que hacer. Pídenos lo que necesites.

La fiesta inolvidable

Eva López sabe que se está equivocando. Ha decidido cometer el error de aceptar la invitación de Mauricio Bosco y lo va a acompañar a lo que él llama «la superfiesta». Es un error porque siente que traiciona a Mónica, aunque ella lleve ya varios meses lejos de Venezuela. Aunque casi no hablan, y sólo se comunican a través de los brevísimos correos electrónicos en los que su amiga le cuenta que ha pasado por un duelo difícil, luego que se va sintiendo mejor y, finalmente, que empieza a sentir fuerzas para volver al ruedo periodístico, que seguramente acepte un puesto como productora de CNN en Atlanta.

Aunque no haya absolutamente nada entre ella y Mauricio, Eva siente, además, que traiciona a Hatch, pero ¿no es acaso ilógico eso? ¿Traicionar a quien durante tantos años no ha sido capaz de dejar a su esposa, a quien, él sí, sigue traicionando?

Lo que pasa, lamentablemente, no puede ponerlo en palabras. Por algo se siente imantada a Mauricio, algo que podría intentar aclarar si tan sólo aplicara sus destrezas de espía. Pero lo evita. No ha querido indagar en la ficha técnica del hombre que la recoge en Ébano para llevarla a la fiesta. Para qué saber quién es él y para qué soñar con que lo que siente derive en amor. Ya se ha doblegado a la idea de que el amor no existe, así como ella, Eva, no existe. Ella, su historia, su realidad y su futuro son ficciones transitorias impuestas por su trabajo. Son mentiras.

Por extrañas razones psicológicas que la propia Eva no termina de entender, quiere reservarse a Mauricio para ella sola. No investigarlo implica no querer compartirlo con nadie, mucho menos con sus colegas, los espías de Langley, quienes insistirían en averiguar todo sobre el hombre.

¿Desde cuándo se siente atraída por él? ¿Desde la primera vez que se vieron y hablaron en el restaurante mientras esperaban a Mónica? ¿Desde que Mónica le hablaba de él, incluso antes de presentarlos? Quizá se trate sólo de una fantasía, una intensa e íntima necesidad de tener un espacio «protegido» en el cual pueda florecer una relación con un hombre que esté al margen de su vida profesional, un espacio en donde poder disfrutar de emociones sin ser interferidas por la desconfianza, intereses materiales o secretos motivos ulteriores. Eva sólo quiere amar a alguien en libertad. Quiere algo tan simple, indispensable e imposible como eso.

Es por eso que después de dudarlo, de pensarlo y repensarlo, aceptó ir con él a la fiesta inolvidable. Fantaseó con dormir abrazada a él. Serena. Sin las pesadillas que regularmente la visitan. Sólo le pidió que se vieran en Ébano. Le inventó un compromiso previo con dos empleados; algo inaplazable. Y allá llegó él, a la hora en punto, con un elegantísimo traje, una sonrisa demoledora.

—Ni me dijiste quiénes se casan... —dice Eva.

—La hija de Augusto Clementi, un cliente nuestro —responde Iván sin repetir que se trata de un amigo.

Eva escarba en su mente y encuentra el nombre. Es el oscuro subcontratista que ayudó a Hugo a romper la huelga petrolera y que ahora debe de ser uno de los hombres más ricos del país.

Algo había averiguado Eva, de todos modos; que la fiesta estaba siendo organizada por Jessica, una despierta y vivaracha mujer de treinta y cinco años asidua a las clases de pilates de Ébano y, además, amiga suya; informante, más bien. La cercanía entre ambas obedecía, como de costumbre, a la estrategia de Eva. En algún punto le sería útil saber que la agencia de festejos de Jessica complace los más delirantes caprichos de sus clientes y se especializa en los nuevos ricos. Los bolivarianos burgueses, los boliburgueses, tienen un apetito insaciable de presumir su éxito económico y ostentar sus nuevas riquezas. Y no les falta el dinero para hacerlo. Jessica, inteligentemente, les ha vendido la idea de que todas las fiestas terminan siendo iguales por más que se gaste mucho dinero en ellas. Su negocio ha consistido en repetir que el dinero gastado en una fiesta «normal» es dinero botado, puesto que los invitados rápidamente se olvidan de ellas y a la semana siguiente van a otra más o menos igual, y así sucesivamente. Y sólo Jessica tiene el antídoto para la ineficacia social de estas fiestas.

—Hay que diferenciar el producto, el mensaje. Hay que darle una *marca* a la fiesta. La única manera de hacer que la gente recuerde una fiesta es darle un tema que la haga inolvidable.

De este modo, Jessica ha puesto de moda entre ellos las grandes fiestas temáticas: fiestas trogloditas, fiestas de la era victoriana, fiestas con personajes de *El señor de los anillos*, fiestas roqueras, fiestas de la realeza francesa ambientadas en salones decorados como los del Palacio de Versalles, etcétera.

Es común que una de estas «superfiestas temáticas» cueste más de un millón de dólares. Para la boda de la hija de Clementi, quien se casa con el vástago de una familia aristócrata española venida a menos, Jessica ha propuesto como tema la corte de Isabel la Católica y el descubrimiento de América, idea que ha encantado a los anfitriones. La comida ha sido traída de España y se ha construido una réplica a escala más pequeña de la *Santa María*, la carabela en la que viajó Colón. Actores, también traídos de España, interpretan a los reyes, a Colón y a otros personajes de la época. Todos los meseros están vestidos a la moda de la corte española de 1500 y a los invitados se les ha sugerido que hagan lo mismo.

Hasta ahora, gracias a lo que sucede en estos imperdibles eventos, Eva ha logrado información valiosa sobre los movimientos de varios funcionarios del gobierno, quienes de la noche a la mañana se pueden permitir gastar millones de dólares en una fiesta para impresionar a otros tan corruptos como ellos. Sin embargo, por seguridad personal y quizá también porque la oportunidad no se había dibujado tan claramente, Eva ha asistido a las fiestas sólo a través de los informes secretos y los videos que llegan a su escritorio. Para ella resulta un acontecimiento y una oportunidad única el poder asistir en persona.

Mauricio y Eva llegan, pues, como *amigos victorianos*, a una mansión en la urbanización más exclusiva de Caracas. Eva lleva un bello traje rojo que de manera elegante y sutil enfatiza un cuerpo perfecto esculpido por yoga y pilates. El escote, discreto pero insinuante, revela su bella piel color canela. Luce radiante. Mauricio, el galán que siempre ha sido, atrae la mirada de las mujeres. Ninguno de los dos ha aceptado la invitación de los anfitriones de vestirse a la usanza de la corte española. En todo caso es obvio que juntos hacen una pareja imposible de ignorar.

Al momento de entrar, entre tan distinguidos invitados, Eva reconoce varios rostros cuyos prontuarios ha estudiado con anterioridad: Augusto Clementi, Willy García y el general Gonzalo Girón. Nota cómo altos funcionarios de la revolución se mezclan socialmente con los nuevos millonarios que prosperan gracias a las últimas medidas económicas —y a pesar de ellas— que ha tomado el presidente Chávez.

La pareja se abre paso entre los presentes para alcanzar una copa del champán más caro del mundo. Hay cientos de botellas generosamente ofrecidas por decenas de mesoneros. Eva se siente incómoda pero sabe impostar una sonrisa para disimular el vértigo. Toma del brazo a Mauricio y actúa por unos minutos como su... ¿mujer? Siente que los hombres la observan. Es mejor que crean que son más que amigos. A la inquietud de los primeros minutos la alivia el súbito encuentro con alguien a quien conoce, Jessica.

—¡Qué sorpresa, Eva, verte aquí! —le dice cuando se acerca a saludar. Eva respira la emoción de encontrar a alguien conocido y con quien, además, puede compartir una conversación ligera—. Me alegra que por fin te hayas dignado a venir a una de mis fiestas —le dice guiñándole un ojo—. Terminamos esta copa de champán y te invito a un tour especial por la *Santa María*. ¡También te quiero presentar al almirante Colón, o, mejor dicho, al actor que hace de Cristóbal Colón!

Eva se ríe y, divertida, le pide que le cuente chismes sobre los invitados y le dé detalles sobre los excesos de la fiesta. ¿Cuántos aviones chárter vinieron desde España? ¿Y de Cuba? ¿Quién es ese señor que parece iraní? ¿Y el jeque que está en la esquina?

Mientras Eva levanta su inventario visual interrogando sutilmente a Jessica, Mauricio se aleja unos pasos para saludar a otro invitado. Cuando se despide y está por volver adonde Eva y Jessica, se encuentra de frente con alguien cuya presencia le congela la sangre.

—¡Iván Rincón en Caracas! —exclama una mujer pelirroja encendida de alegría. Mauricio entra en pánico al oír que alguien lo llama por su verdadero nombre. Es Chloe, la bellísima activista holandesa con quien estuvo haciendo el amor en La Habana cuando su jefe lo llamó para avisarle que había un golpe militar en Venezuela.

Ahora, años después, Chloe está en Venezuela para ver de cerca y apoyar el «experimento revolucionario» de Hugo Chávez. Nunca se imaginó que allí se encontraría con Iván, el hombre a quien todos estos años ha buscado inútilmente en Cuba y a quien no puede olvidar.

Iván se siente perdido. No sabe qué hacer ni cómo reaccionar. Por un segundo cree que Eva ha oído a Chloe, pero al parecer no ha sido así: sigue muy entretenida conversando con Jessica; están a varios metros del inesperado encuentro y la música está a todo volumen.

Después de la sorpresa inicial que lo congeló, Iván reacciona, despliega toda su simpatía y usa la picardía para salvar la situación. Queda en verse *pronto* con ella. Le pide la dirección de su hotel y el número de cuarto. Chloe responde diciéndole:

—Voy a hacer algo mejor que eso. —Abre su pequeña cartera roja, saca una llave y se la entrega a Iván mientras le da un beso y le susurra al oído—: Es la llave de mi habitación, 417. Estoy en el hotel Tamanaco. Te estaré esperando.

Chloe se despide con un guiño y una sonrisa cómplice. Nadie se ha dado cuenta de nada.

Iván vuelve entonces a ser Mauricio y, con gran calma, se dirige lentamente hacia el enorme jardín donde está la carabela de Colón y hacia donde caminan Eva y Jessica. Pero, en su aparente calma, aún le están temblando las rodillas y el corazón le late a un ritmo desaforado. El casual encuentro con Chloe le pudo haber costado la vida. Y todavía se la puede costar. Sabe lo que tiene que hacer, y lo debe hacer lo más pronto posible. Camina sonriendo y les da la mano a sus conocidos mientras avanza hacia el grupo en el que están Eva, Jessica, el actor que hace de almirante Colón y algunos de sus colegas españoles. Eva lo presenta y Mauricio entabla una cordial conversación con el grupo. Al rato, toma de la mano a Eva y la invita a caminar alrededor del gran parque transformado en lujoso salón de festejos para admirar los excesos de la superfiesta. Se sientan en un lugar apartado, champán en mano, y hablan por minutos de nimiedades. Sus ojos se dicen que se gustan. Eva no logra ocultar su emoción y él recuerda lo que es sentir amor.

—Yo sé que no me lo vas a creer, mi querida Eva, pero aquí está pasando algo.

—¿Algo como qué?

—No me hagas esto más difícil, Eva. Lo que está pasando entre nosotros no se analiza, ni se describe, ni se habla. Se siente.

—¿Y tú qué sientes?

—Ganas de besarte.

—Qué raro, yo también —dice Eva. Al tiempo que lo mira, se sonríe, se levanta y comienza a caminar hacia la música.

Él la sigue. Muy confundido, pero también muy esperanzado.

Una sentencia

Frank Stanley ha sobornado al fotógrafo y al productor del video de la boda y ha logrado entrar a la fiesta como parte del equipo de videó- grafos. En su estudio tiene ahora imágenes y grabaciones de todos los invitados. Allí están muchas figuras de la clientela que los agentes israelíes ya han identificado como «personas de interés»: el propio Clementi, el general Girón y casi todos los ministros de la cúpula gubernamental, incluido Willy García.

El sudafricano coteja cada una de las imágenes con la formidable base de datos del Mossad. Le llaman la atención las fotos de un hom- bre muy apuesto que parece conocer a muchos de los asistentes y que acompaña a la mujer que conversa por unos momentos con Jessica, la organizadora de la fiesta.

Al procesar las imágenes concluye que las características faciales del desconocido coinciden con las de uno de los principales espías del G2 cubano. En el Mossad no saben su verdadero nombre, pero lo re- conocen en imágenes que han aparecido en las más variadas operaciones de la agencia cubana alrededor del mundo: Argentina, Angola, Pa- raguay, Centroamérica, España, Colombia, Canadá, Reino Unido, Alemania y otras.

Frank informa del hallazgo a Günther Müller y, averiguando más, se enteran de que el hasta ahora desconocido galán se hace llamar Mauricio Bosco y actúa en Venezuela como un próspero mayorista de ropa y accesorios de lujo; es el dueño de la cadena de tiendas Élite. Günther Müller decide seguirlo, «marcarlo» de cerca y descubrir tan- to como puedan sobre él, su vida y, en particular, sus actividades de espionaje en Venezuela.

Pero ¿quién es la bella mujer que lo acompaña? La prodigiosa base de datos del Mossad, consultada por Frank, no la reconoce. Esa bella mujer no existe.

Después de un buen tiempo, las investigaciones del equipo del Mossad en Caracas revelan que Eva es mexicana y que es la dueña de Ébano, el conocido centro de belleza integral. Pero, cuando tratan de ir más a fondo, encuentran una historia personal tan normal y aséptica que, en vez de calmar su apetito por saber más de ella, lo estimula. En el mundo del espionaje, no encontrar nada interesante en el pasado de una persona espolea aún más el esfuerzo por encon- trar un secreto, una sorpresa, algo. Y el lema en la profesión es que cuando no se encuentra nada sorprendente o comprometedor en el pasado de alguien es porque, probablemente, la normalidad oculta algo muy grande.

—No puede ser que la pareja de uno de los más famosos agentes del G2 sea una mexicana con un pasado en el que no hay nada interesante —le dice muy frustrado Günther a Frank.

—¿Por qué no les pedimos ayuda a nuestros amigos de Langley? —responde el técnico.

—Sí, tienes razón. Pero lo voy a hacer informalmente. Llamaré a mi amigo Watson a ver qué me puede decir. Sé que me va a ayudar, ya que me debe varios favores. Lo hemos ayudado mucho y nos conocemos hace tiempo.

Sentado en su oficina de la CIA, Oliver Watson no puede creer lo que aparece en la pantalla de su computador. Su viejo amigo del Mossad, Uri Abarbanel, le pide el favor de ayudarlo a obtener toda la información posible sobre una mujer en Caracas que les interesa mucho. Le mandará una foto encriptada en pocos minutos. La imagen que va apareciendo en la pantalla le hace estallar el corazón. Oliver Watson siente una explosión de sorpresa y sobresalto que rápidamente se convierte en incontenible pánico. Las punzadas en el estómago casi lo obligan a levantarse de la silla. Suda frío. Es una foto de «su» Cristina Garza haciéndose pasar por Eva López en una fiesta de la élite que manda en Caracas.

Hasta allí no hay nada de especial. Ése es su trabajo. Lo que produce el pánico de Watson es que la ve agarrada de la mano de un agente del G2 que él no sabía que estaba en Venezuela. Y Eva, o más precisamente «su» Cristina, no le ha dicho nada. Revisa más fotos y un corto video que le ha enviado Abarbanel y que muestran que entre ese hombre y esa mujer hay una relación especial. Las miradas que se intercambian revelan mucha atracción, quizá hasta una sincera intimidad.

La conclusión es tan impactante como inevitable: «su» Cristina es una agente doble y está trabajando para los cubanos. Las prácticas y reglas normales de su profesión ordenan que cualquier contacto romántico, y especialmente si es con alguien de otro servicio secreto, debe ser reportado, justificado y aprobado. Que Eva no haya reportado esta relación a Langley es inaceptable y muy sospechoso. No informar de algo tan importante sólo puede ser explicado por el hecho de que Eva está tratando a Watson y a sus colegas como adversarios.

Con el alma transformada en un laberinto de rabia, pánico y profunda tristeza, Watson le responde escuetamente a su amigo del Mossad que la CIA tampoco reconoce a esa mujer. Les miente a los israelíes. Pero no puede hacer lo mismo en su oficina, no tiene más remedio que dar la alarma a sus superiores. En respuesta recibe la gélida censura de sus jefes pues, al igual que él, inmediatamente llegan a la conclusión de que la jefa de la estación de la CIA en Venezuela ha sido captada por el G2 cubano y actúa, ¡quién sabe desde cuándo!, como agente doble. Es por eso que ha tenido tantos fracasos y no ha podido progresar en la misión que se le ha encomendado.

En Langley hay estupor y alarma. Resulta incómodo y hasta incoherente recibir la información de que Eva es amante del jefe del G2, exactamente la misma persona que ella tiene órdenes de «neutralizar».

La CIA decide no poner sobre aviso a Eva y toma las precauciones del caso. A partir de este momento juzgan todos los informes de Eva como «comprometidos», no confiables. Los manuales de la agencia recomiendan que en un caso como éste se debe tratar de usar al agente doble para hacerle llegar información falsa o errada al enemigo tratando de hacer que caiga en trampas que puedan convertir la derrota en una victoria. Los manuales no lo dicen explícitamente, pero eliminar al agente doble una vez que haya sido usado para dañar al enemigo también forma parte del repertorio de prácticas recomendadas.

Así, el descubrimiento de que Eva los ha traicionado no la afecta por ahora en nada. Sus jefes se ocupan de que no detecte cambio alguno en su situación o en su relación con colegas y superiores. Para ella todo está normal, no hay nada nuevo. Para la CIA todo es nuevo. Contener el daño que pueda haber hecho Eva al revelar a los cubanos las fuentes, métodos y tecnologías más secretos de la CIA es una prioridad máxima.

Watson sabe que su carrera se ha acabado. También sabe que los días de Cristina Garza, alias Eva López, están contados.

Mientras tanto, en Caracas, lo que ha cambiado para Eva es su relación con Mauricio. Hay algo fuerte entre ellos, una chispa de amor que a menudo la lleva a soñar con futuros compartidos que ella sabe que son imposibles. Pero imaginarlos es delicioso.

Eva sabe muchas cosas, pero lo que ignora es que Mauricio no es el hombre al que podría amar, sino el hombre al que debería matar. O que, si él se entera de quién es ella, pasaría instantáneamente de ser su amante a ser su asesino.

Tampoco sabe que sobre ella pende una sentencia de muerte dictada por la agencia de espionaje más poderosa del mundo.

El viaje de Chloe

Lo compró en una de las mejores boutiques de Caracas.

—Quiero lucir como las venezolanas. Nadie se viste tan seductoramente como ustedes. Quiero el traje más provocador que tengan.

La vendedora le ofreció a Chloe varios trajes, cada uno más atractivo que el otro. La holandesa se decidió por uno negro muy ajustado. Lucía despampanante.

Esa noche volvería a ver a Iván. A pesar del tiempo que ha transcurrido y de que su amante cubano desapareció de su vida en La Habana de repente y sin explicaciones, Chloe no ha logrado sacarlo de su mente. Fue una relación inolvidable y no pudo resistir la tentación de imaginar que quizá podrían reiniciarla en Caracas.

Aunque Iván nunca usó la llave de su habitación en el hotel Tamanaco para visitarla, tal como ella le había sugerido la noche en que se encontraron en la fiesta, al día siguiente él la llamó por teléfono y la invitó a cenar en su casa. Mandaría a su conductor a recogerla al hotel a las ocho de la noche.

Chloe pasó el día preparándose mental y físicamente. Hacer de nuevo el amor con Iván era un sueño frecuente. A las ocho en punto sonó el teléfono de la habitación. De la recepción le informaron que había una persona esperándola. Chloe se dio los últimos toques de maquillaje, se miró al espejo de cuerpo entero y se sintió bella.

—Es verdad —se dijo a sí misma—. Nada como vestirse a la venezolana.

Al salir del ascensor notó que en la recepción la estaba esperando un hombre elegantemente vestido que, con una sonrisa, se presentó como Luis Barrera. Le dijo que era un buen amigo de Iván, quien le pidió el favor de que pasara a recogerla para llevarla a la cena. Chloe se desilusionó al descubrir que en la cena habría otros invitados, pero la cálida simpatía de Luis rápidamente disipó su decepción. Caminaron a la puerta del hotel, donde los esperaba un gran auto azul marino con un fornido conductor de traje y corbata negros. Chloe y Luis se sentaron en la parte de atrás.

El auto tomó una autopista, salió de la ciudad y ganó velocidad. La casa de Iván quedaba más lejos de lo que ella imaginaba, pensó Chloe después de un buen rato durante el cual Luis la había entretenido con preguntas y cuentos. De hecho, los letreros de la autopista indicaban que iban en la dirección del aeropuerto internacional.

A pesar de la agradable conversación que entabló con Luis, Chloe comenzó a preocuparse, intuyendo que pasaba algo raro. El automóvil salió súbitamente de la autopista y comenzó a adentrarse en calles cada vez más oscuras y más deshabitadas. De pronto, el silencio dentro del coche se hizo total. La amabilidad de Luis da paso al mutismo y Chloe comienza a llorar en silencio, tratando de que Luis no se dé cuenta.

El automóvil cruzó a la derecha y salió de la vacía calle asfaltada para entrar a un camino de tierra aún más oscuro, sin luz ni gente. Chloe no pudo contener más el pánico y comenzó a gritar y a pegarle a Luis, quien le respondió con una cachetada. El conductor detuvo el automóvil, salió de él, abrió la puerta de atrás, sacó violentamente a Chloe y la tiró al suelo. Luis se acercó con una pequeña pero potente linterna con la que le apuntó a los ojos. Le habló en voz baja.

—Sé que estás asustada, Chloe. Y haces bien en estarlo. También sé que no sabes qué te está pasando o por qué. Y es mejor que sea así. Es mejor que no sepas lo que no sabes. Para que te hagas una idea de lo grave de tu situación, es bueno que sepas que íbamos a matarte. Pero hemos decidido no hacerlo. Tampoco te vamos a maltratar, siempre y cuando sigas exactamente las instrucciones que te voy a dar.

El maquillaje de Chloe se borró por el torrente de lágrimas.

—¿Qué quiere de mí? ¿Quiénes son ustedes? ¿Dónde está Iván? —preguntó insistentemente.

—Óyeme bien, Chloe. Iván no existe, nunca existió y tampoco existirá. Tu vida depende de que entiendas esto muy profundamente. Nunca más vas a pensar en él, no lo vas a buscar y, si por casualidad te lo encuentras, no lo vas a reconocer ni mucho menos te vas a acercar a él. Normalmente, tomaríamos la decisión de matarte para garantizar que eso sea así. Pero el propio Iván nos ha pedido que no lo hagamos. Así que gracias a él tienes la oportunidad de seguir con vida.

Chloe perdió el color en el rostro. Las manos y el cuerpo entero no paraban de temblar. Luis continuó:

—Si hablas de Iván con alguien o revelas cualquier cosa relacionada con él o con lo que está pasando esta noche, puedes estar segura de dos cosas: la primera es que, tarde o temprano, nosotros lo sabremos. La segunda, que muy pronto estarás muerta. Sabemos dónde estarás, quién es tu familia y cómo encontrarte. En cambio, si borras a Iván y todo esto de tu mente, y si no hablas de esto con nadie, no te pasará nada. ¿Me entiendes?

A la pregunta de Chloe por cuál sería su futuro esa noche, el hombre le respondió:

—En estos momentos hay un automóvil que se dirige al aeropuerto, adonde te vamos a llevar. Ese automóvil lleva todo lo que tenías en el hotel, tu ropa, tus maletas y tu pasaporte. Aquí traemos ropa más cómoda para que te cambies y no viajes con ese traje de fiesta. Te hemos reservado una plaza en el vuelo que sale dentro de tres horas a Madrid y de allí conectas a Amsterdam. Ah, y otra cosa. Nunca más debes volver a ningún país de América y, por supuesto, mucho menos a Venezuela o a Cuba. Es bueno para tu salud que entiendas esto. ¿Sí?

Chloe nunca más volvió a cruzar el océano Atlántico.

19

La vida te da sorpresas

«No es nada. Sólo estoy cansado...»

El coronel Ángel Montes fue el primero en notar que una extraña cojera aquejaba a su amigo Hugo. Mientras recorrían juntos el país haciendo campaña por el «sí», varias veces se inquietó ante la debilidad repentina de su siempre incansable compañero de infancia, de béisbol, de armas y de revolución.

—Voy a sentarme un rato nomás, sólo me duele la rodilla —le respondía Hugo cada vez que Ángel se inquietaba por su dolencia—. Nada raro, sólo la rodilla.

Pero cuando durante una gira por Brasil, Ecuador y Cuba el dolor pasa a convertirse en una extraña inflamación que lo obliga a suspender su agenda y mantener absoluto reposo, Hugo comienza a sospechar que puede tratarse de algo más. A sospechar, mas no a aceptar.

—No es nada grave —le dice sonriendo a un grupo de sus más cercanos colaboradores que lo visita—. Debe de ser que mi cuerpo está protestando por lo mucho que le he exigido desde hace tanto tiempo. Ustedes saben que yo no dejo de trabajar ni de día ni de noche. ¡Nunca! Una revolución no se hace durmiendo ni descansando, ¿no es así?

Los colaboradores ríen y deciden, creer que eso es lo que le pasa: mucho trabajo, mucho estrés y cansancio acumulado.

Pero quienes lo han acompañado de cerca todo el tiempo, como Ángel Montes, saben que hay algo más. Les ha tocado ver, en varias oportunidades, cómo inesperadamente su jefe se dobla del dolor o necesita apoyarse en ellos para no caer, y han debido cancelar citas importantes porque el presidente no está en condiciones de ver a nadie...

o de ser visto por nadie. Ángel Montes también ha sido testigo de los súbitos desfallecimientos emocionales de Hugo, que él llama estrés, pero que sabe que es en realidad depresión. Ocasionalmente, Hugo entra en lo que en su círculo llaman «el hueco negro», días enteros en los cuales no quiere ver a nadie ni hacer nada. Pasa interminables horas a solas, con las luces apagadas y fumando un cigarrillo tras otro. Con la ayuda de los médicos cubanos siempre sale del «hueco negro» y recupera rápidamente su jovialidad y energía. Pero la preocupación es que últimamente tanto los insoportables dolores como los «huecos negros» se están haciendo más frecuentes. Y prolongados.

Un día, Hugo decide recordar su pasado. Siente la necesidad de recargar sus baterías emocionales con una visita a Sabaneta, su tierra natal, el pueblo llanero donde pasó su infancia. Se trata de un viaje muy discreto y privado al que sólo le acompaña su personal de seguridad, el médico cubano y su amigo Ángel. La visita no sólo transporta a Hugo a la geografía de su infancia, sino que lo lleva a un viaje interior donde repasa en sus más lejanos recuerdos e imagina su posible futuro, el de Venezuela, el de la América toda.

Sentado con Ángel a la sombra de un gran árbol y rodeados por el infinito llano venezolano, los dos amigos conversan lentamente. Los largos silencios que interrumpen la conversación son tan importantes como las palabras que se dicen. Las pausas revelan más que las frases.

—Me queda mucho por hacer, mi querido Ángel, mucho... —dice Hugo, como si hablara más para sí mismo que para su compañero.

Ángel se queda callado por un par de minutos y dice:

—Pero no creo que lo puedas hacer si antes no te ves con un buen médico que te revise de arriba abajo a ver qué carajo tienes.

La sinceridad con la que le habla Ángel a veces lo enfurece, pero siempre lo sorprende. Su amigo, llanero como él, quizá tenga razón, pero Hugo no puede permitirse ni un segundo de dudas acerca de su destino y el de su patria.

—Me siento bien —dice—. Nunca mejor. No pasa nada. Vámonos ya de regreso a Caracas. Como te dije, tengo mucho que hacer...

Han pasado unas cuantas semanas desde entonces. Hugo retoma su desenfrenada agenda y viaja a La Habana. Ángel está en la comitiva presidencial. Apenas aterrizan, se dirige a una reunión con Fidel, quien lo recibe en la puerta de su casa. Fidel invita a Raúl a unirse al grupo y lo mismo hace Hugo con su compañero. En medio de la conversación, Ángel interviene y logra que Fidel le exija a su terco amigo que se someta a un riguroso examen médico.

—A ver de dónde viene ese malestar en la rodilla izquierda.

Hugo le resta importancia, dice que con los años Ángel se ha puesto más fastidioso con el tema de la salud. Fidel, en cambio, centra toda la atención en el tema y ametralla a Hugo con preguntas. En adelante, Fidel se convierte en su consejero médico. Es él quien está al tanto de los procedimientos y resultados de las exhaustivas pruebas diagnósticas que le hacen a Hugo en el mejor y más secreto hospital de La Habana, en donde sólo se tratan Fidel y los más altos jerarcas del régimen y sus familiares.

Una vez que recibe el informe de los médicos, y aun antes de que el mismo paciente lo conozca, el patriarca cubano convoca a una reunión de urgencia a su alto mando de consejeros, entre ellos Raúl, su hermano, y Raimundo Gálvez. En un secreto ambiente de confabulación, Fidel les comparte la posibilidad de que Chávez sea víctima de una grave enfermedad.

—Hay que prepararse para un posible escenario adverso y asegurar la continuidad de la relación especial entre Cuba y Venezuela en el caso de que Hugo desaparezca en el futuro cercano. No nos podemos dar el lujo de no tener un gobierno muy amigo nuestro en Caracas.

A la espera de los resultados, Hugo responde al empeño de Fidel ocupando su tiempo y su mente en actualizar y crear nuevos acuerdos conjuntos, nuevas iniciativas revolucionarias que favorezcan a los dos países. Según la agenda presidencial, Hugo ya debería partir a otra importante gira internacional. Las reuniones con Vladímir Putin y el presidente de China ya están confirmadas. Pero no serán posibles. La gira es aplazada porque la dolencia se manifiesta de nuevo de una manera aún más dolorosa. El tratamiento debe seguir y quizá hasta intensificarse.

—No paro de pensar en el futuro de nuestra revolución —le dice una tarde a Ángel, con los ojos clavados en el mar que se ve desde su balcón en La Habana.

De pronto se entrega a una ensoñación del país ideal, una verdadera estampa de libro ilustrado: rostros felices, servicios públicos eficientes y gratuitos, la vejez protegida, la niñez cuidada, abundancia y felicidad, todo teñido de rojo en las vestimentas, en las imágenes gigantes que cuelgan de los edificios y muestran a un presidente de treinta metros de alto rodeado de niños de todas las razas que lo adoran.

Del ensueño comunista que Hugo tiene viene a sacarlo su maestro. El mismo Fidel Castro en persona, el mismo del Cuartel Moncada, el mismo del *Granma* y de la Sierra Maestra; el gigante de siempre llega a anunciarle la dura noticia. Ángel entiende que debe dejarlos hablar en privado. Cierra la puerta y no oye ni la primera frase.

—Sufres de un cáncer sumamente agresivo.

Incrédulo, Hugo se sume en la fase de negación que, casi invariablemente, atraviesa todo aquel que recibe una noticia de tan infausta magnitud. Sin hablarlo siquiera con su familia, se resiste a creer por varios días que todos esos planes para el futuro se desaparezcan de su vida porque él ya no estará allí. Mientras Fidel le recomienda que se someta a una intervención urgente, Hugo se derrumba y llora sin consuelo, en presencia de su maestro.

—Cometí un error fundamental. Me ocupé tanto de nuestro proyecto que descuidé mi salud. Yo tengo la culpa. —Entre sollozos de rabia, desolación e impotencia se pregunta—: ¿Qué va a pasar con *mi* revolución? —Y vuelve entonces al depresivo mutismo. Poco a poco se recompone, y en una emotiva escena le expresa a Fidel—: Estoy listo para morir. Pero morir *matando*.

Un paciente vulnerable

Fidel aprovecha una nueva oportunidad para influir en el ánimo y el destino de su amigo enfermo. Mientras están cenando los dos a solas, frente a deliciosos manjares caribeños que a Hugo no le apetece probar, Fidel le habla con el tono que usa cuando quiere sonar trascendente.

—Nunca es más vulnerable un líder revolucionario que cuando yace anestesiado en una cama de hospital. —Hace una pausa, espera a que el interlocutor digiera esas palabras y continúa mirándolo fijamente a los ojos—: Lo que te puede matar no es el cáncer, Hugo, sino tus enemigos y sus agentes dentro del hospital. Sabes que para un líder mundial como tú no es difícil conseguir un buen médico; eso se resuelve fácilmente. Lo difícil es conseguir un buen hospital. —Fidel alza la voz para que quede clara su sincera preocupación, y prosigue—: En tu caso, Hugo, un buen hospital no es sólo el que tiene los mejores médicos. Un buen hospital es el que te pueda garantizar la máxima seguridad. ¡Que se les haga imposible a quienes quieren hacerte daño llegar hasta tu lecho de enfermo!

Hugo, ya por demás aterrorizado ante la idea de un monstruo cancerígeno que está consumiéndolo por dentro, dibuja en su mente la imagen de una enfermera «pasada al enemigo» que mientras él duerme altera las medicinas intravenosas, manipula los aparatos a los que está conectado por tubos, envenena su comida o encuentra cualquier otra forma de asesinarlo. Mira atento y con infinita tristeza a su maestro cubano, con los ojos muy abiertos, sin poder esconder su miedo. Fidel entiende lo que le dice el rostro de Hugo y avanza:

—Esa seguridad te la puedo garantizar yo si aceptas tratarte en La Habana. Aquí tenemos los mejores médicos, y si no los tenemos los traemos de donde sea. Pero, sobre todo, aquí tendrás la mejor seguridad. ¡Sólo con nosotros estarás completamente seguro! ¡No lo dudes, Hugo!

«Qué tranquilidad —piensa el paciente. Una vez más Fidel, su padre político, su mentor, cuidará de él como si fuese su hijo—. Fidel no permitirá que nada me pase.» No tiene otra alternativa: operarse en La Habana es su única opción segura.

Como la noticia de la enfermedad puede desencadenar prematuras pugnas por quién lo sucederá entre las distintas facciones que lo apoyan, o provocar una agresiva reacción de la oposición, maestro y discípulo evalúan las perspectivas y las acciones que seguir. Deciden imponer, en lo inmediato, un impenetrable secreto de Estado. Nadie puede saber qué tipo de cáncer tiene Hugo, qué órganos se han visto afectados, qué operaciones quirúrgicas se realizarán y qué resultados se obtienen. Fidel aconseja, con filosófica persuasión, preocuparse por vivir un día a la vez.

Pero muy pronto el impacto físico de la enfermedad resulta imposible de ocultar y es inevitable hacer un primer anuncio público. La terrible noticia es mucho más grave de lo que hasta ahora había pensado; de hecho, podría ser fatal. Hugo regresa a Caracas e informa al país, por televisión, parte de lo que ha pasado en los últimos días. Sin embargo, evita revelar cuán grave es el pronóstico y muestra optimismo y gran presencia de ánimo ante las cámaras.

—Muy pronto volveré a Cuba a someterme a una operación. Voy de la mano con Cristo —dice con fuerza en la voz.

Tal como previó Fidel, con el anuncio de la enfermedad los sectores más importantes del gobierno, militares y civiles, se preparan para un escenario «sin Chávez». A la espera del resultado de la intervención, los rivales que lo apoyan se limitan a vigilarse mutuamente e impedir que otros obtengan ventajas en la inevitable lucha por quién será el sucesor de Hugo. La debilitada oposición también se reúne. El anuncio del presidente puede ser para ellos una luz de esperanza.

Los países latinoamericanos amigos y aliados de Chávez reaccionan a la noticia con preocupada solidaridad. Los presidentes de Nicaragua, Bolivia y Argentina manifiestan oficialmente su consternación, sus buenos deseos y su apoyo a la revolución venezolana.

Por su parte, el presidente de Brasil, Lula da Silva, le ofrece a su homólogo un moderno hospital en São Paulo dotado con tecnología punta y médicos oncólogos de prestigio mundial. Muchos dentro de su entorno le insisten a Hugo con vehemencia en que acepte y aumente sus posibilidades de vencer con éxito la enfermedad, haciéndose tratar, además, en un país amigo. Pero lo que produce tal ofrecimiento es un desfallecimiento en la moral del enfermo; lo asaltan dudas, quiere vivir y Brasil ofrece una gran opción desde el punto de vista de los avances médicos, pero no se le quita de la mente el crudo diálogo que mantuvo con Fidel.

Al fin, sin entender su decisión ni atreverse a confrontarlo, sus colaboradores más cercanos lo oyen hablar con Lula da Silva:

—Gracias, Lula, pero prefiero tratarme en La Habana.

Luego pide que lo dejen solo. En privado, con el insoportable dolor en la rodilla que le ha ido subiendo hasta llegar a la ingle, y lleno de demoledores presagios, Hugo siente que está cayendo en el más negro de todos los agujeros.

Con él o sin él

Están en un hotel en las afueras de la gran ciudad. El elegante y moderno cuarto tiene una ancha cama en la que yacen sudados y con las piernas entrelazadas. Frente a ellos un ventanal con vista panorámica de las montañas que rodean al valle de Caracas. Los amantes están totalmente absortos. No el uno en el otro ni en la belleza de las montañas. Ven la televisión.

—Y pronto volveré a Cuba a someterme a una operación. Voy de la mano con Cristo —les dice al mundo y a su pueblo un muy sereno y serio presidente Chávez.

Mauricio se sorprende. Ni a él le habían llegado noticias de la salud de Hugo. Eva no puede ocultar el impacto que para ella tiene esta noticia.

—¿Crees que es grave? —le pregunta a su ahora... ¿novio?, ¿amante?

—Nada. Este tipo es una roca —responde él.

Eva trata de concentrarse en la televisión, pero no puede. Ya ha descubierto que ignorar los impulsos que emanan de su inexplicable atracción por Mauricio es una batalla perdida. Ha decidido dejarse llevar por el viento del amor, olvidarse de Hugo y todo lo demás, y abrazar a este hombre tanto como pueda. Los constantes ramos de rosas que él le hace llegar a su estudio de yoga contribuyen a la fantasía de un amor sincero y puro a la vez que, con fe en el destino, los irá conduciendo a un final feliz. Eva sabe que esto es una fantasía imposible de hacer realidad, pero no le importa. Se zambulle en ella y la disfruta a fondo. Para hacer eso debe antes apagar las alertas que su profesión le obliga a tener siempre encendidas. Mauricio es una vacación que Eva siente que necesita y merece.

Hay una cierta sencillez y despreocupación en la personalidad de este hombre que a Eva le resultan muy atractivas. Para ella, lo poco que él le da es más que suficiente. Ansía tener una relación sencilla, sin problemas ni sospechas. Su trabajo consume todas sus ganas de andar buscando motivos ocultos, de desconfiar y de no creer en lo que le dicen los demás. Mauricio es todo eso. Y una relación sexual experta, cómoda como la que nunca antes ha disfrutado.

A veces, sin embargo, se preocupa. Especialmente, cuando la mirada de Mauricio se endurece de una manera que la sobresalta. No sabe cómo leerla. ¿Qué estará pensando él en esos momentos?, se pregunta Eva. Esto no ocurre con frecuencia y él inmediatamente se da cuenta cuando ella detecta los cambios en su rostro y los borra; casi siempre acercándose para darle un beso o haciendo una broma.

Pero ni Mauricio ni Eva quieren problematizar su relación. Los dos tienen suficiente con la maraña de mentiras, traiciones y conspiraciones que tienen que crear y de las cuales todos los días y a toda hora se tienen que proteger. Ambos se refugian en el oasis de sinceridad y transparencia al cual sienten que le ha invitado el otro. Y no quieren contaminar ese oasis con el peligroso barro en el cual viven encharcados cuando no están juntos.

Tras el anuncio de la enfermedad del presidente, Mauricio es llamado de urgencia a La Habana, pero le dice a Eva que debe ir a Panamá a coordinar la entrega de una mercancía en la zona libre de Colón y hablar con los bancos. Ella le cree, con alivio. Esta noticia presidencial la obliga a mover con más audacia sus agentes infiltrados en el gobierno. Necesita obtener, como sea y urgentemente, las últimas informaciones médicas y los planes políticos que se preparan en caso de que el presidente resulte incapacitado. Eva sabe que no puede darse el lujo de que el sucesor de Hugo sea nombrado sin que ella lo sepa. Más aún, debe hacer lo posible para que ella y su gente puedan influir sobre la decisión. Ése sería el golpe de mano que restituiría su prestigio profesional y repotenciaría su carrera en Washington.

Con esto en mente pero con juguetonas sonrisas que disfrazan lo que están pensando, Eva y Mauricio se despiden con un prolongado beso. No ha pasado nada.

Mientras tanto, en La Habana...

Está pasando mucho. El epicentro de actividad es una reunión secreta del más alto nivel de gobierno convocada por el presidente Fidel Castro. Incluye a su hermano Raúl, a Gálvez y Mauricio, más un par de sus colegas del G2, así como a los más altos funcionarios responsables de la diplomacia, las fuerzas armadas y la economía.

El tema es, por supuesto, el futuro de la relación de Cuba con Venezuela cuando Hugo ya no esté.

A Fidel siempre le ha gustado repetir las cosas. Ahora, ya octogenario, ese hábito se le ha acentuado. Es así que Fidel ofrece una larga recapitulación de lo que significan los aportes de Venezuela a la isla. Todos los asistentes saben el cuento, lo han oído mil veces y ellos mismos se lo han repetido a otros. Pero todos lo escuchan embelesados, como si fuese la primera vez. Finalmente, Fidel concluye:

—En resumen, compañeros, la enfermedad y posible muerte del presidente Hugo Chávez es la principal amenaza que hoy confrontamos como nación. Tenemos que garantizar que el sucesor de Hugo nos quiera tanto como nos quiere él. Tenemos que comenzar desde ya a manejar esta transición. Tenemos la ventaja de que, por ahora, sólo nosotros sabemos el alcance de la enfermedad, y eso nos da un poco de tiempo.

Eva y sus colegas del espionaje norteamericano andan en lo mismo. Asisten a una reunión equivalente a la que se lleva a cabo en La Habana. Asisten, en persona o a través de enlaces de video, altos funcionarios de la CIA, otros del Pentágono y de los departamentos de Estado, del Tesoro, de Justicia, de Energía, de la agencia antidrogas y de varios otros órganos de inteligencia.

«Ésta es una muchedumbre. En esta reunión no se va a llegar a nada. Nos quedaremos en generalidades», piensa Eva, quien participa remotamente a través de una conexión encriptada de video desde Caracas. La espía está muy lejos de imaginarse que esto es deliberado y que en el fondo es una puesta en escena para ella. Puro teatro. Todos los asistentes a la reunión han sido informados de que ella trabaja para el enemigo. El propósito de este teatro es ver adónde lleva ella la conversación y sacar de eso conclusiones acerca de la estrategia y los planes de los cubanos.

La reunión comienza puntualmente con la discusión de un informe sobre lo que podría pasar si Cuba deja de recibir el enorme subsidio económico de Venezuela.

—Venezuela tiene un territorio nueve veces más grande que el de Cuba —narra uno de los analistas—. Tiene el triple de población y su economía es cuatro veces mayor. El país alberga las principales reservas de petróleo del mundo. Sin embargo, algunas funciones cruciales del Estado venezolano, o han sido delegadas a funcionarios cubanos, o son directamente controladas por La Habana. Y esto el régimen cubano lo conquistó sin un solo disparo. Los motivos de Cuba son obvios. La ayuda venezolana es indispensable para evitar que su economía colapse.

A través de una detallada infografía, otro analista de la CIA informa:

—Venezuela envía a Cuba alrededor de ciento veinte mil barriles de petróleo por día a precios de descuento y a crédito. Tenemos razones para creer que tanto Hugo Chávez como Fidel Castro suponen que esa deuda nunca será pagada. También hemos descubierto una amplia red de empresas, que manejan las importaciones del gobierno de Venezuela —de comida, bienes de consumo, materias primas, partes y maquinaria—, que son controladas, clandestinamente, por La Habana. Todas las importaciones a Venezuela llegan con enormes sobreprecios que les producen ganancias extraordinarias a estas empresas y, de ellas, al gobierno cubano.

»Más aún, podemos confirmar y tenemos las identidades de todos los funcionarios cubanos que dirigen las notarías públicas y los registros civiles, supervisan los sistemas informáticos de la presidencia, ministerios, programas sociales, policía, servicios de seguridad y hasta de la PDVSA. Y, por supuesto, la influencia de las fuerzas armadas cubanas sobre las de Venezuela es total, tal como las documentamos en el informe que les enviamos ayer.

Ninguno de los asistentes sabe cómo reaccionar a lo que acaban de oír. Después de un breve silencio que parece muy largo, Watson da las gracias a todos, dice que pronto estarán en contacto con ellos y da por concluida la reunión.

Inmediatamente convoca otra reunión. Sin Eva.

El valor de un abrazo

El día anterior a su viaje de regreso a La Habana para seguir con el tratamiento, Hugo manda llamar a Ángel al Palacio de Miraflores. Necesita ver, hablar y abrazar a quien siente como el más sincero y desinteresado de sus amigos. La persona que mejor lo conoce.

Ángel llega y tan sólo le basta verlo por unos segundos para entenderlo todo. Y ese todo es lo peor. Hugo se da cuenta de que Ángel ya sabe. Y Ángel sabe que Hugo sabe.

Morirá pronto. Ninguno de los dos lo dice.

De hecho, hasta ahora no han intercambiado ni una sola palabra. Finalmente, Hugo lo saluda, le da un rápido abrazo y va al grano: sin entrar en detalles, le cuenta cómo lo enteró el mismísimo Fidel de su enfermedad y cómo se ha sentido esta semana previa a la primera operación.

Pero algo distrae e irrita a Hugo.

—¿Ves estas tres moscas, Ángel? ¡Hace rato me persiguen! ¿Será que ya les huelo mal? —Hugo pregunta mientras espanta las tres supuestas moscas que Ángel no logra ver. Sin esperar respuesta, comienza otra vez un monólogo confuso sobre el futuro que tiene metido en el bolsillo, sobre los próximos pasos de la revolución y algunos cambios que quiere hacer en la Academia Militar—. ¿Qué te parece, Ángel?

Más que conversar con él, Ángel lo escucha, lo observa. En silencio. Después de unos minutos hablando de sus planes futuros, Hugo se da cuenta, o más bien se recuerda a sí mismo, que con Ángel no puede actuar, ni mentir ni confundir la situación. Ángel lo sabe todo. Ese futuro, del cual habla, no existirá para Hugo.

—Yo, que soñaba con presidir la transformación de este país y verla consumada al máximo. Es irónico; yo que me empeñé en imponerle a este país la reelección continua, ¿tendré que salir de escena... tan joven? Con tanta cosa pendiente.

—¡Qué importa, Hugo! —le dice Ángel con delicadeza—. Olvida el futuro de la revolución. Dejas ya una obra hecha y la revolución deberá aprender a cuidarse a sí misma. ¡Ocúpate en recuperar la salud! ¡Eso es lo importante!

Los dos amigos intercambian miradas de desconsuelo. Ángel se arrepiente de lo que acaba de decir. Sabe que para Hugo ya es inútil eso de «ocuparse de la salud». No le queda mucha salud de la cual ocuparse.

Pero Hugo le sigue la corriente:

—Voy a seguir luchando, Ángel. Ésta va a ser tal vez la batalla más dura de todas las que he dado. No me dejes solo, hermano. Te necesito más que nunca. Ayúdame en este último trecho.

El largo abrazo de despedida contiene la más profunda sinceridad de sus almas. Ángel no tiene más palabras.

Cuando sale del despacho, camina solo y apesadumbrado por el palacio. Se le salen las lágrimas mientras en su mente se resumen recuerdos, experiencias, sueños compartidos. Hugo y Ángel lanzando pelotas de béisbol en Barinas, buscando jugar en las ligas de béisbol de Caracas, vestidos de cadetes acometiendo las primeras maniobras militares. Hugo y Ángel marchando a campo traviesa al frente de un pelotón, cantando alegres su marcha favorita: «¡Oligarcas, temblad. / Viva la libertad!». Hugo y Ángel discutiendo ideas políticas con otros coroneles en torno a una fogata, rodeados de jóvenes suboficiales y humildes soldados, todos futuros libertadores de la patria. Hugo y Ángel conspirando para darle un golpe de Estado al presidente Pérez. Hugo y Ángel el día de la Operación Zamora, dando el primer paso de la soñada Revolución bolivariana. Hugo en el Museo Militar hablando a solas ante el retrato de Bolívar. Ángel previendo el fracaso. Combates, muertes, los rebeldes se entregan, aquel inolvidable «por ahora» y lo que vino después, el «para siempre».

Entretanto, en la soledad de su despacho, Hugo se desmorona derrotado sobre un sillón. No puede ocultarlo más. Al más noble de sus amigos le ha confesado la gravedad del mal que lo aqueja y sus temores por el futuro de la revolución que juntos han construido.

Hugo Chávez no le perdona a la vida que lo haya traicionado. Que le haya dado tanta ventaja a la muerte. A su muerte.

Decisiones prioritarias

El Salón del Consejo de Ministros está lleno de rostros descompuestos. Aunque los miembros de la cúpula gubernamental traten de disimular la inquietud que produce saber que el presidente podría tener los días contados, el silencio y la tensión hacen evidentes los sentimientos.

Los ministros y funcionarios más cercanos conocen muy bien el carácter obsecuente de su presidente hacia quienes él admira o idolatra, como es el caso de Fidel Castro, y su conducta seductora y bromista con las masas. Pero, por experiencia propia, también saben que es duro e inflexible con sus subalternos inmediatos, en especial si cometen un error que lo involucra a él o a su imagen pública. A medida que se ha consolidado en el poder, estos rasgos se han agudizado. Hugo puede llegar a ser muy cruel.

La certidumbre que tiene del desenlace de su enfermedad lo ha tornado hosco, frío y aún más esquivo con sus allegados. Su talante oscila entre las ganas de vivir y el odio a quienes, si él llegase a morir, han de quedar sobre la Tierra. Lo abruma la ansiedad por el futuro. ¿Cuánto más vivirá? ¿Y si, por milagro, se recupera?

Desganado y distraído preside la última reunión del gabinete ministerial antes de su regreso a La Habana. En medio de tantas caras largas, el ministro de Defensa trae a la mesa la urgente necesidad de autorizar pagos extraordinarios a Rusia. Explica que la fuerza aérea requiere de piezas y asistencia técnica para los cazabombarderos a reacción Sukhoi, una de las mayores compras de material bélico en que ha incurrido el gobierno. Los pilotos venezolanos que reciben instrucción de vuelo en Rusia no están todavía capacitados para volar los cazas rusos y las escuadrillas de vuelo son suplidas por pilotos rusos. De no hacer el pago, los rusos han amenazado con llevarse los pilotos y dejar los aviones en tierra. El secreto a voces es que el presidente no ha permitido que pilotos venezolanos aprendan a operar los Sukhoi. Teme una traición y, dada la potencia de fuego de estos aviones, esta traición de unos pocos jóvenes pilotos podría ser un golpe mortal para su gobierno, y para él. Durante la intervención del ministro, el presidente, que luce ausente, impaciente y desentendido, menciona que el propio Vladímir Putin lo llamó para reclamarle que cancelara las gigantescas deudas que Venezuela tiene con Rusia por la compra de armas. Sin pensarlo dos veces, aprueba con desgano el pago y pasa a otro punto de la agenda.

El turno es para la ministra de Sanidad; está alterada pero a la vez cohibida. Al fin decide que no puede quedarse en silencio, opone un reparo al pago ruso y habla en pro de su ministerio:

—Señor presidente —dice con voz controlada pero con firmeza—, con el debido respeto, considero que esa partida de presupuesto extraordinaria estaría mejor utilizada si me autorizan pagos que ya están muy atrasados: faltan medicinas en nuestros hospitales, tenemos casos en los que la anestesia se acaba antes de que el cirujano termine la operación. No tenemos más dosis para la campaña de vacunación de los niños y estamos detectando que regresan la poliomielitis y la tuberculosis que el país había erradicado. Tenemos crisis de infección en los quirófanos porque carecemos de materiales para la desinfección. Los hospitales se caen a pedazos, hasta los que inauguramos hace unos años. Les debemos una millonada a los médicos, enfermeras y suplidores. Nadie nos da crédito. ¡Todo esto lo podríamos cubrir con la plata que se desperdicia en pagarles a los rusos por armas que no sabemos usar! ¡Y esos bombarderos rusos se caen a cada rato! ¿En realidad necesitamos gastar tanto en armamento?

Semejante osadía es recibida con el silencio sepulcral del gabinete en pleno. Sin dar crédito a sus oídos, Hugo tarda en montar en cólera. Después de largos y tensos segundos, se pone en pie, descarga el puño sobre la mesa y cubre de improperios a su funcionaria.

—No tengo que oír sus lamentos, doctora —le dice en voz alta—. A usted se le ha asignado un presupuesto, ¡ejecútelo con eficiencia! Y pare los robos de medicinas en los hospitales. ¡Organícese mejor con lo que hay! Es una falta muy grave al patriotismo el modo en que usted se refiere a las prestigiosas fuerzas armadas. ¡Lo que está en juego no son unos hospitales de más o de menos, es la soberanía nacional, la defensa armada de la revolución! —Los ministros siguen en silencio, saben que ésta será la última reunión de gabinete en la que verán a su colega—. Sigamos —continúa el presidente impaciente—. Próximo punto.

La lealtad será recompensada

El G2 y la CIA no son las únicas organizaciones que se preparan para la desaparición de Hugo.

En la mansión de Gonzalo Girón, cinco generales del ejército, dos de la aviación y dos almirantes, más tres generales de la Guardia Nacional, se reúnen con extrema discreción. Vestidos de civil y habiendo llegado sin escoltas y conduciendo sus propios coches, los militares conversan intensa y desordenadamente hasta que suena el teléfono celular del anfitrión. Girón contesta, escucha, cuelga y comunica con disimulado nerviosismo:

—Está llegando.

Poco después, entra el Pran acompañado del siempre elegante Willy García. Todos los presentes se levantan para saludar al Pran, pero él no estrecha la mano de ninguno, mira a su «equipo» a los ojos y sin pedir permiso va a sentarse en el sillón más prominente de la sala, el que había estado ocupado por Girón. Willy se sienta a su derecha y Girón sale, como ordenanza presuroso, a buscar sillas.

Para incomodidad de todos el Pran guarda un silencio inquietante durante largos segundos, el tiempo necesario para que los militares observen su endeble pero poderosa figura de molusco y se sientan incómodos, desconcertados e inseguros. En sus conversaciones con otros, el uso del tiempo y de los silencios es una técnica que el Pran ha llevado a la perfección. También la de comenzar las conversaciones dedicándoles largo tiempo a temas completamente distintos a los que motivan el encuentro y que él sabe que no les interesan a sus interlocutores. Pero es otra de sus muchas y muy sutiles maneras de mostrar quién manda.

—Amigos —comienza a hablar al fin. Les da las gracias por haber aceptado su invitación y también agradece la hospitalidad del general Girón. Nadie pensaría que quien así habla es un presidiario con muchos asesinatos a cuestas y un infinito prontuario. El Pran dedica interminables minutos a hablar de una vieja película argentina que vio la noche anterior. La docena de oficiales callan y todos se ven incómodos. Finalmente, el Pran declara—: Es hora de hablar de lo nuestro, de a lo que hemos venido. —Los asistentes se relajan un poco—. Pronto estaremos jugándonos el futuro del país. Y el nuestro —dice en voz baja pero claramente audible.

El tono de sus palabras no deja lugar a dudas. Generales y almirantes reconocen que la suya es la más incuestionable voz de mando. Y esa voz de mando le pide a Willy García que hable.

—Ha llegado el momento de prepararse y tomar decisiones drásticas de cara a la inminente desaparición física del presidente. Afortunadamente, estamos muy bien posicionados para aprovechar al máximo los vacíos que seguramente producirá su muerte. Saldremos aún más fortalecidos de los cambios que se producirán. Para ello contamos con una vasta y eficaz red de amigos y colaboradores que hemos tejido en las fuerzas armadas nacionales. Una red de la cual ustedes son la cúpula máxima.

—Eso es así. Pero no es todo. El mensaje más importante de hoy es éste... —interrumpe el Pran—: he sabido que el G2 cubano ya tiene y sigue elaborando expedientes sobre cada uno de ustedes y de sus principales colaboradores dentro y fuera de las fuerzas armadas, dentro y fuera del país. El propósito es extorsionar o hasta liquidar a aquellos de ustedes que no obedezcan las órdenes de los jefes cubanos o si obstaculizan las acciones de Cuba en Venezuela. El G2 considera incluso filtrar información sobre ustedes a la DEA y propiciar su captura y extradición a Estados Unidos. Vienen tiempos duros, peligrosos e inciertos que nos afectarán a todos los que estamos hoy aquí.

Los oficiales respiran el vértigo de sus culpas. El miedo y las ganas de escapar invaden la reunión.

—Los he reunido aquí para decirles eso y otra cosa aún más importante. Yo soy más peligroso para ustedes que los cubanos —les dice el molusco mirando intensamente a cada uno de los asistentes, y sigue—. Vamos a entrar en un periodo muy duro en el que las traiciones, trampas y delaciones serán lo normal. A ustedes los van a presionar para que me traicionen. Y el que lo haga muere. Aquí sólo va a sobrevivir quien pueda mantener la lealtad de su gente. Y yo sé cómo garantizarla y sé cómo recompensarla. También sé detectar a los desleales, a los soplones y a los traicioneros.

Comienza otro minuto de silencio tan largo que los oficiales se inquietan, se reacomodan en sus sillas, aprietan los dientes.

—Tengan siempre muy presente lo que un hombre como yo puede hacerles no sólo a los desleales, sino a sus familias y a sus seres más queridos —advierte el Pran hablando lentamente y con deliberada frialdad en su voz—. Pero les repito que también sé cómo recompensar, y muy bien, a quienes son leales. Por eso he sobrevivido hasta hoy. Los cubanos sabrán controlar las cosas en Cuba. Aquí las controlo yo. Nunca se olviden de eso.

Todos en la sala retienen la respiración. En el aire flotan el miedo y una advertencia. Obediencia y lealtad al Pran, o la muerte.

20

Cáncer en La Habana

«En las mejores manos»

La autopista por donde pasa la caravana presidencial que se dirige al aeropuerto cercano a Caracas es un río rojo que ondea al ritmo de consignas revolucionarias. Miles de chavistas con boinas rojas, banderas y pancartas han salido de sus casas para demostrarle su amor y apoyo al presidente en esta incierta hora en la que deja el país para atender su salud en La Habana. No pocos lloran emocionados al ver a su líder. Lo adoran. ¿Será ésta la última vez que lo ven?

En respuesta a tanto cariño, desde un vehículo descubierto, el presidente saluda a su pueblo golpeando el puño de la mano izquierda en la palma de la derecha como señal de lucha contra todos, contra todo. Y, por supuesto, contra su enfermedad. Nadie sabe a ciencia cierta cuál es, pero todos sospechan que es cáncer.

En el aeropuerto también lo reciben con vivas y aplausos. Los empleados que por años lo han visto entrar y salir del país saben que éste es un viaje especial. Lo ven decir adiós con su habitual simpatía y entrar al avión acompañado de sus hijas mayores, que desde que su enfermedad arreció parecen estar todo el tiempo con él, y un pequeño grupo de los ministros más allegados a él.

El avión despega. Desde la ventanilla Hugo ve la costa venezolana alejándose. Se le aguan los ojos. Sabe que en menos de tres horas aterrizarán en La Habana y que, después de una breve reunión con Fidel, irá al hospital donde lo están esperando para operarlo esa misma noche. Lo inunda un pesimismo que lo paraliza. Intuye que, a pesar de los buenos pronósticos que le han dado los médicos, la realidad es que de esta enfermedad no saldrá vivo. Siente que la amplia butaca presidencial en la que está sentado lo absorbe y amarra como si fuese una camisa de fuerza. Está hundido. No tiene ánimo ni fuerza para liberarse de las ataduras que lo aprietan. Permanece inmutable, como preso, viendo hacia afuera por la ventanilla del avión. Todo está negro. No se ve ni una estrella.

La reunión con Fidel es breve y muy emotiva. Su padre adoptivo le da fuerzas, le promete que todo saldrá bien.

—Estás en las mejores manos del mundo.

Hugo asiente y le dice que sabe que con Fidel a su lado siempre le va a ir bien «en la política y en la vida». Se despiden con un largo abrazo. Hugo es llevado al hospital, donde comienzan a prepararlo para la intervención quirúrgica.

Mientras eso sucede, Fidel Castro invita a una reunión que describe como «muy privada» a Nicolás Maduro, uno de los ministros más cercanos al presidente de Venezuela. Fidel lo conoce bien. Sabe que no es un hombre inteligente, pero sí muy leal y obediente. Uno de «los suyos». Ésas son las principales cualidades que debe tener el hombre que él va a necesitar en Venezuela cuando Hugo no esté.

Fidel recibe al ministro venezolano en un recinto a prueba de escuchas. Maduro está impresionado por el lugar, la situación y la grave actitud del caudillo. Si bien en todos sus años como colaborador y ministro de Hugo había estado con frecuencia cerca del líder cubano, esta vez es diferente; ahora están a solas. El ícono viviente de la Revolución cubana luce preocupado. Y Maduro, a su vez, sobrecogido. Sin tiempo para sentimentalismos, Fidel aborda con frialdad el tema que los ocupa.

—Se acerca la hora para la que te has venido preparando durante tantos años.

Mientras habla, Fidel clava su mirada de búho en los ojos del sorprendido visitante. De una pequeña mesa Fidel toma una carpeta y la blande con suavidad en el aire. Es un expediente: la hoja de vida de Nicolás Maduro. Más bien su historia. Allí está todo. Lo que se sabe y lo que no se sabe. Y mucho que ni siquiera el propio Maduro sabe de sí mismo.

Fidel rompe el silencio:

—Has hecho un largo camino desde que eras un simple activista político en el liceo en Caracas. Te felicito, hermano. Pero recuerda siempre que *fue mucho antes de que surgiera Hugo*, y fue aquí en Cuba, en los cursos de formación ideológica, en nuestra escuela de cuadros, donde *nosotros* hicimos de ti un verdadero revolucionario internacionalista. —Nicolás se siente halagado, pero teme decir alguna necedad. El caudillo continúa—: Se acerca la hora en la que cumplirás con la revolución. Cuando muera Hugo, es preciso, *imprescindible para Cuba*, que tú, el camarada Nicolás Maduro, sea quien lo reemplace, y no otro.

Entre el temor y la sumisión reverenciales, el futuro presidente de Venezuela ungido por Fidel sonríe mostrando su habitual e incondicional obediencia. Intenta responder con generalidades un emocionado agradecimiento, pero en realidad no dice nada; los dos saben que él no tiene nada que decir. Y no hace falta. Ambos entienden perfectamente bien lo que acaba de pasar. Fidel se levanta, lo despide con un abrazo como nunca antes le había dado, y Nicolás sale del cuarto con la idea del poder metida entre la coronilla y los zapatos.

Varias horas después, terminada la cirugía de Hugo, los médicos se acercan al pequeño grupo de familiares y ministros que inmediatamente los rodea, ávidos de noticias. Los cirujanos informan que la intervención fue un éxito y salió tal como se esperaba. Aclaran que es aún temprano para hablar de las próximas etapas del tratamiento, pero se muestran optimistas y esperanzados sobre la aflicción del presidente Chávez.

Mientras Hugo se recupera en la sala de cuidados intensivos, donde no se permiten visitas, la comitiva venezolana es trasladada a un conjunto de residencias para huéspedes distinguidos del gobierno cubano. Al llegar, un funcionario los recibe con amabilidad. Explica que él y sus colegas están dispuestos a atenderlos y a responder a cualquier necesidad que tengan. Lo que no les dice, pero todos suponen, es que también estarán bajo la discreta pero omnipresente vigilancia de los organismos de seguridad cubanos, y que todas sus conversaciones serán secretamente grabadas.

La atmósfera de las residencias no tarda en hacerse insoportable para el grupo de venezolanos. Muchos sospechan que la «desaparición» de Nicolás durante el tiempo en que Hugo estaba siendo operado fue para asistir a una reunión con personas muy importantes del gobierno cubano, quizá hasta con el propio Fidel. Todos suponen que se deben de estar haciendo planes para el caso de que Hugo Chávez muera o no pueda seguir en la presidencia. Ninguno de los familiares y ministros quiere quedar excluido de ese proceso. Por eso, la inexplicable ausencia de Nicolás Maduro los preocupa tanto.

Rápidamente se hacen evidentes las fricciones y recelos entre Nicolás y otros miembros de la comitiva, en especial con el «superyerno», un ministro casado con una de las hijas del presidente, quien siempre ha rivalizado con Maduro por ganarse la simpatía y la confianza de Hugo. Además, las exigencias, a menudo impertinentes, que les hacen algunos miembros del grupo a los médicos y al personal asignado para atenderlos, crean desagrados y distanciamiento entre los anfitriones cubanos y sus huéspedes. Las intrigas de Cilia, la ambiciosa mujer de Nicolás Maduro, complican aún más la situación. A solas con su esposo, ella es la primera en azuzarlo.

—¡Avíspate, m'hijito, avíspate! Si no te avispas nos vamos a quedar afuera. ¡No seas tonto! Ésta es la oportunidad que hemos esperado toda la vida. ¡Avíspate, manganzón! —le grita exasperada.

Los furtivos escuchas cubanos oyen y sonríen.

Unas semanas después, cuando el vacío informativo en torno al tratamiento del presidente en Cuba es motivo de incesantes rumores en Venezuela, Hugo hace una aparición televisada desde «esta querida y heroica Habana», en la que informa a su país que él está «consciente de cierto grado de incertidumbre y angustia que ha estado recorriendo estos días y noches el alma y el cuerpo de la nación venezolana». Cuenta que en un primer examen los médicos detectaron una extraña formación en la región pélvica que ameritaba una intervención quirúrgica de emergencia para drenar un absceso. Con buenos resultados según los especialistas, se comenzó un tratamiento intensivo que trajo una notable mejoría. Sin embargo, con los días fueron apareciendo sospechas de otras malformaciones celulares no detectadas hasta entonces. Estudios más detallados confirmaron la presencia de un tumor maligno, lo que hizo necesaria otra intervención quirúrgica para extirparlo.

—Ahora estoy evolucionando satisfactoriamente —dice Hugo con contagioso entusiasmo y esperanza—. Estoy recibiendo tratamientos complementarios para combatir esas células y continuar por el camino de mi plena recuperación. Mientras tanto, me he mantenido y me mantengo informado y al mando de las acciones de mi gobierno.

Antes de despedirse de sus hermanos venezolanos, el presidente agradece las numerosas y entusiastas demostraciones de solidaridad que ha recibido de su pueblo venezolano y de otros pueblos hermanos, sobre todo de la nación cubana, «de Fidel, de Raúl y de toda esta legión médica que se ha puesto al frente de esta batalla de una manera verdaderamente sublime».

—¡Eva! Qué alegría oírte. ¿Viste mi último correo?

Eva López se paraliza. Agarra el teléfono con nerviosismo y responde con simulada alegría:

—¡Mónica! ¡Claro que sí! Leí que estás de lleno en CNN. Perdona que no te haya podido responder aún. Entonces ¿vienes a Caracas? ¿Cuándo? ¿Nos vemos?

En la voz de Mónica Parker hay una emoción sincera. Se excusa por llamarla tan temprano y, sin rodeos, le cuenta que estará de vuelta en Venezuela, sólo por tres días, asuntos de trabajo. Llegará a Caracas esa misma tarde y quisiera que fueran a comer.

—Esta noche, en el restaurante de siempre.

A pesar de la experiencia que tiene controlando sus emociones, Eva no logra manejar bien la inesperada llamada de Mónica. Desea rechazar la cita, inventar un compromiso previo, decir que lo siente pero que está fuera del país, pero no lo logra. Un ventarrón de sinceridad le sale de la boca y acepta la invitación «esta noche, en el restaurante de siempre».

Cuando cuelga, le cuesta volver a enfocarse en su trabajo. Piensa en cómo sorteará el tema de su romance con Mauricio. ¿Será mejor revelarlo o callarlo? ¿Tendrá Mónica la intención de buscar a Mauricio? ¿Logrará Eva ocultar lo que está sucediendo aunque lo intente?

Eva busca un vaso de agua y vuelve a sentarse en su escritorio. Tiene un asunto mucho más urgente del cual preocuparse. El único asunto que le consume la vida en estos tiempos: Hugo, su enfermedad y lo que pasará cuando ya no esté.

Si bien sus instintos le han hecho sentir que algo raro está pasando en la sede de la CIA, no ha dejado de llevar a cabo sus operaciones de inteligencia ni de enviar información a sus superiores. Ignora que ahora Oliver Watson y un equipo de especialistas analizan todo lo que ella les informa como si fuese «desinformación» y tratan de detectar cuál es la intención detrás de cada mensaje que suponen que tiene el propósito de manipular y ocultar lo que realmente está pasando. Es una vieja práctica del espionaje tratar de obtener información sobre el adversario sacándola de la desinformación que propaga.

Tan pronto el presidente hizo pública la noticia de su enfermedad, Eva ha concentrado su atención en construir un informe detallado sobre Nicolás Maduro, quien ella supone que será el sucesor.

El informe pondera, además, las opciones que se les abren a Fidel

Castro y a Cuba con la eventual muerte de Hugo Chávez. En el silencio de su oficina clandestina, Eva escribe:

Nicolás Maduro no es militar ni completó sus estudios. Es famoso por sus limitaciones al hablar en público. Sus involuntarios barbarismos y otras impropiedades de su español hablado le han granjeado entre sus conocidos el apodo de Bobolongo, con el que se mofan de él a sus espaldas.

Pero, a pesar de todo, Maduro ha llegado muy lejos desde que era un joven activista de ultraizquierda en la década de los ochenta, algunos de cuyos años vivió en Cuba. Su relación con la isla es muy anterior a la aparición de Hugo Chávez en la escena política. Allí hizo cursos de formación política y probablemente también recibió entrenamiento en guerrilla urbana y explosivos. Fue más tarde cuando se acercó a Chávez, gracias a su novia, Cilia, quien formó parte del grupo de abogadas que apoyaba a los militares encarcelados después del fallido golpe de Estado que dirigió el entonces teniente coronel.

El informe de Eva es apoyado con un reporte audiovisual, la foto de un grupo de jóvenes que completaron un curso en la Escuela de Cuadros Revolucionarios Che Guevara. Se ve a un grupo posando con Fidel Castro treinta años atrás. Eva ha marcado con una flecha a Nicolás Maduro. También hay una foto del mismo joven con una bomba molotov en una plaza adyacente a la Universidad Central en Caracas y otras, de años más tarde, en las que participa de festivas ocasiones familiares, en compañía de su ahora esposa, Cilia. En una de las imágenes se les ve participando en una extraña y algo macabra ceremonia de la secta religiosa hindú a la cual aún pertenecen.

Eva continúa escribiendo:

Nuestros archivos y la información obtenida por nuestras redes en Caracas sugieren que Nicolás Maduro fue captado hace ya mucho tiempo por el espionaje cubano. En estos doce años de gobierno de Chávez, Nicolás Maduro fue rápidamente escalando posiciones en el equipo más cercano al presidente Chávez, gracias a su extrema obediencia y, más importante aún, a la enorme influencia de los cubanos.

Lo que Eva no sabe es que en esta parte del informe las imágenes más importantes no son las del pasado de Nicolás, sino las de su presente. Sin que Eva lo sepa, sus colegas en Langley revisan fotos de alta resolución tomadas por uno de sus satélites espía. En ellas se ve al mismísimo Fidel Castro, vestido con un mono deportivo con los colores de Cuba, hablando con Nicolás Maduro. Están sentados en un rincón apartado del jardín de una casa. A cierta distancia de ellos se ve a varios hombres de pie creando un amplio círculo. Son los agentes de seguridad que en todo momento rodean a Fidel.

En la última foto de la secuencia se ve a los dos hombres abrazándose.

En la noche, después de su última clase, Eva se encuentra con Mónica. Parece que no hubiera pasado el tiempo. Abrazos, vino, sonrisas. Mónica le cuenta que llegó para hacer un informe especial sobre los colectivos paramilitares en Caracas, el brazo armado de la Revolución bolivariana promovido y financiado por el mismo gobierno.

—Aquí entre nos, sigo investigando si fueron ellos los que mataron a mi padre. —Pero Mónica pasa rápido por ese tema, para no poner tensa la conversación con Eva, su querida amiga—. ¿Y cómo va todo? ¿La salud? ¿El trabajo? ¿El corazón? —pregunta Mónica.

—Todo casi igual... —responde Eva. Y se le escapa algo—: Sólo que conocí a alguien. —Mónica se alegra sinceramente e intenta escarbar un poco en esa dirección, pero Eva detiene cualquier afán de interrogación con una promesa—: Deja que aterrice la relación un poco y te juro que te cuento.

Mónica entiende y no insiste. Hablan por un rato más sobre la nueva vida de Mónica en Atlanta, sobre planes de viaje y estudio. Se despiden después de una botella de vino y prometen verse otra vez, en un tiempo y lugar no muy lejanos.

«¿Por qué quieren matarme?»

Adalberto Santamaría debe asesinar a su jefe. Es la orden que recibe durante una breve visita a La Habana. Adalberto es el segundo hombre más importante del G2 en Venezuela y reporta directamente a Mauricio Bosco. Pero ahora, en vez de reportarle, lo debe eliminar.

—Mauricio debe ser eliminado. Hazlo. Sin preguntas. Confío en ti —le ordena Raimundo Gálvez, el jefe de su jefe.

Tanto Santamaría como Bosco fueron llamados a La Habana para asistir a importantes reuniones cuyo propósito desconocen. Cuando Gálvez los recibe en su oficina, los saluda con frialdad y va directamente al grano:

—Los hemos convocado aquí para que nos ayuden a contestar la pregunta más importante que confronta nuestro gobierno en estos tiempos: ¿cómo nos aseguramos de que la inminente muerte de Hugo Chávez no lleve al poder en Venezuela a alguien que no sea un incondicional amigo nuestro?

Los dos funcionarios se miran a la cara; no pueden ocultar su sorpresa ni disfrazar la incomodidad que les produce esta situación. La causa de la sorpresa es obvia, pero la incomodidad de ambos tiene causas más complejas. Durante todos los años que han pasado juntos liderando la misión en Venezuela, Adalberto ha ido acumulando un fuerte resentimiento contra Mauricio. Y a Mauricio tampoco le simpatiza su colega. No cree que sea competente y sabe que no le es leal. Adalberto detesta a Mauricio y, si bien hace lo posible por ocultarlo, ambos lo saben sin que nunca lo hayan hablado. Santamaría le tiene envidia porque sabe que Mauricio es un privilegiado, un consentido de los jerarcas cuya familia es parte de la élite que manda en Cuba.

Él, en cambio, proviene de una familia de campesinos. Le tiene miedo porque sabe que su jefe no lo respeta ni confía en él. Sin embargo, por mucho que sea una especie de obstáculo en su carrera, Adalberto se desconcierta al recibir la orden de asesinar a su jefe. La instrucción que le ha dado Gálvez es la de tenderle una celada y actuar solo, sin testigos, inmediata e implacablemente. Adalberto no quiere obedecer esa orden, pero sabe que no tiene otra opción. Si no lo hace, el muerto será él. Lo tortura el no saber por qué los jefes han decidido salir de Mauricio.

A los pocos días de su regreso a Caracas, Adalberto convoca a Mauricio a una reunión urgente en la más segura y clandestina de las casas que el G2 tiene esparcidas por todo el país. Sólo ellos dos conocen su existencia. Adalberto le explica que ha obtenido información crítica y confidencial de una fuente muy creíble:

—Es información muy importante sobre los movimientos que están planeando los militares aquí en caso de que muera Hugo. Debemos actuar y por eso es importante que nos veamos. Ven solo. Después te explicaré por qué.

Santamaría, muy nervioso, llega a la casa clandestina varias horas antes de su cita con Mauricio. Ha tomado las más extremas precauciones para asegurarse de que nadie lo ha seguido. Pero, una vez en la casa, viola todas las reglas de su oficio y bebe a solas mientras rumia su resentimiento contra Mauricio y busca en la botella de vodka el valor para asesinarlo.

El miedo y la ebriedad le juegan una mala pasada. Cuando Mauricio llega a la cita, Adalberto ha perdido la capacidad de ejecutar su misión de manera fría y expedita. Su comportamiento es muy extraño. No habla del motivo del encuentro sino que se ensarta en una inconexa diatriba contra «los traidores a la revolución que les ha dado todo».

Mauricio se da cuenta de inmediato de que hay algo sospechoso en la conducta de su subordinado. Su sexto sentido de espía le dice que hay peligro y que Adalberto es una amenaza. Con una aguda sensibilidad para detectar lo encubierto, Mauricio decide actuar, darle un vuelco a la situación y obligar a Adalberto a revelarle por qué lo ha traído allí y qué le está escondiendo. Arranca el cable de un teléfono que está cerca, lo enrolla en el cuello de Adalberto y lo mantiene así hasta que su víctima está a punto de la asfixia. Lo deja respirar y le ordena que le diga lo que está pasando.

Adalberto sólo tiene energía para rogar por su vida. Mauricio vuelve a apretar el cable en el cuello. Esta secuencia se repite varias veces hasta que Adalberto confiesa la inesperada verdad: Gálvez le ha ordenado asesinarlo.

Una parte de Mauricio no puede creer lo que está oyendo. Pero su otra parte, la que lo ha hecho sobrevivir tantos años en una profesión donde la longevidad es inusual, no sólo lo cree sino que comienza, sin dilación, a planear lo que debe hacer para salvarse. Mauricio conoce los métodos de su agencia y, aunque ignora el motivo por el cual quieren desaparecerlo, está seguro de que, si ya sus jefes lo han decidido, el G2 no retrocederá hasta verlo muerto. No intenta alargar el diálogo. En un segundo fulminante le da un apretón final al cable. Se asegura de que Santamaría esté muerto y escapa del lugar. Quien huye ahora ya no es el mejor espía cubano sino un fugitivo del largo brazo ejecutor del G2.

Comienza para Mauricio una ciega carrera hacia la sobrevivencia. Se empeña en saber por qué quieren matarlo si ha desempeñado escrupulosamente su misión en Caracas y está seguro de no haber roto ninguna norma de seguridad. ¿Qué sabe o cree saber el G2 que él aún ignora? ¿Qué pudo haber generado esta situación? No lo entiende, por ahora. La posibilidad de que su relación con Eva López tenga algo que ver con esto no le pasa por la mente. Su corazón enamorado lo impide.

Entretanto, con la misma fría determinación del G2, la CIA también ha puesto en marcha una operación para secuestrar a Eva López y llevarla a algún «país amigo» para interrogarla allí con métodos que no podrían ser utilizados en Estados Unidos. Por ahora, sus jefes la necesitan viva, para interrogarla a fondo y sacarle la máxima información. Después, ya verán qué hacen con ella. Es crucial para los espías de Langley saber cuántos y cuáles de sus secretos ha revelado a los cubanos, pues la agencia no podrá proteger a sus agentes encubiertos ni confiar en sus métodos de operación si éstos ya son del conocimiento del G2.

A estas alturas, toda la operación del espionaje estadounidense en América Latina, el Caribe y quizá en otras partes del mundo está en riesgo. Un equipo de operaciones encubiertas, que actúa con la rapidez y discreción que el caso requiere, ha llegado a Caracas y está preparando el secuestro de Eva. Por ahora se limitan a seguir todos sus pasos y, cuando pueden, a grabar desde lejos las conversaciones que mantiene con otras personas, con Mónica, por ejemplo: «... sólo que conocí a alguien... Deja que aterrice la relación un poco y te juro que te cuento».

Los hilos de esta persecución se cruzan de repente con la fuga de Mauricio, quien despliega toda su astucia para evitar ser alcanzado por quienes, hasta hace poco, eran sus colegas. Tiene en su favor el conocer muy bien la secreta red de personas y recursos que él mismo ha tejido y, en consecuencia, puede moverse con mucha soltura.

Su habilidad para disfrazarse y no ser reconocido ni siquiera por sus familiares ha sido motivo de muchas anécdotas. Esta vez se pone una barba y lentes y cambia el color de su piel cubriéndose con una loción especial. También se cambia el atuendo habitual por uno mucho más humilde y, en vez de usar su lujoso automóvil, ahora se desplaza en una motocicleta que maneja con sorprendente habilidad. Es uno más de los cientos de miles de motociclistas que se mueven a velocidad endemoniada por las congestionadas calles de Caracas.

Rápidamente decide que, para ocultarse y aclarar cuál ha de ser su próximo paso, no tiene otro recurso que acudir a la única persona que no forma parte de su mundo de espías: Eva.

Absorto por el vértigo de una condena a muerte flotando en el aire, Mauricio evita llamar a Eva por teléfono y se apuesta en una calle cercana a Ébano, donde aguarda la ocasión para abordarla de la manera más discreta posible y sin asustarla. Mientras espera escondido detrás de una camioneta, usa sus potentes binoculares para inspeccionar los alrededores del salón de Eva. Súbitamente le salta el corazón. Nota que hay tres hombres que desde distintos lugares y también de manera oculta están vigilando el estudio de yoga. Reconoce de golpe a uno de ellos como un agente de la CIA, cuyas fotos y videos ha visto cientos de veces. La alarma de Mauricio es sólo superada por su perplejidad. ¿Qué está pasando? ¿Qué interés puede tener la CIA en Ébano? ¿También lo buscan a él? ¿O están buscando a «su» Eva?

Es obvio que no podrá acercarse a Eva cuando salga. Tiene que actuar de inmediato y sin llamar la atención. Deja su motocicleta en otra calle y camina al restaurante que está en el local adyacente a Ébano. Entra, saluda con gran simpatía al mesonero y va directo al baño. Opera con gran velocidad y maquinal eficacia. Rompe una ventana. Trepa al techo. Salta a la casa de al lado y a través de una claraboya se escurre al interior del estudio. En segundos encuentra a quien buscaba. Eva lo mira con sorpresa sin reconocerlo, pero él no le da oportunidad de hablar, le dice quién es, que no haga preguntas y siga sus instrucciones. Le dice que ella corre peligro y que él está allí para ayudarla. Eva no sabe por qué, pero le cree.

Movidos por la adrenalina, los enamorados suben sin ser vistos al techo del estudio, pasan primero al techo del restaurante y de allí a los de otras dos casas. Bajan al jardín de una de ellas y salen a la calle donde Mauricio ha dejado su motocicleta. Pero, al momento de escapar, los agentes de la CIA los descubren y comienza una feroz persecución a alta velocidad. En medio de los disparos que apuntan directamente hacia ella, Eva reconoce a dos de sus colegas de Langley ahora convertidos en sus asesinos. Es cuando entiende que la CIA la quiere matar. Abrumados, los dos fugitivos logran evadir a sus perseguidores. Pero hay tres preguntas que ahora sacuden a ambos. Exactamente las tres mismas preguntas:

«¿Por qué me quieren matar?»

«¿Quién es esta persona a quien amo?»

«¿Por qué está huyendo conmigo?»

En los dominios de Lina Ron

Las miradas de Eva López y Luz Amelia Toro se cruzan por pocos segundos. Han llegado al humilde barrio donde está la casa que el gobierno le ha regalado a Luz Amelia. Han llegado allí porque ése es el lugar que, tiempo atrás, Mauricio escogió como refugio en caso de haber otro golpe de Estado contra el gobierno de Chávez. Lo escogió porque Luz Amelia le debe esa modesta casa a él y sabe que siempre le daría protección.

Algunos años atrás, conmovido por la tragedia de Luz Amelia y admirado por su temple, Mauricio movió sus influencias para que le asignaran una de las casas populares construidas por el gobierno para alojar a quienes habían perdido sus viviendas cuando fueron arrastradas por el deslave.

No es ni mucho menos la casa de los sueños de Luz Amelia. El barrio popular se convirtió rápidamente en un infierno plagado de drogas, violaciones, robos, sicarios y frecuentes balaceras entre bandas de criminales. Es también el centro de operaciones de bandas de secuestradores, y muy especialmente uno de los principales lugares de congregación de los colectivos paramilitares que arma y financia el gobierno de Hugo, el tema que ha venido a investigar Mónica Parker. Es, en fin, una rara comunidad de familias pobres y criminales ricos que ha invadido todos los espacios.

Si hay algo de orden allí es el que impone la organización del Pran, el verdadero dueño del barrio. En tan inexpugnable territorio, él detenta el poder omnímodo, controla todas las leyes no escritas y actúa como una especie de Gran Hermano en este submundo. Como buen gerente, no es quien se ocupa directamente de este negocio. Otros lo hacen por él.

En este caso, el principal líder del barrio es una mujer, Lina Ron, la Incontrolable. Pequeña en tamaño pero peligrosa con las armas, acostumbra a tener jóvenes amantes que después de unos meses de estar con ella desaparecen para nunca más ser vistos. Controla el tráfico de drogas y obtiene un porcentaje de los rescates que se pagan por los secuestros que se planean y se coordinan desde el barrio. Su larga y llamativa melena ahora teñida de rojo intimida a todos. Pero ella sólo obedece las órdenes del Pran, sin preguntas ni condiciones.

Se dice que años atrás Lina Ron intentó traicionarlo. Nadie sabe qué pasó, pero súbitamente, desapareció del mapa. Y, meses después, regresó convertida en una muy disciplinada, leal y eficiente ejecutiva de la vasta organización criminal que tiene sede en La Cueva. Y, si bien no se habla de eso, es evidente que Lina Ron vive con el terror de caer en desgracia con el Pran. Hace tiempo, en una conversación anegada en aguardiente, a Lina se le escapó un comentario: «Es preferible la muerte al "tratamiento" que el Pran les da a sus enemigos». Todos han tomado nota de esa advertencia. Quizá por eso el Pran no tiene enemigos conocidos, o vivos.

Mientras Eva y Mauricio, agotados y nerviosos, comen arepas rellenas de queso que les ha preparado Luz Amelia, Lina Ron se presenta en la casa. Nada pasa en el barrio sin que ella lo sepa. Conoce a Mauricio, superficialmente. Lo tiene por un empresario dominicano que simpatiza con la causa de Hugo y que, en el pasado, ha hecho generosos aportes materiales a los colectivos de su barrio: dinero, motos, armas.

Lina observa a la pareja con curiosidad y suspicacia, pero sin hacer demasiadas preguntas. Mira fijamente y con recelo a la mujer que acompaña a Mauricio. Al fin habla y les informa que acepta que se queden en *su* barrio. Además, y sin que ellos se lo pidan, les dice que «mientras tanto» les dará protección.

—Como esto por aquí es peligroso, les voy a poner un par de compañeros para que estén pendientes de ustedes, para que no me les vaya a pasar algo. Otro día vengo para que bebamos ron y de paso me cuenten qué les trajo por aquí. ¿Okey? Se ve que andan escapados. Y no de las monjas, precisamente. No sé de qué escapan y hoy no vamos a hablar de eso. Pero sí que lo hablaremos, ¿verdad?

Mauricio asiente con una forzada y muy fingida sonrisa. Lina se levanta, lo abraza, le da un beso, ignora a Eva y se va. Luz Amelia ha insistido en que usen su habitación, que ella dormirá en el otro pequeño cuarto con su hijo, un adolescente ya curtido en las violentas reyertas callejeras en las que participa su colectivo.

Por ahora todos se quedan en la sala viendo la televisión. Luz Amelia pasa los canales con desenfreno, sin darle tiempo a ningún programa de retener su atención. De pronto se detiene en CNN y abre los ojos, impresionada. Ve imágenes de su barrio, de su gente. Mauricio y Eva también se sorprenden. Quien está frente a las cámaras, trasmitiendo en vivo, es nada menos que Mónica Parker. Habla de «refugio de colectivos paramilitares creados y financiados por el gobierno» mientras la cámara enfoca las empinadas laderas del barrio en el que ellos están. Eva se da cuenta de su error: suponía que Mónica ya se había ido del país.

Sin esperar a que termine el programa, Luz Amelia le grita insultos revolucionarios a la televisión y sale de la casa enfurecida. Eva y Mauricio se quedan perplejos.

No saben qué decirse.

Minutos después, el rostro desencajado de Luz Amelia aparece ante la cámara, pero no para responder entrevistas ni mandarle saludos al presidente. En medio de la locura y el fanatismo, mientras el camarógrafo sigue grabando, comienza a gritar.

—¡Ya me tienes arrecha, traidora, puta, escuálida! ¡Cállate, cállate! ¡O te voy a dar lo tuyo!

Mónica deja que el micrófono caiga de una mano mientras con la otra saca el revólver de su padre, siempre escondido en su pantalón. Ya conoce a esa gente. No le va a pasar otra vez. Esta vez será ella la primera que dispare.

Los ojos de ambas se desafían a muerte. Las dos tiemblan, sus gestos aturdidos siguen siendo filmados y aparecen en vivo por televisión. Luz Amelia, experta en confrontaciones de este tipo, intenta arrebatarle el arma a Mónica y forcejean en un duelo a muerte ante la mirada aterrorizada del camarógrafo y de algunos testigos que corren a protegerse detrás de carros y dentro de la bodega. Y ante las miradas llenas de pánico de Eva y Mauricio que siguen la escena por televisión.

El pánico se transforma en un sentimiento aún peor cuando la cámara capta el sonido de un disparo y la caída de una de las mujeres encima de la otra. Salen corriendo a la calle sólo para ver la espalda de Luz Amelia, quien corriendo a toda velocidad se interna en los callejones de su barrio.

Mónica yace en el suelo sobre su sangre. Muerta.

Luz Amelia, temblorosa y asustada, se esconde en una casa que está en lo más profundo del barrio. Se da cuenta de que se ha convertido en alguien que no quiere ser. Que detesta. Pero también siente que no tiene alternativa; esa mujer violenta y asesina que ahora lleva por dentro la ayudará a sobrevivir.

Esa madrugada, mientras intenta dormir, llega Lina, quien la despierta y le dice que es necesario que se vaya de allí «por un tiempo». En la puerta hay una camioneta con dos hombres esperándola.

—Te van a llevar a un lugar seguro —le dice.

Así comenzó un viaje de tres días en los que, junto con sus guardias, Luz Amelia atraviesa el país. Al tercer día se adentran en una carretera de tierra y llegan a un lugar donde los están esperando tres hombres armados. Sus compañeros de viaje se despiden de ella y comienza una larga caminata que la lleva a su destino, a su refugio. Agotada, Luz Amelia también se siente más sola y confundida que nunca. Muy pronto descubre dónde está. Lina Ron ha mandado que la internen en la selva colombiana, en un campamento de las FARC.

Varias horas después, Mauricio y Eva aún no logran reponerse de lo que han visto. Están devastados. Ambos querían mucho a Mónica. Lina Ron les ha confirmado la muerte de su amiga, muerte que, además, Lina celebra «porque era una escuálida, una enemiga de la revolución».

Cuando se quedan solos, Mauricio y Eva se abrazan largamente, sin decir palabra. Ninguno quiere hablar de Mónica, están aterrorizados. Además, temen iniciar la conversación que aclare quiénes son, por qué están allí y de quién escapan. Mauricio siente que por primera vez no está dispuesto a causar daño a otra persona en nombre de su trabajo o por una causa abstracta. Piensa en Mónica, a quien admite que amó y a quien, de cierta forma, abandonó por la revolución que defendía.

«Al diablo la Revolución cubana», se dice ahora a sí mismo. Hoy ésas son palabras que no significan nada. Eva lo significa todo. Y todo es nuevo, peligroso, incomprensible.

Se da perfecta cuenta de que es un peligro para ella. Tenerla cerca significa ponerla en la línea de fuego entre él y el G2. Y sabe que, para sobrevivir, él debe desaparecer, huir adonde sea imposible que lo encuentren, borrarse de la faz de la Tierra. Sabe que los hombres de su agencia, sus antiguos colegas, ya se habrán puesto en alerta máxima y estarán desplegando todos sus recursos para cumplir la sentencia de muerte que vino de La Habana. Quién sabe, quizá sea la misma Lina Ron quien le dé el balazo final.

Pero ¿por qué? ¿Por qué lo quieren matar? Mientras más busca la respuesta, más perplejo queda. ¿Cómo es posible que no tenga la más mínima idea de cuál es la acusación que lo hace merecer la muerte? En medio de todo ese torbellino mental, la sorpresa, la confusión y el amor se mezclan, nublando el juicio de Mauricio. La posibilidad de que Eva no sea quien dice ser no cabe en su universo. Sabe que hay algo raro y que ese intento de secuestro y asesinato necesita una explicación que él no tiene, que ella no le ha dado y que seguramente no se la pueda dar. Pero es inimaginable que la bella mexicana que vive del yoga, el pilates y la sanación sea otra persona. Mucho menos, la jefa de la CIA en Venezuela.

Lo único que se le ocurre a Mauricio en este punto es que el atentado contra Eva es culpa suya. La CIA lo identificó como el máximo agente del G2, lo siguió y descubrió su relación con ella. Han decidido secuestrarla para usarla como cebo para atraparlo a él. Y quizá a Adalberto Santamaría la CIA lo «volteó» y estaba trabajando para los yanquis cuando intentó asesinarlo. Pero, si eso es así, ¿por qué cuando huyeron en la moto el intento de secuestro se convirtió en un intento de asesinato? ¿Y por qué no parecía que buscaran asesinarlo a él, como sería lo lógico, sino a ella, a Eva?

Los pensamientos de Mauricio se confunden entre el pasado —las razones por las que llegó a Caracas— y el presente —las sinrazones por las que quieren matarlo—. Y entre lo uno y lo otro Eva, el milagro de haber encontrado un amor que está a punto de convertirse en tragedia. En el curso de su misión en Venezuela, Mauricio ha llegado a entenderse a sí mismo como un especial disidente. Es verdad que es un privilegiado de la Revolución cubana. También es cierto que como superagente del G2 ha tenido que cometer crímenes en defensa de la revolución. Pero ahora la revolución lo ha condenado. Entre más conoce a su agencia y al régimen cubano, su actitud ambivalente hacia la dictadura comunista se ha recrudecido y se torna ahora en anhelo de libertad y paz, de espíritu al lado de Eva. Pero ¿cómo alcanzar ese estado?

Mauricio no entiende nada. Así, después de un largo silencio, se levanta y comienza a hablar:

—Voy a organizar todo para te lleven de regreso a tu casa —le dice.

Eva, sabiendo que eso reviste un peligro de muerte, se niega rotundamente:

—No, yo de aquí no me muevo, Mauricio. Quiero estar contigo y no me importa lo que pase.

Eva, habituada a sospechar y buscar información en lo que no es visible, ha entrado en una especie de trance meditabundo después del intento de asesinato. Sólo sabe que su amante, el dominicano mayorista de ropa elegante, la ha rescatado providencialmente, pero entiende que la habilidad que demostró al enfrentar a los secuestradores de la CIA no es la de un simple mercader. La familiaridad que tiene con los criminales que le dan cobijo en uno de los barrios más peligrosos sugiere que es mucho más que un vendedor de ropa. Pero ¿qué?

Mauricio se asombra e interpreta las palabras de Eva como la solidaridad total de una mujer enamorada. Esto lo hace feliz, pero ya ha decidido que juntos no tienen futuro y que, por su bien, debe dejarla.

A la decisión le falta, sin embargo, contundencia, seguridad, ganas. Hasta a los hombres más determinados los sorprenden súbitos momentos de debilidad que los paralizan. Así, Mauricio se deja llevar por la única opción que siente que le queda en ese momento: fundirse con Eva en la cama de Luz Amelia. En esa cama sólo caben ellos dos. No hay lugar para la CIA ni para el G2. Ni para más nadie.

Cada uno se sumerge confundido en sus propias reflexiones. Eva simula dormir. Mauricio la mira, enamorado. Imagina una vida normal, sin sobresaltos, al lado de esta mujer bella, llena de encantos y talentos. Pero sabe que eso no va a pasar. Todo parece hacerse más oscuro, más tenebroso. Durante la larga noche, el espía ha decidido que la única alternativa que le queda es sincerarse. Poner todas las cartas sobre la mesa.

Cuando amanece, se prepara para ejecutar su decisión: recurrirá a un arma para él insólita: por primera vez intentará usar *la verdad* para solucionar un problema.

Sólo la muerte podrá separarlos

—Eva, Eva...

—...

—Eva, mírame. ¡Perdóname! ¿Me oyes?

—...

—Eva, no me llamo Mauricio Bosco... Mi verdadero nombre es Iván Rincón...

—...

—... no vendo ropa. No soy dominicano, soy cubano. Trabajo para mi gobierno...

La mujer desnuda que yace junto a él se estremece aturdida. Se incorpora, se queda mirándolo incrédula. ¿Estará soñando? No sabe qué decir, qué hacer, qué pensar. Su entrenamiento como espía no la ha preparado para algo así.

Mauricio, es decir, Iván, le ofrece agua, un abrazo, intenta levantarla. Ella se encoge como las mimosas sensitivas, esas plantas dormideras que se cierran al tocarlas, para defenderse de sus depredadores. La mujer planta, la «morivivi», la «no me toques», siente un confuso alivio nervioso. Por una parte experimenta la inmensa alegría de oír la voz del hombre al que ama, pero por otra, ¡por Dios!, ¿qué es lo que acaba de oír?

En el más arduo y difícil de todos sus encuentros, Iván quiere contarle todo, revelarle quién es y qué hace. Espera con paciencia a que la mujer salga de la coraza en que se ha encerrado. Entonces le habla de todo lo que vio y vivió en las últimas cuarenta y ocho horas. Cuenta que intentaron asesinarlo y él tuvo que matar a su asesino.

—Te amo, Eva. Por eso estoy aquí. Te amo y ya no puedo mentirte.

Y Eva responde con una sola pregunta:

—¿Eres el jefe de los espías cubanos en Venezuela?

—Sí.

Eva lo mira fijamente. Nunca antes alguien lo ha mirado así. No es una mirada, es un potente y conmovedor haz de emociones que sale de los ojos de esta mujer. Respira sin aire. Lo sigue mirando. No habla. No revela ni su verdadera identidad ni su misión porque en su fuero íntimo se dice que, si bien esa confesión es coherente con lo que han vivido juntos, cabe la posibilidad de que Mauricio ya sepa quién es ella en realidad. Tal vez esté listo para obrar en consecuencia.

Eva se prepara para lo peor: que él intente asesinarla. O que ella se vea forzada a matarlo a él. Por el momento no pasa nada. El tiempo se ha detenido. Sólo silencios. Largos y angustiantes silencios en los que cada uno trata de entender qué les ha pasado y qué deben hacer. Dos silencios entrelazados con miradas cargadas de preguntas, confesiones y miedos.

Eva siente la tentación de sincerarse con su archienemigo, pero la cautela y la desconfianza no la abandonan. No dice nada. Iván, en cambio, lo dice todo. No tiene nada que perder.

—Estoy en un callejón sin salida, Eva; me acusan de ser un doble agente, un traidor. Supongo que se trata de una intriga contra mí... No soy un santo y sé que tengo enemigos en el G2, pero esta vez parece que me llegó la hora. ¡Han dado órdenes de matarme!

Eva disimula su pánico. Recuerda todo lo que durante años ha leído sobre él en los detallados archivos que la CIA ha llevado acerca del hábil y escurridizo espía cubano. Leído, mas no visto. No existen fotos o videos de él. La CIA y varios otros gobiernos llevan años tratando de atraparlo o de eliminarlo. Y siempre se les escapa. Recuerda que leer los reportes le despertaba odio y admiración. Y siempre llegaba a la misma conclusión: «Este tipo es realmente bueno. Es un agente fuera de serie. No podemos dejar que siga haciendo de las suyas. Debemos eliminarlo».

Y ahora lo tiene allí, frente a ella. Eva sabe que, a pesar de que el hombre es mucho más fuerte que ella, si quiere puede matarlo. Allí mismo. Sólo necesita romper el vaso de agua que está en la mesa de noche y clavárselo en el cuello. Y ella sabe hacer eso en pocos segundos. Pero... él sigue hablando y confesando sus secretos. Parece totalmente sincero. ¿Lo es? ¿Realmente le está revelando sus secretos o es éste otro cruel truco de un desalmado espía? ¿La ama de verdad y tanto como dice o, simplemente, la está manipulando? Y de ser así, ¿qué es lo que realmente están buscando los cubanos? Si quieren sacarle información, ¿por qué no la torturan? No sabe.

Mientras Eva pondera racionalmente qué debe hacer, su conciencia reconoce que adora al hombre que tiene frente a sí, no al espía cubano, al hombre a quien tiene orden de matar, sino a Mauricio el comerciante. Debe de haber mucho de uno en el otro. Está conmovida, confundida, y, por alguna razón que no controla, lo abraza con una ternura que jamás antes ha sentido por un hombre.

No sabe aún si debe creerle; sólo sabe que necesita desesperadamente abrazarlo. Aquí y ahora.

Una vez más los espías vuelven a ser amantes. Sin más lenguaje ni más certezas que el calor de sus cuerpos, se entregan uno al otro.

21

Morir matando

¿De qué sirve estar vivo?

Lo ha ensayado más de diez veces frente al espejo. Aún no sale bien.

—El hablar no me resulta fácil, mi amor... Tú lo sabes —le dice a su cada vez más exasperada esposa. Cilia se ha convertido en su *coach* de voz, de oratoria, de postura.

Ambiciosa, ávida del éxito, la prosperidad y el reconocimiento que la vida hasta ahora le ha negado, Cilia se deja poseer por sus ansias de poder.

Pero hay un ineludible paso que está resultando más difícil de lo que debería ser: su esposo debe hablarle al país para anunciar la muerte de Hugo Chávez. Es un discurso que llevan horas ensayando y que su marido no logra pronunciar bien. Ni siquiera moderadamente bien. Es más que evidente, Nicolás Maduro no nació para hablar en público. No consigue dar con el tono; tartamudea, se confunde, suda, se paraliza, le tiembla la voz. Además, se siente bloqueado. No le sale dar por muerto a quien no sólo aún está vivo, sino a quien ha jurado que sobrevivirá como sea.

Y con Hugo nunca se sabe. El presidente ya ha superado una primera ronda de quimioterapia, se ha declarado libre de cáncer y los médicos han dicho que está curado. Pero los hechos son imposibles de ocultar. Allí está Hugo, de nuevo inconsciente en el quirófano, encomendado a «mi señor Jesús, al Dios de mis padres, a Simón Bolívar, al manto de la Virgen y a los espíritus de la sabana». Nicolás no sabe qué pensar. Ni qué hacer. Mucho menos qué decirle a la nación.

Pero Cilia no lo suelta. Nicolás la conoce y sabe que, cuando huele una presa a su alcance, redobla los esfuerzos y siempre logra lo que quiere. Y Cilia ya huele el Palacio de Miraflores, ya se ve como la persona que realmente va a mandar allí mientras Nicolás viaja por el país besando viejitas.

—Vamos, mi amor, hay que seguir practicando el discurso. Vamos. No seas flojo, tú puedes. Dale, mi gordo, que no es tan difícil.

Si bien tanto en Cuba como en Venezuela toda la información relacionada con la enfermedad del presidente es tratada como secreto de Estado, la oficina de Günther Müller obtiene copias de los informes confidenciales preparados para Fidel por un prestigioso equipo internacional de cirujanos a quienes se les había solicitado una opinión independiente. El informe dictaminó que las primeras cirugías en La Habana fueron un fracaso y que era necesaria una nueva operación, después de la cual el paciente deberá quedarse por tiempo indefinido en el hospital, ya que se teme que las células malignas aparezcan en otras partes del cuerpo. El informe aclara que ni siquiera la nueva operación garantizaría la sobrevivencia del paciente.

El pronóstico de los expertos es tan frío como pesimista. Fidel planea sus próximas acciones. Sabe que lo que está en juego no es sólo la salud de su amigo Hugo, sino su propio legado histórico.

Pocas semanas después, en una sala cercana al quirófano, un ceñudo Fidel Castro sigue en una pantalla de circuito cerrado las incidencias de la nueva operación. Largas horas más tarde, y para alivio del pueblo expectante, uno de los ministros informa desde Caracas que la cirugía ha sido un éxito. El presidente se encuentra en buena condición física y acelerado proceso de recuperación. Anuncia que el tumor extraído fue sólo una recurrencia del cáncer y que el paciente se someterá a un segundo ciclo de quimioterapia. Aun así, podrá seguir dedicándoles todas sus energías al futuro de Venezuela y el bienestar de los pobres.

Buenas nuevas para el pueblo, pero no para Cilia. La favorable evolución del presidente, la vehemencia con que asegura que el cáncer no podrá con él y sus continuos viajes de control médico entre Cuba y Caracas terminan por desanimar a la esposa del casi sucesor.

Una mañana, lleno de júbilo y energía, Hugo anuncia que su cuerpo está totalmente libre de cáncer. Con la cabeza rapada y el cuerpo hinchado por los medicamentos y la quimioterapia, un esperanzado presidente satura las pantallas de televisión.

Hoy lleva puesto un penacho indígena de plumas. Con los ojos cerrados escucha la plegaria de un chamán de la etnia yanomami, en la

Amazonía venezolana. En cuclillas el chamán sopla sahumerios sanadores sobre el presidente en mitad de un típico poblado amazónico. Otros indígenas observan con respeto, rodeados de militares, periodistas y la habitual comitiva presidencial: algunos familiares del presidente y los colaboradores más cercanos, incluidos, por supuesto, el ministro Nicolás Maduro y su esposa, Cilia.

Varias pancartas, como mensajes divinos, animan el evento: COMANDANTE PRESIDENTE, ¡ORDENE! Al final de tan sagrada ceremonia, entre trinos de pájaros y grillos, Hugo no ordena sino que anuncia emocionado que ya le ganó la batalla a la enfermedad. Ahora está listo para ganar otra batalla por la presidencia. Gracias al referéndum aprobado por el pueblo, ahora se permite la reelección indefinida en Venezuela. Hugo es el candidato de su partido a los comicios presidenciales de fin de año.

—¡Todavía hay Chávez para rato! —grita extasiado. Y emociona a millones de seguidores.

El silencio del pulpo

El repentino cierre de Ébano hace unas semanas es todavía un misterio para Camila Cerruti y todos los clientes y empleados. Nadie sabe qué pasó. Lo único que puede decirse con certeza es que Ébano, el oasis holístico de Caracas, está cerrado y no hay quien sepa por qué.

Eva está, por su parte, en un callejón sin salida. Cada vez que Mauricio, quien ahora le pide que lo llame Iván, la mira a los ojos o la acaricia, ella siente una extraña mezcla de culpa, rabia y miedo. Le parece que él le está siendo sincero, pero Eva ya no confía en sus instintos; le han fallado de una manera catastrófica y le pueden volver a fallar. Le resulta intolerable seguir manteniendo en secreto su identidad ante Iván, pero revelársela podría ser un error letal. No sabe qué hacer. En qué o en quién creer. Y lo peor es que ya no cree en sí misma. Cómo puede creer en alguien que no supo ver todo lo que le estaba pasando alrededor. En alguien que está enamorada de su posible asesino.

En Washington, la CIA ha calificado formalmente a Eva como MIA (*missing in action*, «perdida en acción»). Su captura es ahora una máxima prioridad para la organización, por lo que se han redoblado los esfuerzos para encontrarla.

Hay que llevarla como sea a otro país. O al menos impedir que hable.

Pero si Eva está perdida, sus jefes lo están aún más. No tienen idea de dónde puede estar, dónde buscarla. Se ha esfumado. La casa de Luz Amelia está en un universo invisible e ininteligible para la CIA. Pero la protección que le ofrece a Eva ese universo invisible tampoco es duradera.

Súbitamente, en medio de la noche, el refugio que han tenido Iván y Eva por unos días deja de serlo. Para sorpresa de la pareja, un vasto y eficiente operativo es desplegado por Lina Ron y los colectivos chavistas. Sin darles tiempo para reaccionar, la casa es rodeada y los espías son maniatados y llevados a un auto blindado con vidrios polarizados. Iván y Eva se miran y sin decir palabra se entienden: «Nos van a matar».

Luego de un tiempo, circulando a alta velocidad por las calles oscuras, siempre seguidos por una escolta de motociclistas armados, Eva se resigna.

—Al menos moriremos juntos —le murmura a Iván, conteniendo las lágrimas. La inminente muerte la hace sentir aún más unida a él. Ambos ignoran que por las próximas horas su destino no es la muerte. Los están llevando a la cárcel de La Cueva.

Antes de llegar, sus captores les ponen unas capuchas para que no vean adónde los conducen. Cuando el coche se detiene, los bajan y, por varios minutos, caminan a ciegas, cruzando de un corredor a otro. Oyen mucho ruido, música a todo volumen, gritos, puertas metálicas que abren y cierran. También perciben fuertes y desagradables olores. Al hacerlos detener oyen el ruido de un portón eléctrico que se abre. Cuando entran se cierra el portón. Allí no hay ruido ni olores. Sólo se oye el murmullo del aire acondicionado. Una música suave hace que el ambiente parezca sereno. Los sientan y al rato les quitan las capuchas. Están frente al Pran.

Nunca antes lo habían visto en persona, pero ambos saben exactamente quién es, qué hace y qué puede llegar a hacer.

Está sentado en una cómoda poltrona tomándose un ron. Verlo allí frente a ellos les produce una indescifrable sensación de peligro. ¿O de esperanza? Es como ver a Satanás recibiéndolos a la puerta del infierno. ¿Será que les está dando una última oportunidad de salvarse, de jugar con él una última partida de cartas que, de ganar, los salve de quemarse en el infierno que él encarna?

El Pran ha tenido noticia de ellos y está intrigado por su procedencia y su inexplicable presencia en el barrio. Su intuición le dice que son dos personajes interesantes que le pueden dar información que él desconoce. ¿Quiénes son y cuáles son sus verdaderos motivos? ¿De quién y por qué huyen? Lina Ron le ha suministrado algunos datos fragmentados y confusos sobre el mayorista dominicano de ropa, datos que Iván no desmiente sino que corrige y amplía. Pero Eva, la preciosa mexicana, la profesora de yoga, sigue siendo un enigma para todos. ¿Por qué quedarse en Venezuela y no regresar a casa, dondequiera que esté? Eva no responde, ha bloqueado la mente para armar con cuidado una historia creíble, trata de ganar tiempo mientras en su mente está escribiendo un guion que quizá la pueda, los pueda, salvar.

Segundos de vida o muerte.

El Pran hace muchas preguntas y ellos dan respuestas evasivas que él interpreta como falta de respeto. Y, en el mundo del Pran, una falta de respeto, verdadera o presunta, acarrea la pena de muerte.

Exasperado por la renuencia de los dos extraños a darle información útil, el Pran pierde la paciencia, se levanta y ordena, siempre en voz baja pero claramente inteligible, que los lleven «a dar un paseo».

Nadie dice nada. Pero todos los presentes saben exactamente qué quiere decir eso. Eva e Iván se miran y reconocen en esa mirada una resignada manera de despedirse. Eva imagina sus cuerpos arrojados en cualquier vertedero de basura. «Al menos, la policía nos encontrará *juntos*», piensa. Pero, justo cuando el Pran está por salir de la habitación, Eva llama al verdugo con femenina astucia y le dice:

—No te vayas, Yusnabi. Óyeme por un momento. Tu verdadero nombre es Yusnabi Valentín y sé todo de ti. Y antes de que nos mates voy a contarte quiénes somos. Te conviene oírme; no tienes nada que perder. —Iván la mira con ojos dilatados por la sorpresa. Eva no espera la aprobación del Pran, quien se ha detenido y la mira curioso—. Me llamo Cristina Garza, soy ex oficial de los marines de los Estados Unidos de América. Soy también quien dirige las operaciones de la Agencia Central de Inteligencia en este país. Vine a Venezuela para...

Los ojos del molusco se transforman en ojos de libélula y le dan una inmediata visión panorámica de 360 grados. Vigila cualquier movimiento de sus presas, pero sobre todo saborea curioso el delicioso y muy picante plato que el destino —¿o será más bien la CIA?—, le ha servido en su mesa. Ordena que le quiten las esposas.

Se vuelve a sentar y se dispone a escuchar con una sonrisa incrédula y mefistofélica los disparates y mentiras que Eva seguramente le va a contar. Luego de divertirse un rato oyendo las contorsiones narrativas de la mujer podrá siempre enviarlos a dar el paseo.

Iván se ha convertido en un cubo de hielo. Está paralizado y frío. Trata de controlarse, pero el cuerpo no le responde. No puede creer lo que está oyendo. Eva, *su* Eva, no existe. Quien él creía que ella era es otra persona que él no conoce. No es mexicana sino yanqui. No es realmente profesora de yoga sino agente de la CIA. La mujer que él ama y que dice amarlo se ha evaporado en pocos segundos dentro de este infernal antro del mal.

Se esfuerza por procesar lo que oye. Descubre que el relato corresponde, por lo demás, con lo que ambos han vivido en los últimos tiempos. También encaja con otras informaciones que él tiene.

Iván sabe, por ejemplo, que su gobierno tiene una agente infiltrada en los más altos niveles de la inteligencia de Estados Unidos, concretamente en el Pentágono. Es muy probable que esa agente, también mujer, haya obtenido la información de que Eva es la jefa de la estación de la CIA en Venezuela. Y la agente quizá haya logrado «plantar» la idea en Washington de que Eva se había pasado al bando cubano y que por lo tanto es urgente «neutralizarla». Además, sigue pensando Iván, es probable que los agentes cubanos hayan descubierto la relación íntima, pero clandestina, que mantenían.

Así, la espía cubana en el Pentágono habría logrado ahorrarle al G2 la riesgosa —y hasta ahora imposible— tarea de matar a la jefa de la CIA en Venezuela. Más bien, haría que la CIA se atacara a sí misma. «Qué movida tan brillante», se dice Iván a sí mismo admirado.

Por su parte, concluye Iván, sus colegas cubanos también debían de haber descubierto su relación con Eva, relación que él mantenía escondida, y dedujeron que, si su agente en Caracas tenía una relación íntima y clandestina con la espía yanqui, seguramente se había cambiado de bando y ahora trabajaba para la CIA. Había que eliminarlo. Iván comienza a armar el rompecabezas. Pero sabe que aún le faltan muchas piezas. Y que las piezas se mueven y cambian de forma.

Cristina, la ex Eva, sigue hablando mientras Iván escucha atónito. Nadie se mueve. Todos la miran con inmensa curiosidad. Cristina se las ha arreglado para no revelar con su relato los elementos más sensibles de su operación ni poner en riesgo a los miembros de su red. Ha sido *sincera* con el Pran, pero a su manera. Ella sabe que él no tiene modo alguno de corroborar esa historia. La escucha con curiosidad, pero no la cree. La historia de esta mexicana no se puede creer.

Al fin, con la aburrida ligereza que da el poder casi absoluto de vida o muerte sobre tanta gente, terminado el relato de la cautiva, el pulpo la felicita, sarcásticamente, por su fértil imaginación y, despachándolos con un gesto de hastío, ordena a sus maleantes que lleven a la pareja adonde «ya saben».

Sólo que al poder del Pran se le cruza otra inesperada jugada de la mexicana.

—Si yo fuera tú no haría eso, Yusnabi —le advierte Eva en voz alta y tono sibilino—. A Juan Cash no le gustaría. Puedes preguntárselo tú mismo. ¿Te doy el número de su teléfono celular privado? Está en Miami. Háblale de mí, pregúntale por mí. Sólo dile que piensas mandar matar a Cristina Garza.

Un hombre que no recibe órdenes de nadie es sacudido. La mención de su mentor espiritual lo hace levantarse como si fuese un resorte.

Se queda parado allí mismo, delgado y tieso como un bastón. El silencio es absoluto. El Pran no entiende lo que está pasando y por qué esta americana o mexicana o lo que sea sabe tanto de él. Y de Juan Cash. El Pran no tiene muy desarrollados los músculos de la sorpresa. Pocos se atreven a sorprenderlo, y esa inusual sensación suele descontrolarlo. No sabe bien cómo responder cuando le sucede algo inesperado. Y nada más inesperado que lo que está sucediendo en esa sala.

Luego de largos minutos mirando en silencio a la espía, el Pran saca un teléfono celular del bolsillo de su perfecto pantalón Armani. La única manera de aclarar las cosas es llamando a su pastor. Cash recibe la llamada en su mansión de Miami. La pantalla del teléfono no revela quién llama, pero pocos tienen su número privado y por eso decide contestar. El corazón se le dispara con alarma cuando oye la voz de su devoto. Esto no está presupuesto que suceda. El Pran no tiene su teléfono y mucho menos el privado. Es Cash quien llama al Pran en fechas y días fijados con antelación. El Pran explica la razón de la llamada. Su pastor lo escucha muy atentamente. Al fin, con la voz firme y contundente que requiere una urgencia, Juan Cash le ordena a quien no recibe órdenes de nadie:

—Ni lo intentes, Pran. Si ella de verdad está allí al lado tuyo, no le toques ni un pelo. Puede salirte muy caro. Muy caro. No lo hagas, ¡por Dios! Salgo ya mismo para Caracas y te explico por qué. Pero no le hagas nada. ¡Espérame!

Una tras otra, con mucha prisa y sin detenerse, suben por la médula espinal del presidente, y ahora candidato presidencial; son miles de dolorosas punzadas que lo hacen retorcer. Hablar sin interrumpirse a sí mismo es una posibilidad que ya no puede dar por segura. El dolor la sabotea. Este dolor que no lo abandona le preocupa más que la amenaza que representa su joven y atlético contrincante en la campaña por la presidencia.

Sentado en un autobús preparado especialmente para la gira electoral, Hugo se contorsiona sin pausa y cada vez con menos control sobre su cuerpo. El dolor lo revuelca. Nicolás Maduro, Cilia, Ángel Montes y otros íntimos amigos lo acompañan.

Impresionados por su sufrimiento intentan disuadirlo para que suspenda el acto al cual se dirige a dar un discurso.

—El pueblo lo entenderá —le dicen.

—No se preocupe, presidente, Nicolás puede dar el discurso por usted —lo exhorta Cilia, quien como respuesta recibe de Hugo una mirada fulminante. Ella inmediatamente se da cuenta de que se pasó. Está empujando demasiado.

El enfermo, con la muerte cerca, se aferra a la esperanza. Con inmenso esfuerzo logra juntar algunas palabras y, con un hilo de voz, ordena al médico cubano que siempre lo acompaña que le administre un poderoso calmante. El doctor vacila y le hace ver que no debe abusar ni de su estado ni de los analgésicos.

—¡Es una orden! —grita adolorido con el resto de aliento que le queda.

Afuera del autobús, en el centro de San Fernando de Apure, una ciudad llanera, la multitud de seguidores, todos con franelas rojas y pancartas, se agolpa en la plaza donde les hablará su adorado líder. Son los esfuerzos finales después de cien días de campaña. Los animadores le piden calma a la masa; el candidato está en camino, muy pronto llegará el Máximo Líder. La música suena a todo volumen y se oye a kilómetros de distancia. Algunos bailan. Fluyen el ron y la cerveza aportados por el gobierno sin costo alguno. La ebriedad es colectiva.

Al rato, animado por el efecto de la droga que le dio el médico, Hugo se levanta y se dirige a su comitiva:

—¡Vamos!

Sube con cierta dificultad a una carroza descubierta dispuesta para la campaña. Luego, se introduce dentro de un podio especialmente diseñado para que parezca que está parado, aunque en realidad es un sofisticado aparato pensado para que su cuerpo no descanse sobre las piernas. Parte junto a su consternado séquito rumbo a la concentración. Nada de rostros preocupados o tristes. Que todos se muestren jubilosos y triunfales. Es la orden.

La carroza avanza a paso lento por calles colmadas de gente que vitorea a su héroe. La sonrisa del presidente y candidato resplandece, sus brazos hacen la acostumbrada señal de triunfo y nada, salvo su hinchazón, deja pensar que esté a un paso de la tumba. Al verlo, sus seguidores pueden comprender el trasfondo de sus palabras de hace unos meses:

—No soy el caballo que era antes; ahora soy como un búfalo.

Sin embargo, para muchos su sola presencia es ya un milagro, creen sin reparos en lo que Hugo denuncia en su discurso: que la oposición le está haciendo brujería para impedirle hacer campaña.

—Si fuera por mí, me bajaría de esta tarima y caminaría las calles, pero no puedo... Cuánto me gustará volver a ser libre como el viento, aunque sea por unos días.

Lo dice porque debe limitarse a aparecer en radio y televisión, y en muy pocas concentraciones masivas de las principales ciudades, mientras que su joven rival en estas elecciones, que está en plena forma física, recorre todos los rincones del país, caminando, corriendo, en bicicleta, en moto, en tractor. Una competencia entre búfalo y liebre. Pero ya la fábula ha narrado que a la meta no siempre llega primero el que más rápido corre. Está claro que, por ahora, las disminuidas capacidades físicas limitan a Hugo, pero todavía le quedan su desbordante simpatía y su impresionante conexión emocional con sus seguidores, dos habilidades que su rival no tiene. Hugo lo sabe y es por eso que, para delirio de la muchedumbre, no pierde oportunidad de insultarlo.

—Pobre de ti, burgués apátrida, candidato *majunche*, analfabeto político; es muy difícil superar o esconder tus grandes limitaciones intelectuales. No sirves como candidato y mucho menos sirves para ser presidente de este gran pueblo venezolano, de esta patria de Bolívar... —le grita Hugo a su contrincante, lo cual en todos los mítines arranca de la muchedumbre un sobrecogedor rugido de aprobación.

Y, por supuesto, también cuenta con su enfermedad como instrumento electoral. ¿Por qué no hacerla motivo de campaña, usarla en su favor? ¡Es un recurso que el otro no tiene! En una misa ofrecida por su salud, ante la Biblia abierta y mirando a un lastimero Jesús de Nazaret que cuelga en el altar, Hugo sufre un genuino desfallecimiento emocional que termina jugando en su favor. Con perlas de sudor en la frente, ojos llenos de lágrimas y voz quebrada, implora frente a Cristo y las cámaras de televisión:

—Dame tu corona, Cristo. Dámela que yo sangro, dame tu cruz, cien cruces, que yo la llevo, ¡pero dame vida!, aunque sea llameante, vida dolorosa, no me importa. No me lleves todavía, Señor, dame tus espinas que yo estoy dispuesto a llevarlas, ¡pero con vida, Cristo, mi Señor! Amén.

El video con esta escena se hace viral en las redes sociales no sólo en el país sino por toda América. Millones de personas son sacudidas por esta conmovedora escena. El otro candidato no tiene cómo contrarrestarla. El genio político de Hugo brilla una vez más.

La prensa nacional e internacional ha seguido con particular interés el ritmo de esta contienda política que se acelera en los últimos cien días de la campaña. Hacen hincapié en el arrojo demostrado por el actual presidente al hacer campaña electoral en su precario estado de salud. Señala también que para muchos opositores se trata de una irresponsabilidad porque, sea cual fuere el desarrollo de su enfermedad, es probable que no podrá completar el periodo constitucional. Seguidores y adversarios reconocen la heroicidad con que el presidente ha cumplido una especie de campaña suicida.

Los cien días culminan en un masivo mitin en Caracas. En medio del más emotivo encuentro con su pueblo, justo en la mitad del discurso se precipita un tremendo aguacero. Hugo levanta el rostro y las manos al cielo. Su verbo se enardece y, una vez más, recurre a la frase de Bolívar en 1812, cuando ve a Caracas, su ciudad natal, devastada por un terremoto:

—¡Si la naturaleza se nos opone, lucharemos contra ella y haremos que nos obedezca!

Sólo que en este caso la naturaleza no se está oponiendo con un terremoto sino con un cáncer que lo carcome.

Del cielo llueven aplausos. La multitud delira y soporta, a pie firme, el vendaval. Empapado por el agua y por el dolor, el caudillo sigue hablando emocionado del glorioso futuro que le espera al país. Un futuro que él sabe que no verá.

Confesión en alta mar

Una llamada telefónica despierta en mitad de la noche a Oliver Watson. Él no lo sabe, pero la llamada se origina en el océano Atlántico, a bordo de un barco carguero que navega desde las costas de Venezuela rumbo a África, a Guinea-Bissau. En la línea está Cristina Garza, quien llama a su ex amigo y ex superior por el teléfono satelital encriptado que le dio el Pran.

La astuta treta de Cristina en la cárcel funcionó y les salvó la vida.

La llamada del Pran ha hecho que Juan Cash tome su jet privado y vaya a Caracas.

El predicador aún no se ha enterado de que Cristina ha caído en desgracia con la CIA y, pensando que era todavía una todopoderosa jefa de la agencia, decide ir a Caracas a rescatarla. Cash sabe que, si la salva, la CIA hará lo necesario para que la condena que tiene pendiente sea aún más leve. Una vez llegado a La Cueva, persuade al Pran de que, en vez de matar a los dos espías, debe aliarse con ellos para enfrentar a los cubanos y otras fuerzas nefastas que habían secuestrado la presidencia de Hugo. Y que, además, le están haciendo una competencia desleal y quitándoles mercado a sus negocios. Cash insistió:

—Estos dos son un regalo que te cayó del cielo. ¡Úsalos!

Después de pensarlo, consultarlo con Willy García y volverlo a pensar, el Pran se convenció. Usaría a los dos espías como ariete para atacar la fortaleza de Hugo. Pasaron largas horas siendo interrogados por el Pran y García acerca de todo: las estrategias, líneas de mando y vulnerabilidades de los chavistas y de sus rivales, sobre las fortalezas y debilidades de los más importantes jugadores en el tablero del poder, sus finanzas, familias y amantes. Quién estaba en la nómina de quién. Quién se acostaba con quién. Y mucho más.

Pocos días después Cristina e Iván salen del país con la ayuda del omnipresente manto protector del Pran, su nuevo aliado. Son llevados a un remoto puerto en el oriente de Venezuela, donde abordan un carguero que, les dice, los llevará a África, más concretamente a Guinea-Bissau. Ambos entendieron inmediatamente. Los dos saben en qué consiste la «ruta africana» del Pran y este barco es uno de sus transportistas.

Sus sospechas se confirman cuando ven cómo las grúas depositan grandes bultos en las bodegas del barco. Es obvio que éste no sólo los llevará a ellos dos a Guinea-Bissau sino también las veinte toneladas de cocaína que están cargando. De África la coca irá a Europa, donde será comprada y ávidamente consumida en elegantes palacios y apartamentos, discotecas, oficinas ejecutivas, universidades y los mejores salones del Viejo Continente. La venta de esas veinte toneladas producirá ingresos de cientos de millones de euros.

Pero ése no es el tema del cual Cristina, la ex Eva, quiere hablar con su jefe. Watson y toda la CIA le habían perdido el rastro. Ni él ni sus colegas sabían dónde estaba Cristina ni qué le había pasado. Watson, cuando pensaba en ella, la daba por muerta, lo cual le producía un inmenso dolor. A pesar de suponer que los había traicionado a él, a su organización y a su país y que se había vendido al enemigo, su jefe aún albergaba fuertes sentimientos paternales hacia ella.

La voz de Cristina en medio de la noche sacude a Watson. Por un lado, se alegra de saber que sigue con vida, pero, por otro, se le activan inmediatamente las alarmas y controles internos que tienen los espías cuando hablan con un agente enemigo.

Después de un saludo corto y frío, sin darle ninguna referencia de las vicisitudes por las cuales había pasado, Cristina le dice que ha escapado del país con un «activo» muy valioso para la CIA.

—Estoy con el jefe del G2 cubano en Venezuela. Está dispuesto a revelarles todos los secretos de la inteligencia cubana acumulados durante décadas, a cambio de ser protegido por el gobierno de Estados Unidos y recibir asilo político, ciudadanía estadounidense y protección del gobierno. —Watson, sobresaltado, enciende la luz y camina sin terminar de entender lo que oye. Tampoco puede hablar porque Eva interrumpe todos los silencios—: Cualquier acusación contra mí o cualquier decisión que afecte a mi seguridad personal deberá ser abandonada. La CIA debe garantizarme que no seré penalizada. Les doy veinticuatro horas para decidir. Si se niegan, le haré la misma oferta a algún otro gobierno. Estoy segura de que hay muchos interesados.

Watson cuelga intentando comprender el trasfondo de la conversación y convoca un encuentro inmediato con sus jefes de la CIA, el Pentágono y el Departamento de Estado. Mientras tanto, y sin importarle la hora, Eva llama a Brendan Hatch y le cuenta lo mismo. Le pide, por favor, que les lleve esta información al director de la CIA y a su amigo, el presidente de Estados Unidos.

Los días siguientes fueron intensos para todos. Cristina e Iván desembarcaron en un extraño enclave colombovenezolano en una bellísima y solitaria ensenada de Guinea-Bissau. Sin duda, el Pran debía estar muy orgulloso de haber concebido y hecho realidad el sueño de esta ruta. Cientos de colombianos y venezolanos que trabajaban para él se han establecido en el país africano para manejar un negocio que crece a gran velocidad.

El mismo Pran, previendo el cambio de rumbo del gobierno y los efectos que eso podría traerle a su millonario negocio, planea escenificar su propia muerte y escapar a Europa. Desde allí continuará manejando su cártel criminal en Venezuela y conquistará nuevas geografías.

—Vámonos a Mónaco —le sugiere Willy García, el único hombre de confianza que viajará con él.

Entre arepas, merengues y vallenatos, en una sencilla pero preciosa casa junto a un río, Cristina e Iván hablaron, hablaron y siguieron hablando. Se lo contaron todo. Ambos decidieron creer en el otro. Ya no les importaban ni sus posiciones secretas ni los delirios de lucha por la patria. Ya no querían dar la vida por sus gobiernos, ni sacrificarlo todo por la defensa nacional. Dijeron quererse el uno al otro. Tan sencillo, y tan improbable, como eso.

En Washington, Oliver Watson y el senador Hatch lograron apaciguar los ánimos de los jefes de la CIA y otras agencias de inteligencia estadounidenses que estaban en pie de guerra y deseaban ver a ambos espías y sus secretos fuera de juego.

Pero Cristina conocía ese juego y supo cómo jugarlo. Contrató a un famoso y temido abogado de Washington para que negociara con el gobierno las condiciones de la entrega de los dos espías de manera que su seguridad e integridad física estuvieran garantizadas, al igual que el asilo político.

Unas semanas después, dos pequeños jets privados aterrizan en un aeropuerto clandestino, muy cerca del poblado donde están los dos espías. Son aviones de la CIA. Los pilotos y los cuatro agentes que los acompañan les informan que, por razones de seguridad, sus superiores han decidido que Cristina e Iván viajen por separado, y por eso han venido a recogerlos en dos aviones.

Esto les sorprendió, pero la insistencia de los pilotos por despegar de inmediato antes de que llegue una tormenta que les impida salir, y la confianza que tienen en los acuerdos a los que han llegado con la CIA y otras autoridades en Washington, hacen que acepten subir a los aviones. Así, apurados por los pilotos e inhibidos por la presencia de los agentes, Cristina e Iván se despiden rápidamente y sólo alcanzan a darse un abrazo y un fugaz beso, suponiendo que muy pronto volverán a estar juntos. Para siempre.

El avión de Cristina fue el primero en despegar. El capitán le informó a la pasajera que volarían de regreso a la base aérea Andrews, en las afueras de Washington, y que el vuelo duraría ocho horas y cuarenta y tres minutos.

Apenas entró a la cabina del otro jet ejecutivo, y antes de sentarse, Iván le preguntó al capitán adónde iban. Éste se disculpó y le explicó que no estaba autorizado a revelar su destino, pero que no se preocupara. Que se sentara y disfrutara el vuelo.

El viaje de Cristina duró exactamente lo que el capitán había pronosticado y aterrizaron en un aeropuerto militar que para ella era familiar, ya que en sus años con la CIA había viajado desde allí con frecuencia. Al detenerse el avión, Cristina vio por la ventanilla que lo habían rodeado ocho camionetas blindadas que transportaban un nutrido grupo de hombres, todos fuertemente armados. Bajó por la escalerilla y se dio cuenta de que no conocía a nadie. Además, ninguno le dirigió la palabra. La invitaron a ocupar el asiento trasero de una de las camionetas y, una vez sentada, la caravana arrancó a alta velocidad.

Unos minutos más tarde, les preguntó a los tres hombres que viajaban con ella por Iván, por Watson, por otros de sus colegas.

—No sé de qué me habla señora —le contestó fríamente quien parecía ser el jefe.

Ninguno de ellos volvió a decir palabra durante el resto del camino.

Luego de dos horas de viaje por carreteras secundarias que atravesaban un paisaje rural, el convoy salió de la calzada y se adentró en un gran campo sembrado de plantas de maíz. Después de rodar varios kilómetros por una estrecha pista de tierra, llegaron a una colina boscosa. Siguen por ese camino y pasan por tres controles de seguridad hasta que finalmente llegan a una gran casa con aspecto tanto señorial como austero. Cristina observa que detrás de la casa principal hay dos edificaciones que parecen cajas y que no tienen ventanas. El techo de uno de esos dos edificios caja está sembrado de antenas. Hay vigilantes armados por todos lados.

Al bajarse de la camioneta, la recibe una amable pero seca mujer de unos sesenta años que se presenta como Rita Ferguson, le da la bienvenida a lo que ella llama «La Mansión» y la lleva a la que sería su habitación durante su estadía allí. La invita a refrescarse y le informa que en una hora la espera en el comedor para cenar. Le recomienda que después de la breve cena se acueste temprano y trate de dormir bien, ya que «mañana comienzan las conversaciones y es importante que estés descansada». Cristina sabe exactamente a qué se refiere Rita y en qué consisten esas «conversaciones». De hecho, ha participado en varias de ellas. Pero siempre del otro lado de la mesa. Se trata de intensos, detallados y repetitivos interrogatorios a los cuales un equipo de especialistas somete a una persona que tiene información confidencial, sensible y del máximo interés para la agencia.

Muy molesta, Cristina le responde que no va a participar en conversación alguna hasta que le permitan hacer varias llamadas telefónicas y hasta que le digan dónde está Iván Rincón.

—Como quieras, Cristina. Tú eres una profesional y sabes de lo que estamos hablando. Te puedes rehusar a colaborar tanto como quieras, pero mientras más tiempo te niegues a colaborar, más alargas tu estadía aquí. Esto puede ser un proceso sencillo y rápido. Cuenta todo lo que sabes y saldrás muy pronto a empezar tu nueva vida. Y, como profesional que eres, también sabes que no tendrás contacto con el mundo exterior hasta que terminen tus conversaciones acá.

Cristina está furiosa.

—Mi abogado espera una llamada mía y si no la recibe va a activar una serie de denuncias públicas que van a comprometer toda esta operación y los dejarán a ustedes expuestos, en ridículo y sin nada. Además, yo he llegado a acuerdos, a compromisos concretos con Oliver Watson y con el senador Hatch.

Rita Ferguson la mira fijamente por varios segundos y luego, en voz muy baja y calmada, le dice:

—Nuestro compromiso contigo no ha cambiado y vamos a cumplir con nuestra parte del acuerdo. Pero sólo después de que tú hayas cumplido con la tuya y nos lo digas todo. Y en cuanto a tu abogado no te preocupes, sabe que estás con nosotros. Y lo que habías activado con él ya lo desactivamos. No hará nada hasta que lo llames después de que tus conversaciones con nosotros hayan concluido y estés fuera.

Cristina está indignada, pero sabe que la mujer tiene razón. Le dice que no va a cenar y que se va a bañar y a dormir.

—Pero antes tengo una pregunta que necesito que, por favor, me respondas —afirma con una angustia que no puede ocultar—: ¿Dónde está Iván Rincón?

Rita lo piensa por unos segundos y le responde:

—Sólo te puedo confirmar que llegó bien y que también comienza sus conversaciones con nosotros mañana.

—Pero ¿dónde?, ¿dónde lo tienen?

—En Guantánamo —responde Rita mientras se voltea y se va caminando por el corredor.

Cristina no pudo dormir. Sus nuevas y muy reales pesadillas se sumaron a las que nunca la abandonaban, creando así un coctel que hace imposible el sueño.

A la mañana siguiente se levantó exhausta, pero también muy decidida a zambullirse en los interrogatorios y salir de ese trámite lo más rápido posible. «No tienes nada que ocultar y no quieres ocultar nada», se repetía a sí misma, dándose ánimo. Se ha convencido de que su liberación depende de que todo lo que había hecho, aprendido, descubierto y vivido en Venezuela lo sepa el gobierno. Va dispuesta a decirlo todo; que no quede nada sin revelar. Su reto, por supuesto, es que la crean. Pero supone que, a medida que sus interrogadores se vayan dando cuenta de que no está ocultando nada, todo será más fácil. Gracias a su disposición a colaborar espera que sólo dure, como mucho, un par de semanas. Después de eso, se reunirá con Iván para comenzar su nueva vida juntos. Al principio, esa esperanza la ayuda a enfrentar los largos días de interrogatorio. Pero nada de esto resultó así. Cristina, la curtida espía, se equivocó. Dos meses después todavía la están interrogando. Y sigue sin saber nada de Iván. Ni de nadie.

Siete días a la semana pasa largas horas encerrada con sus investigadores en una gélida sala de reuniones con espejos, grabadoras, monitores de televisión, archivos, fotos y el omnipresente detector de mentiras, recordando y reconstruyendo su vida en Venezuela. Quienes la interrogan trabajan en varios equipos que se turnan. Siempre llegan frescos y descansados, y ella está cada vez más extenuada. Ha perdido varios kilos y la angustia es ya parte de la fisionomía de su cara. También la asedia el tedio; la hacen volver sobre la misma situación una y otra vez y siempre están a la caza de una contradicción, un error o una respuesta mínimamente distinta a la que había dado una de las cien veces anteriores.

Con frecuencia se desanima y pierde la esperanza, pero se recupera rápidamente porque siente que el proceso está por llegar a su fin. Ya no le queda nada más por decir, por revelar, por contar.

Pero, además, reconstruir a través de los interrogatorios su vida en Venezuela ha significado reconstruir su relación con Iván. O, mejor dicho, con Mauricio. ¿O con... quién? ¿De cuál de los dos se enamoró? Y por otro lado, ¿de cuál de las dos mujeres estará enamorado Iván?

¿De ella o de Eva? Contar una y otra vez la historia se ha transformado para Cristina en una especie de proceso de disección de su amor. Y del que Iván dice sentir por ella. ¿Cómo pueden ambos haber mentido tanto, tan bien y por tanto tiempo? Claro, mentían porque su trabajo se lo exigía. Pero ¿y si la mentira y el mentir son adictivos? ¿Podrán vivir juntos sin mentirse? ¿Podrán alguna vez confiar plenamente el uno en el otro? Además, siente que conoce bien a Mauricio, pero mucho menos a Iván, aunque, en cuanto lo piensa, reprime esa idea y se obliga a recordar que Mauricio e Iván son la misma persona. ¿O no?

A miles de kilómetros de distancia, Iván piensa que la espía norteamericana de la que se enamoró le tendió una trampa.

Desde que su avión aterrizó en la base naval que Estados Unidos mantiene en Guantánamo, en el sudeste de Cuba, sus interrogadores no han hecho más que maltratarlo. Además, lo amenazan con que lo van a empujar «al otro lado de la cerca», queriendo decir que lo entregarán el gobierno cubano. Iván sabe que eso significará bárbaras torturas y una muerte segura.

Los interrogatorios son similares a los de Cristina. Todo el día, siete días a la semana, preguntas y más preguntas. Muchas veces las mismas. Y, al igual que Cristina, Iván ha decidido que lo quiere contar todo. Pero eso no satisface a sus interrogadores, quienes con frecuencia le piden que revele secretos del gobierno cubano sobre temas desconocidos para él. Cuando Iván les dice, les jura, que él no sabe nada de eso, los interrogatorios se tornan violentos. En tres ocasiones lo someten a sesiones de *waterboarding*, una técnica que usando un cubo de agua y un paño mojado provoca la asfixia temporal de la víctima.

Al principio, Iván mencionaba reiteradamente el acuerdo al que Cristina y él habían llegado con las más altas autoridades del gobierno estadounidense y las promesas que les habían hecho en cuanto a su protección legal y a su seguridad física. Sus interrogadores se reían y, burlonamente, le decían que ése era otro departamento. Que el departamento de ellos era preguntarle y pegarle si no confesaba todo. Uno de sus más crueles interrogadores, cargado de ironía, le dijo:

—Yo no conozco a nadie en el departamento de compromisos y promesas. Al fin y al cabo somos una gran burocracia. Y no muy bien aceitada. Así que, muchas veces, no nos enteramos de lo que deciden o hacen nuestros colegas en otras partes de la organización.

Pero nosotros sí sabemos lo que debemos hacer contigo si no nos dices todo lo que sabes.

Iván no sabía si creerles o no. Quizá era verdad que no había habido ningún acuerdo y que todo lo había inventado Cristina para que él cayera en las manos de la CIA. A veces sentía que la traición de Cristina era obvia. Otras veces, dudaba. Sentía que el amor que ella le había mostrado era muy real. Y sabía que él estaba profundamente enamorado de ella. ¿O quizá ya no? Iván ¿quiere a Cristina o a Eva? ¿A cuál de los dos ama Cristina, a Iván o a Mauricio? ¿Cómo saber que fue real?

Varios meses después terminan, finalmente, los interrogatorios. La CIA cumple con las promesas que le había hecho a Cristina y no la llevan a juicio. Ella renuncia a la organización y regresa a vivir con su familia en Yuma, Arizona, donde al cabo de un tiempo abre un spa.

Iván también es liberado y el gobierno norteamericano le entrega un pasaporte español con otro nombre, documentos que le permiten construir una historia de vida falsa pero creíble y algo de dinero. Iván se establece en un pequeño pueblo en Galicia, donde arrienda una modesta casa frente al mar.

Ni Cristina ni Iván saben cómo contactar al otro. Y tampoco lo intentan. Ambos se sienten traicionados. No saben si pueden confiar en una persona que miente tan hábilmente.

Sin embargo, no pasa un día sin que sueñen con una vida en común. No dejan de imaginar cómo hubiese sido esa vida los dos juntos.

Un par de años después, Cristina recibe una sorpresa. La tarde de un martes Oliver Watson entra al spa. A Cristina le salta el corazón. Una avalancha de recuerdos la estremece. No sabe si abrazar a su ex jefe o agredirlo. Si invitarlo a tomar un café o pedirle que se vaya inmediatamente.

Se quedan mirándose frente a frente por largo tiempo. Finalmente, Watson rompe el silencio:

—Tengo algo que hace tiempo que he querido darte.

Le da un papel doblado y se marcha. Cristina lo abre.

Teléfono de Iván: 34 913 378 200

«Por si de pronto...»

Con heroico esfuerzo, Hugo Chávez ha ganado las últimas elecciones presidenciales; estará siete años más en el poder.

Antes de darle paso al discurso del victorioso presidente, un destacado periodista internacional analiza la grave situación del país. Informa que los expertos pronostican que, luego de este triunfo, la situación no mejorará a menos que el gobierno cambie sus políticas. Y el consenso es que ni Chávez ni sus más cercanos colaboradores están dispuestos a hacer correcciones.

El periodista declama ante la cámara de televisión la larga y ya muy conocida lista de problemas que hacen que uno de los países más ricos del mundo mantenga a la población, especialmente a los más pobres, en una situación insoportable.

—Escasean los bienes básicos de consumo, desde la leche para bebés hasta papel higiénico, así como las más básicas medicinas. La inflación es la más alta del mundo, la corrupción ha llegado a un punto vergonzosamente crítico y, sobre todo, la inseguridad personal y la violencia tienen a los ciudadanos al borde de la locura. Venezuela sufre una de las más altas tasas de asesinatos del mundo. Ésta es la situación que el presidente Hugo Chávez hereda del anterior presidente, es decir, de sí mismo. Y ahora sí pasamos a oír y ver su discurso.

El presidente comienza jubiloso desde el Balcón del Pueblo:

—Desde lo más profundo de mi corazón les doy las gracias, compañeros y compañeras, y le pido a Dios que me dé vida y salud para seguir sirviendo más y mejor al pueblo venezolano. Gracias, Dios mío; gracias, Cristo de los pueblos. Dedicamos este triunfo a nuestros hijos, a nuestros nietos, a la juventud venezolana, la mejor generación que por esta tierra ha pasado desde que el mundo es mundo. Lo dedicamos a las mujeres de Venezuela, a los estudiantes, a los trabajadores, a los campesinos, a los pueblos indígenas, a los pescadores...

»El nuevo ciclo de mi gobierno comienza hoy mismo. Yo me comprometo con ustedes a ser cada día mejor presidente de lo que lo he sido en estos años. Y los invito a todos a que seamos cada día mejores patriotas, mejores líderes para acelerar la construcción de la Venezuela potencia, de la Venezuela grande.

»Les hago el llamado a los sectores opositores para que salgan de ese estado mental y anímico que les ha llevado a desconocer todo lo bueno que hay en esta tierra venezolana y a expresar una visión catastrófica. Venezuela no está en ninguna catástrofe, esta Venezuela de hoy es la mejor Venezuela que hemos tenido en doscientos años. ¡Y alerta, alerta que la espada de Bolívar camina por América Latina!

Abajo del balcón, el río alebrestado del pueblo aplaude, grita y llora. Siete años más de revolución. Dios está con ellos.

Hugo siente que tiene demasiado ruido en la cabeza. Ese bullicio mental le hace muy difícil diferenciar lo importante y trascendente de lo banal y pasajero.

¿Qué debe hacer? ¿Con quién? ¿Cuándo? Quiere, necesita, dilucidar hacia dónde debe dejar enrumbada su revolución. Si el designio de Dios es llevárselo a su lado, que por lo menos su amada Venezuela sepa hacia cuál destino debe navegar.

Pero no puede. No puede. Otra vez los dolores lo punzan, lo disminuyen, lo tumban, lo vencen. Imposible ser visionario y mirar lejos cuando sus propias células disparan ráfagas de sufrimiento que los calmantes no logran matar. No se puede pensar sobre el *después* cuando el *ahora* está inundado de dolor. En esos momentos sabe perfectamente bien a qué huele y cómo luce una derrota.

Nunca antes lo había sentido tan clara y visceralmente.

Traje de militar pero sin su legendaria boina de paracaidista. En la mano, su inseparable edición en miniatura de la Constitución que fue redactada bajo sus órdenes y a su medida.

A la derecha, su escudero Nicolás Maduro. A la izquierda, el jefe de la facción militar más corrupta y desalmada. Sus más confiables servidores. Al frente de él, una cámara de televisión. Atrás de ella, el pueblo que escucha con atención y obediencia los últimos designios de su presidente antes de regresar a La Habana a enfrentar una más, quizá la última batalla contra su verdadero enemigo, el cáncer.

—Si algo ocurriera que me inhabilitara de alguna manera, mi opinión firme, plena como la luna llena, irrevocable, absoluta, total, es que en ese escenario que obligaría a convocar de nuevo, como manda la Constitución, elecciones presidenciales, les pido que elijan a Nicolás Maduro como presidente de la República Bolivariana de Venezuela. Yo se lo pido desde mi corazón. Dios sabe lo que hace. Si es que yo no pudiera continuar, aquí queda uno de los líderes jóvenes de mayor capacidad para seguir con su mano firme, con su mirada, con su corazón de hombre del pueblo, con su don de gente, con su inteligencia, con el reconocimiento internacional que se ha ganado, con su liderazgo, al frente de la presidencia de la República, dirigiendo, junto al pueblo siempre, y subordinado a los intereses del pueblo, los destinos de esta patria.

Dice «por si de pronto». Aún está en su derecho de creer que esta ausencia del país es algo temporal.

—Siempre he vivido de milagro en milagro. Y como hace tiempo estoy aferrado a Cristo, con el favor de Dios, como en las ocasiones anteriores, saldremos adelante. Tengo plena fe.

Esta vez el discurso del presidente dura exactamente treinta y siete minutos. Las arengas presidenciales que duraban horas son cosa del pasado. El pueblo, conmovido, arrollado por el drama de su líder, sigue la transmisión, entiende y asiente.

En su residencia, Fidel Castro ve por televisión el discurso de Hugo. Su hermano Raúl y Gálvez le hacen compañía. Fidel se ve muy preocupado. A pesar de que su relación con Hugo siempre tuvo como único norte extraer tanto petróleo y dinero de Venezuela como fuese posible, el afecto del líder cubano por Hugo Chávez es evidente.

—Las noticias de Hugo son malas, pero al menos tenemos a Nicolás encaminado a ser su sucesor. Y ésa es la mejor noticia para nosotros.

Muy pronto, los tres reciben al desalentado presidente en el aeropuerto de La Habana. El quirófano está preparado; esta cuarta intervención quirúrgica no debe esperar. Sus hijas lo abrazan y lo lloran. Nicolás y Cilia le dan ánimo. Su amigo Ángel lo despide con un emocionado abrazo. Los médicos y enfermeras lo conectan a las máquinas que lo harán viajar en el tiempo, una ruta de seis horas hacia quién sabe dónde.

Como siempre, desde una sala privada al lado del quirófano, Fidel, solamente acompañado de su médico de confianza, quien le narra lo que está sucediendo en el quirófano, mira fijamente los monitores de circuito cerrado que muestran la intervención quirúrgica. Media docena de médicos y asistentes, rodeados de máquinas de alta tecnología que emiten luces y silbidos, están tratando de salvarle la vida al presidente de Venezuela. Muy circunspecto, Fidel escudriña el ancho rostro de su ahora calvo discípulo, quien luce congestionado, lívido, con los ojos cerrados, la boca entubada y un sinfín de catéteres conectados a distintos aparatos que lo mantienen con vida. Se oye el sonido digital de un pulmón artificial junto a los latidos del cansado corazón que reporta temeroso el osciloscopio.

Algunas horas más tarde, desde La Habana, Nicolás Maduro le comunica al pueblo venezolano:

—La intervención culminó correctamente y de manera exitosa.

—Pero aclara que el proceso que sigue será complejo y muy duro.

¿Eso es todo lo que nos tiene que decir? Seguidores y opositores, impacientes y frustrados, exigen más detalles. ¿A quién no le gustaría estar allí para oír de la propia voz del jefe del equipo médico el reporte que sólo recibe Fidel?

—El posoperatorio se presenta complicado, el paciente es muy vulnerable a infecciones, hay insuficiencia respiratoria, pero los resultados...

Fidel está irritado. Más temible que nunca, le habla al médico en voz baja y con un tono que revela un volcánico enfado apenas contenido.

—¡No quiero *resultados*, compañero! —El médico calla, atemorizado ante tanta furia. Fidel, seco, distante, definitivo, resuelve—: No quiero un resultado, quiero un *desenlace*. ¿Entendió? Un *desenlace*. Ya hablamos una vez del Protocolo 21. ¡Aplíquelo!

El médico jefe abre desmesuradamente los ojos, alarmado:

—¿El Protocolo 21, señor presidente?

Tímido y balbuciente, arguye que en el estado en que se halla el paciente el Protocolo 21 es muy riesgoso, pues desencadena... Fidel lo interrumpe sin alzar la voz.

—¡A-plí-que-lo! Si usted, doctor, no puede o no sabe cómo hacerlo, dígamelo ya. Me sobran los médicos que no discuten mis órdenes. Y hay muchos más que quieren su cargo en este hospital.

El médico, intimidado, baja la mirada y dice con resignación:

—Sí, señor presidente; así se hará. Aplicaremos el Protocolo 21.

En los días que siguen, bajo el manipulado megáfono noticioso, los informes que emanan del hospital son más cortantes que consoladores. Nerviosos y falaces reportes, a menudo contradictorios entre sí, aumentan la incertidumbre. Después de todo, nadie sabe si es verdad que el presidente ha salido con vida de la operación. «Hoy el paciente se encuentra en condiciones estables en su proceso evolutivo...» «Hoy sufre una infección respiratoria que el equipo médico ha procedido a tratar de inmediato y ha controlado...» «Hoy está en estado delicado...» «Hoy sufre nuevas complicaciones, pero está consciente...» «Hoy está batallando contra una severa infección pulmonar...» «Hoy evoluciona favorablemente y se puede comunicar con la familia y con su equipo político y con los médicos.» «Volverá más temprano que tarde.» «Hace fisioterapia y se ríe. Toma decisiones y firma decretos. Ha salido a trotar esta mañana. Hace bromas. Evolución favorable.» «Entra en una nueva fase. Dice que está en batalla, aferrado a Cristo.» «Ha entrado en tratamientos sumamente complejos. Respira con una cánula porque aún persiste cierta insuficiencia respiratoria...»

Algo erizado, Fidel Castro recapitula el cuadro político, una vez más, con su hermano Raúl y Raimundo Gálvez.

—Hugo... Hugo... Hugo se nos va. Afortunadamente deja un enorme legado positivo para su país y el nuestro. Para toda América. Pero no podemos correr riesgos en Venezuela. Que a nadie allá o en Washington se le ocurra que la muerte de Hugo va a abrirles la puerta a nuestros enemigos. Hay que manejar la muerte de Hugo de manera que no haya espacio para nadie más que para Nicolás y para nosotros. Hay que controlar muy bien esta transición. Lo cual nos obliga a controlar cuándo se inicia. Y dónde. Y eso lo vamos a decidir nosotros aquí. —Intenta ponerse de pie trabajosamente. Su mayordomo aparece de la nada y lo ayuda a levantarse—. Y finalmente les quiero decir lo siguiente. Ya que tenemos a nuestro Nicolás, en Caracas, he decidido que Hugo no debe morir aquí en Cuba. —Y haciendo una rara expresión en el rostro, concluye—: Aquí sólo debe *comenzar* a morir...

En la voz del actual vicepresidente, y sucesor designado, Nicolás Maduro, las noticias de la salud de Hugo siguen llegando a Caracas:

—¡Nuestro presidente ha regresado a Venezuela para continuar su tratamiento aquí!

Día a día va anunciando los desfavorables avances: «Está en recuperación en el Hospital Militar...» «Está en una tremenda pelea por la vida...» «Tiene una nueva y severa infección...» «Ha empeorado su función respiratoria...» «Su estado continúa siendo muy delicado...» «Está en un coma prolongado.»

A solas, en la semipenumbra de la habitación donde yace Hugo, está sentado Fidel al lado de la cama. Nada se mueve y sólo se oye la canción de varios osciloscopios cuyo ritmo va haciéndose más lento. Finalmente, un largo y último silbido de extinción cambia la historia.

Fidel cierra los ojos y respira muy hondo.

Agradecimientos

He escrito varios libros, pero ninguno tuvo tantas versiones como éste.

Una de las razones por las que hice tantos cambios es que tuve la suerte de tener amigas, amigos, colegas y familiares que no me permitían quedar satisfecho con la última versión. Sus criticas me empujaban a revisar, cortar y reescribir. Es así como acumulé una enorme deuda de gratitud con quienes tan generosamente comentaron las múltiples revisiones que tuvo este libro.

La ayuda de Koleia Bungard y Menena Cottin fue decisiva. Ellas saben, espero, cuán agradecido les estoy.

Lo mismo vale para el talentoso equipo de Penguin Random House. Sin Claudio López Lamadrid, Pilar Reyes, Ricardo Cayuela, Miguel Aguilar y Carmen Romero este libro no hubiese existido. Fernanda Álvarez fue una inteligente y eficaz editora y Raffaella Coia, una extraordinaria correctora. Gracias.

Esta novela guarda un lejano parentesco con un texto que escribí originalmente como propuesta para una serie de televisión. Angélica Guerra, Camila Misas y Camila Wilches, de Sony Pictures Entertainment, convirtieron esa idea en realidad y produjeron la serie *Comandante*, inspirada en esa historia. Alejandra Olea, de la BBC, y Marcos Santana, de NBC Universal Telemundo, jugaron un rol determinante en que todo esto ocurriera. Mi agradecimiento a ellos es sólo superado por mi admiración y, sobre todo, por mi afecto.

Agradezco a Marie Arana, Ricardo Ávila, Andrew Burt, José Manuel Calvo, Valentina Cano, Alexandra Colón-Amil, Gustavo Coronel, Toni Cruz, León Henrique Cottin, Roberto Dañino, Francisco González, Eduardo Huchín, Laura Jaramillo, Moisés Kaufman, Enrique Krauze, León Krauze, Christina Lara, Carlos López Blanco, Ibsen

Martínez, Caroline Michel, María Benilde y Nelson Ortiz, Maite Rico, José Rimsky, José Juan Ruiz, Enrique Senior, Alberto Slezynger, Quico Toro, Gerver Torres y Brian Winter por haberme leído, criticado y estimulado.

Mis hijos Adriana, Claudia y Andrés y mi esposa, Susana, leyeron múltiples versiones con cuidado y, como siempre, me cuidaron de mí mismo.

Esta novela ocurre en un país maravilloso que ha sido saqueado. Estoy convencido de que las maravillas de ese país son permanentes, mientras que la devastación que sufre en estos tiempos es transitoria. El país se recuperará y podrá acoger a nuevas generaciones que le darán el amor que tanto le ha faltado. Espero que Emma, Lily y Sami, mis nietos, formen parte de esa generación que reconstruirá a Venezuela.

Por eso, esta novela está dedicada a ellos.

MOISÉS NAÍM

13 - 6 - 19

Índice

Moisés Naím es un escritor venezolano cuyas columnas semanales sobre temas de actualidad internacional son publicadas por un gran número de diarios de todo el mundo. Ha escrito más de diez libros, varios de los cuales han sido bestsellers traducidos a decenas de idiomas. En 2011 obtuvo el premio Ortega y Gasset por su trayectoria periodística, y como director de la revista *Foreign Policy*, entre 1996 y 2010, recibió tres veces el premio de excelencia editorial otorgado por la Sociedad Americana de Editores de Revistas. En 2018 su programa de televisión *Efecto Naím* ganó el premio Emmy. Antes de dedicarse al periodismo Moisés Naím fue académico y luego ministro de Fomento de Venezuela en el gobierno que Hugo Chávez intentó derrocar. Dos espías en Caracas es su primera obra de ficción.